ナチスから
図書館を守った人たち

囚われの司書、詩人、学者の闘い

デイヴィッド・E・フィッシュマン
羽田詩津子 訳

THE BOOK SMUGGLERS

Partisans, Poets, and the Race to Save Jewish Treasures from the Nazis

by David E. Fishman

原書房

〈若きヴィルナ〉の文学者グループ。中央にすわっているのがシュメルケ・カチェルギンスキ。その右側がアブロム・スツケヴェル。シュメルケはグループのまとめ役、マネージャー、秘書、編集者でプロモーターだった。スツケヴェルは詩人そのものだった。写真：ＹＩＶＯユダヤ調査研究所

ヴィルナのユダヤ人公共図書館であるストラシュン図書館。その後方は大シナゴーグ。ふたつの建物はユダヤ人のヴィルナの知性と精神の要になっていた。画家ズィグムント・チャイコフスキによる 1944 年の絵。写真：現在のヴィリニュスにある、ヴィルナのガオン州立ユダヤ人博物館

ストラシュン図書館の閲覧室。右手に立っているのは司書助手のイサク・ストラシュンで、創立者マティスヤフ・ストラシュンの孫息子である。写真：ＹＩＶＯユダヤ調査研究所

イディッシュ科学研究所、ＹＩＶＯのヴィヴルスキ通り18番地の建物。ＹＩＶＯはイディッシュ語を話す世界じゅうのユダヤ人の国立研究所であり図書館だった。掲示板は1935年の会議に参加者や招待者を歓迎するものだ。写真：ＹＩＶＯユダヤ調査研究所

(左) ヴィルナのＹＩＶＯの所長で1940年からはニューヨークで所長を務めたマックス・ヴァインライヒ。堅苦しく厳しいドイツ人教授であると同時に、社会主義者として公的活動もおこなった。戦前に反ユダヤ主義者に襲われて右目がほとんど見えなかった。写真：ＹＩＶＯユダヤ調査研究所

(右) ヴィルナ・ゲットー図書館の館長であり、“紙部隊”の隊長、ヘルマン・クルク。洗練された紳士で、ゲットーでも靴を磨き、爪を手入れしていた。写真：ＹＩＶＯユダヤ調査研究所

戦前のＹＩＶＯの副所長で、紙部隊の副隊長、ゼーリグ・カルマノーヴィチ。“ヴィルナ・ゲットーの預言者”と呼ばれていた彼は、こう言って同僚たちを安心させた。「彼らが奪っていったものは、戦争が終われば発見され、取り戻せるだろう」

写真：ＹＩＶＯユダヤ調査研究所

ヴィルナ・ゲットーの検問所。ドイツ人とリトアニア人の警備兵がいる。食べ物や本をこっそりゲットーに持ちこんだら、殺されかねなかった。

写真：Genrikh Agranocskii and Irina Guzenberg, Vilnius :Po sledam litovskogo yerusalima

文化的財産を略奪するためのナチスの組織、全国指導者ローゼンベルク特捜隊（ＥＲＲ）の責任者でユダヤ民族専門家ヨハネス・ポール博士。元カトリック神父のポールは1932年から1934年までエルサレムでヘブライ語と聖書を勉強した。神父を辞めてから、ナチズムを信奉し、ヘブライ語司書、反ユダヤ主義の著者を経て、ユダヤ人の本の略奪者になった。

写真：Dr. Paul Wolff & Tristchler, Historisches Bildarchiv

ＥＲＲがヴィルナの中心的な作業場にしたＹＩＶＯの建物で本を整理するユダヤ人労働者。ドイツ軍が設定したノルマによると、本や書類の30パーセントがドイツに送られ、残りは紙工場で廃棄処分にされた。写真：ＹＩＶＯユダヤ調査研究所

ヴィルナ鉄道駅での本、原稿、記録文書の輸送。非ユダヤ人の本はソビエトのスモレンスクとビテブスクからヴィルナに送られてきて廃棄処分にされた。

写真：Leyzer Ran, yerushalayim de-lite ilustirt un dokumentirt

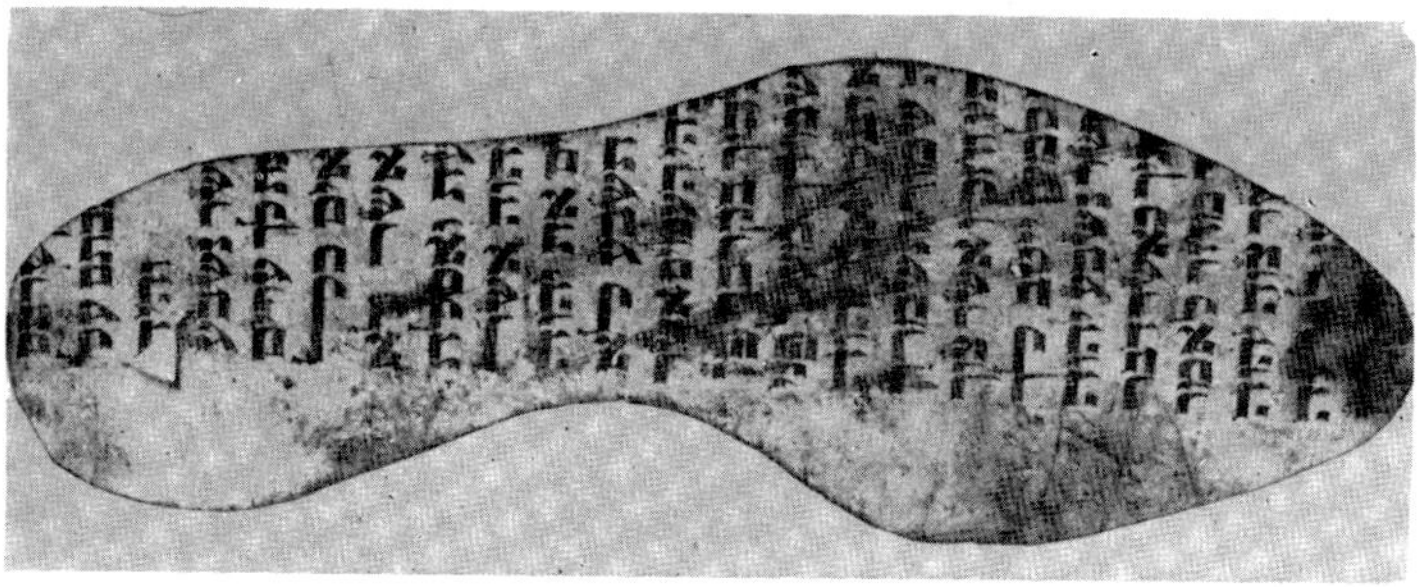

ブーツの中敷きにされたヴィルナのトーラーの巻物の破片。ドイツ軍は300巻のトーラーを地元の革工場に売り、ドイツ軍の軍靴の修理のために使用した。

写真：Leyzer Ran, ash fun yerusahlayim de-lite

1943年7月20日、ヴィルナ・ゲットーの自宅アパートのポーチにすわるシュメルケ・カチェルギンスキ（**左**）とアブロム・スツケヴェル（**右**）。詩人たちはＥＲＲの作業場からこっそり本を持ちだす作戦を主導した。「ゲットーの住人たちはわれわれを頭がおかしいのか、という目つきで見ていた。みんなは服やブーツに隠して食べ物をこっそり持ちこんでいた。なのにわれわれは本や紙切れや、ときにはトーラーやメズーザーをこっそり持ちこんでいた」写真：イスラエル国立図書館

シュメルケ（**左**）、スツケヴェル（**右**）、“紙部隊”の同僚のロフル・クリンスキー（**中央**）。1943年7月20日、ヴィルナ・ゲットーで。ハイスクールの歴史教師で、文学愛好家のロフルはドイツ軍がいなくなる昼休みに詩を読んだ。彼女はのちにこう回想している。「詩のおかげで、わたしたちは何時間もの忘却と慰めを得られました」写真：イスラエルの国立図書館

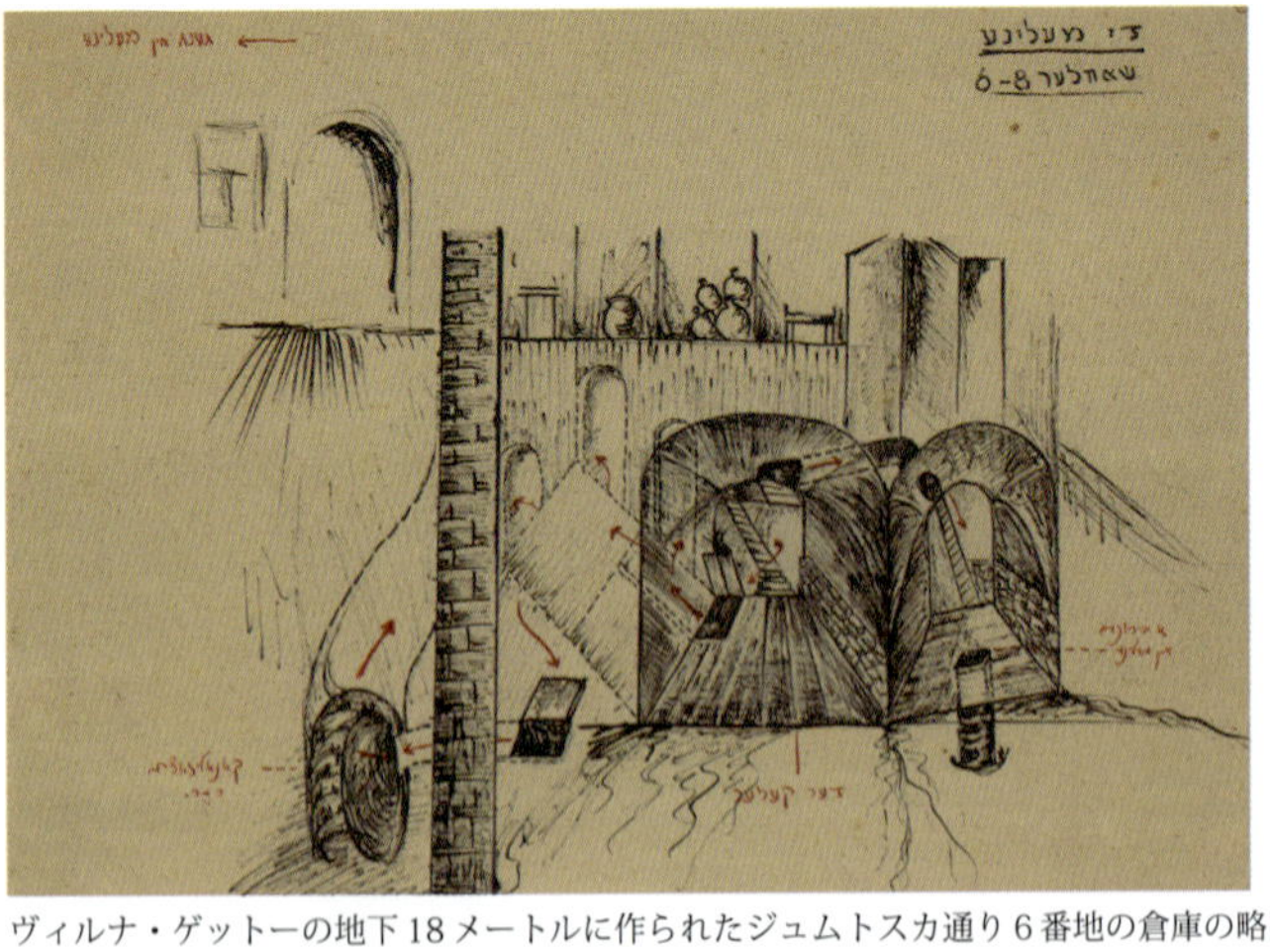

ヴィルナ・ゲットーの地下18メートルに作られたジュムトスカ通り6番地の倉庫の略図。そこには“紙部隊”が持ちこんだ本やゲットーのパルチザン連合組織（ＦＰＯ）が手に入れた武器がしまわれていた。赤い矢印は地下水道経由の出入り口を示している。写真：イスラエル国立図書館

パルチザンになったシュメルケ・カチェルギンスキ（左）とアブロム・スツケヴェル（右）。二人はゲットーの閉鎖のわずか２週間前にヴィルナ・ゲットーを出て森に向かった。残っていた住人たち全員が強制労働収容所へと移送されていった。

カチェルギンスキの写真：Shemerke Kaczerginski ondenk-bukh
スツケヴェルの写真：Lyzer Ran,yerushalayim de-lite ilustirt un dokumentirt

取り戻した新聞や芸術作品を積んだ手押し車を押すアブロム・スツケヴェル（**左**）とゲルション・アブラモヴィッチ（**右**）。レオ・トルストイの胸像も含まれている。1944年7月。

写真：ＹＩＶＯユダヤ調査研究所

救いだした彫像、絵画、新聞に囲まれたシュメルケ・カチェルギンスキ。1944 年撮影。

写真：Shmerke Kaczerginski, Khurbn vilne

ソビエト支配下のヴィリニュスでのユダヤ人美術館。シュメルケとスツケヴェルによって 1944 年 7 月 26 日にリトアニア・ソビエト社会主義共和国の教育委員会の後援で設立された。

ストラシュン通り６番地のユダヤ美術館の中庭。美術館はゲットー図書館とゲットー刑務所だった建物の中にある。中庭はゲットーの運動場だった。美術館のスタッフは元刑務所の監房をオフィスとして使用していた。使える状態の部屋がそこしかなかったのだ。

写真：イスラエルのゲットー闘士たちの家

シャヴェル通りの倉庫から回収した記録書類を詰めたじゃがいも袋をおろす美術館のボランティアたち。シュメルケは日記にこう書いた。「ポーランド人たちはしじゅう警官や役人に通報した。おれたちが金を発掘していると思ったらしい」写真：Lyzer Ran, ash fun yerusahlayim de-lite

ヴィリニュス清掃局の中庭で発見されたユダヤ人の本と資料の山。1944年撮影。ドイツ軍はヴィルナから撤退する前に何トンもの資料を紙工場に送ることができず残していった。

写真：Shmerke Kaczerginski, Khurbn vilne

スツケヴェルが1946年4月に最後にヴィルナを訪れたときに撮影。崩壊したＹＩＶＯの建物のわきで。シオニストの地下組織に協力してもらい、記録文書の入ったスーツケースをポーランドに持ちだした。写真：ＹＩＶＯユダヤ調査研究所

ロフル・クリンスキーと娘のサラ。1945年末にポーランドにて撮影。ユダヤ人がゲットーに強制的に移住させられたあいだは、ロフルはナニーのヴィクチャ・ルチェーヴィチに1歳10カ月の娘を預け、ポーランド人として育ててもらった。4年の別離を経て、母と娘は再会した。
写真：アレクサンドラ・ウォール提供

左から、シュメルケ・カチェルギンスキ、アブロム・スツケヴェル、イツハク・ツキェルマン（ワルシャワ・ゲットー蜂起のリーダー）とハイム・グラーデ（〈若きヴィルナ〉の生存メンバー）。1946年ワルシャワで、パリに作家たちが出発する前夜に。シュメルケとスツケヴェルがポーランドを出発したとき、またもや共産主義に支配されている国境を越えて本や書類をこっそり持ちださなくてはならなかった。写真：イスラエル国立図書館

ドイツのアメリカ占領地区にあるオッフェンバッハのアーカイブ倉庫。ナチスが略奪した本が300万冊あり、その半分がユダヤ民族のものだった。アメリカ政府は大半を元の国に返し、残りを再分配した。そのためＹＩＶＯの本をリトアニア・ソビエト社会主義共和国かポーランドに返却することが検討された。写真：イスラエルのヤド・ヴァシェム

ニューヨークに本部を置いたＹＩＶＯの幹部たちが、アメリカ政府によって返還されたヴィルナの本や書類の入った箱を点検している。写真は本や書類が保管されていたニュージャージー州のマニシェウィッツ・マッツォー社の倉庫で撮影された。写真：ＹＩＶＯユダヤ調査研究所

左から２番目はリトアニア・ソビエト社会主義共和国の図書室のメンバーたちといっしょに立っているアンタナス・ウルピス。スターリンの反ユダヤ政策のあいだ、室長のウルピスは何千冊ものユダヤ人の本や記録文書を聖ジョージ教会に隠した。そこは図書室の倉庫として使われていた。彼は「いつか、イスラエルにわたしのために記念碑が建てられるだろう。残っていたユダヤ文化を救いだしたんだから」と冗談を言っていた。写真：リトアニア、マルティナス・マジュヴィダス国立図書館

自身がヴィルナ・ゲットーから救うのに一役買った記録文書を見る86歳のロフル・クリンスキー。これらは1996年にＹＩＶＯに返却された。どうして本のために命を懸けたのかと訊かれ「当時のわたしはまともにものを考えられなかったにちがいありません。ただ、未来のために何かできるはずだ、という一念だけだったんです」と答えた。
写真：ＹＩＶＯユダヤ調査研究所

ナチスから図書館を守った人たち

囚われの司書、詩人、学者の闘い

THE BOOK SMUGGLERS:

PARTISANS, POETS, AND THE RACE TO SAVE JEWISH TREASURES FROM THE NAZIS

by

DAVID E. FISHMAN

Japanese translation rights arranged with Mendel Media Group LLC of New York

through Japan UNI Agency. Inc.

עליסאָן

"קום אַרויס צו מיר

מײַן טײַער זיס לעבן . . .

קום זשע אַרויס

כ'וויל מיט דיר צוזאַמען זײַן"

目次

第4部　粛清から贖罪へ……281

著者覚え書き

ホロコーストが歴史上でもっとも悲惨な大虐殺だったことは、ほぼ誰でも知っている。強制収容所や積み上げられた死体の映像を見たこともあるだろう。しかし、ホロコーストを文化的な略奪と破壊の行為だったととらえる人はほとんどいない。ナチスはユダヤ人を殺そうとしただけではなく、その文化も壊滅させようとした。何百万点ものユダヤ人の本、原稿、美術品を焼却炉やゴミ捨て場行きにし、自分たちが絶滅しようとしている民族を研究するために、何十万点もの文化的財産をドイツの専門の図書館や施設に運んでいった。

本書は自分たちの文化が踏みにじられ、燃やされることを許すまいとしたゲットーの住人グループの物語だ。ここには〝リトアニアのエルサレム〟と呼ばれたヴィルナで、パルチザンになった詩人や本の密輸人になった学者たちがおこなった危険な作戦が記録されている。この救出隊は、ナチスのユダヤ人〝専門家〟のヨハネス・ポール博士と闘うことになった。ポール博士は、ヴィルナにあるユダヤ人の本の偉大なコレクションを破壊するか国外に持ちだすかするために、全国指導者ローゼンベルク特捜隊《ERR》という略奪組織から派遣された人物だ。

ドイツ軍は蔵書を分類し、選別し、荷造りし、送るために、四十人のゲットーの住人たちを奴隷労働者としてこき使った。苛酷な一年半にわたるプロジェクトで、メンバーたちは〝紙部隊〟と呼ばれていた。彼らは本や書類を胴体に巻きつけて検問所にいるドイツ軍警備兵の前を通過し、ゲットーにひそかに持ちこんだ。万一見つかったら、ヴィルナ郊外の大量虐殺地、ポナリ（現在のパネレイ）に送られて銃殺隊によって処刑されただろう。

ヴィルナがドイツ軍から解放されたあと、生き残った〝紙部隊〟は、隠し箱や隠し場所から文化的財産を回収した。しかし、たちまち厳しい現実を突きつけられた。次にヴィルナを支配したソビエト当局は、ナチスに劣らずユダヤ文化に対して敵意を抱いていたのだ。そこで再び宝物を救いだし、ソビエト連邦から運びだす必要に迫られた。本や書類をこっそり持ちだしてソビエトとポーランドの国境を越えるのは、ゲットーでの作戦に劣らず、命が危険にさらされる緊迫した行動だった。

この本は、文学と芸術に揺るぎない愛情を抱き、そのためには命を投げだすのもいとわなかった男女についての物語である。そうやって彼らは歴史上もっとも残虐な、ふたつの政権を相手に闘った。さまざまな場面で登場人物たちの気持ちや考えをわたしなりに想像させてもらったが、彼らの行動については想像ではない。膨大なリサーチと参考文献に基づいたものだ。これらのできごとが起きた都市は通常ユダヤ人が呼ぶように〝ヴィルナ〟と呼んでいるが、特定の文脈ではリトアニア語で〝ヴィリニュス〟、あるいはポーランド語で〝ヴィルノ〟と呼んでいる。

本書は基本的に個人的な物語だ。人々の物語だ。だから、個人的な話をすることを許してほしい。数年前、ヴィルナのゲットーに関する講演をしたときに、〝紙部隊〟の勇敢さを今後も伝えていきたいと語った。講演後、歩行器を使っていたある年配の男性が近づいてきて、わたしに話しかけた。

「実は、わたしはその部隊で数カ月働いていたんです」わたしはびっくり仰天した。二〇一二年に〝紙部隊〟の英雄の誰かが生きているとは思ってもみなかったのだ。しかし、質問の集中砲火を浴びせた結果、彼は本当にメンバーの一人だったとわかった。

〝紙部隊〟のメンバーだった九十三歳のミハエル・メンキンは現在、アメリカのニュージャージー州の養護施設で暮らしている。元宝石商の彼は物腰のやわらかい優雅な男性で、ビジネスが成功したこと、人生が与えてくれる日々の喜びを堪能していること、息子や娘、六人の孫たち、多くの友人や崇拝者たちとの暮らしについて語ってくれた。メンキンはイスラエル国の熱心な支持者で、ポーランドにおける修正主義シオニズムの若きリーダーであり、のちのイスラエルの第六代首相メナヘム・ベギンがヴィルナの両親の家に泊まったことを誇らしげに回想した。メンキンはワシントンＤＣにあるアメリカ合衆国ホロコースト記念博物館の設立者の一人でもある。

しかしその昔、十八歳の彼は長身でひょろっとしたヴィルナのゲットーの住人だった。ドイツ軍は彼に本の箱を発送センターに運ぶように命じた。その大半は焼却炉や製紙工場に行く運命で、一部だけがドイツに運ばれることになっていた。詩人のシュメルケ・カチェルギンスキは彼を仲間に入れ、本をこっそり持ちだす方法を伝授した。

メンキンの本を救う活動は、ゲットーで暮らしていたときの数少ない幸せな記憶のひとつだった。彼の母親、二人の姉妹、弟はポナリで処刑されたという。「わたしたち全員がもうじき殺されると覚悟していました。ですから、危険を冒して宝物を救ってもいいんじゃないかと思ったんです。仕事先から〝盗んだ〟本や原稿のタイトルは覚えていません。でも、夜にベッドに入ると、思ったものです。

もしかしたらおれは重要なものを救いだしたのかもしれないぞって」
そのとおりだった。彼は自分自身の人間性と、わたしたちの人間性を救ったのだ。

主な登場人物

シュメルケ・カチェルギンスキ

1942年当時34歳。ヴィルナ生まれ。孤児として育つ。詩人。文学グループ〈若きヴィルナ〉のまとめ役。紙部隊のメンバー

ゼーリグ・カルマノーヴィチ

1942年当時61歳。ラトビア生まれ。学者。戦前のYIVOの副所長。ゲットー貸出図書館の副館長。紙部隊の副隊長。ヴィルナ・ゲットーの預言者と呼ばれていた

ロフル・クリンスキー

1942年当時32歳。ヴィルナ生まれ。ハイスクールの歴史教師。紙部隊のメンバー

ヘルマン・クルク

1942年当時45歳。ポーランド生まれ。ワルシャワ最大のユダヤ人図書館の館長を務めた後、ゲットー貸出図書館の館長となる。ポーランドでもっとも尊敬されるユダヤ人司書と呼ばれた。紙部隊の隊長

アブロム・スツケヴェル

1942年当時29歳。ベラルーシ生まれ。中産階級の商人の息子で、ラビの孫。第一次世界大戦中は避難民としてシベリアで暮らす。詩人。〈若きヴィルナ〉のメンバー。紙部隊のメンバーでシュメルケの親友

ヨハネス・ポール

1942年当時41歳。ドイツ生まれ。ユダヤ民族専門家。元カトリック神父で、後にナチスに転向。ユダヤ人から文化的財産を略奪するためのナチスの組織、全国指導者ローゼンベルク特捜隊（ERR）の責任者

第二次世界大戦後の中央および東ヨーロッパ

ドイツ軍はヴィルナで略奪した本や文化的財産の大半をフランクフルトのユダヤ人問題調査機関に送った。戦後、シュメルケとスツケヴェルはドイツ軍から隠したものを掘り起こし、その一部をポーランドのウッチやワルシャワに国境を越えてこっそり密輸した。

ヴィルナ・ゲットー

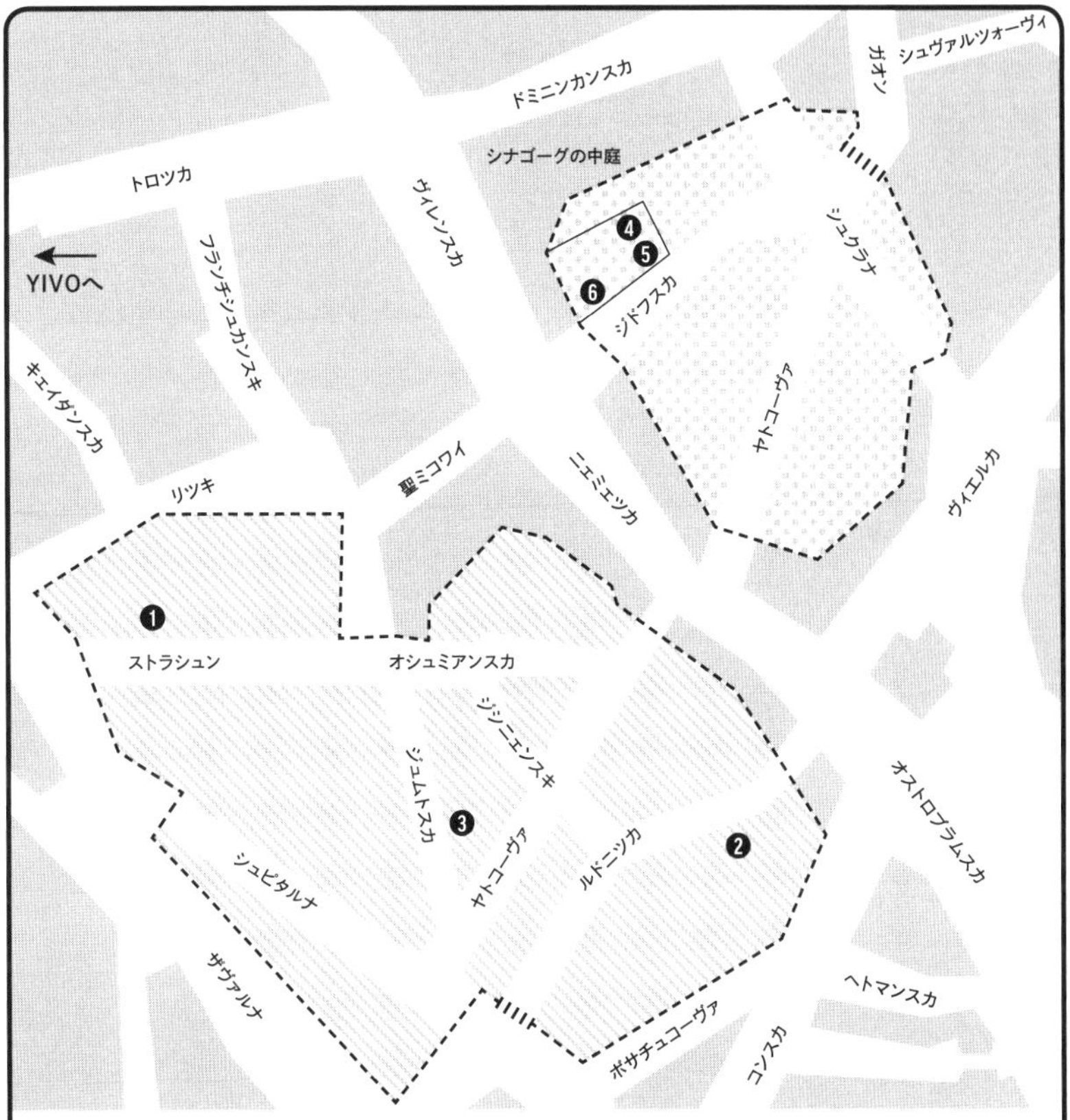

1番ゲットー（1941年9月6日～1943年9月23日）

2番ゲットー（1941年9月6日～1941年10月24日）

ゲットーの検問所

❶ ゲットー図書館、ストラシュン通り6番地
❷ ユダヤ評議会、ルドニツカ通り6番地
❸ 本や武器の倉庫、ジュムトスカ（シャヴル）通り6番地
❹ 大シナゴーグ
❺ ストラシュン図書館
❻ ヴィルナのガオンのシナゴーグ（ガオンのクロイズ）

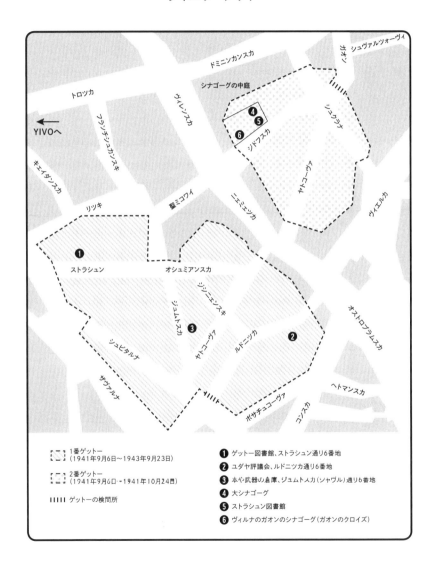

はじめに

ナチス占領下のポーランド、ヴィルナ 一九四三年七月

詩人のシュメルケ・カチェルギンスキは仕事場を出てゲットーに戻っていく。奴隷労働者として、彼の一隊は本や原稿、美術品を整理している。その一部はドイツに送られることになるだろう。残りは焼却炉か製紙工場行きだ。シュメルケは〝ユダヤ文化のアウシュビッツ〟で働いていて、送られる本と廃棄される本を選ぶ責任を負っていた。

ナチスに占領されたヨーロッパじゅうの他の奴隷労働者のように、赤軍を食い止める塹壕《ざんごう》を掘ったり、自分の身を犠牲にして地雷を撤去したり、ガス室から焼却炉まで死体をひきずっていったり、という作業をしているわけではない。それでも、天井まで本が積み上げられたヴィルナ人学図書館の陰気なホールで一日じゅう働くのはつらかった。全国指導者《E》ローゼンベルク《R》特捜隊《R》から派遣されてきた乱暴なドイツ軍責任者アルベルト・シュポルケットは、その朝シュメルケと他の数人の労働者たちが詩の本を読んでいるところを見つけた。牛飼いを生業《なりわい》にしているシュポルケットはいきなり怒鳴りは

じめた。首筋の血管を浮きあがらせて、拳を労働者たちに振り回し、部屋じゅうに本をばらまいた。

「このずる賢い泥棒どもめ、これが仕事か？　ここはラウンジじゃないんだぞ！　またこういうことがあったら、おまえたちは墓場行きだ」とシュポルケットは警告した。それからドアをたたきつけるように閉めて出ていった。

労働者たちは午後のあいだびくつきながら作業した。牛飼いは彼らのことも本のことも、家畜のように扱った。ようするに畜殺するときまで、さんざん利用しようとするのだ。シュポルケットがゲシユタポに彼らのことを報告したら、もはや命はなかった。

シュメルケの仲間であり恋人のロフル・クリンスキーは、長身で焦げ茶色の瞳をしたハイスクール教師だったが、彼に歩み寄ってきた。

「やっぱり今日も荷物を運ぶつもり？」

シュメルケはいつものように陽気で快活な口調で答えた。「もちろん。あの頭のおかしい男は急に何もかもドイツに送るって決めたんだ。さもなけりゃ、紙くずとして捨てるって。この宝物はおれたちの未来なんだ。いや、おれたちじゃなくて、おれたちよりも長生きする人々のためのものなんだ」

シュメルケは古い刺繍《ししゅう》がほどこされたトーラーカバー（トーラーはヘブライ語で書かれたユダヤ教の聖書における最初のモーセ五書。そのカバーのこと）を腹に巻きつけ、しっかり留めると、できたてのそのガードルに四冊の小さな本を押しこむ。ウィーン、サロニカ、アムステルダム、クラクフで出版された稀覯本だ。もう一枚の小さめのトーラーカバーはオムツのように股に巻きつける。ベルトを締め、シャツとジャケットを着た。これでゲットーの検問所を通る用意が調った。

シュメルケはこういうことをこれまでに何度も経験してきたにもかかわらず、そのたびに決意と興奮と恐怖がない交ぜになるのを感じた。危険は承知の上だ。見つかったらその場で撃ち殺されるだろう。友人の歌手リバ・レヴィツキーが豆袋を隠し持っているのを見つかったときのように。たとえそうはならなかったとしても、親衛隊員に棍棒か鞭《むち》で二十五回は打ちすえられるだろう。シュメルケはシャツをズボンにたくしこみながら、皮肉な気持ちを抑えられなかった。共産党の党員で、徹底した無神論者で子ども時代からシナゴーグにまったく足を向けていない自分が、こうした宗教的遺物のために命を危険にさらそうとしているのだから。自分の肌から何世代も前のほこりの臭いが嗅《か》ぎとれた。

強制労働から戻ってきた労働者の列はいつになく長く、曲がりくねりながら二ブロックにわたってゲットーの検問所まで続いていた。列の先頭から連絡が入った。親衛隊曹長のブルーノ・キッテルが門のところで一人一人をチェックしている。キッテルは若くて長身で浅黒い肌をしたハンサムな男で、腕のいいミュージシャンだったが、生まれながらの冷血な殺し屋だった。住人をたんなる気晴らしで撃ち殺すためにゲットーに来ることもあった。通りで誰かを呼び止め、煙草を差しだしてたずねる。

「火はいるかい?」相手がうなずくと、拳銃をとりだして頭をぶち抜いた。

キッテルがいると、リトアニア人の警備兵もユダヤ人のゲットー警察官もいつもよりも念入りに調べた。一ブロック先から、食べ物を隠していたせいで殴られている住人たちの悲鳴が聞こえてくる。シュメルケの周囲の労働者たちが服の中に手を入れた。じゃがいも、パン、野菜、薪《まき》が通りにころがり落ちる。服がふくらんでいるのがすぐわかるぞ、と誰かがシュメルケに小さな声で警告した。奴隷として働き飢えてやせこけた人々のなかで、シュメルケの不自然にがっちりした胴体は、検問所に近づいていくにつれ、これ以上ないほど目立っていた。

「捨てろ。捨てろったら！」

しかし、シュメルケは本を捨てようとしなかった。そうしたところで助からないとわかっていたのだ。ヘブライ語の本とトーラーカバーを通りに放りだしても、ドイツ軍はそれらから彼のグループを突き止めるだろう。じゃがいもとちがい、本には蔵書票がついている。キッテルはグループ全員を処刑するかもしれない。ロフルもシュメルケの親友の詩人アヴロム・スツケヴェルもだ。だからシュメルケは危険を冒し、殴られる覚悟を決めた。

列の全員がキッテルの怒りを買いそうな小銭や書類がないか、ポケットを厳重に調べられた。シュメルケは体が震えはじめた。列が延び、ヴィルナのいちばん大きい商店街であるザヴァルナ通りの交通を遮断している。路面電車が警笛を鳴らした。ユダヤ人ではない通行人たちは通りの向かいに集まって高みの見物を決めこみ、中には捨てられた禁制品を勝手に拾っていく者もいる。

ふいに、群衆の中から声があがった。

「ゲットーの中に入っていったぞ！」

「行こう。急げ！」

キッテルはボディチェックを監督するのにどうやら飽きたらしく、自分の領地を散歩することにしたようだ。列がどっと前に進んでいった。警備兵はキッテルがいなくなって驚くと同時にほっとし、去っていくキッテルの後ろ姿を見送っていて、押し寄せてくる人々を制止しようともしなかった。シュメルケが本をきつく体に押しつけながら検問所を通過したとき、うらやましそうに彼に向かって叫ぶ声が聞こえた。

「幸運を独り占めにするやつがいる！」

「だのに、おれはじゃがいもを通りに捨ててきたんだ」

彼らはシュメルケが食べ物ではないものを持っているとは思いもしなかった。

ゲットーのルドニツカ通りの石畳をブーツの靴音を響かせて歩きながら、シュメルケはゲットーの青少年クラブのために書いた曲を歌いはじめた。

望むなら、誰だって若くいられる
歳月なんて意味がない
老人だって子どもになれるんだ
新しい自由な春には

ゲットーの地下深くにある秘密の隠れ家、湿った土を掘った石敷の洞窟には、本、原稿、記録書類、劇場の記念品、宗教的遺物などが詰まった金属製容器が置かれていた。その晩遅く、シュメルケは宝物を決死の覚悟でこしらえた倉庫に加えた。宝物の部屋の隠し扉を閉める前に、シュメルケはトーラーカバーと稀覯本に愛情こめて別れを告げた。まるで自分の子どもであるかのように。それからいかにも詩人らしく心の中でこう思った。「おれたちの現在は、この隠れ家みたいに暗い。だけど、文化的財産はまばゆい未来を約束して燦然《さんぜん》と輝いている」

第1部

戦前

1章 シュメルケ――党員の生活

シュメルケ・カチェルギンスキが大人になって作家になるとは、家族も友人もだれ一人として思っていなかった。父親と同じように荷物運搬人などの肉体労働者になるものと、みんなが予想していた。彼はヴィルナでもっとも貧しい地区で育った。両親が第一次世界大戦の始まった後の一九一五年に飢え死にすると、残された七つの男の子の運命は定まったも同然だった。荷物運搬人、あるいはスリか密輸人。

たしかにシュメルケはのちに密輸人になったが、まったく異なる種類の密輸人だった。ヴィルナ・ゲットーの住人として、ナチスが略奪した文化的財産の保管所から、こっそり本を盗んだのだ。それらが焼却処分されたり、ドイツに送られたりしないようにするためだった。シュメルケは本の密輸にすっかり熟達し、ソビエト支配下でもこの仕事を続け、まず読者に、さらに作家、編集者、発行人になった。

子どもの頃、みなしごのシュメルケ（シュマーヤフというヘブライ語の名前だったが、シュメルケというイディッシュ語の愛称で呼ばれていた）と弟のヤコブはさまざまな親戚たちのところを転々としたが、おもに父方の祖父に預けられていた。しかし、二人はほとんど通りで暮らしていた。十歳のときに、シュメルケはヴィルナのユダヤ人孤児院に入れられ、大戦のあいだに両親を失った同じような境遇の百五十人の子どもたちがいる寮に引っ越した。シュメルケは背が低く斜視で栄養不良になっていたうえ、腹がふくれて頭が腫れ、くる病の兆候も示していた。しかしタルムード・トーラーという地域で出資している孤児や貧困者の子どもたちのための小学校に通ううちに、病気から回復し、優秀な生徒になった。タルムード・トーラー小学校で六年間を終える頃には、シュメルケはイディッシュ語のエッセイストで哲学者のハイム・ジトロフスキーの作品を読むまでになっていた。

しかし、シュメルケの傑出した才能は学問的なものではなく、友人を作り、慕われる能力だった。きわめて心が温かくエネルギッシュで、人を魅了する笑顔の持ち主のシュメルケは、自分が子どもの頃に得られなかった支援や関心を他人に与えることに喜びを見いだしていた。パーティーや集まりでフォークソングを歌ったり、低い声で話を語るのが大好きだった。仲間たちは蜜に群がる蜂のように彼に惹きつけられ、教師たちは彼を教え助言することに時間を惜しまなかった。[2]

一九二四年、シュメルケは十六歳のときにアイゼンシュタットのリトグラフ店で働きはじめると、孤児院を出て部屋を借りた。夜には労働者階級の若者に中学校の教育をしてくれるI・L・ペレツ夜間学校に通った。その学校はユダヤ人労働者総同盟、ブント党の活動家によって経営されていた。ブント党はポーランドで主流のユダヤ人社会主義党で、そこにいるあいだにシュメルケは革新的な政治や労働運動に関わるようになった。[3] 十八歳で最初のヒットソングを発表した。『バリケード』というタイトルの政治的な歌で、幸せな家族のイベントとして労働者の革命を描いたものだった。

父さん、母さん、小さな子どもたちがバリケードをこしらえている
そして労働者たちは武装部隊を組んで通りをパトロール
子どもたちはみんな知っている、パパは家に帰ってこないことを
父さんは銃を手に通りで戦っているから

ハナは子どもたちに今夜は夕食はないよと言う
それから家を出て、戦っているパパの手助けに行く

子どもたちはバリケードを作りに行き、家には誰もいなくなる
子どもたちは外で警察に向かって石を投げている

魅力的な曲で、たちまちポーランドじゅうの社会主義者の会合やデモ、青少年クラブに広がった。みんなが歌っていたものの、大半の人は作者が誰なのかを知らなかった。

その歌と他のいくつかの散文と二つの論文をひっさげて、一九二八年、シュメルケは〈若きヴィルナ〉と呼ばれる新進気鋭のイディッシュ語作家のグループに参加した。キッチンのテーブルを囲んだ集まりでは、彼はもっぱらフォークソングを歌い、メンバーをにぎやかな合唱にひきこんだ。のちに作家の一人はシュメルケが登場するまで、〈若きヴィルナ〉は名前とはちがい、若々しい雰囲気では

なかったと語った。[4]

シュメルケの友人であり、詩人で作家のハイム・グラーデはこんなふうに回想している。「シュメルケは食べ物はほんの少ししか食べなかったが、美しいメロディの曲に微妙な陰影をつけ、手振り身振り、作り顔をしながら大声で歌った。みんながその曲に飽きてしまうまで、何度か繰り返した。それから右手の掌《てのひら》を耳にあてがうんだ。まるで掌の中で音楽が響いているみたいにね。それからウィンクする。曲が浮かんだんだよ。そして別の曲を歌いはじめる。みんな彼を取り囲んで、待ってましたとばかりに、楽しそうにそのメロディを聞きとろうとした」[5]

シュメルケには作家らしい気取りやてらいは一切なかった。背が低く小柄で額が秀でていて唇は厚く、いかにもありふれた労働者という風貌だったし、実際そうだった。丸い黒縁眼鏡をかけ、ベレー帽をかぶり、型崩れした上着をはおっていた。しかも、ふつうの詩人とはちがい、世慣れていて、向こうっ気が強くけんか好きだった。ある晩、友人たちと暗い路地を歩いているときにポーランド人の少年たちの一団に襲われたときは、シュメルケはここぞとばかりにけんかに応じ、数人の襲撃者をぶちのめした。残りの連中は逃げていった。[6]

この若い詩人は女性にとてももてた。カリスマ性や心の温かさは、背が低いことや眠たげな目をした平凡な顔立ちを補ってあまりあったのだ。女性の友人たちはほとんどが周辺の小さな町からヴィルナに引っ越してきたばかりだったので、彼は仕事や住む場所を見つけてあげ、歌でうっとりさせた。ただし、歯に衣着せずにこう告げた。「恋に落ちないでくれよ。さもないと、あとで苦しい思いをするからね」シュメルケの欠点は知らぬ者がいなかった。数カ月ほど一人の女の子とつきあうと、飽きて捨ててしまうのだ。ただし、男性の友人たちには揺るぎない友情を捧げた。大半が貧しい労働者か売れない作家の友人たちを、ジョークや歌や物語で元気づけた。そして少しお金が手に入ると、友人たちをカフェに連れだしてお茶やウォッカをふるまった。[7]

週末の夜は人であふれているヴィルナの通りに繰り出し、みんなと冗談を言って笑い合った。一ブロック先からでも知り合いが近づいてくると、真っ先に見つけるのは彼だった。「元気かい？」と呼びかけると、ひっぱたくつもりかと思うほど大きな身振りで相手の手をとって握手する。相手は話に引きこまれ、たとえ約束の場所に急いでいる途中でも、結局シュメルケの仲間に加わることになった。

気さくで陽気な外見とは裏腹に、シュメルケは政治については真剣だった。夜間学校で勉強しているあいだに、禁止されている共産党に入党した。貧困と反ユダヤ主義というポーランドにおけるふたつの大災厄のせいで、国境のこちら側から見たソビエト連邦は自由と平等の天国に見えたのだ。彼の地下政治活動は、真夜中に電線に赤い垂れ幕を結びつけたり、反政府声明を印刷して地元の警察署の前にばらまいたり、通りでの違法なデモを組織したりということだったが、そのせいで何度か逮捕され、短期間だが刑務所にも入れられた。

シュメルケは断続的にポーランド保安警察の監視下に置かれていたので用心していた。ニューヨークのイディッシュ語共産主義者の日刊紙《モーニング・フリーダム》に匿名で記事を書くときは、観光客に記事を投函してもらうか、ワルシャワの偽の住所から送るように手配した。しかも、作家仲間には政治的な活動のことは黙っていた。[8]

しかし、なによりもシュメルケは〈若きヴィルナ〉の中心的存在であり、パーティーの要だった。

グループでいちばん稼いでいる作家でもないし才能が突出しているわけでもなかったが、エゴの強いメンバーたちをなだめる役目をしていた。彼はグループのまとめ役、マネージャー、秘書、編集者、プロモーターで、彼のおかげで文学グループは友愛会のようになり、作家同士の仲間意識が芽生え、お互いに助け合った。[9]

彼自身が書く作品は政治色の強いものだった。一九三四年に出版された短編『恩赦』は、ポーランドの刑務所にいる政治犯たちの悲惨な境遇を描いたもので、彼らの唯一の望みは恩赦によって刑務所を出ることだった。その作品が検閲を通過するように、シュメルケは舞台をポーランドではなくドイツの刑務所に設定したが、詳細な描写を読めばドイツではないと察せられた（そもそも、ヒトラーは恩赦を認めなかった）。物語は囚人たちが「自分たちを自由にしてくれる人は誰もいない」と気づくところで終わる。彼らも一般の労働者も、自分の手で自由をつかみとらねばならないのだ、と。[10]

アヴロム・スツケヴェルという新しい詩人が〈若きヴィルナ〉に加わりたいと応募してきて、グループの判断を仰ぐために繊細な自然詩を提出した。シュメルケは彼に警告した。「アヴロム、今はクリスタルではなくて、鋼の時代だぞ」スツケヴェルの応募は却下され、彼がグループにようやく入れたのは数年後だった。その後、彼は二十世紀でもっとも偉大なイディッシュ語詩人になった。

性格的にも作品的にも、シュメルケとスツケヴェルは正反対だった。アヴロム・スツケヴェルは中産階級の商人の息子で、ラビの孫だった。審美眼があり、政治には関心がなく、憂いに沈みがちで、夢見がちな瞳とウェーブのかかった髪のびっくりするほどハンサムな若者で、自己陶酔していた。第一次世界大戦中だった子ども時代に、避難民としてシベリアでキルギス人に囲まれて過ごしたおかげで、雪や雲や木々や外国語の響きの美しさに敏感になった。戦後、ヴィルナに落ち着き、プライベートスクールに通い、ポーランド語の詩を数多く読んだ。かたや、シュメルケはすべての教育をイディッシュ語で受けていた。しかし、スツケヴェルが〈若きヴィルナ〉に加入すると、二人はサークル内でいちばんの親友になった。[11]

一九三〇年代後半のポーランドでは、共産主義者への抑圧が強まっていた。というのもポーランドは西の隣人ナチスドイツといい関係を築こうとしていたからだ。シュメルケが熱心に政治活動をしていたせいで、彼の文学的グループもたんなる革新的な組織ではないのかもしれない、と当局は疑うようになった。そこで当局は〈若きヴィルナ〉の文芸誌のほとんどを没収し、一九三六年末にシュメルケをその編集者として逮捕し、治安を乱したかどで裁判にかけた。裁判では詩の何カ所かの意味についてくどくどと討議された。結局、裁判官はしぶしぶながらシュメルケを刑務所から釈放し、雑誌の最新号の差し押さえを取り消した。〈若きヴィルナ〉とシュメルケの友人たちは地元のカフェで勝利を祝い、冗談を飛ばし、合唱した。スツケヴェルが乾杯の音頭をとった。「シュメルケイズムの長寿を祈って！」〝シュメルケイズム〟とは、いかなる試練も決然として、陽気な楽観主義とユーモアセンスで乗り越える能力のことだった。[12]

逆説的だが、第二次世界大戦が始まったことで、彼には祝う理由が新たにできた。一九三九年九月一日、ポーランドが西からナチスドイツに攻撃され、ワルシャワがドイツに占領されると、ソ連は独ソ不可侵条約の名のもとにポーランドの東部を手に入れた。赤軍がヴィルナに入ってきた。大半のユダヤ人にとって、ソビエトはナチスに比べればまだましという存在にすぎなかった。しかし、シュメルケにとって、赤軍の到着は夢にまで見たことだった。愛する故郷が共産主義体制になったのだ。彼と友人たちは次の金曜の夜を飲めや歌えやの大騒ぎで過ごした。

しかし、わずか数週間後にシュメルケのお祝い気分は失望にとって代わられた。ソビエトはヴィルナを資本主義で権威主義の国、独立したリトアニアに渡すことに決めたのだ。彼はヴィルナから百六十キロ南東にある都市、ビャウィストックに向かった。そこはまだソビエトの支配下にあったので、共産主義体制を作るという理想を追いながら暮らすことができる。シュメルケは一年近くビャウィストックに住み、教師兼兵士として働いた。その後ソビエトは二度目にヴィルナを手に入れると、リトアニア・ソビエト社会主義共和国の首都にした。シュメルケは一九四〇年六月、これで労働者たちは自分自身の工場を経営でき、失業者はいなくなると考え、意気揚々と故郷に帰ってきた。

誰もが意外に思ったが、ヴィルナに戻ってきたときシュメルケは結婚していた。妻はドイツ占領下のクラクフから逃げてきた女性だった。妻のバルバラ・カウフマンはシュメルケと同じく熱心な共産主義者だったが、その他の点では彼とも、彼のこれまでのガールフレンドともまったくちがっていた。バルバラは中流階級の家庭の出身で、完璧なポーランド語を話し、イディッシュ語の歌も文学も知らなかった。シュメルケの仲間たちは堅苦しくて冷たい女性だと思って、バルバラにあまり好意を持たなかった。彼女の方も新婚の夫の関心がそうした友人たちに向いているのが気に入らなかった。[13]

しかしシュメルケは幸せだった。友人のいる故郷に戻ってきたし、洗練された美しい女性に恋をしていたし、〝世界でいちばん正当な社会〟の市民だったからだ。それ以上望むものはなかった。[14]

シュメルケのように孤児から作家になるのは珍しい。弟は錠前屋になり、新聞もろくに読めなかった。しかし、彼のような経歴は〝リトアニアのエルサレム〟と呼ばれた都市、ヴィルナでは例外ではなかった。そこでは書物や学問に最大の敬意が払われていた。タルムード・トーラー小学校やI・L・ペレツ夜間学校のような施設のおかげで、多くのストリートチルドレンが熱心な読書家になった。ただし、シュメルケの場合、本との絆はさらに強かった。彼は本が犯罪と絶望の人生から自分を救いだしてくれたと信じていた。その恩に報いるために彼にできるのは、必要とあらば、本が廃棄されるのを防ぐことぐらいだった。

2章　本の都市

シュメルケ・カチェルギンスキはワルシャワやニューヨークから訪ねてくる作家や知識人に、自分の町を見せびらかすのが大好きだった。いきなり彼らの家やホテルの部屋に現れ、名所を案内しようと申し出た。ヴィルナは人口十九万三千人で、そのうち二十八・五パーセントがユダヤ人だった。ポーランドのユダヤ人コミュニティでは、ワルシャワ、ウッチ、ルヴフに次ぎ、四番目の大きさだ。ただし、文化的には東ヨーロッパユダヤ民族の首都、〝リトアニアのエルサレム〟だった。[1]

さかのぼること一六〇〇年代、ヴィルナはリトアニアのユダヤ人コミュニティ議会のメンバーの申請をしたときに、その崇高な呼び名を与えられたと伝えられている。古くからのコミュニティであるグロドノ、ブジェシチ、ピンスクはヴィルナが加わることを拒否した。ヴィルナはできたばかりの成り上がり者で、取るに足りないちっぽけな町だと考えたからだ。それに対してヴィルナのコミュニティの長たちは、わが町にはタルムードをすべて暗記している住人が三百三十三人いる、と切々と訴える手紙を書いた。手紙の書き手はその数字の象徴的な意味を強調した。ヘブライ語では、アルファベットの文字は数値を示していた（Ａｌｅｆが１、Ｂｅｔが２、というように）。そして三百三十三（３３３）は雪（sheleg）という言葉を数字で表したものだった。ヴィルナは新たに降り積もった白い雪のように純粋で汚れがないのだ、と書き手は主張した。[2]

議会のメンバーたちは驚嘆し、恥じ入った。彼らのコミュニティにはタルムードを暗記している学者が十人いるかいないかだったからだ。一人のラビが立ち上がって宣言した。「ヴィルナの議会への加入は認められねばならない。リトアニアのエルサレムだからだ」

名所案内を始める前に、シュメルケはアメリカ人の客に基本的な歴史を説明した。ヴィルナはワルシャワとレニングラード（現在のサンクトペテルブルク）のあいだに位置し、この四百年はポーランドかロシアに支配されている。しかし、中世にはこの都市はヴィリニュスと呼ばれ、リトアニア大公国の首都だった。大公国はバルト海から黒海まで広がる大きな国で、ベラルーシ、ポーランド、ウクライナの大半を含んでいた。この都市の住人はヨーロッパにいた最後の異教徒で、一三八七年にカトリック教を受け入れ、サンスクリット語に近いスラブ語ではないリトアニア語を話した。

やがてリトアニアの近隣諸国が勢力を広げ、支配するようになった。大公国は一五六九年にポーランドの一部になり、ポーランドの言語と文化が流れこんできた。ヴィリニュスはヴィルノになり、ポーランドの大学が置かれ、ポーランドの印刷業の中心地になった。一七九五年にポーランド分割の最終ステージで、ロシアがその一帯を征服し、帝政ロシアの北西隅の州都ヴィリナになった。学校で教える唯一の言語はロシア語になり、多くのカトリック教会がロシア正教会に転向した。ロシア支配から約百二十五年後、第一次世界大戦が終わると、数年後に都市は再びポーランド領になった。

しかし、こうした権力の移動のあいだじゅう、ユダヤ人はこの一帯をリトアニアと呼び、ヴィルナをそのエルサレムとみなしていた。

シュメルケは独自のツアーをいつも大聖堂から始めた。大聖堂はヴィリヤ川（現在のネリス川）の土手に近い市の中心部に建っていた。その壮大なゴシック建築は、リトアニア人がラテン・カトリック教を信じ、川で洗礼をほどこした場所に建てられたのだった。彼らは異教徒の神殿を破壊し、その廃墟に大聖堂を建てた。

シュメルケは大聖堂の外壁を飾る聖人像を指さす。長い顎鬚《あごひげ》と角を生やし十戒を持つモーセの等身大の像が、入り口横のファサードに設置されている。ふつうとはちがい教会の正面にモーセが置かれていることで、ヴィルナのユダヤ人のあいだではこういう言い伝えが広まっていた。大聖堂を建てたイタリア人建築家はユダヤ教から改宗した男だった。モーセ像を彫刻したあとで、建築家は最後の像を造ると宣言した。イエス・キリストの像だ。しかし、大胆にも神の像にとりかかったとたん、突然に嵐が都市を襲い、建築家を足場からたたき落とし死に至らしめた。モーセ像は怒って彼を見下ろすと、第二の戒律を指さした。「汝は自分のために偶像を作ってはならない」[3]

ヴィルナでは、大聖堂にすらユダヤ人の話が伝わっているのだ。

次にシュメルケはお客たちをヴィレンスカ通りに連れていく。ユダヤ人とポーランド人の店が立ち並ぶにぎやかな大通りだ。電化製品、ニットウェア、医薬品、高級仕立屋、歯医者。途中でシュメルケはヘリオス劇場を指さす。そこではもっとも有名なイディッシュ語のドラマ、S・アンスキの『ディブック』が上演されている。初演は一九二一年だ。それから、市内でもっとも敬意を表されているユダヤ人の新聞《ザ・デイ》を発行する新聞社。

シュメルケはニエミェツカ通りと、通りと交差するユダヤ人居住区の狭くて曲がりくねった路地まで進んでいく。ユダヤ人は十六世紀初めにここへ最初に移住してきて、一五五一年、ポーランド王ジグムント二世アウグストが、ユダヤ人の住むことが許される三本の通りに勅許を与えた。そのひとつがジドフスカ通り（ユダヤ人通り）で、一五七二年に大シナゴーグが建てられた。

外側からだと大シナゴーグの大きな建物は大聖堂と比べるとありふれていた。高さも四階しかなかった。シナゴーグは地元の教会よりも低いことが勅許によって求められていたからだ。しかし、いったん建物に足を踏み入れると、訪れた人々は階段を下りていき、地階から見上げた大理石の柱、オークの調度品、象牙の装飾、銀のオーナメント、燭台に圧倒された。聖櫃《せいひつ》は金色の刺繍をほどこしたサテンのカーテンで覆われていた。

一八一二年にナポレオンが大シナゴーグを訪れたときは、入り口で呆然として立ち尽くし、言葉を失ったと言われている。

大シナゴーグの屋根には黒くなった箇所があり、それについては一七九四年のコシチューシュコ蜂起にまでさかのぼる逸話があった。ほとんどの領地をロシアにとられたあとで、ポーランド王国を再興しようとして失敗に終わった試みだ。ロシアの征服者とポーランド反乱軍はヴィルナの通りで激しく戦い、ユダヤ人は大シナゴーグに集まり、神のご加護を祈っていた。そのとき大砲が屋根にぶつかったが、爆発せず、中にめりこんだままになった。一世紀以上のち、シナゴーグの会衆たちは毎年の感謝祭の祈りをこの奇跡の日に捧げるようになった。[4]

それからシュメルケはお客をシナゴーグの中庭、シュルホイフに連れだし、そこにぎっしり立ち並んでいる祈りと研究のためのクロイズと呼ばれる、もっと小さな家々を指し示す。中庭の塀のひとつには、ヘブライ語の文字が記された八個の時計がかけられていて、さまざまな祈禱《きとう》の時間、金曜の夜に蠟燭《ろうそく》を灯す時間、安息日の終わる時間を示している。〝時計のところ〟は会衆、通行人、物乞いたちの集合場所になり、壁には公示が何枚も貼られていた。[5]

大シナゴーグはヴィルナでいちばん有名なユダヤ人の歴史的建造物だったが、もっとも崇敬されている場所というわけではない。その栄誉が与えられているのは、中庭の向かいの一軒の家だった。ヴィルナのガオン――ソロモン・ザルマン（一七二〇～九七年）の家でありシナゴーグだ。彼はコミュニティの守護聖人であり文化的な英雄だった。

隠遁《いんとん》を好むヴィルナのガオンは他の活動は実質的に一切せず、ひたすら聖書の研究に没頭していたことで有名だった。風景や通りの物音に気を散らされないように、窓の鎧戸《よろいど》をいつも閉めていた。ほとんど寝なかったし、家を出て外に行くこともめったになかった。大シナゴーグの目と鼻の先に住んでいたにもかかわらず、礼拝にも参列しなかった。その代わり、家の中に個人的な祈禱の家、クロイズを作り、弟子たちを招いていっしょに祈った。彼の死後、弟子たちはそこで研究と祈りを続け、その後、彼らの席をのちの世代の学者たちに譲った。

ヴィルナの他のシナゴーグとはちがい、ガオンのクロイズは女性用の場所がなかった。さらに礼拝自体も独特で、東ヨーロッパの標準的な儀式とは異なるガオン独自の礼拝に従った。十九世紀末に訪問者が初めて礼拝に参列することを許されたときは、祈禱の順番に困惑したようだ。

一九一八年に地元の歴史家はこう記した。「ガオンのクロイズは恐怖と畏敬の念をかきたてる。中に入って、灰色の鬚のタルムード研究者たちを目にすると、ガオンの霊がいまだに漂っているような気がする」ガイドブックにはこう付け加えられている。「ガオンのクロイズはリトアニアのエルサレムの至宝であり王冠である」[6]

ヴィルナのガオンはコミュニティの精神を象徴していた。すなわちユダヤ人の生活では、本が至高の価値を持っているということだ。ヨーロッパ系ユダヤ人が〝リトアニアのエルサレム〟といってまず想像するのは、シナゴーグや彫像や記念碑ではない。大きな金色の活字で扉ページの下に「ヴィルナ」という言葉が印字された分厚い大きなタルムードだ。イディッシュ語作家ショーレム・アッシュは子ども時代に初めてタルムードの勉強をしたとき、ユダヤ教の最高傑作はヴィルナで印刷されたばかりか、そこで書かれたにちがいないと確信した、と回想している。

ツアーが大聖堂、大シナゴーグ、ガオンのクロイズまで至る頃には、シュメルケはもう宗教的な史跡を案内することに少し飽きていただろう。なにしろ彼は敬虔とはほど遠く、訪問者を案内するときを除けば、シナゴーグに行ったことすらないのだから。そこで、次は自分がくつろげる場所、ユダヤ共同図書館に喜々としてお客たちを案内した。

この図書館は、マティティヤフ・ストラシュンという裕福なビジネスマンで、学者であり愛書家でもある設立者の名にちなんでストラシュン図書館と名づけられた。彼は一九八二年に亡くなったとき、個人蔵書をユダヤ人コミュニティに寄付したのだ。そこにはヘブライ語のインキュナブラ（一四五〇年代から一五〇〇年までに印刷された本）が五冊、ベニス（最初のヘブライ語印刷の中心地）から運ばれた十六世紀の大量の印刷物、その他の稀覯本が含まれていた。ストラシュンの死後、地域社会に蔵書を寄付することがヴィルナのユダヤ人エリートのあいだで流行し、図書館は飛躍的に拡大していった。

コミュニティ理事会はユダヤ人のヴィルナの歴史的中心地、すなわち大シナゴーグに付属した中庭に図書館を建設することを決定した。その場所の選択には、彼らのメッセージがこめられていた。「図書館は知識人の聖所とみなされるべきだ」さらにそれに関連して、理事会は図書館を週に七日、安息日やユダヤの祝日にも開くことを決めた（ただし、図書館の規則によれば、そうした日には閲覧室で何か書いたりメモをとったりしてはならない）。読書と勉強は人生に不可欠だから、その活動を〝休み〟にすることはできなかった。

一九三〇年代までに蔵書は四万冊に増え、ストラシュン図書館はヴィルナのユダヤ人知識人の拠点となった。長い四角いテーブルに並ぶ百席のひとつを確保するために、しばしば長い列ができた。夜間には、比較的若い閲覧者たちが窓枠にすわったり、壁に寄りかかったりしていた。図書館はユダヤ人の生活において、新旧の流れが出会う場所に建っていた。顎鬚を生やしたラビと、青や赤のネッカチーフを巻いた若い無信仰の兵士たちだ。

シュメルケは仕事のあと、イディッシュ語の本を読んで文学の世界に浸って、何時間もそこで過ごした。彼は図書館の開館四十五周年を祝って、『さわやかな気持ちにさせてくれるほこり』という記事を書いたほどだ[7]。

図書館にひけをとらないほど有名だったのは司書たちだ。ハイクル・ウンスキは相談係、貸出デスク、本の購入責任者、修繕係、管理人、すべてを合わせた役目をこなしていた。顎鬚を生やしたウンスキはヴィルナのユダヤ人社会ではなくてはならない存在で、コミュニティをひとつにする役目を果たした。信仰に篤い人間だったので、大シナゴーグで午後の祈禱をするために仕事場から向かったが、現代ヘブライ語とイディッシュ語文学の熱烈な愛好者で、訪れるすべての詩人を重要人物であるかのようにもてなした。ウンスキは熱心なシオニストで、いつかエルサレムの図書館で働きたいという夢を抱いていた。ただし、社会主義者とも仲がよかった。一九〇〇年代初めには違法な革命的パンフレット、たとえばブント党の『独裁政治を打倒せよ！』というような小冊子を集め、図書館の蔵書の奥に隠していた。帝政ロシアの警察は図書館に破壊分子の文学が保管されていることを知ると、閉館させるぞ、と脅しつけた。

　ウンスキは図書館学の勉強をしていなかった。そもそも一九二〇年代まで本の分類すら存在しなかったのだ。しかし、本と読者双方に対する博学ぶりと温かい人柄によって、その欠点は充分に補われていた。「図書館のすべての本のタイトルを暗記していたし、棚のどの場所にあるかも知っていた。友人の住所をすべて記憶しているみたいにね」[8]ある閲覧者は回想した。彼はみんなに愛され、「リトアニアのエルサレムの守護者」と呼ばれていた。

　図書館に別れを告げると、たいていシュメルケは観光客たちをヴェルフケスという人気レストランに連れていった。ニェミエツカ通りとユダヤ人通りの角にあるヴェルフケスは、ヴィルナのユダヤ人ボヘミアンのお気に入りの場所だった。なぜなら朝まで営業していたからだ。最後まで残って勉強していたタルムード研究者がシナゴーグの中庭を出て寝に行くとき、ヴェルフケスは目覚めて活気づく、とよく冗談のタネにされたものだ。レストランは町でいちばんおいしいユダヤ料理を出し、しかもボリューム満点だった。チョップトレバー（玉ねぎやゆで卵といっしょにレバーを刻んで味付けした料理）、ゲフィルテ・フィッシュ（コイやカワカマスをすりつぶしてつみれにした料理）、ゆでたビーフ、ローストしたガチョウ。

ヴェルフケスのいちばん有名な常連客は華やかなイディッシュ語俳優、アブラハム・モレフスキで、彼は『デイブック』でミラポールのハシド派ラビを演じて名を馳せていた。モレフスキは舞台がはねると、いつもレストランで食事をした。この大食漢の大柄な男は、うぬぼれも格別に大きく、いつも五品か六品のメインディッシュを頼んで飢えた狼さながらがつがつ食べた。モレフスキはヴェルフケスで食べた料理ではなく、過ごした時間に応じて勘定を払っているのだと噂されていた。

ヴィルナを訪ねてヴェルフケスに行かなかったら、この都市を知ったことにはならないだろう[9]。

休憩のあと、シュメルケは気分も一新して、ヴィルナの現代的なユダヤ人文化施設を案内する。ニエミエツカ通りを歩いてルドニツカ通りに曲がると、リアル・ギムナジウムとユダヤ音楽学院を指さす。そのふたつの施設は広い中庭を共有していた。ギムナジウムはヴィルナの傑出したユダヤ人ハイスクールで、高等化学と物理をイディッシュ語で教えているポーランドの数少ない学校のひとつだ。音楽学院はクラシック音楽に特化して、さまざまな楽器と声楽を教えている。イディッシュ語のオペラ公演も企画しており、『椿姫』『カルメン』『トスカ』『蝶々夫人』『アイーダ』などが上演された。

さらに先に進み、ザヴァルナ通りを渡ってクファシェルナ通りに出ると、クレツキン出版の印刷所と編集オフィスに出る。世界一高級なイディッシュ語の印刷所だ。創設者で所長のボリス・クレツキンは一八九〇年代にブント党のために地下文学を印刷する活動をしていたので、特製のダイニングテーブルの枠の中に隠せる印刷機をデザインした。一九〇五年に帝政ロシアによって印刷の自由が宣言されると、クレツキンは合法的に商業化をはかることにした。しかし、世界を改善するための理想的な道具として、書物の印刷にはずっと力を注いでいた。金について心配する必要がないことも役立った。クレツキンは父親から相続した不動産、森林、林業でひと財産なしていたのだ。

クレツキン出版はえりすぐりの全集で群を抜いていた。たとえば、現代イディッシュ文学の父、I・L・ペレツの十九巻全集。タルムードの古典的な二十巻本を出版したヴィルナのロム出版を二十一世紀に継ぐ人間が、クレツキンと言えるかもしれない。クレツキンは偉大なヨーロッパ人作家の本もすぐれた翻訳で出版した。マキシム・ゴーリキー、チャールズ・ディケンズ、トーマス・マン、クヌート・ハムスン、ロマン・ロラン。それに加え、学術書も。シモン・ドゥブノフのハシディズムについての古典的な歴史書（ヘブライ語からの翻訳）とフラウィウス・ヨセフスの『ユダヤ戦記』（古代ギリシア語からの翻訳）。

一九二五年、クレツキンは出版帝国の本部をワルシャワに移転し、ヴィルナの施設を支所にした。しかし、〝ボリス・クレツキンのヴィルナ印刷所〟と名乗り、そのルーツに敬意を表して印刷を継続した。本を開いて扉ページに〝ヴィルナ・プレス〟と〝ワルシャワ〟の両方の文字を見つけた多くの文学愛好家はとまどったが、この矛盾した表現は実は筋が通っていた。ヴィルナはレベルの高いユダヤ文化を示す言葉だったからだ。〝ヴィルナ・プレス〟は完璧さを端的に表現したものだったのである。[10]

シュメルケのツアーで最後に立ち寄るのは、ヴィヴルスキ通りにあるイディッシュ科学研究所、YIVOだ。ここはユダヤ人の生活を研究するために人文科学と社会科学の手法を用いて現代的なリサーチをする機関だった。一九二五年に設立され、研究所の創立総会はベルリンで開催されたが、ヴィルナの影響力と重要性を考えれば、創立者たちはそこを本部として選ばないわけにいかなかった。その支部はベルリン、パリ、ニューヨークにある。

ＹＩＶＯの陰の立役者は、高名な学者マックス・ヴァインライヒだった。ブント党の元活動家であるヴァインライヒはサンクトペテルブルク大学で歴史、語学、文学を学び学位をとった。一九一七年のロシア革命のあいだ政治ジャーナリズムを少しかじったあと、ドイツのマールブルク大学で言語学の博士課程を履修した。イディッシュ語は彼の母国語ではなく、ドイツ語が母国語だったが、イディッシュ語でもっとも優秀な学生で、その熱心な擁護者になった。ヴァインライヒはドイツ人教授の堅苦しさとブント党の熱心な社会主義を持ちあわせていた。また一九三一年に反ユダヤ主義者に攻撃されたせいで、片目がほとんど見えなくなっていた。

ＹＩＶＯは外国語文学、歴史、民話、経済学、心理学、教育学の分野で二万四千ページ以上の研究書を出版した。またこの研究所は図書館を建て、アーカイブ（保存記録）を構築することにも多大なエネルギーを注いだ。稀覯本を買う予算はなかったので、コレクターたちに協力を依頼して、地元のコミュニティから資料を送ってもらうことにした。創設されてわずか四年後の一九二九年には、東ヨーロッパ、いや世界じゅうに百六十三ものＹＩＶＯのコレクターグループができていた。彼らは友人や家族から集めて記録したフォークソング、イディオム、民話を送ってきた。たいていの人々が捨ててしまうチラシ、ポスター、劇場のプログラム、さらに珍しい手書きで記録された本や書類もシナゴーグの屋根裏部屋をひっかき回していて発見された。ボランティアの収集活動を奨励することで、ＹＩＶＯは一般大衆を学問的事業に参加させたのだ。

一九三三年に建てられた研究所の広々とした建物は静かな並木道のヴィヴルスキ通りにあった。騒がしい市の中心部にある昔のユダヤ人居住区の狭くて薄汚い通りから、こちらに移転したのだ。施設は清潔で明るく、最新式の倉庫設備があった。シュメルケは一九三五年に始まったＹＩＶＯの学校教育プログラムで学びたかっただろうが、彼には資格がなかった。ハイスクール卒業資格を持っていいることが条件だったのだ。

　ＹＩＶＯは国のない人々、すなわち東ヨーロッパのユダヤ人のための国立教育研究所で、ヴァインライヒはここの所長だった。この研究所は、軽んじられている国に住む何万人ものユダヤ人にとって、民族としての誇りと自己確認の源になっていた。しかもポーランド国家からの承認や補助金は一切なく、ささやかな寄付とボランティア精神のおかげで存続しているせいで、ＹＩＶＯは逆境で生き延びようとするユダヤ民族の意志そのものを表しているように見えた[11]。

　これでシュメルケのヴィルナ・ツアーは終わる。今度はまとめの思索の時間だ。リトアニアのエルサレムのもっとも古いものから、もっとも新しいものを具現化した場所まで、わずか徒歩二十分だということを、シュメルケは改めて訪問者たちに思い出させる。大シナゴーグからＹＩＶＯまでの三百五十年の歩みをたった二十分で移動したのだ。ふたつの史跡における文化的な隔たりについても、彼は言及する。シナゴーグと現代的な科学研究所。しかし、その陰で続いているものについても指摘するだろう。ユダヤ人のヴィルナは精神生活を大切にし、貧困と迫害の真っ只中で、豊かな知性をはぐくむという課題に熱心に取り組んできた。おかげで貧困と迫害に対抗するだけではなく、凌駕《りょうが》することができたのだ。

ヴィルナのユダヤ人はガオンについてある逸話を語ることができ、そのジョークのオチをスローガンとして使った。生徒の一団が通りでガオンに気づいた。彼は珍しくひきこもっていた家から外に出てきたのだった。子どもたちが「ヴィルナのガオンだ！」と叫びはじめると、ガオンは振り返って、一人の男の子に言った。「坊や、望みさえすれば《vil nor》、きみもガオンに、天才になれるんだよ」ヴィルナは「vil nor」の意だ。リトアニアのエルサレムというのは、迫害を撥《は》ねのける意志の力があることを意味している。離散《ディアスポラ》のときもユダヤ人は「望みさえすれば」偉大であり続けられた。ユダヤ人の社会主義指導者、ヴォルフ・ラツキ・バルトルディがストラシュン図書館を訪ねたとき、こう断言したのはそういう意味だ、とシュメルケはしめくくるだろう。「ヴィルナは都市ではない。イデア（理念）なのだ[12]」

第2部

ドイツ占領下で

3章　最初の攻撃

　一九四一年六月二十二日の日曜の朝、ノアフ・プリウツキは目覚めると、イディッシュ語の音声学についての著作にとりかかった。昨夜は劇場に出かけ、ショーレム・アレイヘムの喜劇『ラッフルくじ』の初演を観劇し、シュメルケ・カチェルギンスキ、アヴロム・スツケヴェルなど〈若きヴィルナ〉の作家たちといっしょに夜を過ごした。五十九歳になる学者のプリウツキはヴィルナに来て日が浅かったが、この都市でもっとも高名なユダヤ人知識人だ。彼は一九三九年十月、ナチスに占領されたワルシャワからここに逃げてきたのだった。

　ソビエトは一九四〇年六月にヴィルナを支配下に置くと、YIVOを〝ソビエト化〟し、プリウツキを所長に任命した。YIVOの中心的存在だったマックス・ヴァインライヒは一九三九年に国際言語学者会議に出席するためにデンマークに向かったが、戦争が勃発すると二度と東ヨーロッパには戻らないことを決意し、スカンディナビアで不安定な立場で七カ月過ごしてから、一九四〇年三月にニューヨークに腰を落ち着けた。ソビエトは彼の仕事を引き継ぐ人物として、プリウツキを選んだのだった。

　小太りで山羊髭《やぎひげ》を生やしたプリウツキはYIVOの所長の他に、ヴィルナ大学で新たに創設されたイディッシュ語の教授に着任した。就任記念講演は、ヴィルナじゅうの注目を集めるユダヤ文化のイベントになった。戦前、ヴィルナがポーランド領だったとき、大学は反ユダヤ主義の温床だったので、どの分野だろうとユダヤ研究の学科が存在することなど想像できなかった。大学にはユダヤ人の教授はいなかったし、ユダヤ人の学生は講義室の左側にすわるように求められた（無言の抗議として、そうする代わりに彼らは後方に立っていた）。プリウツキがヴィルナ大学の教授とＹＩＶＯの所長に就任したことは、ユダヤ人とユダヤ文化がソビエト支配下のヴィルナで花開く期待を抱かせた。プリウツキはインタビューで、ヴィルナは「五点星の光に照らされた」と語っている。[1]

しかし、その期待は一九四一年六月に打ち砕かれた。ドイツ軍が攻撃してきたのだ。プリウツキがデスクにすわっていると、朝の十時頃にサイレンが鳴り響いた。十一時に、ソビエトの外務大臣がラジオ放送でソビエト連邦がドイツに攻撃されたことを発表した。十二時にはヴィルナの上空を戦闘機が飛び、爆撃が始まった。プリウツキと仲間たちはヴィヴルスキ通りにあるＹＩＶＯに急いで向かい、進軍してくるドイツ軍侵入者から隠すために、施設のアーカイブにある大量の資料を埋めはじめた。プリウツキが〝歴史的任務〟と名づけた記録のことが、とりわけ気がかりだった。そこには現在進行形でナチスがおこなっているポーランドのユダヤ人に対する迫害が記録されていたのだ。〝歴史的任務〟には、ドイツに占領された土地からヴィルナに逃げてきた四百人以上の避難民の証言が記されていた。ドイツ軍がそれを発見し、自分たちの犯罪の詳細な記述を目にしたら、まちがいなく〝任務〟にたずさわったメンバーたちを処刑するだろう。[2]

日曜の夜じゅう空襲は続き、プリウツキは自信たっぷりの表情で友人たちに言った。「ヒトラーはソビエト連邦に落とした最初の爆弾で、自分自身の墓を掘ったんだ。やつはただちに苦い終わりを迎えるだろう」しかし、彼の妻のパウラはあきらかに動揺していた。「逃げなくてはならないわ。夫はここにもう一秒もいるわけにはいかない。連中に八つ裂きにされるわ」[3]彼女が不安がるのも当然だった。イディッシュ語と民俗学の教授であるばかりか、プリウツキは有名な政治家だったのだ。ワルシャワで二十年ほどユダヤ人民党を率いていて、ポーランド議会のメンバーでもあった。

プリウツキはユダヤ民族主義者でポーランド愛国者だったが、ふたつは矛盾しないと固く信じていた。一九三〇年代、編集長をしていたワルシャワのイディッシュ語の日刊紙《モーメント》で、ナチスドイツを厳しく糾弾する記事を載せた。ヴィルナに逃げてからは断固たるソビエト愛国者に変身し、ソビエト連邦だけがナチスの攻撃からユダヤ人を守ってくれると考えていた。ようするに、ノアフ・プリウツキはまさにドイツ軍が見つけだしたがっている人物だったのである。知識人で政治的指導者で、第三帝国のあきらかに敵だ。そこでプリウツキと妻のパウラは一九三九年九月にワルシャワから逃げてきたのだが、今再び、一九四一年六月、ドイツ軍が彼らをつかまえようとしていた。

プリウツキ夫妻はジャーナリストと作家たちの一団と東に逃げる計画をあわてて立てた。しかし、六月二十四日に市内に入ってきたドイツ軍に先を越された。攻撃が始まってわずか二日後に、ドイツ軍はすべての道路を封鎖してしまう。

ヴィルナに閉じこめられ、夫妻は考えうる唯一の最善策をとった。キッチンのオーブンで〝歴史的任務〟の記録も含め、個人的な書類を焼いたのだ。[4]

ドイツ軍が支配権を握ると、ヴィルナの七万人のユダヤ人の生活環境は急激に悪化していった。七月四日、ドイツ軍に忠実なリトアニア警察と他の武装グループが通りのユダヤ人を襲撃しはじめた。七月七日、ユダヤ人はダビデの星がついたアームバンドをつけるように命じられたので、一目でユダヤ人だとわかるようになった。七月十日、百二十三人もの男性がシュピタルナ通りで虐殺された。その翌日、多数の人々が逮捕され、市郊外の緑の森が広がるポナリという場所に送られた。そこで人々は整列させられ撃ち殺された。それを皮切りに数え切れない大量銃殺が始まったのである。月日がたつにつれ、何千人ものユダヤ人男性が通りや自宅でつかまえられたが、強制労働につかされたのか、処刑されたのか、その後彼らの消息はまったくわからなくなった。まだゲットーはなかったが、ユダヤ人男性は〝拉致〟されるのが怖くて外に出られなかった。

パウラ・プリウツキはドイツ軍が夫のノアフを探しに来るのではないかと覚悟していたが、彼女の予想していたのとはちがう理由でドイツ軍はやってきた。逮捕や処刑のためではなく、奴隷労働をさせる学者として酷使するために連れに来たのだ。彼の逮捕を命じた男はナチスのユダヤ民族の専門家で、ヨハネス・ポール博士といった。

ポールはヨーロッパじゅうの文化的資産を略奪する仕事をしているドイツの組織、全国指導者《E》ロー《R》ゼンベルク《R》特捜隊のメンバーだった。ERRは一九四〇年にフランスで略奪を始め、ユダヤ人が所有していた本や美術品を手に入れたが、たちまちのうちに手を広げ、国立美術館や図書館、ありとあらゆる個人コレクションから芸術作品を盗むようになった。

ERRがとりわけ関心を持っているのはユダヤ民族の文化的財産だった。ユダヤ人の宗教、歴史、文化に関連した本、原稿、記録書類だ。こうした品々は反ユダヤ主義のユダヤ人研究〝ユーデンフォルシュング〟の貴重な資料とみなされていた。ユーデンフォルシュングはユダヤ人の悪行について調べるのが目的で、ナチスによる迫害と、のちのユダヤ人絶滅の方針を科学的用語で正当化した。ナチスにとって、珍しいユダヤ人の書物や原稿を〝手に入れること〟はユダヤ民族と精神的で知的な闘いをする際に重要な武器になった。ポールはその活動の責任者だった。[5]

ヨハネス・ポールは敬虔なカトリック教徒で、後にナチスに転向した。一九〇四年にケルンで行商人の長男として生まれたポールは、司祭職を出世の手がかりとして利用した。叙階式で、ノルト・ライン・ヴェストファーレン州エッセン市の神父になり、ボン大学の神学部で聖書の勉強を続けた。ポールは優秀な学生ではなかったが、勤勉でコネを作るのがとてもうまかったので、あちこちの国を移動するのに役立った。ボンのあとで、ローマ教皇庁立聖書研究所で勉強し、イタリアがファシズムに苦しんでいる三年間、ローマで暮らしていた。彼は旧約聖書の研究に専念し、『預言者の書による古代イスラエルの家族と社会』という論文を書いたが、どうにか通る程度の低い成績だった。イタリアから聖地パレスチナに行き、教会の聖職給をもらって、エルサレムのローマ教皇庁立東洋研究所で研究を続け、一九三二年から三四年まできわめて敬虔な環境で聖書と考古学とヘブライ語を学んだ。より高度な学問を学ぼうとするシオニストが活動する創立したばかりのヘブライ大学の講義までとっていたようだ。ポールがエルサレムで暮らすあいだに、ナチスがドイツで台頭し、ポールは熱心に支持した。彼とドイツ人クラスメイトは夜にキャンプファイアを囲んで、ドイツ国家を歌った。

一九三四年、ポールの人生は一変した。聖職者を辞めてドイツに戻ってくると、エルサレムで出会ったドイツ人女性と結婚したのだ。無職同然だったので、ポールはドイツの州立図書館にヘブライ語を専門にする東洋学者として売り込むことにした。幸い、この分野には多くの仕事の口があった。というのも、ユダヤ人が州立図書館を解雇されたので、東洋学の司書がほとんどいなくなったからだ。ポールはドイツ最大の図書館、プロイセン州立図書館にヘブライ語専門家として雇われた。それも彼の語学の才能とナチスに忠実だったおかげだ。彼は仕事のかたわら、夜間に図書館学を勉強した。

ポールは学者としてのキャリアを追求するという夢をとうとう実現することができなかった。まず、ベルリンきっての一流大学、フリードリッヒ・ヴィルヘルム大学の東洋学科の教員に、古代イスラエル社会に関する論文を書くという前提で応募したが、現代の聖書の知識がないという口実で却下された。そこでユダヤ民族とボルシェビキ思想の関係について書くと提案して、再度応募した。それはヒトラーとナチス党にとってはお気に入りの話題だった。しかし、東洋学科はそのテーマは政治学科の方がふさわしいと難色を示した。そこでポールは司書のまま、反ユダヤ主義の伝道者としての副業に乗りだすことにし、反ユダヤ主義の週刊新聞《シュテルマー》にタルムードの邪悪さについての記事を書いた。彼の著書『タルムードの精神』はとても人気が出て、二種類の版が出版された。

ポールは権力のある身近な団体に、熱心かつ従順に追随するタイプの人間だった。まずカトリック教会、それからナチスドイツ国家。そしてカトリック教を勉強しているあいだに学んだ反ユダヤ主義の傾向を強め、それをナチズムに奉仕する際に利用した。

ポールは一九四〇年六月、ヘブライ語の専門家としてERRに入った。九カ月後、ユダヤ人研究の中心となる機関のひとつで、新しく設立されたフランクフルトのユダヤ人問題調査機関の主任司書に任命された。ふたつの仕事は重なる部分があった。ERRのためにユダヤ民族を略奪し、手に入れたものをユダヤ人問題調査機関に送ると、ただちに驚くほど蔵書が豊富なユダヤ民族図書館に加えられた。[6]

ドイツ軍がヴィルナを支配して、わずか一週間後に、ベルリン大学の東洋学と聖書研究の第一人者、ヘルベルト・ゴッタルド博士[7]とともにポールはやってきた。一九四一年七月初めのことだ。二人のナチスの学者は赤いアームバンドと鉤十字章をつけた黄緑色の制服を着て、兵士たちの一団を引き連れて市内を車で回った。

二人はユダヤ人のいくつかの文化施設の住所と、その所長の名前をあらかじめ調べてきていた。ポールは通りで人々を呼び止め、古いユダヤ人居住区の場所と、YIVOのマックス・ヴァインライヒ博士、ヴィリニュス大学のノアフ・プリウツキ、ストラシュン図書館のハイクル・ウンスキはどこで見つけられるかとたずねた。ヴァインライヒはニューヨークにいたが、プリウツキとウンスキの居場所は突き止めて逮捕した。ポールはプリウツキにYIVOの最高の財産を引き渡し、おもな収蔵品のリストを作るように命じた。

一九四一年七月、ノアフ・プリウツキは囚《とら》われの学者となった。毎日、警官がプリウツキをザクレトーヴァ通りの自宅からYIVOの建物まで連れていき、そこで命じられた仕事をこなした。[8]ストラシュン図書館の名物司書ウンスキも、S・アンスキ・ユダヤ歴史民族協会博物館のキュレーターのE・ゴルトシュミットも、同様だった。彼らは銃を突きつけられ、その施設のもっとも大切な品をERRのポールとゴッタルドに渡した。

これはユダヤ人の言葉――印刷物も手書きのものも――に対するドイツ軍の組織化された迫害だっ

た。ドイツ軍がソビエト連邦軍を攻撃してわずか数日後に、この作戦が実行されたのは、ヴィルナのユダヤ民族を手の内におさめることが最優先事項だったことを示している。

仕事の初日、家に戻ってくると、司書のウンスキは友人たちにこう語った。「あのドイツ人ときたら、信じられないぐらいイディッシュ語がうまいんだ。ヘブライ語もかなり読めるよ、筆記体も。それにタルムードにもずいぶん詳しかった！」[9]

YIVOとストラシュン図書館とアンスキ博物館を荒らすのに加え、ポールとドイツ兵の一隊はヴィルナのユダヤ民族の誇りと栄光の象徴、大シナゴーグを略奪した。シナゴーグの儀式管理人をつかまえて鍵の束を没収し、聖櫃からトーラーの巻物や他の儀式用の品々、銀製のトーラー冠、胸当て、金のトーラーポインターなどをとりだした。管理人たちは略奪を予期して、聖櫃近くの壁の裏側にある貯蔵所に多くのトーラーや装飾品を隠しておいた。しかしドイツ軍はその貯蔵所を発見して、扉を吹き飛ばし、中身をごっそり奪った。それからシナゴーグの中庭に並んでいる他の祈禱所、クロイズも漁った。[10]

七月二十八日、ある変化が起きた。プリウツキが仕事から戻らず、ゲシュタポの刑務所に連行されたのだ。YIVOの建物での仕事は続いていたが、今では刑務所とYIVOのあいだを行ったり来たりするようになった。パウラは仕事先の夫に食べ物や衣類を届けに行った。夫は頰がこけ、目がうつろで腰が曲がっていた。どうやら殴打されているようだった。八月の初め、ドイツ軍は三人の学者、プリウツキ、ウンスキ、ゴルトシュミットをゲシュタポ刑務所の独房に入れた。三人はそこから毎日連れだされて、それぞれの仕事場に向かった。三人は刑務所でマイモニデスの著作をはじめ、ユダヤ文学や思想について語り合いながら夜を過ごしたと伝えられている。やがて八月半ば、プリウツキがＹＩＶＯに来なくなった。ヴィルナ中央のウキスキ刑務所で、ひどく殴られ血まみれになって頭にぼろきれを巻いている彼を見た、という証言がある。そのかたわらに倒れていたのは、息絶えたゴルトシュミットの体と意識がもうろうとしているウンスキだった。

ポールとその副官ゴッタルドはヴィルナに対する任務を果たしたので、三人の学者たちをゲシュタポの手にゆだねたのだった。

ノアフ・プリウツキは一九四一年八月十八日に処刑された。彼がユダヤ人民党の指導者で、ポーランド議会のメンバーだということをゲシュタポは知っていたので、第三帝国の敵として処刑したのだ。ゴルトシュミットは殴られたせいで刑務所で亡くなった。ウンスキは三人の中では幸運だった。九月初めにゲシュタポは彼を釈放したのだ。ただし念のため、新たに作ったヴィルナのゲットーに押しこめた。[11]

ヴィルナは蹂躙《じゅうりん》された。ストラシュン図書館の五冊の初期刊本はなくなり、大シナゴーグからも、もっとも古い原稿ともっとも美しい儀式用装飾品が消えた。ポールと仲間たちはストラシュン図書館の八箱の略奪品と、ＹＩＶＯとアンスキ博物館から奪った品物といっしょに、それらの宝物をドイツに送った。ドイツ軍はヴィルナのユダヤ人の文物を〝入手する〟ことについて真剣になっている、いや、恐ろしく真剣になっていることを行動で示したのだった。[12]

ＹＩＶＯが略奪されたという噂が、有名なポーランド系ユダヤ人の歴史家、エマヌエル・リンゲルブルムの耳に入った。彼は数百キロ離れたワルシャワ・ゲットーに監禁されていた。ポーランド地下組織のコネを利用して、リンゲルブルムはニューヨークの同胞に暗号化された手紙を送り、ＹＩＶＯに起きた悲劇について知らせた。リンゲルブルムの手紙はこういう文章で始まっている。「イヴゥシュ・ヴィヴルスキが最近亡くなった」これはＹＩＶＯがヴィヴルスキ通りにあることから、ＹＩＶＯを示す符丁だった。そしてこう続けた。「きみは彼のことをよく知っていたね。彼はまったく財産を遺さなかった。しかし、戦時中には誰もがもっと多くのものを失った。彼が仕事にどれほど力を注いでいたか覚えているだろう。いまや遺されたのは誰もいない家だけなんだ。彼の所持品は債権者たちに奪われてしまった[13]」

リンゲルブルムの情報は大げさだった。一九四一年七月の時点ではＹＩＶＯの所蔵物のほんの一部だけが奪われたにすぎず、ほとんどは残っていた。それどころかポールは〝リトアニアのエルサレム〟に短期間派遣され、重要な教訓を得た。ヴィルナにはユダヤ文化の財産があまりにも多くの場所に、あまりにも多く存在しているので、たった一度の略奪ではすべてを手に入れることはできないということだ。何十万という本や記録文書を選別するには長期にわたって作業するグループが必要だった。ＥＲＲが一九四二年二月にヴィルナに戻ってきたときは、そういうグループを結成していた。

かたやドイツ軍当局は、占領した東ヨーロッパの領土にある図書館のうち、ドイツにとってもっとも大きな利益のある所蔵品がある四十三館の図書館リストに、ＹＩＶＯを載せた。これらの図書館は、ナチスのアカデミー、高等学院《ヘーエ・シューレ》で計画中の巨大図書館のために〝取得〟する対象とされた。一九四一年九月二十九日のあるメモには、ヴィルナの三つの図書館が対象とされている。ヴィルナ大学図書館、ヴルブレフスキ州立図書館（ポーランド国立図書館の地方館だった）、それにＹＩＶＯだ。ＹＩＶＯ

の所蔵品は四万冊の本と七万の記録文書一式と推定された。そのメモには、ヴィルナの図書館はドイツ帝国にとって重要である。なぜならユダヤ人、ヘブライ人、カトリック教徒の文学が収集でき、ドイツのコレクションが豊かになるからだ、と書かれていた[14]。

ERRがメモの指示を実行するためにヴィルナに戻ってくるのは、時間の問題だった。

4章　地獄の知識人たち

ノアフ・プリウツキは、一九三九年の秋にワルシャワから避難してきた数十人の知識人の一人だったが、本にかけては、グロッサ図書館長ヘルマン・クルクの右に出る者はいなかった。この図書館はワルシャワで最大のユダヤ人のための貸出図書館で、文化同盟と呼ばれる組織が後援していた。クルクはポーランドでもっとも尊敬されているユダヤ人司書だった。図書館学と書物から学んだことについて数十の記事やパンフレットを書き、文化同盟の図書館センター長でもあり、そのニューズレターを編集していた。

クルクは熱心な民主社会主義者で、ブント党のメンバーだった。彼にとって、図書館は労働者が自分を高め、階級を意識し公平な社会を作ろうとするための媒体だった。

かろうじてドイツ軍の爆弾や弾丸をよけながらひと月にわたって逃亡生活を送ったあとで、クルクはヴィルナにたどり着き、まっすぐ鉄道駅からストラシュン図書館とＹＩＶＯに向かった。そこの分類方法と運営手法を学ぶためだ。そのあとでようやく住む場所を見つけ、きれいな服に着替えた。

クルクは高潔で自制心のある人間だったので、当然、周囲から敬意を払われた。「彼は伍長らしい歩き方をした」（ポーランド軍に従軍しているときにその階級だった）「頭を高くもたげていると、実際よりも背が高く見えた」洗練された優雅な紳士だったので、ゲットーに入ってずいぶんたってからも、クルクは常に靴をピカピカに磨き、爪を手入れしていた。[1]

クルクはブント党の青少年活動の指導者をしている弟のピンカスといっしょにヴィルナにやってきたが、妻と幼い息子は同行せずワルシャワに残っていた。旅は子どもには危険が大きすぎたし、避難民グループのまとめ役が家族を連れてくることを許してくれなかったのだ。ヴィルナに着くと、クルクは妻の居所について情報を入手することにエネルギーを注ぎ、ポーランド人地下組織を通じて妻に手紙を送り、逃亡を助けようとした。

クルクと弟は一九四〇年の春に、ニューヨークのユダヤ人労働委員会の尽力により、幸運にもアメリカのビザを入手できた。ピンカスはさっそくアメリカに向かったが、クルクは妻と息子の行方を突き止めようとしていたので出発を延期した。ソビエトが再びリトアニアに侵入してきて、一九四〇年八月に併合すると、ウラジオストクまでの通過ビザの発行が中止された。だがアメリカに行くにはその経路しかなかった。ソビエト当局はクルクに取引を持ちかけてきた。ソビエトのスパイとして働くことを承知すれば、ウラジオストク経由でアメリカに行かせてやるというのだ（彼らは〝スパイ〟ではなく〝友人〟という言葉を使ったが、意図は明らかだった）。クルクはイギリスの指揮下にある西部ポーランド軍に入隊し、その活動について情報を送らねばならなかった。彼らはクルクにカナダにあるポーランド新兵募集センターに行くように指示した。クルクはソビエト当局がテーブルに置いた契約書にサインするのを拒否し、それ以降、ヴィルナに閉じこめられることになった。[2]

一九四一年六月二十二日にドイツ軍が攻撃してきたとき、四十四歳のクルクはもう東に逃げようとはしなかった。またも森を長時間歩き、食べ物を漁るエネルギーはなかったのだ。アパートにとどまり、せっせと日記を書いていた。時間がたつにつれ、その日記はヴィルナのユダヤ人の苦労をつづった記念碑的な年代記になった。ゲットーの図書館長になると、一日に二、三時間はオフィスで日記の文章を秘書に口述させ、秘書はそれを三部タイプした。ドイツ軍に発見されたら、処刑されただろう。しかし、クルクは書くことをやめようとしなかった。そうすることによって目的意識と使命感を持つことができたからだ。日記のことは〝わたしの人生の大麻〟と呼んでいた。一九四二年六月、ヴィルナ・ゲットー作家協会が彼の日記に〝アンダーグラウンド文学のジャーナリズム〟賞を授与した。[3]

最初の方にはドイツ軍の恐怖統制の流れが記されている。ユダヤ人は外出着に黄色いダビデの星をつけるように命令され、市内の大通りを歩くことが禁じられ、限られた買い物時間に別の列に並ばねばならなかった。クルクは労働のためと称する、ユダヤ人の一斉検挙について記した。さらに百二十三人が処刑されたシュピタルナ通りの大虐殺についても、ユダヤ評議会《ユーデンラート》を作るというドイツ軍の布告に対する反応も書いた。ほとんどのコミュニティ指導者は加入することを拒んだが、最終的に同胞の苦しみをやわらげられるかもしれないと期待して折れた。しかし、その期待は八月六日にたたきつぶされた。ユダヤ人行政局の副地方長官、フランツ・ムーラはユダヤ評議会に五百万ライヒスマルクの〝寄付金〟を集めるように命じた。ユダヤ人が三百五十万ライヒスマルクしか集められないと、ムーラはユダヤ評議会のほとんどのメンバーを即座に処刑させ、新しい評議会メンバーに一新した。

クルクは市外の森の広がる土地、ポナリで大量銃殺がおこなわれているという〝噂〟を最初に耳にした一人だった。しかし、恐怖を利用しようとする噂にすぎないと聞き流した。銃撃場所まで雇い主についていったポーランド人の使用人が、嘘をついたか幻覚を見たかして、そういう話を流布したのだろうと。やがて九月四日、最初の生存者の証言を聞き、それを「震える手と血のように赤いインク」で記録した。十一歳と十六歳の傷を負った二人の少女と、四人の成人女性がヴィルナのユダヤ人病院に銃創を負ってやってきた。クルクは直接、彼女たちの話を聞いた。

全員がこう語った。「マシンガンで撃たれました。溝には何千人もの死体がころがっていました。撃たれる前に服と靴を脱いだんです……わずかな生存者が溝から這いだし、ほうほうの体で村までたどり着きました……ある女性は小作人のところに行き、ユダヤ人のところに連れていってほしいと頼みました。こういうものを見た後では、愛する人々が目の前で撃ち殺されるのを見た後では、自分の命なんて価値がない。でも、ユダヤ人に知ってほしいと思ったのです。その一念だけで、彼女は小作人のところに行ったのです。ユダヤ人に知らせたい!! と」[4]

クルクは震えあがった。この二カ月に通りからさらわれた何千人もの〝行方不明者〟はポナリの墓穴で大量虐殺されていたのだ。その気持ちを表現するには黙示録的な言葉を使うしかなかった。

世界は叫べないのか?
天がふたつに割れることがあるなら、どうして今日、そうならないのか?
天が本当に天なら、溶岩が流れ落ちてくるはずだ。すべての生き物を永遠に押し流してしまうはずだ。もっと大きな世界の崩壊を起こさせればいいのだ――瓦礫から新しい世界を生まれさせよう！

「哀れな汝らよ、大地から立ち上がれ！」

真っ昼間なのにエジプトの闇が広がっている。戦慄につぐ戦慄、恐怖につぐ恐怖が。[5]

ゲットーが設置されたという突然の布告で、ポナリのニュースはクルクの頭からたちまち消えた。九月五日、ヴィルナのユダヤ人は明日、新たに建造された塀に囲まれた古いユダヤ人居住区の狭く荒れ果てた通りに押しこめられる、という噂が広がった。クルクは〝歴史的な日〟と呼ぶその日について、一時間ごとに記録をつけた。

午前九時：ユダヤ人の集団が次々に連れ去られていった。誰もがコートを重ね着して着ぶくれしていた。荷物をひきずり、乳母車に家財を積んでいる。おぞましい光景だ。犬は何かに勘づいたかのように、ワンワン吠え、遠吠えしている。こうして犬たちは飼い主に別れを告げているのだ……。

午後二時：ゲットーに入るのは闇に足を踏み入れるようなものだ、と人々は言っている。何千人もの人々が列に並び、檻《おり》の中へと追い立てられていく。人々は追われて袋を持ったままころび、天まで届くほどの悲鳴があがる。悲惨な行列は何時間も続いた。[6]

記録はクルク自身がゲットーに連れていかれたときに途切れた。その後数日間はあまりにもトラウマが大きく、混乱してペンをとることもできなかった。彼が日記を再開したのは九月二十日で、中断した日々のできごとを回想してしたためた。

ゲットーはとてつもないぎゅう詰め状態だった。戦前は六千人が暮らしていた十一ブロックに、四万の人々が押しこまれたのだ。二万九千人が大きい方の一番ゲットーに入れられ、一万一千人は小さい方の二番ゲットーを割り当てられた。二番ゲットーはほとんどを大シナゴーグ、ストラシュン図書館、シナゴーグの中庭のクロイズが占めていて、そのすべてがいまや掘っ立て小屋のような住まいになった。クルクはストラシュン通りを蟻塚に、そこの住人たちを巣穴から這いだしてくるネズミにたとえた。九月十五日の記述（ただし後から書かれたが）には、栄養不足が問題になっているとある。空腹と病気について次々に報告された。しかし、病気を治療するユダヤ人医師と、食べ物をこっそり持ちこみ、分配する一般市民の活動についても記している[7]。

アナトール・フリードというエンジニアが議長を務める新しいユダヤ評議会はゲットー内の生活を体系化しはじめた。病院、公衆衛生サービス、学校、警察署、そして図書館を設置した。

詩人のアヴロム・スツケヴェルは「ゲットーの最初の夜は、墓の中の最初の夜のようだ」と書いた。ブント党の地元指導者の一人は、クルクが泥の中を歩き回っているのに目を留めた。クルクは泥から本をひきずりだし、風で吹き飛ばされた破れたページを追いかけていたのだ。ブント党員はユダヤ評議会のメンバーでもあったので、その光景を仲間に報告した。翌日、ユダヤ評議会はクルクにゲットーの図書館長になるように依頼した。

ゲットーに図書館ができたのは、おもに偶然の産物だった。たまたまユダヤ人啓発協会の貸出図書館が、一番ゲットー内のストラシュン通り六番地にあったのだ。ストラシュン通りにあったものの、ここはストラシュン図書館ではなかった。ユダヤ人啓発協会の図書館はおもに小説と教育的な文学をそろえていて、その多くがロシア語とポーランド語で書かれていた。稀覯本などはまったくなかった。公共サービスの貸出図書館で、四万五千冊の蔵書があった。[8]

クルクは図書館の蔵書がめちゃくちゃに並べられているのを発見した。分類カードはポールによって持ち去られていたので、クルクとスタッフは一から分類し直さなくてはならなかった。最初のうちクルクは、蔵書を救いだし、戦争が終わるまでそれを守るのが自分の仕事だと考えていた。怯えて混乱し、寝る場所と食べ物を探している人々には、精神的に読書をする余裕などないだろう。しかし図書館が一九四一年九月十五日に一部の本の貸出しを始めると、ゲットー内の人々は「喉の渇いた子羊のように本に飛びついた」「彼らが経験したおぞましいできごとですら、それを止められなかった。人々は活字から離れていられなかったのだ」。クルクはこれを「ゲットーの本の奇跡」と呼んだ。[9]

クルクはただちにまだ生きている最高の専門家たちを図書館に配置した。学者でＹＩＶＯの副所長、ゼーリグ・カルマノーヴィチ。ストラシュン図書館のハイクル・ウンスキ。ヴィルナのユダヤ人の子ども図書館を運営していたベラ・ザクハイムと副館長のディナ・アブラモヴィチ。イディッシュ語教師の進学校で教師をしていたモイシェ・ヘラー博士などだ。

ＹＩＶＯの学者カルマノーヴィチは副館長となり、図書館の三人の事務局の一人になった（三番目のメンバーはクルクの秘書ロフル・メンデルスントだった）。二人の男は世界観がまったく異なっていた。クルクは社会主義者だが、カルマノーヴィチはイデオロギー的にいくつかの変遷を経て、現在はシオニストで信仰深い人間になっていた。しかし、性格は似ていて、お互いのスキルを補い合った。カルマノーヴィチはドイツの大学で学んだ博識な学者で、ペトログラード（現在のサンクトペテルブルク）で博士号を取得した（ある友人はかつて彼についてこう語った。「ゼーリグ・カルマノーヴィチが部屋に入ってくると、辞書は必要なくなった」）。かたやクルクは書誌学が専門で司書だった。イデオロギーのちがいはあったが、どちらの男も知的な真剣さとユダヤ文化のために公共サービスに献身したい、という思いを抱いていた。

ハイクル・ウンスキはストラシュン図書館の伝説的な館長だったが、ゲットーの図書館では補助的な役割を演じた。投獄とプリウツキの殺害にすっかり怯え、知的な仕事に関わる気力を失ってしまったのだ。クルクは彼を貸出係に任命した。[10]

クルクは熟練したまとめ役であり管理者で、意欲も集中力も備えていた。カルマノーヴィチは〝ゲットーの預言者〟と呼ばれるほど深遠な精神力の持ち主だった。彼らは力を合わせ、ゲットーの住人たちの気持ちを鼓舞し、威厳を取り戻させ、士気を高めるという図書館の使命に没頭した。

ところで、シュメルケ・カチェルギンスキ、短気で美食家で、左翼の吟遊詩人はどうしていたのだろう？　このあいだに彼はどこにいたのか？　シュメルケと妻のバルバラも、冬服を重ね着しベッドリネンと台所用品を抱え、消耗しきってゲットーに入っていった。二人はスツケヴェルと妻のフレイドケ、さらに数人の知識人たちといっしょに、リツキ通りのアパートにぎゅう詰めになって暮らしはじめた。しかし、九月十五日にドイツ軍が最初の一斉検挙をして三千五百人の住人たちをつかまえて移送すると、ゲットーという名の死の罠から逃げだそうと決心した。いちかばちか外に出て生きていくことにしたのだ。シュメルケはポーランド人かベラルーシ人に見えるように口髭を伸ばし、丸眼鏡をはずした。そして金髪のバルバラといっしょに、ある九月の晴れた朝、建設現場に向かう作業グループに交じって、ゲットーをこっそり抜けだした。ゲットーから出ると、グループと別れ、服につけていたダビデの星をむしりとった。シュメルケはユダヤ人以外でも通りそうだった——口を閉じている限りは。イディッシュ語訛《なま》りがひどかったので、ひとことでも発したら万事休すだ。

シュメルケとバルバラは西に、ズヴィエジニェツの森に住むリトアニア人の友人の家をめざした。そこに着いてから、これからの計画を立てるつもりだった。身元がばれるのではないかと怯えながら茂みのあいだを歩いているとき、バルバラがつい本音をもらした。「あなたがいなければ、あたしは——アーリア人の外見をしているし、ポーランド語が堪能だし——簡単にポーランド人で通るから安全だったのに」

その言葉に、シュメルケはレンガの山の下敷きになったかのような強い衝撃を受けた。バルバラが一九三九年の秋にドイツ軍から逃げ、飢えた避難民としてビャウィストックにやってきたときに、シュメルケは彼女と知り合った。そして彼女の世話をして、食べ物を与え、友人たちのグループに紹介し、励ました。それなのに今、妻はシュメルケといっしょにいることを後悔しているのだ。「あなたがいなければ、あたしは安全だったのに」シュメルケはいきなり立ち止まり、バルバラを一瞥すると、ひとことも言わずに背中を向けて逆の方向に、ヴィルナの方に引き返しはじめた。バルバラは彼を呼び止めなかったし、彼も振り返らなかった。二人はそれっきり二度と会うことはなかった。シュメルケはバルバラをどうしても許せなかった。一年以上のちに、隠れていた場所をドイツ軍に発見され、処刑のためにバルバラがポナリに連行されたあとでも。しかし、そのときのことは、ごく親しい友人たち以外には誰にも話さなかった。[11]

シュメルケは市内のポーランド人女性がユダヤ人を助けているという噂を聞いたことがあり、その住所をめざした。真夜中にドアをノックすると、最初のうち女性は勘違いしていると言い張っていたが、最後にはアパートに入れてくれた。すると暗闇でゲットーから逃げだしてきた人々が床にすわっているのが見分けられた。その女性、ヴィクトリア・グジュミェレフスカはポーランド軍将校の妻で、シュメルケの救いの天使となった。

グジュミェレフスカのアパートは中継地点だった。そこから逃亡者たちはさまざまな隠れ家に送りだされた。しかし、シュメルケが到着してまもなく、彼女のアパートがスパイに見張られているという伝言が届けられ、すぐさまそうした行動を中止せざるをえなくなった。新入りで順番が最後だったシュメルケが隠れられそうな家はほかになかったので、彼女は偽の〝アーリア人〟の書類を手に入れてくれ、シュメルケはヴァツワフ・ルヂェーヴィチというポーランド人になりすますことになった。長い文章を話したらユダヤ人だとばれてしまうので、ルヂェーヴィチは一九三九年の戦争に従軍して脳震盪《のうしんとう》を起こしたせいで聾唖《ろうあ》になった、と書類に書いてもらった。

それから七カ月というもの、ヴィルナではとびぬけて雄弁で社交的だった人間が、ひとことも言葉を発さずに、聾唖の物乞いとして町から町へさまよい歩き、半端仕事をこなし、誰かに見つかるかもしれないという恐怖と常に隣り合わせで暮らした。戦前には〝みんなが〟シュメルケを知っていたので、人に見られないようにいつもうつむき、外套《がいとう》の襟で顔を覆っていた。夜、一人きりで森や野原にいるとき、自分の声を聞くためだけにシュメルケは野生の獣のように叫んだ。

あるとき、年老いて人使いの荒いポーランド人公爵夫人のところでコックをしたことがあった。女性はしじゅう怒鳴り、侮辱したが、シュメルケは何も聞こえないふりをしていた。だが、ある日彼女はこうわめいた。「おまえは怠け者の役立たずだ。ユダヤ人を何人かつかまえてドイツ軍のところに連れていって、砂糖を一キロもらってくることもできないんだからね。他の小作農はみんなやってるっていうのに」そのとたん、シュメルケは堪忍袋の緒が切れ、公爵夫人の顔に唾を吐きかけ、叫んだ。「このくそばばあ、おれの方がおまえよりも長生きするよ」聾唖の男がしゃべったのでショックを受けた公爵夫人は卒倒し、そのすきにシュメルケは逃げだした。[12]

何度かシュメルケは小さな町のゲットーにこっそり忍びこみ、同胞のユダヤ人たちと数日間いっしょに過ごした。しかし、長居は絶対にしなかった。シュムスクという町の近くにある地所で、三十人のユダヤ人強制労働者たちの一団に加わったことがあった。ある日、ボスのベラルーシ人の農民が、登録のために地区の警察署に出頭するようにと予備警察隊に言われた、と伝えてきた。「行っちゃだめだ！」シュメルケは労働者たちを制止したが、みんなは出頭した。二日後、シュメルケを除く一団全員が銃殺された。[13]

シュメルケが変装して田舎をさまよい歩いているあいだに、ヴィルナのゲットーは最悪の日々を過ごしていた。[14] 九月に始まったドイツ軍のゲットーの手入れは激しさを増し、ユダヤ人たちは地元のイディッシュ語の方言で〝マリナス〟と呼ぶ間に合わせの隠れ家を作った。十月一日、ユダヤの祭日ヨム・キプルの日に、ゲットーの満員のシナゴーグでおこなわれていた祈禱は、ゲシュタポによって中断された。連中は〝仕事〟のために人々を集めにやってきたのだ。祈禱用ショールをはおった男たちと家族はマリナスに逃げたが、四千人の住人たちがヨム・キプルの日につかまった。彼らはウキスキ刑務所に送られ、そこからポナリに連れていかれ処刑された。

十月二十四日、悪名高い〝黄色い許可証作戦〟が実行された。ドイツ軍はゲットーの行政局に対して、全住民に新しい身分証明書を発行するように命じた。三千五百枚の黄色の許可証は〝有益な専門職〟に。ピンクの許可証は彼らの家族に――ただし、専門職一人につき配偶者と子ども二人まで。黄色とピンクの許可証の持ち主、合計一万四千人は移送されずにすむ。その他のゲットーの住人たち全員が白い許可証を与えられたが、それは死刑宣告に等しかった。動揺した男女は結婚をでっちあげ、黄色の許可証を持っている誰かの夫や妻だと名乗った。ヘルマン・クルクはゲットーの図書館館長として黄色の許可証を手に入れたので、ブント党の創設メンバーである七十四歳のパティ・クレマと〝結婚〟した。さらに通りにいた孤児二人を子どもにした。

黄色の許可証の持ち主とその家族たちがゲットー外の仕事場に行くと、ドイツ軍が居住区に入ってきて、白い許可証を持つ五千人の人々を逮捕し、ポナリに送って処刑した。その月には最大の作戦がおこなわれた。十月二十八日から三十日に二番ゲットーが解体され、一万一千人の住人のほぼ全員がポナリに送られたのだ。ドイツ軍は残酷にもポナリを〝三番ゲットー〟と呼んでいた。

シュメルケはこの衝撃的な殺戮《さつりく》の時期にはゲットーの外にいたが、友人であり物書きの同志でもあるアヴロム・スツケヴェルはゲットー内にいた。スツケヴェルはこのわずか数カ月間に何度もあわや死にかけた。ある一斉検挙のときは、ユダヤ人葬儀協会のオフィスで棺に入って夜を過ごし、命拾いをした。棺の中にいるあいだに、彼はその経験について詩を書いた。別のときには、ドイツ兵たちに撃たれそうになって、生石灰の容器に飛びこんだ。かなり時間がたってから、スツケヴェルが額から血と生石灰の混じったものを流しながら顔を出したとき、昼間の光は「これまで見たこともない日没」になっていた。のちに、スツケヴェルは母親を探すために二番ゲットーに忍びこみ、投獄されていた母親を一番ゲットーに連れていった。数週間後、二番ゲットーはもはや存在しなかった。スツケヴェルを動かしていたのは、詩の言葉の力に対する超自然的な信仰だった。すなわち人生の使命を果たし、詩を書いている限り、自分は生き延びられるという信念だ。[15]

一九四一年十二月の終わりまでに、ゲットーは不安で怯えた人々の集まる場所になっていた。クルクはこう記した。「誰もが息を整えることができずにいた。全員が刺され、心臓を切り裂かれたように感じていた。最後の逮捕で、あまりにも多くの若い命が奪われた。落ち着いていられる人間は一人もいなかった[16]」司書、詩人、学者――クルク、スツケヴェル、カルマノーヴィチは人の手で作りだされた地獄にいた。

5章　本と人のための天国

ゲシュタポの一斉検挙、ポナリへの移送、栄養失調、耐えがたいほど狭苦しい住居といったもののさなかで、貸出図書館が機能していたと考えると、呆然とするしかない。しかし、ストラシュン通り六番地のゲットー図書館はただ開館しているだけではなく、人気が高かった。登録者の数はゲットーでもっとも残虐な行為がおこなわれた一九四一年十月に、千四百九十二人から千七百三十九人に増え、図書館は七千八百六冊の本を貸し出した。一日平均三百二十五冊の本が借りられたのだ。かたや、貸出デスクの裏側で、スタッフは千三百十四冊を分類した。[1]

ヘルマン・クルクはゲットーの図書館について、つらいパラドックスに気づいた。大量の検挙がおこなわれると、図書の貸出し数が急上昇するのだ。「十月一日、ヨム・キプルの日、三千人が連れていかれた。まさにその翌日、三百九十冊の本が返却され貸し出された。十月三日と四日には、大勢の人々が第二ゲットーから連れていかれ、第一ゲットーは筆舌に尽くしがたい緊張状態になった。しかし十月五日、四百二十一冊の本が返却され貸し出された」[2] 読書は現実に対処し、平静さを取り戻す手段だったのだ。

強い要望に応え、クルクは十一月二十日に戦前は複写本の保管室に使われていた場所に閲覧室を開いた。ゲットーにゴミ収集にやってきたトラックでこっそり運びこんだ長テーブルと椅子を置き、閲覧室の壁に沿って書棚をすえつけ、十五のセクションに分けた二千冊の参考図書をぎっしり並べた。百科事典、辞書、教科書、心理学や経済学などのいくつかの専門分野の本だ。閲覧室にはガラスケースもあり、巻物やトーラー冠、その他の儀式の美術品が飾られた。この場所はゲットー美術館と呼ばれることもあった。[3] 異様な状況の中でも、閲覧室には平穏な雰囲気が漂っていた。

いわゆる安定期のあいだ、図書館はゲットーでの生活の頼みの綱となった。この安定期は一九四二年一月から一九四三年七月まで、一年半続いた。大規模な一斉検挙とポナリへの移送はいったんおさまり、残った二万人（そのうち一万四千人は登録されていて、残りの六千人は〝不法滞在者〟だった）の住民にとって、ありふれた日常生活が戻りかけた。朝、労働隊はゲットー外の強制労働の現場まで出かけていき、一日の終わりには状況が許せば、服の下に食べ物を忍ばせて帰ってきた。ユダヤ評議会は〝働くゲットー〟を生存の鍵とする方針を説いた。住人が生産的な労働者であれば、その労働はドイツ軍にとって役に立つ、ナチスは自己利益の見地から彼らを生かしておくだろう。大半の住人はそのとおりだと信じたか、少なくとも、そう信じたがった。

安定期になると、文化的社会的活動が盛んになった。最初のコンサートが一九四二年一月十八日に開かれた。ゲットー作家芸術家協会が同じ月に設立され、生活支援委員会が結成された他に、青少年クラブ、母乳バンク、さまざまな専門職の協会（弁護士、ミュージシャンなど）ができた。[4] こうしたグループにとっても、図書館は貴重な情報源として役立った。

だがその平穏は、断続的に残虐行為が起きることで破られた。一九四二年二月五日、ドイツ軍はユダヤ女性が出産することを禁じる法令を作り、ただちに施行した。ゲットーに入る前から多くの女性たちが妊娠していた。幸運な女性たちはゲットーの病院でひそかに赤ん坊を産み、医療スタッフは赤ん坊の出生証明書の日付を法令施行前にずらした。しかし、二月五日以降に生まれた赤ん坊のほとんどがドイツ軍によって、毒殺された。その一人がスツケヴェルの息子だった。殺されたわが子への詩は、これ以上ない苦悩の中でも見事な詩を書ける彼の才能を示している。

おまえを飲み干したかった、わが子よ
その小さな体を
この指に冷たく感じたとき
温かい一杯のお茶のように
おまえを飲み干したかった、わが子よ
そして、わたしを待つ未来を
味わいたかった
おまえはわたしの血管の中で再び花開くだろう
だが、わたしでは役不足だ
わたしはおまえの墓にはなれない
おまえのことは
迎えにやってきた雪に委ねよう

この最初の休息に
おまえは黄昏《たそがれ》の破片さながら
静寂の中へと落ちていく
どうかわたしからの挨拶を伝えてくれ
冷たい大地の下の
細い芽に[5]

数カ月後の七月十七日、ドイツ軍はまた別の弱者グループを殺戮の標的にした。年配者だ。八十六人のゲットーの住人たちが逮捕され、サナトリウムに送られた。そこで治療を受けられるという希望を抱かされて。しかし十日後、全員が殺された。[6] さらに個人や小グループが、ささいな違反によってポナリに送られて殺された。たとえば夜間外出禁止令を破ったり、食べ物をこっそり持ちこんだりといった違反だ。

それでも、心に傷を負い、怯え、栄養不良の住人たちは生存や威厳や希望を求めて憂鬱な闘いをしつつ、日々を過ごしていた。図書館はその闘いの中心にあり、クルクはそこで先を見通していた。

どういう人が本を読み、何を読み、どうして読んだのか？　開館してから一年以上たった一九四二年に書かれた報告書の中で、冷静沈着なクルクは統計値と分析を記している。図書館には二千五百人の登録者がいて、それは戦前の前身であるユダヤ人啓発協会図書館の登録者の二倍以上だった。読者は若かった。貸出者の二十六・七パーセントが十五歳以下で、三十六・七パーセントが十五歳から三十歳だった。ゲットーの住人たちが借りたのはおもに小説だ。貸出された本の七十八・三パーセントがフィクションで、十七・七パーセントが子どもの本、わずか四パーセントがノンフィクションだった。[7]

ディナ・アブラモヴィチはゲットーの司書の一人だったが、その時期に貸出デスクにやってきたさまざまなタイプの利用者について覚えていた。午前中は〝社交界のレディ〟がやってきた。夫が市内で好待遇の仕事についていて、ゲットーの基準でいうといい暮らしをしている女性たちだ。自由な時間があったので、こうした女性たちはロシアの感傷的な小説を読みたがった。午後になると子どもたちがゲットーの学校からまっすぐやってきて、ファンタジー作品を探した。たとえばジュール・ヴェルヌの『八十日間世界一周』とか『グラント船長の子供たち』とかだ。午後遅くや日曜日にはゲットーの外で労働している人々がやってきた。彼らはもっぱらポーランド語に翻訳されている世界の文学に興味を示した。[8]

読書をする心理について、第一の動機は現実逃避したいからだとクルクは報告した。「ゲットーには一人当たりの生活空間が七十センチ四方もない。［室内では］すべてが床に置かれている。テーブルも椅子もない。部屋は巨大な小包だ。人々は自分の荷物の上に寝そべっている……本は彼らをゲットーの塀を越えて広い世界に連れていってくれる。少なくとも読者はそうやって憂鬱な孤独から解放され、頭の中だけでも人生と失われた自由を味わうことができるのだ」[9]

もっとも人気のある本は犯罪小説と大衆小説だった、とクルクは困惑しながらも寛大さを見せて記述している。消耗する生活環境のせいで、大半の読者は挑戦しがいはあるが読むのに骨の折れるような文学を手にとる気にはならないのだろう。彼はゲットーの住人に人気のポーランドとロシアの大衆小説の長いリストを挙げた。西洋文学でもっとも人気のある作品は、エドガー・ウォーレスの犯罪小説とマーガレット・ミッチェルの『風と共に去りぬ』とヴィッキイ・バウムのドイツ語のロマンス小説だった。フローベールやゴーリキーは誰も読もうとしないし、ドストエフスキーやロマン・ロランもほとんど顧みられない、とクルクは嘆いた。

読書は麻薬であり、一種の中毒で、考えることを回避するための手段だった。「ゲットーの司書が麻薬密売人のように感じられることがある。その点では読書とすら呼びたくないが、自己中毒が蔓延《まんえん》している。とりわけつらい日々に読書にのめりこむ人々が選ぶのは、安っぽい犯罪小説だけだ。知的な読者ですら、他の本は手にとろうとしない」あるゲットーの女性住人は同じような言葉で読書習慣について語った。「頭がぼうっとなるまで犯罪小説に読みふけるんです。煙草を手に入れるのがむずかしい今、小さな本がわたしの麻薬です。犯罪小説を三冊読み終わると、頭がいっぱいになって、周囲の世界のことを忘れられます。もっと重たい内容の本を読もうとしましたが、集中できませんでした」[10]

子どもたちはとても熱心な利用者で、他の年代よりも一人当たりの読書量が多かった。子どもたちは読書が大好きだったので、図書館の閉架図書室に忍びこんで本を盗もうとする子までいた。司書がゲットー警察を呼ぶと、〝泥棒〟たちは逮捕され、家に帰された。[11]

しかし、少数ながら〝社会的に成熟した利用者〟もいて、自分たちの窮状に光を与えてくれる本を読みたがった。そういう利用者は戦争文学を借りていった。トルストイの『戦争と平和』はゲットー図書館が開館した最初の年に八十六回貸し出された。レマルクの『西部戦線異状なし』も高い人気を誇った。しかし、社会的に成熟した利用者が愛読したヨーロッパの小説は、アルメニア人の大虐殺がおこなわれたトルコの町を舞台にしたフランツ・ヴェルフェルの『モーセ山の四十日』だった。読者はアルメニア人に降りかかったのと同じ運命に、自分たちも直面していると感じていたのだ。

ユダヤ文学のジャンルでは、洗練された利用者は、十字軍や異端審問の苦難をテーマに中世ユダヤ史を描いたグレーツやドゥブノフの本をむさぼり読んだ。イディッシュ語の小説でもっとも人気のある作品はショーレム・アッシュの『殉死』という、一六四八年から四九年にかけてウクライナのフメリヌィーツィクィイで起きた大虐殺を描いた小説だった。[12]

閲覧室にやってくるのは、本を借りる人々よりもエリート層が多かった。多くは学者と教育者で、図書館は彼らの仕事場になった。そこで調べ物をして、講義の準備をし、執筆した。閲覧室に運ばれた本の四十パーセントがノンフィクションだった。閲覧室はテーブルの前で普通の椅子にすわり読んだり書いたりできる、ゲットー内では希有の場所だったのだ。

閲覧室は静寂、休息、威厳を必要とする人々にとって、避難所だった。戦前の新聞や雑誌のページをめくる人もいた。つらい労働の一日のあとの休息で、クルクの言葉を借りると〝読むふりをしていた〟のだ。図書館のエチケット、〝静かに、おしゃべり禁止!〟は徹底され、床は毎日洗われた。子どもたちは昼間だけ閲覧室に入ることが許され、そこで宿題をすることは禁じられていた。[13]

ゲットー図書館は読書文化と書物に対する敬意を養った。貸出エリアの分類カードのそばには、二枚の掲示が貼られていた。

〝本はゲットーでの慰めだ！〟
本は悲しい現実を忘れさせてくれる。
本はゲットーから遠い世界に連れていってくれる。
本は何も食べなくても飢えをなだめてくれる。
本はあなたに誠実だから、あなたも本に誠実であれ。
わたしたちの精神の宝物を保存しよう――本を！

その隣には図書館管理部のもっと退屈な指示があった。

本を汚さず傷つけないこと。食べながら本を読まないこと。本に書き込みをしないこと。水をかけないこと。ページを折ったり、背表紙を折ったりしないこと。読んだ人間が感染症で具合が悪くなったなら、本を返すときに司書に申告しなくてはならない。[14]

指示にあるように、図書館の大きな問題のひとつは、度重なる貸出しによって蔵書が傷むことだった。ゲットーの状況では、本の大半は複写と置き換えることはできなかった。クルクは館内に製本所を設け、傷んだ本の修繕をすることにした。
貸出しの規則は厳しかった。本は貸出し後三日で返却する。遅延には罰金が科せられる。度重なる催促にもかかわらず返却しなかった場合は、その名前がゲットーの行政局に報告され、だらしない利用者は一日の執行猶予つき懲役刑を下されたうえに、厳しい罰金刑を科せられる[15]。

一九四二年十二月十三日、図書館が開館してから十五カ月たち、一万冊目の本の貸出達成を祝うイベントが開催された。その一万冊には閲覧室で使用された本も含まれていた。イベントでは文化人類学者で人気講演者のダニエル・フェインステインが挨拶に立ち、ヴィルナのゲットーで読書が盛んである意味を語った。読書は生存のために闘うときの道具だ。緊張した神経をやわらげ、心理的な安全弁として働き、精神的肉体的に崩壊することを防ぐ。小説を読み、架空の英雄たちを自分に重ね合わせることで、人は精神的に高揚し、生き生きしてくる。

フェインステインは比喩として、アラビア文学から引用した。「われわれは砂漠を歩いている人間のように、精神的に行き詰まっている。周囲は燃えるように暑く、命と自由という水を飲みたくてたまらない。すると、ごらん、本のページに描かれる人工的な白昼夢に、わたしたちの魂が探し求めているものを発見するのだ。気分が爽快になり、エネルギーがあふれ、命への渇望が大きくなる。砂漠の旅を生き延びれば、自由というオアシスにたどり着くだろうという希望がふくらむのだ[16]」

ストラシュン通り六番地の蔵書を増やすために、クルクはありとあらゆるところから本をかき集めた。ヴィルナ随一のユダヤ人ハイスクール、ルドニツカ通りのリアル・ギムナジウムの校舎がユダヤ評議会の本部として使われるようになると、学校の本をゲットー図書館に移動した。副館長のゼーリグ・カルマノーヴィチはローゼンクランツ&シュリフトゼツァー・ヘブライ語出版社の倉庫を見つけ、在庫を手に入れた。また、利用者にも本を見つけたら持ってきてくれと呼びかけた。ポナリに送られて処刑された住人が所有していた本を集めてくることは、気持ちの上でもっともつらい仕事だった。[17]

収集、分類、貸出の仕事はゲットーの知識階級を刺激した。図書館は、ユダヤ文化がこの暗黒時代を生き延びるという希望の象徴になった。たとえ住人の大半の命が失われても。クルクは日記にこう書いた。「人々はわたしのところにやってきてこう言う。『頭がおかしくなりそうです。どこにも行くところがないんです。仕事をください。お金はいりません。骨の折れるりっぱなお仕事を手伝わせてください』二十人のボランティがすでに働いてくれている。新しい人々がやってくると、前の人々はたいてい去っていく。作家、ジャーナリスト、医師など、専門家たちがここで働いている。人々は本を持ってきてくれる。『これをどこに片づければいいですか？　どうかこちらに置かせてください。あなたに預ければ、燃やされることもないでしょう。何冊かは生き延びるかもしれない[18]』」

本や記録文書を集める仕事に、ゲットー図書館は熱を入れた。ちょうど戦前のＹＩＶＯでおこなわれていたように。ただし、今回の方がその活動には切迫感があった。あたかもこれだけの死と破壊のあとで、何かしらを残さなくてはならない、それなら本を残そうと言わんばかりに。

最初からクルクとカルマノーヴィチは、ヴィルナの文化的財産が危機に瀕《ひん》していることを悟っていた。ヨハネス・ポールが一九四一年七月に何千という品物を盗んでしまったのだ。ＹＩＶＯの建物やアンスキ博物館はゲットーの外にあったので、クルクは訪ねることができなかった。そのせいで、コレクションの状態について信頼のおける情報を入手できずにいた。大シナゴーグとストラシュン図書館は二番ゲットーの中にあったが、十月にゲットーの粛清がおこなわれ、住人全員がポナリに移送されて処刑されてしまった。残った一番ゲットーからほんの数ブロックの距離だったにもかかわらず、クルクはストラシュン図書館とまったく連絡をとれずにいた。

文化的な流出を阻止するための第一歩として、クルクとカルマノーヴィチはユダヤ評議会を説得して、「ゲットーに残っている文化的財産、すなわち美術品、絵画、彫刻、原稿、祭具」を保管するように住人たちに布告してもらった。住人たちは何がどこにあるかをゲットーの図書館管理部に報告する義務が課せられた。[19]

次にクルクとカルマノーヴィチは、ストラシュン図書館の建物まで〝調査〟に行く権限をユダヤ評議会から与えてもらった。二人は手押し車にできる限りたくさんの本を積んで戻ってくるつもりだった。一九四二年一月、クルクはゲットーを離れるために二日間の旅行証を発行してもらい、ひそかな構想を胸に再びストラシュン図書館に行った。クルクは町で食べ物や毛皮や革や金を手に入れる代わりに、ストラシュン図書館でずっと本を選んでいた。さらに不気味ながらんとしたシナゴーグの中庭にある、ヴィルナのガオンのクロイズを訪れ、百八十年前の記録簿を取り戻してきた。[20]

クルクはスタッフとボランティアのグループを祭具の調査のために大シナゴーグまで連れていく権限も手に入れていた。見捨てられたシナゴーグに入ったときの不気味な光景について、ある参加者はこう描写した。「シナゴーグは闇と悲嘆に包まれ……四方八方から破滅が顔を出していた。大理石の柱だけが今もなお誇らしげに立っている。聖櫃に通じるカーテンはほとんどすべてが掛けがねからひきむしられ、はずされ……古い木材を彫刻した聖櫃と他の櫃は蓋が開けっぱなしで、めちゃくちゃに荒らされていた。もっとも美しい宗教的な品が冒瀆《ぼうとく》されたのだ」

調査ではろくな成果があげられなかった。聖所はすでに荒らされ、価値のある品はERRによってほとんど持ち去られていた。「わたしたちが来る前に何者かがこの場所を蹂躙《じゅうりん》し、わたしたちの仕事を〝簡単に〟してくれた。最後に大シナゴーグをもう一度眺めた。うち捨てられ見向きもされない廃墟。灰色の壁は謎めいて見えた。厚くほこりが積もり蜘蛛の巣がかかっている。胸に痛みを感じながら大シナゴーグを出て、手押し車を押していった。またここに戻ってくることがあるかはわからない[21]」

こうした努力のおかげで、クルクは文化的財産を驚くほど集めることができた。一九四二年一月七日、彼は新しく手に入れたものを合計した。そこには百二十六のトーラーの巻物。百七十巻のヘブライ聖書の預言者の書と聖人伝（エステル記も含まれている）。二十六のショーファ（ユダヤの笛）。十三個のハヌカ祭り用の七本枝の燭台。十二個の銀、真鍮《しんちゅう》、銅で作られた燭台。シナゴーグの壁からとってきた刻印された七枚の銘板。十二の献金箱。四つのトーラー冠（ふたつは銀、ひとつは錫《すず》、ひとつは壊れていた）。二十一の聖櫃の覆い。百十のトーラーカバー。十七枚のデッサン。二枚の油絵。ストラシュン図書館からは二千四百六十四冊の本、二十部の原稿、宗教的な協会やシナゴーグからは十一冊の記録簿を持ってきた[22]。クルクが手に入れた品物のいくつかは驚くようなものだ。いったいどうやって大シナゴーグで聖櫃の内側の壁をとりはずして運んできたのだろう？　長さが百八十七センチもある品なのだ。それにヴィルナのガオンのクロイズの席の上にかけられていた歴史的記念碑は百七十三センチ×六十九センチだし、シナゴーグの中庭にかけられていた時計は八つもあった[23]。クルクはそれらの品々をトラックでゲットーに運びこむように、ゲットーの行政局に援助してもらったのだ。

手に入れた品々を積み上げると、ゲットー図書館は小説や教科書といった月並みなコレクションの保管所ではなくなった。比喩的にも文字どおりの意味でも、ストラシュン図書館の相続人となったのだ。

クルクはいくつかの付属施設を監督下に置くことで、図書館の知名度と名声を高めた。〝書店〟は複写本を売った（おもに出版社の倉庫から入手したものだ）。〝アーカイブ〟はゲットーの行政局が作るメモ、議事録、書簡の複製を保管する仕事をした。〝統計局〟はゲットーの家、雇用、栄養、健康、犯罪の現状について報告した。さらに〝住所局〟は家族や友人の再会を手助けした。さらに〝ゲットー美術館〟の計画まであったが、計画は完遂しなかった。

最終的に図書館とその付属施設は〝ストラシュン通り六番地の情報機関〟と呼ばれ、建物は〝文化の家〟と呼ばれた。十八人のスタッフが雇われていた。[24]

ゲットーでもっとも人気のある施設のひとつが、たまたま図書館のすぐ外にあった。スポーツ競技場だ。ゲットーの行政局は爆撃された建物を撤去して、空き地を体操やスポーツ競技に使うことに決めたのだ。図書館の外側の壁にはスローガンがチョークで書かれた。「健康な肉体に健康な精神が宿る」そして「スポーツマンは困難な仕事も楽に感じるだろう」スローガンのすぐ上には泳いだり運動したりしている人々の絵が描かれていた。[25] スポーツ競技場はゲットーで唯一の開けた場所で、若い人々、とりわけ若いカップルたちのデートスポットになった。スポーツ競技場も図書館も、大量殺戮の真っ只中で命を強く求める叫び声の表れだったのだ。

図書館がヴィルナの中心地に置かれ、住人の知識人たちが本や文化的財産を集める活動に熱心に取り組んだのは、偶然ではなかった。ストラシュン図書館とYIVOの伝統は、人口密度の高い七ブロック先にある一番ゲットーで生きていた。苦難の中でも、ヴィルナのユダヤ人はそこが〝リトアニアのエルサレム〟であることを忘れなかったし、本来の自分に忠実であろうとしたのだ。

6章　共犯者、それとも救済者？

一九四二年二月十一日の冬、ＥＲＲの三人のドイツ人隊員がゲットーの検問所に現れ、任務についていたユダヤ人警官にストラシュン通り六番地のゲットー図書館に連れていくように命じた。ドイツ軍がいきなりゲットーに入ってきたことで、住人のあいだに不安と動揺が広がった。作戦が始まるのかもしれないと恐れたのだ。ハンス・ミュラー博士に率いられ、ゲルハルト・ヴォルフとアレクサンダー・ヒンペル両博士を従えたＥＲＲのチームは、図書館の閲覧室に入ってくると、ヘルマン・クルクに会いたいと告げた。クルクはオフィスから出てきて出迎えた。「彼らは礼儀正しく優雅にふるまった」とクルクは日記に書いている。ドイツ人たちはクルクの仕事と古い本について質問してから、ストラシュン図書館とＹＩＶＯの責任者に会いたいと言った。クルクはハイクル・ウンスキとゼーリグ・カルマノーヴィチを呼んだ。少し話してから、ドイツ人は数日後に三人を会議に招集したいと言い置いて帰っていった。

ゲットーの人々は大きな安堵のため息をついた。作戦ではなかったのだ。というか、別の種類の作戦を始めるようだ。人に対してではなく、本に対して。[1]

その後の会議はズィグムントフスカ通り十八番地のＥＲＲの新しいオフィスで開かれた。ここは以前ヴィルナ大学の医学部図書館で、広々とした部屋にはデスクとタイプライターが置かれ、秘書もたくさんいて、壁からナチスの横断幕が垂れ下がっていた。ERRがヴィルナに戻ってきたのは、手早く略奪をする以上の意図があるのは明らかだった。これからはERRのために働いてほしい、そしてユダヤの本を集めてもらいたい、とミュラーは学者たちに告げた。クルクがその作業グループの責任者になり、カルマノーヴィチはその補佐。ウンスキは書誌学の専門家として仕事をする。ゲットー図書館の仕事は続けてもかまわないと、ミュラーはクルクに言った。

最初の仕事はシナゴーグの中庭にあるストラシュン図書館の蔵書をヴィルナ大学図書館の指定された場所に移すことだった。そこで彼らは本を仕分けし、分類し、もっとも貴重な品をドイツに送る準備をすることになる。本の梱包と移動の単純作業のために、十二人の作業員を雇ってもらいたい。

ウンスキは息をのんだ。彼が四十年以上かけて築き上げた図書館をつぶすように命じられたのだ。ドイツ軍の計画は合併でもあり略奪でもあった。ストラシュン図書館とヴィルナ大学図書館の合併において、ERRが〝最上のもの〟を手に入れる。しかし、ドイツ軍は略奪をあたかも救済措置のように説明した。われわれは本を〝借りる〟つもりだ、前線から遠いドイツ国内に置いておけば安全だ。

常に冷静なクルクでさえ、その任務に神経を逆なでされた。その晩、彼は日記にこうつづった。

「カルマノーヴィチとわたしは墓盗人なのか救済者なのかわからなくなっている。ヴィルナの宝を手放さずにすめば、われわれにとって大いに役に立つ仕事になるだろう。しかし、彼らが図書館を略奪するつもりなら、わたしたちは共犯者になってしまう。あらゆる場合に備えて心づもりをするつもりだ」[2]

クルクはできるだけたくさんの本をヴィルナに置いておくように努力した。ミュラーにストラシュン図書館の複写本をゲットー図書館に移動する許可を願いでると、ミュラーは承知した。同時にクルクはドイツ軍にばれないように本を盗みはじめた。ポケットに忍ばせたり、大学図書館の建物内のあちこちに本を隠したのだ。最終的にゲットー図書館の奥に隠し場所を作り、集めた宝物をしまった。本の密輸を始めたのは、クルクが最初だった。

ミュラーとクルクの関係は複雑だった。たしかにミュラーはアーリア人の将校で、クルクはドイツ軍が人間以下と呼ぶユダヤ人奴隷だが、二人のあいだには専門家としての尊敬の念も存在していた。ミュラーは司書で、ユダヤ人の本のことを本気で気にかけているようだった。リトアニア人のグループがヴィレンスカ通りにある元ルバヴィチ・シナゴーグの本を手押し車に大量に積みこみ、紙くずとして売ろうとしているところに出くわしたとき、ミュラーは激怒した。ミュラーは略奪者を道で止め、本を取り返した。ミュラーはそのできごとをクルクに語り、本は無事だと保証した。「本はわたしのところに運ばせるので、保管しておくよ[3]」

再びドイツ軍と会ったあとで、クルクは日記にこう書いた。「わたしたちは敬意を払われ、心をこめて出迎えられた」ミュラーとその部下たちは、クルクとカルマノーヴィチとウンスキを相手に、ユダヤ人の言語について長時間話し合った。なぜイディッシュ語とヘブライ語は対立しているのか？なぜヘブライ語はシオニズムと結びつけられるのか？ヘブライ語に対するボルシェビキたちの態度は何なのか？ドイツ人たちには心からの関心と理解したいという思いがあるように見えた[4]。

ストラシュン図書館の所蔵物を守ることに関しては、ドイツ人たちのことよりも、十二人のユダヤ人作業員の粗雑な本の扱いの方がクルクは気がかりだった。作業員たちはがさつな教育のない連中で、本の価値がまったくわからず、稀覯本が入った箱を材木のように放り投げた。作業員の一人などは十八世紀の絵入りのハガダー（過越の祭で読まれる式次第）を見つけ、ざっと調べたあげく、よけておいて捨てようとすらした。カルマノーヴィチが制止し、いったいどういうつもりなんだと問いただすと、作業員はハガダーには王の奴隷がユダヤ人を鞭打っている絵が描かれているので、ドイツ軍に見せたくなかった、そういうことをユダヤ人にしてもかまわないと彼らが考えかねないから、と説明した。

本の新しい置き場所はウニヴェルスィテツカ通り三番地になった。そこでは一年前に、ソビエトの支配下で、マルクス・レーニン主義についてのセミナーがおこなわれた大学図書館があった（ナチスはユダヤ人とボルシェビキが世界を支配するために共謀していると信じていたので、マルクス・レーニン主義のセミナー室はユダヤ人の本を置くのにもっともふさわしい場所に思えたのだ）。クルクはマルクス主義の文学を片づけ、ストラシュン図書館の本を置くスペースを作るように命じられた。大学図書館の司書とクルクはドイツ侵攻前からの知り合いだったので、マルクス主義の本を捨てないでほしいとこっそり頼んできた。懇願されるまでもなかった。クルクは司書で愛書家で、折り紙つきの社会主義者で、マルクスを崇敬していた（レーニンはちがうが）。彼はそれらの本を近くのオフィスにしまいこんだ。

お返しに、大学の司書はドイツ軍が見ていないすきに、クルクがストラシュン図書館の本を建物の別の安全な場所に隠すのに、手を貸してくれた。これは本を交換する新しいやり方だった。あなたがわたしの本を救ってくれれば、わたしはあなたの本を救いましょう、というわけだ。[5]

ミュラーはクルクに特別な任務も与えていた。大学図書館の蔵書を調べて、ユダヤ民族とヘブライ語の本を探すというものだ。彼が発見した本はセミナー室のストラシュン・コレクションに加えるか、よりわけてドイツに送られる山に入れられるかするだろう。分類室でのクルクの威厳のある物静かなたたずまいは、大学図書館のスタッフに感銘を与えた。その一人は同僚にこう言った。「あの胸と背中に黄色のダビデの星をつけた背の低いユダヤ人が図書館に入ってくると、立ち上がってお辞儀をしたくなるよ」[6]

ストラシュン図書館のウニヴェルスィテツカ通りへの移管が終わりに近づくと、ミュラーはユダヤ人たちにYIVO、アンスキ博物館、その他のシナゴーグの中身も同じ施設に移すと宣言した。今度、胸の痛みを覚えたのはカルマノーヴィチだった。彼の愛するYIVOの図書館がまもなく荒らされようとしているのだ。ミュラーはポーランド語とロシア語の図書館、美術館、アーカイブを整理するのも手伝ってもらうかもしれない、と口にした。[7]

徴集されて働きはじめてからひと月もたたないうちに、ミュラーはクルクを〝ユダヤ人の本を選別する作業の監督者〟に任命した。新しい職名は彼の専門能力の高さに対する賞賛を反映していたので、クルクは今や自分はドイツの「大物」だと皮肉っぽく日記に書いた。賃金ははした金だったが、この仕事には特別な役得があった。付添なしでゲットーから出て、ユダヤ人の本を探して市内をうろつき回ることができる〝完全無欠の許可証〟をもらえたのだ。さらに、検問所でボディチェックをされずにゲットーに入る特権も与えられた。おかげで、本や書類をこっそり持ちこむことがいっそう簡単になった。

数カ月の間に、クルクは以前のシナゴーグ、学校、書店、印刷所、学者や作家のもとを訪れ、残っている蔵書を手に入れた。ポーランド人の家の管理人たちは、ユダヤ人が真っ昼間に戸口にやってくるのを見てぎょっとし、さらにドイツ当局のためにやってきたという手紙を見せるにいたっては度肝を抜かれた。

ほんの少し前までユダヤ人が生き生きと暮らしていた場所を訪れ、今では大半が死んでいる友人や仲間たちの家々に入っていくと胸が引き裂かれるような思いがした。クルクはゲットーの外の本探しのことを「墓場の散策」[8]と呼んだ。発見したもののいくつかはERRに渡したが、残りはゲットーに持ち帰ってゲットー図書館の奥の安全な場所にしまいこんだ。

クルクの本の隠し場所はどんどん大きくなっていった。一九四三年三月三日、人々がゲットーで初めてユダヤの祭日プリムを祝うとき、祭りに関連したエステル記の巻物を持っているのはクルクだけだったので、ゲットーのシナゴーグは巻物を彼のコレクションから借りた。[9]

一九四二年の三月初め、プリム祭りの頃、クルクは話し合いのためにベルリンに行った。戻ってくると、ERRがヴィルナでの作戦について説明するだろうとみなに知らせた。方針が変更になったのだ。YIVOとアンスキ博物館のコレクションをウニヴェルスィテツカ通り三番地に移動させる代わりに、ドイツ軍は二十部屋以上ある広々としたYIVOの建物を改造して、ERRの作業場にすることを決めた。イディッシュ語の研究の総本山が、ナチスの略奪の本部になるのだ。[10]

ドイツに占領されてから一年半のあいだ、YIVOはドイツ空軍L-〇七四四九隊の兵舎として使用されてきた。軍施設だったので、クルクにはこれまで訪ねる権限がなかった。一九四二年三月十一日に、クルクとカルマノーヴィチ、それにウンスキは愛する神殿にひさしぶりに足を踏み入れ、内部がめちゃくちゃになっているのを目の当たりにした。世界中のYIVOの支局や系列支所を示したイディッシュ語の世界地図がかけられていた堂々たる正面ホールは、今では「ドイツは生き続ける、だから勝つ」と刻まれたドイツの鉤十字と鷲《わし》の国章だらけだった。施設のさまざまな部門にあった蔵書や分類カードは建物の地下に放りこまれていて、書類が一メートルの高さに積み上げられていた。「あたかも大虐殺がおこなわれたあとのようでした」作業隊の一人は書いている。ドイツ空軍は本、新聞、記録文書を暖炉のたきつけとして使っていた。さらに、居住スペースを片づけるためだけに、適当に選んだ二十箱が廃棄物として製紙工場にすでに送られていた。[11]

クルクは階段を上がって二階の展示フロアに行った。空っぽだった。現代イディッシュ文学の父、I・L・ペレツの一九四〇年の展示品は近くの小部屋に投げこまれ、ペレツの原稿のページは泥と砂利に埋もれていた。記録書類、写真、工芸品は破られ、つぶされ、泥まみれだった。ペレツを現代イディッシュ語作家として尊敬し、夢見る若者だったときにこの偉大な作家と会った思い出を大切にしていたクルクは、冒瀆行為を目の当たりにして体が震えた。作業グループに最初に下した命令は、ペレツの展示品をきれいにして並べることだった。[12]

YIVOの地下室に捨てられた本と記録書類の山のあいだを歩き、入り口の大きな鉤十字のわきを通り過ぎ、泥だらけになった汚れた展示室を目にして、クルクは自分の任務を墓掘りにたとえた。彼と仲間たちは墓掘り人、それも、強制的に墓掘りをさせられている囚人で、自分自身の文化が破壊された残骸を処分するように命じられているのだ、と。

7章 ナチス、吟遊詩人、教師

本をめぐるこのドラマで中心人物となる二人が、一九四二年四月にヴィルナに帰ってきた。ヨハネス・ポール博士とシュメルケ・カチェルギンスキだ。

ポールは一九四一年七月の最初の略奪以来、初めてヴィルナを訪れた。サロニカの大きな作戦を終えたばかりだった。サロニカでは〝バルカン半島のエルサレム〟と呼ばれていた古いユダヤ人コミュニティの図書館とアーカイブを略奪した。今はリトアニアのエルサレムにおけるＥＲＲの作戦拡大の指揮をとる任務を与えられていた。ポールがＹＩＶＯの建物に入ってくるなり、クルクには彼が責任者だとわかった。

〝ヘブライ学者〟がやってきた。彼は制服を着た軍人だった。ユダヤ人のような外見をした長身の男で、実際ユダヤの血筋を引いているのではないかとすら思えた。

彼の名前はポール。博士だ。エルサレムのヘブライ大学で二年間学び、タルムードなどについて数冊の著書を出している。彼の物腰は礼儀正しく、社交的ですらあった。しかし、何も聞きだすことはできなかった。ＹＩＶＯをどうするつもりなのだろう？　推測すらできない。その問題は宙ぶらりんになっている。誰もこのヘブライ学者が何を求めているのか、どういう計画なのかわからずにいる。[1]

ポールのユダヤ人問題調査機関にはスローガンがあった。〝ユダヤ人抜きでユダヤ人について研究せよ〟。しかし、このスローガンにもかかわらず、ヴィルナでヘブライ語とイディッシュ語の大量の本を分類し整理するには、ドイツ人だけでは無理だと、ポールは経験から知っていた。ユダヤ人の力が必要だろう。ERRのメンバーの一人、アレクサンダー・ヒンペル博士はコレクションがすべてドイツに運ばれて、向こうで分類されるなら、その作業に戦後十年はかかるだろうと見積もった。ドイツにはそれだけの能力のあるユダヤ民族専門の書誌学者や古文書研究者はいなかった。[2] 好むと好まざるとにかかわらず、ポールは多くのユダヤ人知識人グループに資料を整理し、分類してもらわねばならなかった。

ポールは地元チームの責任者、ハンス・ミュラー博士に作業隊の規模を大きくするために、作業グループの学者を三人（クルク、カルマノーヴィチ、ウンスキ）から二十人に増やし、運搬作業員と技術スタッフを含めて四十人にするように指示した。クルクが学者からなる〝頭脳部隊〟[3]を雇い、〝肉体労働部隊〟の作業員はユダヤ評議会の労働局に提供してもらった。クルクが最初に雇ったのはアヴロム・スツケヴェルだった。[4]

頭脳部隊はジャンルと刊行世紀に基づいて本を分類した。ポールはローマとエルサレムの研究をしているため、古典宗教文学に格別に関心があったので、雇った学者たちにヘブライ語の聖書、ミシュナ（二世紀のユダヤの法典）、タルムード（ユダヤ民族の最高傑作で、六世紀に編纂された）、マイモニデスの著作（十二世紀）、シュルハン・アルフ（十六世紀に作られた権威あるユダヤ法典）、祈禱書は別の山に分けるようにと命じた。他の本はかなり広いカテゴリーで分類された。十五世紀から十八世紀の間に印刷された本、十九世紀の印刷物、二十世紀の印刷物、定期刊行物、新聞などだ。本のどのカテゴリーにも、ふたつの山ができた。ドイツに輸送されるものと、ヴィルナ大学に最終的に移動されるものだ。

ポールが二番目に優先させたのは、年代的にもイデオロギー的にも真逆のものだった。ソビエト文学だ。ボルシェビキはナチスにとってユダヤ人と並ぶ最大の敵だったので、ユダヤ人ボルシェビキはナチスにとって強迫観念になっていた。そこでポールはイディッシュ語、ロシア語、その他の言語のソビエト文学を二十世紀の他の本とは別に分類するように命じた。

本以外のものの整理は初歩的だった。新聞と定期刊行物はタイトルと年で分類された。原稿は作家別に。古文書のコレクションは来歴によって。[5]

ベルリンの上層部への報告書で、ポールは彼のヴィルナの小さな〝帝国〟について誇らしげに描写した。一九四二年四月、彼が作戦の指揮をとりに来たとき、ERRは十万冊のユダヤ人の本を手に入れるだろうと概算した。四万冊はストラシュン図書館から、YIVOからも四万冊、シナゴーグと個人コレクションから一万冊。残りの一万冊はルバヴィチ神学校とヴィルナのガオンのクロイズから。二カ月後、彼の総計の概算は十六万冊に跳ね上がっていた。[6]

クルクに〝ヘブライ学者〟と呼ばれていたポールにとって、ヴィルナは書誌学的な宝庫だったが、それでも多くの都市のひとつでしかなかった。ポールには東と南ヨーロッパ全体のユダヤ民族の財産を略奪するという任務があった。一九四二年四月に組織作りのためヴィルナに滞在したのは、わずか一週間だけで、彼は次の目的地に出発した。しかし、本の山を検分し、千七百六十一冊の古いヘブライ語の本を選ぶ時間はあり、ユダヤ人問題調査機関に送った。その価値は五十万ドルと見積もられた。[7]

ポールはベラルーシからウクライナへの途中でたびたびヴィルナに寄り、ＹＩＶＯでの作業の進捗状況を監督した。[8]

ポールが初めてやってきたのとほぼ同時期に、シュメルケ・カチェルギンスキはポーランド人の聾啞者になりすまし、七カ月にわたって田舎をさまよい歩いたあとで、ヴィルナのゲットーにこっそり舞い戻ってきた。そのとき、ゲットーは〝安定期〟にあった。ポナリへの大量移送作戦は終わり、シュメルケは戻っても安全だろうと判断した。開けた田舎にいるよりも、封鎖されたゲットーにいる方が自由だった。ユダヤ人の顔立ちだと気づかれないように、行き交う人々から顔を隠す必要もない。ヴィルナのゲットーにいれば、顔なじみの人々や場所に囲まれ、わが家のように感じられるだろうし、口を開いてしゃべることだってできる。シュメルケの友人たちは彼が生きていたことを喜び、温かく迎えてくれた。もっともシュメルケがゲットーの住人になれて、どうしてそんなにうれしそうなのかはさっぱり理解できなかったが。[9]

シュメルケはスツケヴェルと妻のフレイドケ、さらに数人の知識人たちとニェミェツカ通り二十九番地の狭苦しいアパートに引っ越した。クルクはスツケヴェルといっしょにシュメルケをＥＲＲの部隊に雇った。二人の詩人はまるで兄弟のようになり、友情と詩と仕事と家をわかちあっているばかりか、〈若きヴィルナ〉のメンバーのうちヴィルナのゲットーで唯一生き残った仲間だったので、いっそう絆が強くなった。二人の友人や仲間はほとんどが亡くなってしまったのだ。ハイム・グラーデのような少数の人間は、ドイツ軍がやってくる前にどうにか逃げていた。[10]

逃亡生活とはちがい、ゲットーの安定した生活で、シュメルケは七カ月ぶりにまた書くことができるようになった。すると、抑えていた詩心があふれだした。スツケヴェルはこの七カ月のあいだにすでにヴィルナ・ゲットーの詩人として名声を勝ち得ていた。かたやシュメルケは吟遊詩人だった。スツケヴェルの詩はゲットーの知識人を刺激した。シュメルケの詩は音楽にあわせ、ゲットー劇場のコンサートで演奏された。

シュメルケの詩は、果敢なほどの楽観主義と叙情的な哀悼のあいだを揺れ動いていた。ゲットーの青少年クラブに対する賛歌は、ゲットーに住む若者たちが直面している精神的な危機をほのめかしていたが、すべての人間にとってのもっと明るい未来をも予見していた。

われわれの歌は悲哀にあふれている
思いきって足を踏み出し、前進していこう
検問所で見張っている敵はいるが
若者は歌いながら元気よく進もう

望むなら、誰だって若くいられる

歳月なんて意味がない
老人だって、子どもになれるんだ
新しい自由な春には

彼の真面目な子守歌〈静かに、静かに〉は深い悲嘆の調べで始まる。

静かに、静かに、黙っていよう
ここでは死が成長している
暴君によって植えられたんだ
死が花開くのを見てごらん
今やすべての道がポナリに通じ
戻ってくる道はない
主も消えた
彼とともに、われわれの幸運も

この暗い歌ですら、今よりもいい日が来るだろう、という期待で終わっている。

心穏やかに泉の水を流れるままにしよう

無言で、期待をこめて……
主は自由とともに戻ってくるだろう
眠れ、わが子よ、眠れ
ヴィリヤ川は解放された
木々はまた青々と茂った
自由の光が照らすだろう
あなたの顔を、あなたの顔を[11]

ＥＲＲの作業部隊では、シュメルケとスツケヴェルだけが詩人だった。他のメンバーはヴィルナの生き残ったユダヤ人知識階級の寄り集まりだった。タルボット・ヘブライ・ハイスクールのヘブライ語教師、イスラエル・ルボツキー。文化人類学者で社会主義者、ダニエル・フェインステイン博士（読書は、ゲットーという砂漠におけるオアシスだと言った）。スピノザからベルクソンまで現代西洋心理学の学者、ヤコブ・ゴードン博士。ユダヤ改革主義の歴史学者、ディナ・（ナジェージダ）・ヤフエ。ドイツの複数の大学で学んだ数学者、レオン・バーンシュタイン博士。ＹＩＶＯの演劇博物館のキュレーターだったグラフィック・アーティスト、ウマ・オルケニツカ。教育者のロフル・ププコ＝クリンスキー、ダヴィド・マルケレス、イーリャ・ツンザー、ツェマック・ザヴルソン、ナディア・マッツ。それに写真家でヴィルナの傑出したエスペラント学者、アキーヴァ・ガーシャター[12]。

頭脳部隊には、戦争によって大学での勉強が中断されたり妨害されたりした、たくさんの聡明な若者たちも加わっていた。ルツカ・コルチャックとミフル・コヴナーは社会主義でシオン主義の〝青年警備隊〟で活動していた。アヴロム・ゼレズニーコヴはクルクが目をかけている若者で、ブント党員だった。ノイミ・マルケレスはブント党員から共産主義者になった（ノイミと父親の教育者ダヴィドはどちらも頭脳部隊で働いていた）。

頭脳部隊と肉体労働部隊のどちらにも関わる技術的な手配をする責任者は、ツェマック・ザヴルソンだった。[13]

女性隊員の三十二歳のロフルはシュメルケとスツケヴェルの親しい友人だった。戦争前、ロフルはシュメルケの大勢の遊び仲間の一人で、〈若きヴィルナ〉では詩と散文をたくさん読み、現在はリアル・ギムナジウムでハイスクールの歴史教師をしていた。

ロフルにはクルクが頭脳部隊のメンバーに求めていたスキルがあった。ヴィルナ・ステファン・バートリ大学で歴史学の修士号をとり、十八世紀前半のポーランドとリトアニアの外交史について論文を書いた。さらにラテン語、ドイツ語、ロシア語、ポーランド語をやすやすと読むことができ、イディッシュ文学の熱烈な愛好者だった。

感じのいい笑顔と大きな焦げ茶色の目をした魅力的なロフルは、青春時代、若い男性の取り巻きたちにちやほやされていた。しかし、彼女はその誰にもあまり関心がなく、その代わり、既婚者で羽振りのいい若いビジネスマン、ヨセフ・クリンスキーと二年間も不倫をしていた。クリンスキーは結局離婚してロフルと結婚したので、そのスキャンダルに彼女の多くの友人たちはショックを受けたものだ。彼は口先だけの共産主義者で、地下組織の共産党を資金援助し、ＹＩＶＯや他の文化的組織に寄付をしていた。

一九三六年の結婚から一九四一年のドイツ侵攻まで、ロフルは幸せだった。市内一のイディッシュ語学校で教え、学生、保護者、同僚たちに人気があった。裕福に暮らし、上等な服や特注の家具という贅沢を楽しんでいた。さらに一九三九年十一月にはサラという娘を産んだ。夫は困難な時代に共産党を支援していたので、戦争が始まってソビエト軍がヴィルナに進軍してきたときも逮捕されずにすんだ。

一九四一年、わずか二カ月のうちに彼女の人生は瓦解した。ドイツ軍に忠実なリトアニアの特殊部隊が七月十二日、まさに第一回のユダヤ人検挙で夫を自宅でつかまえた。夫は石鹸《せっけん》とタオル以外は何も持つことを許されず、ウキスキ刑務所に連行された。数日後、彼はポナリで銃殺された。八月末にゲシュタポがロフルの家に入ってきて、文字どおり彼女を家から放りだした。片腕にサラを抱え、もう片方の手にスーツケースをひとつだけ持って、ロフルは親戚の家に引っ越した。さらに九月六日、ヴィルナのユダヤ人たちといっしょにゲットーに入るように命じられた。

ロフルとポーランド人ナニーのヴィクトリア（ヴィクチャ）・ルヂェーヴィチは、二歳にもなっていない幼いサラはヴィクチャといっしょにアーリア人地区に残った方がいいと決めた。その方が安全でいい暮らしができるだろう。ヴィクチャは市内の別の場所に引っ越し、幼児は自分の娘だと周囲に説明し、イレナと呼ばれることになった女の子は日曜ごとに教会に行った。ロフルは一人でゲットーに入った。[14]

夫を失い、娘も奪われ、ロフルはシュメルケ、スツケヴェル、リアル・ギムナジウムの生き残った同僚たちとの友情に、励ましと慰めを求めようとした。クルクは彼女に父親のようなまなざしを向けていた。

こうして全員がそろった。新しいERRチームはポールとミュラーに率いられ、奴隷労働者の大所帯のうち、頭脳部隊はクルクとカルマノーヴィチがまとめていた。はたしてユダヤ人知識人たちはドイツ軍の意図を実行して共犯者になるのか、それとも危機に瀕した自分たちの文化的財産の救出者になるのか、それが問題だった。

8章　本のポナリ

ＹＩＶＯでの作業が始まると、たちまちヘルマン・クルクとゼーリグ・カルマノーヴィチのあいだで意見の不一致が勃発した。クルクは本をこっそりゲットーへ持ちこむことに熱心だった。かたや、カルマノーヴィチはそうではなかった。

クルクにとって、持ちこみは簡単だった。彼には非の打ち所のない通行証があり、ボディチェックをされずにゲットーに入ることができた。しかも、持ちこみを手助けする仲間がゲットー当局にいた。ユダヤ評議会はゲットーへの食べ物の持ちこみを大規模にやっていたが、そのために車を使っていた。わずかばかりの正式な配給食や材木を持ちこんだり、ゴミや雪を外部に出したりするために、ドイツ軍が車の使用を許可していたのだ。クルクは食べ物の持ちこみに便乗して、本をこっそり運びこもうとした。

さらに狡猾な計画も思いついた。以前、ドイツ軍はＹＩＶＯの建物にある余分な家具を、ゲットー図書館にトラックで運ぶことを許可した。デスク、ファイルキャビネットなどだ。彼は本や書類をそうした家具の内部に詰めこんだ。教科書はゲットーの学校に届け、稀覯本や原稿、絵画は隠し場所に運んだ。宝物をおろすと、クルクは家具の大半をゲットー図書館ではなく、ゲットー当局に運んで住人たちに配ってもらうことにした。図書館にはすでに必要な家具は揃っていた。家具の配達は本を持ちこむための便法だった。[1]

カルマノーヴィチはそういう手段を利用できなかったし、生まれつき慎重だった。ドイツ軍に対しては激しい憎悪を抱いていたが、ハンス・ミュラーとヨハネス・ポールはひとつの点で正しいと考えていた。すなわち、文化的財産は戦争でずたずたにされたヴィルナに置いておくよりも、ドイツの施設に保管された方が安全だということだ。最終的に連合軍が勝利をおさめ、どこにあろうともユダヤ人の財産を見つけてくれるだろう。そこで、カルマノーヴィチはできるだけ多くの本や書類をドイツに送るべきだと反論した。これは持ちこみが露見する恐怖を正当化しているのか、先見の明なのかは議論の余地があり、実際、仲間たちは熱い議論を戦わせた。しかし、カルマノーヴィチは頑なに譲らなかった。きわめて珍しい十八世紀のイディッシュ語の本を発見したときも、彼はそれを隠そうとも、クルクに渡そうともしなかった。発見した本をポールに見せたので、ポールはそれをドイツ行きの山に入れた。シュメルケやスツケヴェルや他の頭脳部隊のメンバーたちは怒り狂ったが、クルクはもう少し寛大だった。[2]

一九四二年五月、ミュラーとそのチームがキエフでERRの任務を果たすためにヴィルナを去った。と同時に、アルベルト・シュポルケットに率いられた新しいチームがやってきて、危険度が高まり、メンバーの計算は大幅に狂った。五十二歳のシュポルケットは知識人ではなく、ベルリンで革工場を経営する畜産業者だった。ヒトラーが権力を握る前の一九三一年に入党した筋金入りのナチス党員でもあった（かたや、ミュラーが入党したのは一九三七年だった）。シュポルケットはポーランド語とロシア語が堪能で、戦前にポーランドでビジネスをしていたが、ユダヤ文献については何ひとつ知らなかった。彼の副官のヴィリー・シェイファーはベルリン大学の神学科で博士号のために勉強していたルター派の牧師だったが、聖書のヘブライ語についてわずかな知識があるだけだった。もう一人のチームのメンバーは、ゲアハート・シュピンクラーで、ロシア語を完璧に操ったが、ヘブライ語もイディッシュ語もまったくできなかった。

せめてもの救いはチームにユダヤ文献の専門家、ヘルベルト・ゴッタルド博士がいたことだ。ゴッタルドはベルリン大学のセム語講師で、ハイデルベルク大学で博士号を取得し、以前にもこのチームで仕事をしていた。さかのぼること一九四一年七月、最初のERRの略奪任務でヴィルナのポールを訪ねてきたのだ。現在ゴッタルド博士はヴィルナとラトビアの首都リガで半々に過ごし、リガではオストラントの主要行動隊で宗教専門家として仕事をしていた。ゴッタルドは背が低くずんぐりした体形でキイキイ声だったので、シュメルケは〝子豚〟というあだ名をつけた。[3]

これらの人々に加え、ERR事務局の頂点にポールが君臨していた。彼が市内にいるときは、全員が彼に従った。

新しいERRのチームは、これまでよりもユダヤ人労働者を厳しく扱った。シュポルケットは労働者を虐待したり殴ったりするので有名だった。ロフルはこう回想した。「あの男の怒鳴り声はYIVOの建物を揺るがすほどで、わたしたちは彼を恐れていました。できる限り相手の目に入らないようにしましたが、彼はいつも部屋から部屋に移動して、わたしたちのすぐ隣に立っていたんです。そういうときは自分のしていることがわからなくなったわ」カルマノーヴィチはゲットーの日記にこう書きつけた。「今日、じいさんは（彼はシュポルケットをそう呼んでいた）若い作業者が煙草を吸っているのを見つけて殴りつけた」[4]

シュポルケットとERRのチームのメンバーたちはアーリア人の〝世界の覇者〟として気まぐれに権力をふるい、満足するまでストレスを発散するのを楽しんでいた。あるとき、シュポルケットはヴィルナ大学の床板をはがすように命じた。床下にユダヤの本が隠されているのではないかと疑ったのだ。だが、何も見つからなかった。〝子豚〟のゴッタルドはＹＩＶＯの建物のどこかに金が隠されていると信じていたので、金庫を見つけると、錠前屋に開けるように命じた。中に入っていたのは原稿と書類だけだったので、ゴッタルドは怒り心頭に発し、紙を床にばらまき踏みつけてから、鼻息も荒く部屋をあとにした。[5] そもそもポールがそういう気風を作ったのだ。査察のとき、ポールは十九世紀のロシア生まれのユダヤ人の巨匠マルク・アンタコルスキーの彫刻を〝ぞっとする〟と言ってたたき割った。ミュラーのチームは紳士的にふるまった。シュポルケットのチームは野蛮なけだもののようだった。

しかし、仕事場の雰囲気が変わった以上に深刻だったのは、〝余分な〟本を廃棄するという新しい方針だった。一九四二年四月二十七日、ベルリンのＥＲＲ本部は東部戦線の支所にその方針をメモで伝えた。ＥＲＲの第一の任務は「文献を集めること」で、第二の任務は「文献の廃棄」である。「〝文献を集めること〟に値しないなら、われわれの信条的な敵の精神的武器を破壊するように心しなくてはならない。多くの場合、廃棄は他の隊によって実行されるが、ＥＲＲは周囲を刺激し、手本となるようにするべきである。図書館、古書ディーラー、アーカイブ、美術コレクションなどの整理清算も含まれる。そうしたところにある本、記録書類、原稿、写真、プラカード、フィルムは、われわれの信条的な敵の利益になるように使われるかもしれないからだ」[6]

リガのＥＲＲのオフィスがヴィルナのチームを監督していたので、さまざまな種類の〝敵の書いた物〟をどう扱うかについて、ガイドラインが作成された。ヘブライ語とイディッシュ語の文献は「フランクフルトのユダヤ人問題調査機関に送るに値しなくなるまで完全に破壊する」とリガのオフィスは定めた。選択肢はフランクフルトか焼却しかなかった。もはやヴィルナ大学図書館に運ばれることはなくなった。[7]

ポールは割り当てを決めていた。ドイツに送る本と記録書類は三十パーセント以内にする。残りの七十パーセント以上は廃棄する。商売人のシュポルケットはＹＩＶＯからの廃棄紙を受けとったら一トン当たり十九ライヒスマルク払う、という契約を地元の製紙工場と交わした。製紙工場は紙を溶かしてパルプにし、真っ白な紙にリサイクルした。本の廃棄はちょっとしたビジネスになり、ＥＲＲチームのポケットマネーとなった。[8]

シュポルケットのチームは、文献を〝コレクション〟か〝廃棄〟かに分類する作業はユダヤ人労働者に任せていた。そのせいでユダヤ人学者、教育者、作家たちが文化的財産の運命を決めることになった。珍しくシュポルケットやチームがユダヤ文献を分類すると、表紙で本を判断して、美しい装丁の本をドイツに送ることにした。[9] 逆説的だが、ドイツ語で書かれたユダヤの本はどれも廃棄という厳しい方針が適用された。「リガにはすでにうんざりするほどあるんだよ。何十万冊とね」シュポルケットはがなりたてた。[10]

一九四二年の六月初めに本の廃棄が始まると、クルクは身震いしながら、そのときのことを記録した。「この仕事に従事してきたユダヤ人労働者たちは文字どおり涙ぐんでいた。その光景を目にするだけで胸が張り裂けそうだった」まずワルシャワで、それからヴィルナのゲットーで図書館を設立してきた人間として、クルクはそれをとんでもない大犯罪だとみなし、文化的な大惨事が起きていると考えた。ヴィルナのユダヤ人とその本の運命の類似点にも気づいていた。「YIVOの死の苦しみは長く時間がかかるばかりか、ここにあるすべてのものと同じように、大量に殺されている……。〝廃棄紙〟という巨大な墓は刻々と大きくなっていくのだ[11]」

一方、ポールはヴィルナ作戦が着々と進んでいることに非常に満足していた。ベルリンの上層部への報告書に、彼は誇らしげにこう記した。「文献はユダヤ労働者によって分類されている……役に立たないものは廃棄紙としてとりのけられる……YIVOの分類作業は効率的である。なぜなら不要な文献まで第三帝国に送る手間をかけないからだ[12]」

宗教的な品も本と同じ運命をたどった。ERRのチームは略奪した三百のトーラーの巻物を地元の革工場に売却し、その革はドイツ軍のブーツ底の修理に利用された。そのリサイクル方法を考えついたのはシュポルケットだった。なんといっても、彼は畜産業者で革製造業者だったのだ[13]。

敬虔なカルマノーヴィチにとって、巻物が冒瀆されるのを目にするのはつらかった。「われわれの時代の巻物はなんと異常な扱いを受けていることか。今日は二カ所ですっかりだいなしにされ、冒瀆された状態で見かけた。何十というトーラーや聖書がむきだしのまま、屋根裏の隅の壁に立てかけられていたのだ。大きい物も小さい物も、これまで大切にされてきた物がドイツ軍の命令でそこに放置されていた。これからどうなるのだろう?」[14]

破壊のクライマックスとして、ポールはヴィルナのロム出版が刊行したタルムードの全部で六十トンある鉛版を精錬所に売り払い、どろどろに溶かした。その鉛はドイツの軍事工場に送られた[15]。

破壊はユダヤの品々に限られなかった。ミュラーが予見したように、シュポルケットのチームはユダヤの本だけではなく、ヴィルナじゅうのありとあらゆる〝敵の書いた物〟を廃棄しはじめた。ロシア語とポーランド語の本や公文書は、ヴィヴルスキ通り十八番地の建物にどんどん運ばれていった。ヴルブレフスキ州立図書館、ヴィルナ大学図書館、トマシュ・ザン・ポーランド公立図書館、科学の友ポーランド協会の学術図書館、ユゼフ・ザヴァツキ出版社の倉庫、ヴィルナ福音派教会の図書館、そうしたところから、本が処分と分類のためにYIVOに運ばれてきた。ポールが言う〝ユダヤ人労働者〟がこうした本の〝選別〟も担当した[16]。

ERRは地元の教会や大聖堂に行き、そこのコレクションを処分する特別任務もユダヤ人労働者に与えた。あるときの遠出は特筆に値した。ポーランド人教授の監督の下で、ゲットーの住人グループはヴィルナでもっとも神聖なカトリック教会、夜明けの門チャペルの図書館で二千五百冊をふるいにかけたのだ。数々の奇跡をなしてきたと信じられている聖母マリアに近い場所で、作業部隊は説教書、釈義書、神学文学五百冊をドイツに送るために〝確保〟したのだった。ユダヤ人グループが夜明けの門の中まで入ったのは、おそらく初めてのことだったろう[17]。

その後、隣のベラルーシからロシア語の原稿と記録書類がYIVOの倉庫に届きはじめた。一九四三年四月、スモレンスク博物館と公文書館からの膨大なコレクションを特別列車が運んできた。そこには十六世紀と十七世紀の年代記、ピョートル大帝の寝室付き召使いの日記、マキシム・ゴーリキーとレオ・トルストイの手紙も含まれていた。ヴィテブスクからのソビエトのコレクションもドイツ経由でヴィルナに運ばれてきた。[18]

シュポルケットは有能な管理者だった。彼は頭脳部隊を部門ごとに分け、それぞれをYIVOの建物の異なる場所に配置した。

十一の部門のうち三部門はユダヤ関係ではない本だった。シュポルケット自身はドイツ語の本の分類を担当した。[19]

本や記録文書の廃棄が始まってまもなく、シュポルケットはゲットー図書館を〝撤去して処分する〟命令を受けた、とクルクに伝えた。クルクは背筋が凍りついた。ゲットー図書館は彼にとってかけがえのないものであり、彼の最大の文化的功績だったし、ゲットーの士気を支えている唯一無二の存在だった。クルクは命令を無効にする作戦を思いつき、すぐさま行動に移った。ナチスの隊員同士を反目させるのだ。

クルクはゲットーのユダヤ評議会議長のヤコブ・ゲンスに近づいた。この一九四二年六月の時点で、彼はゲットーの有能な責任者だった。クルクはゲンスにユダヤ人行政局副地方長官フランツ・ムーラの命令を守るように頼んだ。すなわち、ERRの仕事場の複製本はゲットー図書館に渡すべきだということだ。ゲンスは最近ユダヤ評議会の議長からアナトール・フリードを追放したばかりだったので、ゲットーの知識人に認めてもらいたがっていた。そこで喜んでクルクの頼みを聞き入れた。ムーラはムーラで、ゲットー内で新しい地位についたゲンスの支配力を強めたかったので、彼の求めに諸手を挙げて賛成した。というわけで、ムーラ副地方長官はユダヤ文献の複製をゲットー図書館に引き渡すように、という文書による命令をERRに対して発布した。シュポルケットはその命令を受けると、ヴィルナのユダヤ人行政局でトップの地位にあるムーラの興味は、ゲットー図書館を保存することにあるのだと解釈した。シュポルケットはゲットー図書館を〝撤去して処分する〟計画をあきらめざるをえなかった。[20]

大量の本が次々に廃棄されている時期だったので、その成功はささやかだが慰めになった。一方、クルクは用心のために、ゲットー図書館の隠し場所にあった本の大半を新しい場所に移動した。ゲットーの外、市内の中心部にある地下室だ。

一九四二年七月以降、クルクの日記にはYIVOでのERRの作戦のことがめったに出てこない。そこで起きていたことは、文字にするのがつらすぎたのだろう。文化全体を物理的に絶滅させることだったからだ。しかしゼーリグ・カルマノーヴィチは個人的なゲットー日記をつけていて、廃棄過程を日付順に短い文章で記していた。

一九四二年八月二日

従わざるをえない作戦が発動された。すべての図書館が廃館になったのだ。本は地下室にゴミのように投げ捨てられた。われわれの司令官は〝紙〟を製紙工場に運ぶために車を手に入れるつもりだと発表した。新しく運ばれてくる荷物のために、地下室を空けなくてはならないのだ。

一九四二年十一月十九日
近くの製紙工場が閉鎖された。地下室の紙は何十キロも離れた製紙工場に売られている。

一九四三年一月二十四日
常に紙くずを処分している。司令官はますます大量の紙くずを捨てている。

一九四三年七月五日
Y-VO図書館の残骸は製紙工場に運ばれた。

一九四三年八月二十六日
わたしは一週間ずっと本を整理していた。数千冊の本をこの手で廃棄処分にした。Y-VOの閲覧室には本の山ができている。本の墓場だ。巨大な墓。本も本の所有者も、聖書のゴグとマゴグの戦い（エゼキエル書に登場する戦い。大量の殺戮の犠牲者が出て、死体を埋葬するのに七カ月かかった）の犠牲者なのだ。

製紙工場に頻繁に運ばれているあいだ、ドイツへの搬送は後回しになった。梱包用の木箱、軍隊と鉄道当局との打ち合わせ、ベルリンからの承認が必要だったからだ。記録書類を詰めた最初の荷物がドイツに発送されたのは、一九四二年十月だった。十一月十六日には本の木箱五十個がドイツに送られ、一九四三年二月には九千四百三冊の本を詰めた三十五箱が送られた。行き先はおもに二カ所だった。ベルリンのＥＲＲ本部か、フランクフルトのユダヤ人問題調査機関だ。ソビエトの出版物はたいてい近くのリガにあるＥＲＲのオストラント主要行動隊に送られた。ドイツに最後に大量に送られたのは一九四三年六月と七月で、イディッシュ語とヘブライ語の本およそ一万冊だった。[21]
ドイツに送られた荷物は〝幸運な〟少数の本だった。ほとんどの本、原稿、記録書類にとって、ヴィヴルスキ通り十八番地のＹＩＶＯの建物はまさに〝本のポナリ〟で、製紙工場にたどり着くまでの一時的な保管場所だったのである。

9章　紙部隊

ゲットーの住人の間では、ＥＲＲは楽な作業場だと思われていた。きつい肉体労働もなかったし、トイレ掃除などの屈辱的な仕事をする必要もなかった。ただ本と書類を整理し、分類カードに記入し、記録書類のファイル目録を作ればよかった。しかも工場や作業所のように、もっと力とスキルがあるポーランド人に交替させられるのではないかという心配をする必要もなかった。ＥＲＲはゲットーの外では、唯一のユダヤ人だけの仕事場だった。

ろくな仕事をしていないだろう、という揶揄《やゆ》をこめて、検問所のユダヤ人警備員は彼らに〝紙部隊〟というあだ名をつけた。たんに紙をいじっているだけだと。その名前はゲットー内に広がって定着した。さらに一歩踏みこんで、〝紙で作られた部隊〟というジョークを飛ばす人もいた。ようするにひ弱な知識人の部隊という意味だ。

ヴィヴルスキ通り十八番地のＹＩＶＯの建物は、働くには平和で安全な場所だった。殴打されることもさほど多くなかったし、悪名高いシュポルケットを除けば、ほとんどのドイツ軍指揮官は穏やかに話した。「彼らは洗練された紳士たちだった」とシュメルケは苦い皮肉をこめて書いている。建物は良好な状態に保たれ、明かりも暖房もあり、労働者たちは地下室で用意された食事を出された（お茶、パン、卵かじゃがいも)[1]。

何よりもうれしかったのは、ドイツ軍が一日に数時間ぐらいしかＹＩＶＯの建物で過ごさなかったことだ。遅くやってきて、早く帰っていき、おまけに長い昼休みをとった。シュポルケットとＥＲＲのチームはズィグムントフスカ通りにあるオフィスで過ごす時間の方が長かった。ドイツ軍がいなくなると、ヴィルブリスというポーランド人の民間警備員が建物を見回った。ヨハネス・ポールは〝文明化された〟仕事場環境を維持したかったので、軍の警備兵は使おうとしなかったのだ。他には、戦前はずっとＹＩＶＯの管理人をしていた、建物の敷地のはずれに住んでいるポーランド人老女だけだった。

こうした利点にもかかわらず、ＹＩＶＯの建物はあまり理想的な仕事場とは言えなかった。工場や倉庫とはちがい、盗んだり売ったりできる物がなかったのだ。あるのは本だけで、買い取り市場もなかった。しかも、お金や貴重品と交換に食べ物を売ってくれるクリスチャンの同僚もいなかった。シュメルケは別の作業隊に属していた友人によく言われたものだ。「仕事場ではときどき殴られる。だけど、ライフルの台尻やブーツが飛んできても、満腹なら我慢するのがずっと楽だ。頭がふらつき、おなかがグウグウ鳴るほどひもじい思いをしながら仕事をするよりもね[2]」荷物を運んだり梱包したりしていた肉体労働者の多くは、ゲットー当局の労働局に、もっと割のいい作業場に替えてくれと訴えていた。

ただし紙部隊のメンバーたちは全員が本好きだったので、仕事のために精神的代償を支払っていた。何千冊もの本を廃棄処分にし、心から愛する組織だったＹＩＶＯを解体していることに責任を感じていたからだ。そこで働かないかとヘルマン・クルクに声をかけられたとき、ロフルは躊躇《ちゅうちょ》した。なぜならゴミのように本が扱われるのを目の当たりにして耐えられるかどうか自信がなかったからだ。クルク自身、そういう光景に深く傷つけられていた。本の廃棄が始まって半年たっても、その思いは変わらなかった。「その光景に胸が張り裂けそうだった。どんなに見慣れても、廃棄を冷静に眺めている神経はとうてい持てそうにない」[3]

毎朝九時に、紙部隊はゲットーの検問所近くに集まり、隊長のツェマック・ザヴルソンに率いられて三列で市内の通りを歩いていく。ユダヤ人が歩道を歩くのは禁じられていたので、文字どおり通りを歩いた。仕事場への行き帰りに、ドイツ人もリトアニア人も付き添わなかったが、誰かが姿を消したら作業隊全員に厳しい罰が待っていることをメンバーたちは承知していた。YIVOの建物への道は徒歩で十五分から二十分で、ロフル・クリンスキーがゲットーに入る前に住んでいた家の前も通った。家の門柱にとりつけられた一族の名前が刻まれた表札が、ロフルにも見えた。クリンスキー。いつそれを見ても、彼女は墓石の墓碑銘を目にしているような気がした。[4]

YIVOの建物は静かで緑の多い界隈にあり、市内の騒々しい中心地からも、人々が詰めこまれた汚いゲットーからも離れていた。シュポルケットから指示された毎日の労働量は楽で、実際二、三時間で終わってしまった。ERRの司令官たちもユダヤ人労働者たちも、仕事を早く終わらせない方が利益があったのだ。ドイツ人たちはヴィルナを去り、前線に近い新しい赴任地に行きたくはなかった。ヴィルナのドイツ軍や民間組織などに、秘書やアシスタントとして働いているガールフレンドがいる者もいた。シュメルケは日記にこう書いた。「シェイファーの唯一の願いは、客やその他の部外者が現れたときにわれわれが忙しそうに働いていて、作業が続いていることを示すことだけだった」[5]

朝はたいてい問題なく過ぎていった。ドイツ軍将校たちが長い昼休みのために建物を出ていくと、雰囲気はぐっと和らいだ。ポーランド人警備員のヴィルブリスが自分の用事を済ますためにどこかに消えると、彼らは他の活動にいそしんだ。暖かい気候だと、ＹＩＶＯの建物の芝生でくつろいだ。地下室でシャワーを浴びたり、ただしゃべっていることもあった。[6]

昼休みのいちばん楽しい過ごし方は読書だった。どの労働者も本の山のあいだに自分用のひそかな読み物を隠していた。ロフルはのちにＹＩＶＯの建物での深い読書体験と、読み手と本のあいだの絆についてこう語った。「だって、わからないでしょ？　それが人生最後に読む本かもしれないんです。それに本は、わたしたちと同じように危険にさらされていた。多くの本にとって、わたしたちが最後の読者だったんです」[7]

昼食のとき、紙部隊のメンバーたちは部屋のひとつに集まって、スツケヴェルやシュメルケがとうとうと語る話に耳を傾けた。スツケヴェルはお気に入りのイディッシュ語の詩を引用した。シュメルケは冗談や逸話を披露し、みんながとり囲んでいるテーブルの上に立って自作の最新の詩を朗読した。いまだにシュメルケはパーティーの中心人物だった。ロフルはセーターを編みながら耳を傾けていた。のちに彼女はこう回想している。「詩のおかげで、わたしたちは何時間も忘却と慰めを手に入れることができました」静かなひとときには、シュメルケとスツケヴェルは〝ゲットーの詩〟を（厳密に言うとゲットーの外にいたのだが）ＹＩＶＯの建物で書いた。

他の活動をしている者もいた。人気講師、ダニエル・フェインステインは講演のメモ作りをしていた。芸術家のウマ・オルケニツカはゲットー劇場での公演のために、ステージセットのデッサンなどを描いていた。イーリャ・ツンザーはＹＩＶＯの音楽関係文献の分類を担当していたが、楽譜を読んでいるだけで、コンサート会場にいるみたいにはっきりと〝聴く〟ことができた。

ロフルはのちに、ドイツ占領下でのＹＩＶＯでの仕事は一種の失楽園みたいだった、戦時中に経験したことで、喜びや人間性や威厳をいくらかでも感じられる唯一のものだった、と語った。そこは空と木々を眺めることのできる希有な場所で、詩のおかげで、世の中に美しいものがあると思い出すことができた。[8]

監督されていない昼休みに、作業グループのメンバーを訪ねてくる人々がいた。食べ物を届け励ましてくれるクリスチャンの友人たちで、同時に外の世界のニュースを知らせてくれた。ポーランド軍将校の妻のヴィクトリア・グジュミェレフスカもその一人だった。彼女はシュメルケをはじめ、たくさんのユダヤ人がゲットーの外に身を隠すのに手を貸してくれた。ヴィルナ大学の司書、オナ・シュマイテは表向きは貸出期限の過ぎた本を集めるという偽の口実でたびたびゲットーにやってきたが、実は友人たちを手助けするためだった。シュメルケの若いリトアニア人の友人ユリアン・ヤンカウスカスは、シュメルケと妻バルバラが森の中で腹を立てて別れたのち、数週間もバルバラをかくまっていた。
一、二度、ロフルはとても特別な訪問者を迎えた。幼い娘のサラだ。一九四一年にゲットーに入ったとき、一歳十カ月のサラはポーランド人のナニー、ヴィクチャ・ルヂェーヴィチの手に託したのだった。一年以上たち、ヴィクチャは十分だけ母親と会わせるために、幼児をＹＩＶＯの中庭に連れてきた。ロフルはいつドイツ軍が戻ってくるかもしれないとびくびくしていたので、今はイレナと呼ばれている女の子にひとことふたこと話しかけただけだった。子どもは自分に話しかけている女性が母親だとは知らなかった。ロフルが花をあげると、女の子はヴィクチャを振り向き、「ママ、この女の人、親切ね。この人のことは怖くないわ」と言った。そして二人は別れた。

また、ヴィクチャはサラを連れてヴィヴルスキ通りをただ歩いていくこともあった。おかげでロフルは遠くから娘の姿を見ることができた。[9]

ユダヤ人ではない訪問者は、ドイツ軍がすぐに戻ってこないと考えて危険を冒していたので、あるとき、もう少しで大惨事になりそうになった。戦前からＹＩＶＯの管理人をしていた意地悪な老女が、〝あいつらに思い知らせてやる〟と決心し、昼食時間にまだ敷地内に訪問者がいるというのに門に鍵をかけてしまったのだ。「帰ってきたドイツ軍に鍵を渡すよ」と老女は言った。客たちはあわて、とりわけヴィクチャは以前にゲシュタポに逮捕されていたので動揺した。しかし、シュメルケが駆けつけてきた。孤児として通りで育ったので、彼はけんかのやり方を心得ていた。一瞬の躊躇もなく、シュメルケは老女に近づき腕をつかむと、イディッシュ語訛りの強いポーランド語で叫んだ。「ドイツ軍が戻ってくる前に、おれがさんざんたたきのめしてやる。どんな医者にも手のほどこしようがないぐらいにな。さあ、鍵をすぐ渡すんだ！」老女は腕をねじりあげられながら、シュメルケが本気だということを悟った。彼は怯えている訪問客たちを外に出すと、また建物の隅に戻っていった。[10]

ＹＩＶＯには広い前庭があって多くの窓が表に向いていたので、紙部隊のメンバーはドイツ軍が帰ってくるのがすぐにわかり、急いで仕事に戻ることができた。そこで長い昼休みのあいだに、労働者たちはグループの一人を見張りに立たせ、ドイツ軍が戻ってくるのが見えたら〝りんご〟と叫ばせることにした。

シュポルケットが定めた規則によると、ERRの将校が部屋に入ってきたら、ユダヤ人労働者は立ち上がることが義務づけられていた。誰かがドイツ軍が近づいてくるのを見て、〝りんご〟と叫んだら、全員が立ったまま仕事を再開しよう、というのはスツケヴェルのアイディアだった。そうすれば、ドイツ軍将校が入ってきたときに立ち上がらなくてすむからだ。それはひそやかな抵抗であり、人間としての尊厳と平等を確認するものだった。[11]

やがて紙部隊は政治的ちがいや個人的な事情はさておき、固い仲間意識で結ばれるようになった。ヘブライ学者でシオニストのイスラエル・ルボツキーは、社会主義者で反シオニストのダニエル・フェインステインと親友になった。ゼーリグ・カルマノーヴィチは芸術家のウマ・オルケニツカに父親のような愛情を注いでいた。ただし、彼女の夫のモシェ・レアラとは口もきかない関係だった。YIVOの元スタッフのレアラは熱狂的な共産主義者で、ソビエトが一九四〇年六月にこの研究所を占領したとき、カルマノーヴィチをYIVOの副所長の座から追いやったのだった。紙部隊の五人のイディッシュ語の教育者たちはいつもいっしょで、食べ物を分け合い、励まし合っていた。かたやハショメル・ハツァイル、社会主義シオニスト青年警備隊のメンバーたちは結束が固いが、打ち解けない連中だった。

シュメルケとロフルのあいだには恋愛感情が芽生えていた。どちらも最近ドイツ軍に配偶者を殺された。ロフルの夫は自宅から連行され、ゲットーすらまだできていない一九四一年七月にポナリで処刑された。シュメルケの妻のバルバラはポーランド人のふりをして市内に隠れていたが、見つかって一九四三年四月に処刑された。

しかし、二人の仲を近づけたのは、ただの寂しさや似た境遇だけではなかった。ロフルはシュメルケの心の温かさ、ユーモア、楽観主義を愛し、都会で生き延びるためのしたたかな知恵に舌を巻いた。[12] シュメルケは彼女の詩に対する愛情と、個人的な悲劇に見舞われても静かな威厳を保っているところに、心を動かされた。それに文化に造詣が深く、博学なところにも感銘を受けた。ロフルはヴィルナ大学で修士号を取得していたが、彼はハイスクールすら卒業していなかった。

シュメルケとロフルの恋愛は、友人たちと仕事仲間しか知らないひそやかな関係だった。二人はいっしょに暮らしていなかったので、周囲にカップルだとはみなされていなかった。しかし、二人のあいだの愛情は本物で揺るぎなく、戦後、シュメルケは彼女に結婚を申し込んだ（ロフルは受けようかと迷ったが、結局プロポーズを断った）。

自分たちの関係に触発され、シュメルケはロフルと〝寂しい子ども〟と呼ぶ娘について詩を書いた。父親が「恐ろしい巨人にさらわれた」女の子についての詩で、女の子は母親と生き別れになっている。苦しむ母親はあちこちをさまよい、眠れぬ夜をいくつも過ごしたあとで、娘を見つけて子守歌を歌って聞かせる。

いつか、あなたがママになったとき

子どもたちに両親が敵から受けた
この苦しみを伝えて
過去を忘れないで、そして、それを後世の人々に伝えて

その詩は音楽にあわせ、ゲットー劇場で上演され、人気の曲になった[13]。

紙部隊にとってつらかったのは、ドイツに本や書類を送るときだった。恥ずべき略奪と泥棒に、若い労働者たちは怒りを抑えかねていた。カルマノーヴィチはドイツへの輸送はかえって幸運だと、みんなをなだめようとした。「ドイツ軍だってすべてを廃棄することはできない。そろそろ退却しようとしているしね。それに、連中が持っていったものは戦争が終われば見つかるだろうし、取り返すこともできるよ」芸術家のウマ・オルケニツカも同じことを口にした。「ドイツ軍が文献を破壊しなくて、売るか保管文書のあいだに隠しておくなら大丈夫よ。いずれ見つかるわ」しかし、その言葉とは裏腹に、部屋にある宝物の方に腕を振ってみせたとき、彼女の顔には深い悲哀が浮かんでいた。カルマノーヴィチやオルケニツカの言葉は、希望的観測だったのだろう[14]。

カルマノーヴィチは同僚たちから苦悩を隠そうとしたが、周囲が気づいていた以上に実は傷ついていた。ゲットーの文学的な集まりの席で講演していたとき、感情を爆発させたこともある。司会者が彼を「ヴィルナ・ゲットーでYIVOの守護者となった人物」と紹介すると、カルマノーヴィチは椅子から飛びあがり、司会者を遮った。「いや、わたしは守護者じゃない。墓掘り人なんだ！」聴衆たちはその怒りに動揺し、抗議しかけたが、カルマノーヴィチは叫び続けた。「そうとも、わたしはY

ＩＶＯのための墓を掘っているんだ。文化的な建物を作るのに手を貸したが、今やこれは死の床につこうとしているんだ！[15]」

　予測のつかないゲットーでの生活も、作業グループの雰囲気を重苦しくしていた。フランツ・ムーラが一九四二年七月に年配者を逮捕すると発表したとき、紙部隊の数人の年配メンバーは命の危険を覚えた。カルマノーヴィチは一晩ゲットー病院に隠れていた。翌朝九時に、紙部隊は検問所にいつものように集まった。警備が強化されていて、ドイツ軍はゲットーから出ていく全員の労働許可証をチェックし、大声で命令を叫んでいた。紙部隊は三列になり、いつものように歩きはじめた。百人近い住人が連れていかれた作戦について思いを巡らせていたので、グループは無言だった。ふいにカルマノーヴィチが手振り身振りを交じえて、隣にいたヤコブ・ゴードン博士に大声で話しかけた。「わたしは恐れていないよ、連中のことなんて。彼らにはわたしを傷つけることなんてできないんだ！」ゴードンは耳を疑いながら問い返した。「どういうつもりなんだ、カルマノーヴィチ、恐れていないって？」全員がカルマノーヴィチの返事を聞こうとして耳をそばだてた。ナチスが支配するヴィルナで何を言いだすつもりだろうと。「彼らはわたしを傷つけることはできない。わたしにはイスラエルの地に息子がいるからね[16]！」

10章　本をこっそり持ちだす技術

一九四二年六月に本と書類の廃棄が始まるとすぐに、ヘルマン・クルクは紙部隊のメンバーたちに作業場からこっそり本や書類を持ちだすように依頼した。多くのメンバーはただちに承知した。「どうせ長くは生きられない。それならユダヤ民族の本を救いだすという役に立つことをするのもいいんじゃないか」と考えたからだ。[1]

クルクはメンバーたちの反応と初期の成果に満足した。「みんな、本を救おうとして奮闘している。一枚の紙に命を懸けるというのは大変なことだ。紙一枚で頭を撃ち抜かれるかもしれない。それでも、ここには巧みにそれを実行している理想主義者たちがいる」[2]

あとでこっそり持ちだすために資料を別に分けておくことはむずかしくなかった。建物じゅうに本や書類が山積みになっていたから、アルベルト・シュポルケットや彼の部下たちが見ていないすきに貴重な本や原稿を山の中に突っ込み、あとでとりだせばいいだけだった。ドイツ軍が部屋にいなければ、床に〝持ちだし用〟の山すら作ることができた。

それぞれの労働者たちは、その場でどれをよけておいて救うかの決断を下した。熟考している時間はなかったが、経験則はいくつかあった。

・本――持ちだすための一冊だけを別にする。複製はドイツや製紙工場に送られてもかまわない。紙部隊はたくさんの図書館の本を整理しているので、たいてい複数の本が存在している。
・本――小型の本やパンフレットは大型のタルムードやアルバムよりも衣服の下に入れて持ちだしやすい。より大きな物はゲットーに入る車が手配できるまで、YIVOの建物に隠しておく必要がある。
・原稿――シュメルケとスツケヴェルは有名作家の文学作品の原稿と書簡に高い優先度を与えていた。どちらも詩人で、文学的遺産を保存する重要性を認識していたからだ。書簡、詩、短編もさほどかさばらないので、比較的簡単に服の下に隠すことができた。
・記録書類――大問題。何千ページにも及ぶコレクションから〝宝物〟をひとつ選ぶのは一筋縄ではいかない。紙部隊はほとんどの記録書類をドイツ行きにすることにした。いくつかのものは車で運びだすために別にされた。
・美術品（絵画や彫刻）――車でひそかに持ちだす。

メンバーたちは本と書類のもっとも安全な隠し場所はゲットー内、ユダヤ人のあいだだと信じていた。しかし、ドイツ軍はゲットー内にこっそり物を持ちこむことは、ふたつの理由から厳罰に値すると考えていた。ひとつは作業場から資産を盗んでいることになるからだ。ヨハネス・ポールとシュポルケットは、建物内の本や書類の行き先はふたつだけだということを明確にしていた。ドイツか製紙工場だ。第二に、どの作業場からも、ゲットーに本や書類を持ちこむことは全面的に禁止されていたからだ。

その日の労働が終わりに近づくと、彼らは書類を体に巻きつけたり、衣類の中に本を押しこんだりした。労働者たちが厚いコートを着て何枚も重ね着している長く寒い冬は、持ちだしにうってつけだった。さらにガードルやおむつも作り、本や書類をそこに詰めこんだ。

しかし、それらを身につけるために、作業所近くの木造小屋に預けてあるコートをとってこなくてはならなかった。そこにはＹＩＶＯの元管理人で復讐の女神が住んでいた。老女は労働者がときどき書類をコートに詰めこみ、ヴィルナに帰っていくことに気づいた。幸い、ヴィルブリスは他人の噂をでっちあげることで有名だった老女の告げ口をあまり真剣に受けとめなかった。だから、ヴィルブリスはＥＲＲの将校に老女の告発を伝えることもなかった。[3]

ＹＩＶＯを出発してゲットーに向かうとき、紙部隊の全員が考えていたのは、今日の検問所の身体検査は誰が担当だろう、ということだった。ユダヤ人とリトアニア人のゲットー警察官が担当なら、問題なかった。彼らの身体検査はあまり厳しくなかったし、とりわけ紙部隊のメンバーの場合だと、運んでいるのは紙だけだということを警察官たちはよく知っていたのだ。もっと厳しく罰せられる食べ物ではないと。次に仕事から帰ってくるときは、おもしろい小説を持ってきてくれ、と頼むゲットー警察官すらいた。

しかし、保安警察長マルティン・ヴァイスやフランツ・ムーラ、あるいは親衛隊曹長のブルーノ・キッテルがゲートにいたら最悪で、何が起きてもおかしくなかった。ドイツ人は禁制品を所持していた住人を容赦なくたたきのめした。ムーラは抜き打ち検査のために、しばしば姿を見せ、コートの下にパンやお金を隠して帰ってきた労働者を発見すると、裸にして鞭打ち、刑務所にぶちこんだ。ゲットー刑務所に入れられたなら、おそらく生き延びられるだろう。ウキスキ刑務所に送られたら、次に連れていかれるのはポナリだ。[4]

「検問所に誰がいるか？」は生死をわける問題だった。

労働者たちはＹＩＶＯの建物から歩いていくあいだに、夜間勤務のためにゲットーを出てきたばかりの他の作業隊に、検問所には誰が配置されているのかをたずねた。ドイツ軍がいるなら、いくつかの選択肢があった。何ブロックも遠回りして、ドイツ軍がいなくなるまで時間を稼ぐ。あるいは本や書類を少なくとも一時的に捨てる。しかし、すでに検問所のすぐそばまで来ていて、警備の目に留まらずに引き返すことができず、ドイツ軍の身体検査を受けなくてはならないことも何度かあった。[5]

シュメルケの大胆さは啞然とするほどだった。あるとき、大きなすりきれたタルムードを持って真っ昼間に検問所に近づいていき、武装したドイツ人警備兵にこう説明したことがある。「指揮官のシュポルケットに、これをゲットーに運んでいき、ゲットー図書館で修繕するように言われました」ゲシュタポはこの背の低いユダヤ人が命が危うくなるような嘘を堂々と言うとは想像もしなかったので、シュメルケを通した。[6]

ときには紙部隊が単純に幸運だったこともある。あるときムーラはロフル・クリンスキーのポケットに銀のワインカップが入っているのを見つけた。全員が彼女はもう終わりだと固唾《かたず》を呑んだ。しかし、ロフルはあなたへの個人的な贈り物として銀のカップを持ってきたのだ、とムーラに言い、これは奥さんに、と高価な革製手袋も添えた。副地方長官はその話を受け入れた。少なくとも賄賂《わいろ》は受けとり、彼女を無傷で通した。その日一日、ムーラはご機嫌だった。[7]

スツケヴェルは本を盗むことにかけては、際限なく創造性を発揮した。あるとき、数束の古紙をゲットーに持っていって家のオーブンで焼いていい、というシュポルケットが書いた許可証を手に入れた。彼は手にぶら下げた古紙といっしょにゲートの警備兵に許可証を見せた。その〝古紙〟の中身はトルストイ、ゴーリキー、ショーレム・アレイヘム、ハイム・ナフマン・ビアリクなどの手紙と原稿、シャガールの絵、ヴィルナのガオンの特別な原稿だった。別のときには、親しい友人たちの助けを借りて、マルク・アンタコルスキーとイーリャ・ギンズバーグの彫刻、イーリャ・レーピンとイサク・レヴィタンの絵を輸送車の下に隠して運びこんだ。[8]

すべての逸話が幸せに終わったわけではなかった。シュメルケや他のメンバーがドイツ軍やゲットー警官に殴打されたこともあった。後者は身体検査を〝厳しくする〟ように命じられていたのだ。ただ、幸いなことに、誰もポナリには送られずにすんだ。[9]

危険な行為にもかかわらず、紙部隊のほぼ全員が持ちこみに関わっていた、とロフル・クリンスキーは回想している。箱や木箱を作って梱包して運ぶ役目の〝技術部隊〟に属している労働者たちも、大勢が協力していた。技術労働者の一人は上げ底の工具箱を作り、ハンマーやレンチやペンチの下に本や書類を入れて運んだ。[10]

ゼーリグ・カルマノーヴィチも考えを変え、その作戦に参加するようになった。ドイツに運ぶ本が三十パーセントだけだとしたら、残りの多くの貴重な品が廃棄されるとわかったからだ。カルマノーヴィチはグループの行動を帰属意識の肯定であり、高潔なレジスタンスの形だとみなし、本の持ちだしに敬虔なラビとして祝福を与えた。「労働者たちは忘却の淵からできる限りのものを救っている。命を懸けている彼らに祝福が与えられますように、神の庇護がもたらされますように。神よ、本の残骸を救いだすことにお慈悲を、そして安らかに埋葬された手紙を目にすることをお許しください」[11]

シュメルケはのちにこう回想した。「ゲットーの住人たちはわれわれを頭がおかしいのか、という目つきで見ていた。みんなは服やブーツに隠して食べ物をこっそり持ちこんでいた。なのにわれわれは本や紙切れや、ときにはトーラーやメズーザー（ヘブライ語の銘刻文を記した羊皮紙）をこっそり持ちこんでいたからね」紙部隊のメンバーの中には、本を持ちこむべきか、家族のためにこっそり食べ物を持ちこむべきか、というジレンマに苦しむ者もいた。生死のかかった危機に直面しているのに、紙の運命について必死になっている紙部隊を批判する住人たちもいた。しかし、カルマノーヴィチは本はかけがえのないものだ、と語気を強めた。「本は木にはならないからね」[12]

いったん本や美術品が検問所を通ったら、それをどこかに隠す必要があった。いちばん簡単なのはクルクに渡すことだ。彼は貴重品は隠し場所にしまい、貴重ではないものはゲットー図書館のコレクションに加えた。自分が所持している文化的財産の分類カードを保管していて、出所を記録していた。ＥＲＲの作業場から〝盗んだ〟品々は「研究所から」と記された。万一分類カードがドイツ軍の手に落ちたら、「ＥＲＲから」では泥棒の証拠になってしまうからだ。[13]

しかし、ゲットー図書館もクルクの本の隠し場所も無傷で生き残るとは、誰も心から信じていなかった。ドイツ軍が建物を襲い、リストを押収したら？　財産は多くの隠し場所に分散させた方が賢明だった。スツケヴェルは十カ所の隠し場所があったことと、そのうち七カ所の住所を記憶していた。ニェミェツカ通り二十九番地（彼とシュメルケとダニエル・フェインステイン博士が住んでいた建物）。ストラシュン通り六番地（ゲットー図書館）。ストラシュン通り北一番地、八番地、十五番地。聖ヤンスカ通り。ジュムトスカ通り六番地の貯蔵庫。

ドイツ軍の手から救いだしたもっとも貴重なふたつの品は、現代シオニズムの父、テオドール・ヘルツルの日記と、ヴィルナのガオンのクロイズの記録簿だった。スツケヴェルは早々にそれらを見つけたのでゲットーに持ちこみ、別々の隠し場所に保管していた[14]。

しかし、他の解決策もあった。シュメルケとスツケヴェルは多くの品を昼休みに訪ねてきたポーランド人やリトアニア人の友人たちに渡した。ヴィルナ大学の司書、オナ・シュマイテはI・L・ペレツの原稿の束を持ち帰って、同僚たちといっしょに大学図書館に隠した。リトアニア人の詩人カジース・ボルタはリトアニア科学アカデミー文学研究所に包みを隠した[15]。スツケヴェルは貴重な品物をポーランドの地下組織とつながっているヴィクトリア・グジュミエレフスカに託した。十八世紀のポーランド自由化の闘士タデウシュ・コシチューシュコのサインがある記録書類を渡すと、彼女はひざまずいてそこに書かれている名前に口づけした。その書類を地元のポーランド・レジスタンスのグループに届けると、メンバーたちは火薬の山に火花が投げこまれたかのような反応を示した、とのちに彼女は語った[16]。

しかし、製紙工場に送られる本が増えるにつれ、紙部隊はささやかな勝利はおさめていても、わずかな宝物が救いだされただけで、大局では負けかけていることをはっきりと悟った。一九四三年の春、スツケヴェルは新しい戦略を思いついた。ＹＩＶＯの建物の中に隠し場所を作るのだ。これによって新しい救出の道が開け、たぶん持ちだす必要もまったくなくなるだろう。

建物の建築構造を調べてみて、スツケヴェルは屋根裏の梁《はり》と桁の下に大きな空間があることを発見した。あとはポーランド人警備員のヴィルブリスの気をそらしておいて、スツケヴェルや他の仲間が昼休みに本や書類を屋根裏に運べばよかった。幸い、ヴィルブリスは戦争によってこれまで受けてきた教育が中断されたことを残念がっていたので、フェインスティン博士とゴードン博士がドイツ人のいないあいだに数学、ラテン語、ギリシア語を教えてあげようと提案すると、大喜びで飛びついた。教師たちと生徒が勉強に夢中になっているあいだに、紙部隊の他のメンバーたちは本や書類を屋根裏にせっせと移動させた。[17]

そもそも、どうして彼らは本や書類のために、命を危険にさらしたのか？　彼らによれば、文学と文化は絶対的な価値があり、個人やグループの命よりも偉大だという。もうじき死ぬにちがいないと信じていたので、残りの人生を本当に大切なものに捧げることを選んだ。たとえそうすることによって死ぬことになっても。シュメルケにとって、本は少年時代に犯罪と絶望の人生から救ってくれたものだった。今度は恩返しとして、彼が本を救う番だった。アヴロム・スツケヴェルは詩は人生を躍動させる力だ、という超自然的な信念を持っていた。詩に没頭している限り、詩を書き、詩を読み、詩を救っている限り、自分は死なないと。

戦後もユダヤ民族は存続しているだろうから、文化的財産を再び手に入れる必要がある、という信念を本の密輸人たちは表明していた。誰かが生き延びて、ユダヤ文化を再構築するために、これらの品々を取り戻さなくてはならない。もっともヴィルナ・ゲットーのいちばん暗い日々には、将来そうんな日が来るとはとうてい思えなかった。

ついに、ユダヤ人のヴィルナの誇り高い市民として、紙部隊のメンバーはこういう結論に達した。自分たちのコミュニティの心髄《しんずい》は本と書類に存在する。ストラシュン図書館の本、ＹＩＶＯの記録書類、アンスキ博物館の美術品が救われたら、リトアニアのエルサレムの精神は生き続けるだろう。そこで暮らしていたユダヤ人がたとえ死に絶えても。カルマノーヴィチは静かな口調でこう断言した。

「戦後もヴィルナにはユダヤ人がいるかもしれないが、ここのユダヤ人の本のことは誰も書かないだろう」

スツケヴェルは一九四三年三月に書いた『小麦の種子』という詩で、紙部隊の仕事に対する信念を表現した。彼は自分自身が「ユダヤ人の言葉」を子どものように大切に抱えてゲットーの通りを走っていく姿を描写した。羊皮紙の紙片が彼に叫んでいる。「あなたの迷宮にわたしたちを隠して！」地面にそれらを埋めながら、彼は絶望に圧倒される。しかし、昔の寓話を思い出すと落ち着きを取り戻す。エジプトの王が自分自身のためにピラミッドを建造し、召使いたちに小麦の種子を棺に入れるように命じたという話だ。九千年が過ぎ、棺が開けられ、小麦の種子が発見されて植えられた。そうした種子から美しい茎が伸びて花をつけた。いつか、彼がヴィルナ・ゲットーの土壌に植えた種子は——埋めたのではなく、植えたのだ——実をつけるだろう。

おそらくこれらの言葉は持ちこたえるだろう

光が現れるまで生き延び――
やがて運命のときに
思いがけず花が咲くのではないだろうか?

そして太古の種子のように
茎に生長する
言葉は栄養をとりこみ
言葉は
永遠に歩き続ける人々のものになる[18]

YIVOも、その戦前の所長マックス・ヴァインライヒも無事にアメリカで暮らしていると知ったことで、紙部隊は力と勇気を得た。ヴァインライヒは一九四〇年にニューヨークに落ち着き、YIVOのニューヨーク支所を本部にした。クルクとカルマノーヴィチはアメリカで再建されたYIVOについて知り、喜びで胸がいっぱいになった。意外にも、その知らせはポールから聞かされた。

ポールは《イディッシュ・デイリー・フォワード》を定期的に読んでいて、ユダヤ人の精神的堕落とドイツに対する憎悪の表われだと感じた記事を切り抜いていた(ユダヤ人迫害を非難するものは、何であれ反ドイツの〝憎悪〟の表われだとみなしていた)。《フォワード》の記事を調べていて、一九四三年一月八から十日にニューヨークでYIVOの大会が開かれるという記事を見つけ、カルマノーヴィチに見せたのだ。その記事には、カルマノーヴィチの戦前の友人であり同僚であったワルシャワとヴィルナから避難した学者たちが講演したと書かれていた。また、大会ではＹＩＶＯの本部をニューヨークに移す、という決議が正式に認められた。カルマノーヴィチは感慨無量のあまりゲットー図書館に急いで行き、その知らせをクルクに伝えた。二人は抱き合って喜びの涙を流した。クルクは日記にこんなふうに書きつけた。

> 実際にヴィルナのゲットーにいて、ここの生活を体験し、ここのＹＩＶＯの惨状をその目で見なくては、アメリカのＹＩＶＯからの知らせがどれほどの意味を持つかは理解できないだろう。とりわけ、向こうで無事にいる人々が、ユダヤ人の研究の根幹を再び築こうとしているのだから……。
>
> カルマノーヴィチとわたしは生き長らえて、世界に自分たちが体験したことを語りたいと願っている。とりわけＹＩＶＯの顚末《てんまつ》について。運命はあまりにも残酷で、ゲットーという大きな悲劇がふりかかり、重荷を背負わねばならない。しかしユダヤ民族とイディッシュ語が生き続けて、われわれの共通の理想を実現していくだろうことを知って、喜びと満足感でいっぱいだ。[19]

紙部隊のメンバーたちは〝リトアニアのエルサレム〟は完全に壊滅したのではないと胸をなでおろした。その一部はニューヨークで生き続けているのだ。生き残った学者は、いつの日か生き残った本と書類を引き継ぐだろう。その期待は暗闇の中の一条の光のようだった。

11章　本と剣

紙部隊の作業を通して、ゲットーの地下組織、パルチザン連合組織（ＦＰＯ）の存在に気づくまでに、さほど時間はかからなかった。

ＦＰＯは一九四一年のおおみそかに、さまざまなシオニストの青年活動の集まりで生まれた。その集まりで、ハショメル・ハツァイルの指導者、アッバ・コヴナーはドイツ軍に対して武装抵抗運動をしよう、とユダヤ人の青年たちに呼びかける声明を読みあげた。「ヒトラーはヨーロッパのユダヤ人全員を壊滅させることを企んできた。まず最初にリトアニアのユダヤ人がその運命をたどることになった。屠《ほふ》られる羊のように、おとなしく殺されるままにはなるまい！　たしかに、われわれは弱く無防備だが、殺人者に対する唯一の武器は自己防衛だ。同胞よ！　殺人者の慈悲で生きるよりも、自由な闘士として命を落とす方がましだ。息絶えるときまで、抵抗し、戦おう！」[1]

三週間後、組織が正式に結成された。組織の目標は敵に対する破壊行為と、ゲットー蜂起の地ならしをすることだった。共産党党首のイツィック・ヴィテンベルクが最高司令官になり、コヴナーはその副官に選ばれた。ＦＰＯは複数政党にまたがる組織で、修正主義シオニスト、全体的シオニスト、ブント党もそこに加わった。

ＦＰＯの最大の目標は武器を所持することだった。コヴナーはヴィルナでポーランド国家主義者の地下組織と何度か話し合ったが、結局、ポーランド地下組織はワルシャワの本部からユダヤ人戦闘組織に武器はもちろんのこと、援助も与えないようにという命令を受けた（本部はユダヤ人のポーランドへの愛国心を疑い、いつかソビエトに東ポーランドを征服させようとして、その武器を使うのではないかと推測したのだ）[2]。そのせいでＦＰＯは闇市場で武器を買い、こっそりゲットーに持ちこむしかなくなった。金もかかるし、困難な企てだった。基本的な武器の備蓄ができると、組織はメンバーに武器の扱い方の訓練をした。そして基本的な組織構造――部隊編成と命令系統、暗号、通信、秘密会議、速報手段―を確立した。

最初のうち、ＥＲＲの作業場にＦＰＯは関心がなかった。そこにある品は役に立ちそうもなかったからだ。なにしろ武器も金属製品もなく、ただ本しかないのだ。

一九四二年六月に、ＦＰＯが最初の破壊工作を計画したとき、その見方は一変した。計画はドイツ軍の列車を手製の地雷で爆破するというものだったが、そもそも荒唐無稽だった。というのも、ＦＰＯのメンバーの誰一人として、火薬の知識がないのに、どうやって地雷を作るというのだ。武器弾薬についてのマニュアルを手に入れ、その指示に慎重に従うしかなかった。しかし、どこでそんなマニュアルが見つかるだろう？　もしかしたらＹＩＶＯの建物内で発見できるかもしれない、いまやそこにはソビエトの本が何万冊も貯蔵されているのだから！

当時、紙部隊には二人のＦＰＯメンバーがいた。アッバ・コヴナーの弟ミフル・コヴナーと、アッバと党の同志で親友のルツカ・コルチャックだ。ミフルとルツカはソビエトの弾薬マニュアルをＹＩ

VO内でひそかに探しはじめた。ドイツ軍にはもちろん、ユダヤ人の仲間たちにも内緒にした。アルベルト・シュポルケットとERRのチームが昼食に出かけ、他の労働者たちが別のことに気をとられているあいだに、二人はソビエト文学の部屋の鍵を開けた。しかし、探しているような本は見つからなかった。何度か部屋に忍び入っても成果がなかったが、ついに表紙に『軍司令官の蔵書、防衛人民委員会出版』と赤い文字で記された灰色の小冊子一揃いを発見した。そこにはFPOの探していたものがすべて書かれていた。地雷の作り方とその仕掛け方、手榴弾の組み立て方と使い方、武器を保存し、修理する方法についての解説だ。

その後数日にわたって、ミフルとルツカは誰にも言わずに小冊子をゲットーにひそかに持ちこんだ。紙部隊のメンバーは貴重なヘブライ語の本や書類を持っていってくれと二人に頼んだのに断られたので、ショックを受け、困惑した。そして二人の若いシオニストがグループの崇高な目的を無視したことで腹を立てた。ヘブライ語の教師イスラエル・ルボツキーはため息をつき、失望したように首を振った。「最近の若者ときたら！　文化的財産のことなど、どうでもいいと思っているんだよ！　そもそも理解すらしていないんじゃないかね？　われわれが若かったときは、こんなふうじゃなかった」[3]

手に入れたマニュアルを利用して、アッバ・コヴナーに率いられたグループは地雷を用意した。FPOのメンバー、ヴィツカ・ケンプナ、モイシェ・ブロウゼ、イジャ・マチコヴィチは七月八日、夜陰にまぎれてゲットーを出発し、ヴィルナから七キロ南東の線路脇に地雷を置いた。三人は疲労困憊しながらも高揚して夜明け前に戻ってきた。午後、ドイツ軍の列車の機関車と貨物列車が地雷で破壊され脱線した、という知らせが入った。ヴィルナ周辺では初めての大きな反ドイツ破壊工作で、賞賛に値した。市内の誰もがポーランド人パルチザンの仕業だと考え、ゲットーのユダヤ人が地雷を仕掛けたとは思わなかった。むろん、YIVOの作業場から盗んだ小冊子のおかげで地雷が作られたとは、想像もしなかっただろう[4]。

それから数カ月、ミフルとルツカは紙部隊の他のメンバーをFPOに誘った。シュメルケとスツケヴェル、若い共産主義者ノイミ・マルケレス。肉体労働部隊の大工メンデル・ボレンシュテイン、隊長のツェマック・ザヴルソン。ブント党員のアヴロム・ゼレズニーコヴ。彼らは秘密の地下組織に加わると、夜の会合にこっそり出席して武器の使い方の訓練を受けた。紙部隊のほとんどの隊員は、仲間の中にゲットーの武装レジスタンスで活動している者がいることを知らなかった。

紙部隊とFPOの絆が深まると、地下組織の指導者たちは本のひそかな持ちこみも支援することにした。FPOはゲットー警察にスパイをもぐりこませていたので、検問所に味方がいることもあった。紙部隊がとりわけ貴重な品物を持ちこもうとする日は、FPOに知らせ、組織の一員が検問所の勤務につき、紙部隊を〝検査〟するように手配した。確実な保証はなかった。警備員にはいろいろな人間がいたし、いつドイツ軍が現れるかわからなかったからだ。しかし、その時点から、本を隠して検問所を通過する危険が少し減った[5]。

さらにFPOはいちばんいい倉庫を紙部隊と共同で使うことにした。ジュムトスカ通り六番地の倉庫で、地下十八メートルにある洞窟だ。下水から入り、さらに二階分の梯子《はしご》を下りると、換気システムがつき、ゲットーの外からワイヤーで電気を引いた施設が現れる。トンネルからはアーリア人の居住地域の泉に出られた。その倉庫はゲルション・アブラモヴィッチという若い建築エンジニアによって、FPOの武器を保管するためと、彼の寝たきりの母親の隠れ家として造られた。一九四三年の春からは、本の木箱も武器の木箱の隣に並べられるようになった。[6]

FPOが紙部隊を援助してくれることに感謝して、ヘルマン・クルクはレジスタンス組織にも協力することにした。ゲットー図書館に武器の隠し場所をこしらえたのだ。中心部にある公的場所に武器をしまっておけば、緊急のときにもっと迅速に組織を動員することができる。フラウィウス・ヨセフスの『ユダヤ戦記』の裏側に秘密の仕切りがあり、デグチャレフ型機関銃がしまわれていた。真夜中にFPOのメンバーたちは一人また一人と部屋に入っていき、シェードを下ろすと、書棚にずらっと並ぶ本の前で、武器の扱い方を講師から教わった。講習が終わると、グループは武器を元に戻し、次のユダヤ人の戦いを夢想した。[7]

ただし、武器の保管を手助けするよりも、武器を手に入れることの方がさらに重要だった。ERRの作業場はドイツ軍にほとんど監視されていなかったので、ポーランド人やリトアニア人と会って武器を買うにはうってつけだった。そうした購入のあっせんをしたのは、他でもないシュメルケ・カチェルギンスキだった。

一九四三年五月、FPOの最高司令官イツィク・ヴィテンベルクは最高司令官は民間人と直接連絡をとってはならない、と明記されている組織の規定を完全に破り、シュメルケを呼び、一対一で会った。そのときまで、シュメルケは司令官の暗号名〝レオン〟しか知らなかったが、隠れ家の迷路を案内されて司令官に会ったとたん唖然となった。なんとシュメルケの旧友イツィク・ヴィテンベルクだったのだ。二人は共産党でいっしょに活動をしていたことがあった。

シュメルケが驚きから立ち直ると、ヴィテンベルクはシュメルケのリトアニア人の友人ユリアン・ヤンカウスカスを通じて武器を調達してほしいと頼んだ。ヤンカウスカスは一九四一年九月と十月の逼迫《ひっぱく》した時期にシュメルケの妻をかくまってくれたので、昼休みにＹＩＶＯの前庭を頻繁に訪ねてきていた。

次の昼休みに会ったとき、シュメルケはヤンカウスカスにＦＰＯのことと、彼らが武装レジスタンスを企てているので武器がほしいということを話した。ヤンカウスカスは明日までに考えておく、と答えた。翌日、昼休みにやってきたヤンカウスカスの顔は興奮で紅潮していた。シュメルケは建物の前のやぶと木立のあいだで彼を出迎えた。

シュメルケ「口からじゃなくて、ポケットから答えを出してほしいな」

ヤンカウスカス「じゃあ、おれのパンツの中から出したら、受けとりたくないかな？」

そう言いながら、ヤンカウスカスはパンツから六連発リボルバーをとりだした。シュメルケは有頂天になってヤンカウスカスの首に抱きつき、愛情をこめてほっぺたを嚙んだ。シュメルケはＹＩＶＯの建物に戻ると、拳銃を地下室に積まれた新聞の山の下に隠した。

その晩、手に入れた武器をＦＰＯで武器の購入を担当しているブント党のメンバーのアブラシャ・ハヴォイニクのところに持っていった。ハヴォイニクは喜んだが、冗談めかして失望も口にした。六連発リボルバーはガールフレンドへのプレゼントにはぴったりだし、相手を殺したくない決闘にはうってつけの武器だ。ただし、組織は武器が不足しているから、これでも受けとるだろう。彼はシュメルケに告げた。「明日の午後、仕事から帰る少し前に、ゲットー警察官がＹＩＶＯの建物に行っておまえを呼びだす。そいつが『ベルが待っている』という暗号文を伝えたら、その拳銃を渡せ」

翌日、受け渡しはスムーズにおこなわれた。ゲットーの巡査部長モイシェ・ブロウゼは暗号文を口にし、シュメルケは隠れ家から拳銃をとってきてブロウゼに渡し、警官は「これからもよろしく！」と言って帰っていった。[8]

それからというもの、会合が定期的におこなわれた。二日か三日おきにヤンカウスカスが昼休みに拳銃、手榴弾、弾丸などの武器を届けに来て、ブロウゼがその日の終わりにそれを受けとり、支払いの金を渡すためにやってきた。ルツカ・コルチャックとミフル・コヴナーもその計画に加わり、届けられた武器が作動するか確認し、その価格をはじきだした。ひと月のあいだに、シュメルケは十五丁の拳銃を受けとり、そのどれもに千五百から千八百ライヒスマルクの金を支払った。

武器と金の受け渡しは、ＦＰＯのメンバーではない仲間たちの注意を引かないように、迅速におこなわねばならなかった。紙部隊のメンバーの多くは、仲間の一人が内通者ではないかと心配していた。[9]

ゲットー警察のブロウゼ巡査部長の他に、紙部隊はゲットーに武器を持ちこむのにもうひとつのルートを持っていた。肉体労働隊に所属する大工メンデルが工具箱の二重底に弾丸や小型の武器を入れて運んだのだ。[10]

紙部隊は、自分たちが扱っている品物で武器を買うお金を捻出することもあった。アンスキ博物館からＹＩＶＯの建物に運ばれてくる品物の中には、キドゥーシュ用の銀製カップやトーラーポインターなど、金製銀製の宗教的な品物がいくつも含まれていた。ルツカやミフルたちはそうした品物をこっそりゲットーに持ちこみ、ＦＰＯに渡した。ＦＰＯはそれらを溶かし、金や銀を闇市場で売り、その金を必要な武器の購入にあてた。[11]

スツケヴェルは精錬作戦に触発されて、もっとも有名なゲットーの詩のひとつ『ロム出版の鉛板』を書いた。その詩の中では、ユダヤ人闘士たちがヴィルナのロム出版でタルムードを印刷するために使われた鉛板を溶かし、ドイツ軍と戦う弾丸を製造しているところを想像している。次々に文字が溶けていくと、スツケヴェルは彼や仲間の闘士たちがまるで古代の神殿の聖職者のようだと感じ、七本枝の燭台に油を注ぐ。何世紀にもわたって宗教的研究と信仰によって表現してきたユダヤ人の偉大さを、いまや戦いにおいて表現しなくてはならないのだ。

溶けた鉛はとても見事な弾丸となり、まばゆく輝く
太古の思想は、その文字が熱く溶けていくと
バビロニアからの一行が、ポーランドからの一行が沸騰し
いっしょに鋳物桶にあふれる
言葉や記号に隠されていたユダヤ人の武勇
一発の射撃で世界が爆発することを知らなくてはならない！[12]

スツケヴェルの詩は比喩を用い、心を鼓舞する夢を描いている。実際にはロム出版の鉛板を没収し

て溶かしたのはドイツ軍だった。しかし、詩は現実のＦＰＯが精錬作戦をしていること、すなわち武器を買うために、金属製のキドゥーシュ用カップやトーラーポインターを溶かしたことに基づいている。

ある日、ＦＰＯのハヴォイニクがシュメルケに会いたいと言ってきた。「あんたはすばらしい仕事をしてくれてるよ。買った品は上物だ。だが、拳銃だけじゃ、戦えない。ライフルや機関銃を手に入れてもらう必要がある」シュメルケは不安そうな笑い声をもらしたが、落ち着きを取り戻すと、軍隊式に「イエッサー！」と従順に答えた。

翌日、シュメルケはヤンカウスカスと会うと、機関銃の話を持ちだしてみた。意外にも、友人は驚かなかった。「探してみるよ」

ヤンカウスカスは次の約束の日に現れなかった。さらに数日ほど姿を見せず、逮捕されたのではないかとシュメルケは不安になってきた。だとしたら、ドイツ軍は次に自分を探しに来るだろう。そこで、それから何日かはゲットーの別の場所に泊まった。

ある雨の日、昼休みが終わりかけドイツ軍がそろそろ戻ってくる時間に、ヤンカウスカスはＹＩＶＯのゲートのところにビオラのケースをさげてやって来た。シュメルケは急いで彼を出迎えた。

シュメルケは機関銃の入った重いビオラのケースをつかみ、地下室に運んでいった。ミフル、ルツカ、スツケヴェルに手に入れた物のことを知らせた。彼らはただちに機関銃を分解し、部品を別々の部屋に隠すことにした。窓越しにビオラのケースを見かけて好奇心を募らせたメンバーが、地下室に下りてきて、楽器を見ようとするかもしれないからだ。[13]

機関銃を分解して部品を隠した直後に、ドイツ軍が帰ってきた。一台の車ではなく二台の車で。客を連れてきたのだ。シェイファーは制服姿の高位の訪問者を連れて建物に入ってきた。ＦＰＯのメンバーの心臓の鼓動が大きくなった。シェイファーは客たちを部屋から部屋へ案内し、お宝を見せびらかすつもりらしい。ドイツ軍将校たちは三枚の絵の下に機関銃の銃身を隠した美術室に入っていき、シャガールなどさまざまな美術品を眺めはじめた。美術部門の責任者のスツケヴェルはロフル・クリンスキーといっしょに隣の部屋で仕事をしていたが、ひどくそわそわしはじめた。シェイファーが一枚、また一枚と絵を手にとった。あと一枚で銃身が発見されてしまう。スツケヴェルの顔は蒼白になり、シュメルケのところに走っていき災厄が起きたと伝えようとした。

ロフルは友人の動揺ぶりを見て、何か重大なことが起きかけているのを悟った。彼女はＦＰＯのメンバーではなかったし、武器を持ちこむ作戦にも加わっていなかったが、ヤンカウスカスが昼休みのあいだにパン以外のものをシュメルケに渡していることはとっくの昔に見抜いていた。瞬時に、ロフルはドイツ軍の気をそらそうと決意した。続き部屋の戸口に駆け寄ると、シェイファーに呼びかけた。「司令官、司令官。重要な原稿を発見しました」ドイツ軍将校たちは彼女の方を振り向き、その手にしたものを見ようと、どやどやとやってきた。それは一八三〇年のポーランド蜂起の記録書類だった。それをじっくり検分してから、彼らは部屋を出ていった。[14]陽動作戦は成功し、災厄は避けられた。

シュメルケは本を持ちこむことにも、ＦＰＯの闘士としての活動にも、同じように誇りを感じていた。ふたつは互いに補いあうレジスタンスの形だと考えていた。のちに、シュメルケは回想記の中で、ある寓話を語っている。神が最初のユダヤ人、聖書によるとアブラハムをお創りになったとき、神は人生の旅のために彼にふたつの贈り物をした。ひとつは本で、もうひとつは剣だった。アブラハムは左右の手にひとつずつそれを持った。しかし、アブラハムは本を読むことにすっかり魅了され、手から剣が滑り落ちたことにも気づかなかった。その瞬間から、ユダヤ人は本を好む民族になったのだ。失った剣を見つけて拾い上げる仕事は、ゲットーの闘士とパルチザンたちに任されていた。[15]

12章　奴隷労働者の学芸員と学者たち

一九四二年七月初め、ERRの横暴な責任者、アルベルト・シュポルケットは紙部隊に意外な仕事を言いつけた。作業場に置かれた品物を使って、ユダヤ人とボルシェビキについての展示会を開くようにというのだ。展示会をドイツ軍の政治教育の手段として利用し、第三帝国の最大の敵、ユダヤ人とボルシェビキに対する敵意を植えつけようという目論見だった。シュポルケットはヴィルナでのERRの仕事ぶりと、ナチスの〝科学〟にとって略奪がいかに重要かをドイツ軍高官に見せたかったのだ。

ただし、ひとつ大きな問題があった。シュポルケットと彼の仲間たちはユダヤ人について何ひとつ知らないうえ、ドイツ軍お抱えのユダヤ民族の専門家ヘルベルト・ゴッタルドは展示会を企画する気がなかった。そこでシュポルケットは展示会の準備を、ユダヤ人労働者自身に任せることにした。連中が集めてきたものは、どうせユダヤ民族と共産主義の不快で下劣な本質をあらわにするものに決まっている、と高をくくったからだ。結局、形になったものは、共感をかきたてると同時に客観的な反ユダヤ主義という、奇妙な取り合わせの展示だった。

YIVOの展示ホール（かつてはI・L・ペレツ、現代イディッシュ文学の父の展示品が飾られていた）を二分割して展示会が開かれた。右側はユダヤ民族、左側はソビエト。ヴィルナのガオン、マティティヤフ・ストラシュンをはじめとするラビの肖像画が片側の壁にかけられ、スターリン、ソビエトの政治家たち、ヴォロシーロフ元帥の写真が反対側にかけられていた。ふたつのグループの要人たちが部屋をはさんで見つめあう格好になった。

ユダヤ人セクションの品々は、アンスキ博物館から分類のためにＹＩＶＯの建物にあわただしく運ばれてきたものから選ばれていた。ユダヤ人芸術家の手による彫刻と絵、稀覯本（十七世紀の小型祈禱書も含まれていた）、原稿が飾られた。現代ヘブライ語やイディッシュ語の挿絵入りの表紙を鑑賞できるガラスケースもあった。トーラーの巻物が銀製儀式用品に囲まれて中央に置かれ、ハシド派のサテンのカフタンが急ごしらえのマネキンに着せてある。[1]

そのカフタンのせいでまずいことになりかけた。ある晩、カフタンが煙突掃除人によって盗まれてしまったのだ。煙突掃除人は市内の屋根から屋根へ自由に移動でき、何かをこっそり持ちこんだり、盗んだりしていた。ＦＰＯのために武器を持ちこむのを助けている者もいた。シュポルケットの副官ヴィリー・シェイファーは高価なカフタンを盗んだと紙部隊を責め、明日までに返さなかったらゲシュタポに通報すると脅しつけた。労働者たちが盗みとは無関係だと抗弁すると、シェイファーはますます怒りを募らせた。その晩仕事が終わってからゲットー内で代理のカフタンを見つけるしかない、と労働者たちは相談した。だが、ヴィルナのゲットーではハシド派だろうと反ハシド派だろうと、カフタンは一枚も見つからなかった。そこで偽物で代用することにした。裏地を長くしたシュメルケの黒いレインコートだ。幸い、シェイファーはそのちがいに気づかず、怒りの矛先をおさめた。

ソビエトセクションの展示は赤いリボンで飾られ、多くの言語のレーニンの作品やスターリンによって書かれた大量の文書が並べられた。片隅には、〝煽動《せんどう》〟と名づけられた陳列ケースが置かれ、ロシア語、イディッシュ語、その他の言語のナチスドイツに敵対する出版物が展示された。展示の掉尾を飾るのはナチス文学のガラス陳列ケースで、パンフレット、新聞、雑誌、反ユダヤ主義の新聞《シュテルマー》紙が並べられ、ユダヤ人とボルシェビキについての〝真実〟を暴いていた。

部屋の中央のユダヤとソビエトのセクションのあいだには、九世紀にユダヤ民族から分裂した教派〝カライ派〟（タルムードを否定し、聖書を信じる教派）の書棚があった。そこにはカライ派の書物や個人とグループの写真が並べられ、カライ派のヴィルナの聖職者セラヤ・ショプシャルの大きな肖像画がかけられていた。おそらくカルマノーヴィチの考えによって、その分派を展示に含めることを決めたのだろう。カルマノーヴィチはカライ派こそユダヤ人の起源だと信じていて、当時、彼らの歴史について調べていたからだ。[2]

ヘルマン・クルクは、仲間が奴隷労働者の学芸員としてすぐれた仕事をしたことにいたく満足した。「ユダヤ人はあくまでユダヤ人であり、われわれはこれっぽっちもそれを恥じる必要はないことを展示は示そうとしている。ボルシェビキについてはボルシェビキのコーナーにりっぱに展示され、反ボルシェビキの色合いはまったくない。それにドイツ軍の方はユダヤ人労働者が精一杯、彼らを手助けしていると考えている。狼は満足し、子羊は無事だ」カルマノーヴィチはさらに饒舌《じょうぜつ》だった。「この展示会はユダヤ民族の文化的実力を示すものだ。ユダヤ民族を呪うように求められたが、結局祝福したという、聖書の預言者バラムのようだ[3]」

展示会の正式なオープニングに先立って、YIVOの建物は掃除され、点検され、作業室のいくつかには木箱があふれ、〝輸送〟という紙が貼りつけられた。まるで活気に満ちた波止場みたいだった。ハンス・ヒングシュト長官をはじめ、ドイツ人とリトアニア人の将校が展示会のオープニング・レセプションに現れた。

数日後、展示会の熱狂的なレビューがドイツ当局の地元機関紙《ヴィルナ新聞》に載った。記事はERRをほめたたえるものだった。「ユダヤ民族とボルシェビキに対する政治的、軍事的な闘争はいまや別のものによって補完されている。すなわち、科学的調査の闘争だ。敵と戦うだけではなく、敵の心髄と、その意図と目的を知らねばならない……こうして彼らはユダヤ民族とボルシェビキを理解するために重要な発見を数多くした。そのいくつかは実際に政治的重要性を持っている」[4] その記事はヴィルナが歴史的に「ユダヤ民族の本拠地」であり、ユダヤ人の「第二のエルサレム」であることを指摘していた。「ヴィルナは世界の第一の敵と第二の敵、すなわちユダヤ民族とボルシェビキについて、重要で興味深い記録書類を大量に提供してくれる」

新聞記者は、この展示会を重要な教育的達成だともちあげた。「十九世紀からの抜け目のない狡猾なユダヤの〝偉人〟たちの顔や、現代ユダヤ人芸術家の未熟な作品が陳列された……かたや、〝ソビエト・パラダイス〟の特別な写真コレクションもあった。それはソビエト人のみすぼらしさと後進性を如実に物語るものである」

関心を持った個人または団体は予約して展示会を観ることができる、と知らされた。「展示会を観た者全員が、ERRの隊員によって地味におこなわれている仕事の領域とその重要性について、おおむね把握することができるだろう」

展示期間中、いくつかの派遣団も訪れた（第三帝国内の複数の都市で展示会ツアーをおこなう、という計画はとうとう実行されなかったが）。カルマノーヴィチはドイツ人訪問者は建物内のユダヤ人労働者と目を合わせようとしないことに気づいた。視線を合わせると、自分と共通の人間性に気づくことになり、同情がわきあがるせいかもしれない、と彼は日記で考察した。そういう感情を抱くのは許されないと訪問者たちは考えたのだろう。[5]

ベルリンからはヒトラーの側近であるハインリヒ・ヒムラーのオフィスのスタッフも含め、高官たちが展示会を見学しにやってきたが、彼らは満足しなかった。展示会はイデオロギー的に不十分で、あるメンバーは「共産主義者の宣伝活動」とすら呼んだ。彼らの訪問後、シュポルケットはもっと明確に反ユダヤ主義、反ボルシェビキを示す材料を含めるように命じた。最後の方の展示では、ユダヤ人共産主義者たちがリトアニア人の農民を迫害しているように見える偽造写真が展示された。実はその写真は、ユダヤ人がドイツ人とリトアニア人内通者に迫害されている写真だった。[6]

ＥＲＲチームのユダヤ民族専門家ヘルベルト・ゴッタルド博士は、展示会よりももっと真面目な計画を温めていた。展示会はたんなる宣伝としか思えなかったのだ。シュメルケに〝子豚〟と呼ばれていた博士は、ヴィルナのＥＲＲを反ユダヤ人研究の中心にするという大きな野心を抱いていた。労働者たちにユダヤ人問題について論文を書かせ、それを彼が反ユダヤ主義の視点からリライトして、ＥＲＲのベルリンの分析部門に送るつもりだった。

ゴッタルドはカルマノーヴィチにちょっとしたリサーチを課した。カルマノーヴィチの仕事ぶりを見て、ゴッタルドは彼を労働者の調査グループと合同翻訳グループ全体の責任者にし、戦前の研究をドイツに提出させた。モイシェ・ヘラー博士やラビのアヴロム・ニサン・イヤフェなどは参考書がすぐに使えるゲットー図書館を本拠地にし、翻訳者のヤコブ・ゴードンやアキーヴァ・ガーシャターなどはＹＩＶＯの建物にこもり、カルマノーヴィチは双方を行ったり来たりした。

カルマノーヴィチは奴隷労働者の学者という新しい仕事にも、自分の仕事が反ユダヤ主義のデマを広める結果になることにも憤懣《ふんまん》やるかたなかった。しかし、その思いは胸にしまい、日記にひそかに吐きだすだけにした。「連中はわれわれの〝秘密〟を解き明かし、〝隠された事柄〟を暴こうとしたがっている。なんという愚か者どもだ！　なんという下品で詐欺めいたやり口なのだろう。だが、わたしはおとなしく沈黙を守らねばならない。危機が過ぎるまでは」[7]

カルマノーヴィチも、長い労働の日々のなかで知的活動にいそしむことを多少は歓迎したにちがいない。おそらく、ゲットーに九カ月も閉じこめられ、六十一歳になっても戦前と同じように自分は学者なのだと証明したかったことだろう。

彼の最初の大きな仕事はカライ派についての参考文献を集め、研究資料を翻訳することだった。ヴィルナと近くのトラカイにはカライ派が二千人ほどいた。ベルリンのＥＲＲの分析部門の責任者ゲルハルト・ヴンダー博士はヴィルナの部下たちにカライ派を研究するようにと命じた。彼は以下のようにその問題の重要性を説明した。「最近、カライ派がユダヤ人とまちがえられるという不運な事件が何度かあった。この特殊な異教グループについて教育することは、われわれの義務だと考える……われわれの任務は将来の過ちを防ぐことだ。過去に起きたような過ちを」[8] そうした〝過ち〟はウクライナの何百人ものカライ派の命を奪ったのだった。

参考文献を集め、カライ派についてヘブライ語とイディッシュ語からの翻訳を監修しながら、カルマノーヴィチはカライ派がユダヤ人の血を引き、ユダヤ教を実践していることは世間一般に認められている、と指摘する論評を書いた。それはヴンダーが聞きたいと思っていた意見と正反対だった。[9]

カルマノーヴィチの意見に反論するために、ゴッタルドはヴィルナのカライ派のラビ、ショプシャルに彼のコミュニティの人種的起源、宗教、文化について研究論文を書くように命じた。さらにカルマノーヴィチにロシア語で書かれたその原稿をドイツ語に翻訳するように命じた。二人の男たちはいっしょに仕事をし、カルマノーヴィチはショプシャルが書いたものを翻訳した。日記の中で、ユダヤ人学者はカライ派の書き手とその大作をけなした。「なんて狭い視野だ！　トルコ系タタール人の祖先を詳述することに熱を入れているばかりだ。自分自身の宗教を教えることよりも、馬の世話と武器の扱い方の方が詳しいようだ！」[10]

そのプロジェクトによって、二人は知り合いになった。ショプシャルはＹＩＶＯの建物を何度か訪ねてきて、カライ派に関連した品物を眺め、カルマノーヴィチはドイツ軍に付き添われて、ショプシャルの自宅を訪れ、研究におけるいくつかの問題点について語り合った。

二人の学者の立場がまるっきり異なることは明らかだった。ドイツ軍はショプシャルを〝教授〟と呼び、謝礼として千ライヒスマルクを支払い、彼の研究をドイツ政府の各部門に広めると約束した。かたや翻訳をしているカルマノーヴィチは、ＥＲＲのメモでは名前がなく、ただの〝ユダヤ人労働者〟だった。彼がもらっているのはふつうの奴隷労働者の賃金、一カ月三十ライヒスマルクだけ。せいぜい、よくやってくれていると感謝され、ＥＲＲの将校たちからパンをもらうぐらいだ。[11]

カライ派のプロジェクトは、ＥＲＲのチームと他の高官たちの前でショプシャルとカルマノーヴィチがカライ派の祖先についての討論をおこないクライマックスを迎えた。討論のあいだ、カルマノーヴィチは自説を翻《ひるがえ》し、カライ派は人種的にユダヤ人と関係がないことを認めた。そうしたのは信念からではなく、同情からだった。カライ派が迫害を受けるのを防ぐために、一役買いたかったのだ。[12] カルマノーヴィチが自説を変えたのは、度量の大きな行為だった。ショプシャルはユダヤ人を助けたことがなかったし、それどころかドイツ軍がユダヤ人をとらえるのに手を貸していたのだ。

ドイツ占領の最初の数カ月、カライ派の偽の身分証明書を手に入れ、数百人のユダヤ人がゲットーの外で暮らしていた。カライ派の男性は割礼をほどこされたので、ユダヤ人男性が身元を隠すにはうってつけの方法だった。それに黒髪で茶色の目のユダヤ人女性は、ポーランド人やリトアニア人よりもカライ派と言った方が通りがよかった。ショプシャルはドイツ軍にヴィルナの本当のカライ派の名前と住所をたびたび提供した。そのため、〝偽者〟は逮捕され、ポナリで処刑されることになったのだ。

何カ月ものち、ポナリへの大規模な移送が止むと、ショプシャルはユダヤ人なのにカライ派だという証明書を発行してほしいと何人もから頼まれている、とドイツ軍に手紙を書いて暴露した。さらにカライ派の血統についてのあやふやな意見を解決するために、ぜひ尽力したいと申し出て、ドイツ軍は大喜びでそれを受け入れた。不確かな人種的起源を調べる研究所、人種研究所でショプシャルはコンサルタントに雇われた。[13]

しかし、討論の場で、カルマノーヴィチはショプシャルにも、そのコミュニティにも報復しようとはしなかった。

一九四二年八月に、ERRの分析局は新たな仕事を与えた。オストラント（リガ、ヴィルナ、ミンクス）の作業グループに、それぞれの地域の過去と現在のゲットーについて調査資料を提出させるというものだ。ドイツでは〝ゲットー〟という言葉はユダヤ人コミュニティを意味したので、ベルリンからの命令はあいまいで制約がなかった。地元のユダヤ人について、どんなことでも報告できた。

ゴッタルドはその仕事をカルマノーヴィチに与え、いくつかの資料を用意するようにと命じた。カルマノーヴィチはこの苦々しい成り行きに衝撃を受けた。まず、ドイツ軍はユダヤ人を絶滅させた。今度はユダヤ人について研究したがっているとは。「彼らは平らにならした山の高さを知りたがっているのだ」とカルマノーヴィチは日記に皮肉をこめて記した。[14]

カルマノーヴィチの調査グループが五つの資料を用意した。そのうちふたつはカルマノーヴィチ自身がまとめた。中世からのリトアニアのユダヤ人の歴史的概観と一九一八年から一九四〇年までの独立したリトアニアにおけるユダヤ人コミュニティについての分析だ。他のふたつの資料は、ドイツ軍よりもカルマノーヴィチにとって興味があるテーマについてだった。アブロム・ニサン・イヤフェによるヴィルナの百十四カ所のシナゴーグのカタログだ。それにザレハ・ユダヤ人墓地の歴史と芸術の分析で、多くの古い墓石の墓碑銘も含まれていた。ヴィルナのユダヤ人遺産について調べろ、という

ＥＲＲのあいまいな命令をカルマノーヴィチは利用することにした。もうじき、それらの場所がなくなるのではないかと恐れていたからだ（それは当たっていた）。五番目はモイシェ・ヘラー博士によって書かれた、ナチスが制定した現在のヴィルナ・ゲットーについての報告だった[15]。

ＥＲＲのユダヤ民族の専門家ゴッタルドの方は、カルマノーヴィチや彼の調査グループの資料をたき台として扱い、自分の目的に合うように編集・変更するか、たんに無視した。彼らの情報を利用しながら、ゴッタルドはいたるところに反ユダヤ的コメントや意見を差しはさんだ。

たとえば、占領されたリトアニアのユダヤ人についてのカルマノーヴィチの統計表を利用しつつ、独自の解釈を展開した。「ユダヤ人は虚弱な体で、怠惰で、訓練を受けていないので、重工業に従事している者がいなかった。彼らは服の仕立て、靴製造などについたが、商品の販売や株式仲介などによって手軽に利益を得られるときには、すぐに放りだせる仕事だったからだ[16]」

ヴィルナのユダヤ人の政治的活動についてのカルマノーヴィチの考察は割愛し、ゴッタルド自身の結論を書いた。「ユダヤ人庶民はボルシェビキを熱狂的に歓迎している、というのがヴィルナの全住人の意見だ。かたやクリスチャンの住人はソビエト軍を避けている。共産党青年連盟は全員がユダヤ人だ[17]」

ゴッタルドは巧みにユダヤ人の学識をナチスのユダヤ人研究に変え、それを年下の同僚シェイファーに渡した。シェイファーは「ヴィルナにおけるユダヤ人墓地と墓石」についての研究をリライトし、悪意に満ちた反ユダヤ論文に仕立て上げた。「ユダヤ人の墓石の芸術にも、ユダヤ人の視覚芸術にも、ほとんど創造的な要素は見受けられない」シナゴーグの芸術も建築物も美的な価値はない。それらは

「粗削り」で「反復的」で「貧しく」「様式がない」。ユダヤ人の墓地については「その前に立つと、無秩序なユダヤ民族の石化した魂が見える」[18]

詳細な調査と反ユダヤ的な解釈の組み合わせは、ベルリンのERRの高官たちをおおいにうならせ、ヴィルナチームは呼びだされて賞賛を受けた。「ゴッタルド博士の論文は見事だ。きわめて詳細で信頼がおける。とりわけゲットーの研究はすばらしい」[19]

一九四二年の末になり、カルマノーヴィチは古典的なユダヤ文学と文化をテーマにした仕事を始めた。ユダヤの伝統におけるモーセの誕生とダビデの星の歴史についてだ。ベルリン大学で神学の博士課程の学生だったシェイファーは、〝ユダヤ人労働者〟の助けを得て、ラビの伝統におけるモーセ像についての論文を執筆したい、とベルリンの大学に提案したほどだ。しかし、大学側は彼の提案を却下し、「論文は独自の調査に基づかねばならず、他人の調査にのっとったものであってはならない。それがユダヤ人の調査であれば、なおさらのことだ」と返答した。[20]

ドイツ人はその手に金鉱を手にしたことに気づいた。つまり、要求に応じ、高レベルの論文をほぼどんなことについても、無料で書いてくれる学者と調査者の一団だ。一九四三年初めには、ERRチームは非ユダヤ問題の研究にまで調査グループを利用していた。『リトアニアのフリーメイソンの支部』とか『ヴィルナの文化的施設の詳細（美術館、劇場、要塞、教会）』とかだ。クルクは後者の仕事を引き受けた。というのも、ヴィルナの文化施設を調べるために、ゲットーの外に〝遠出〟する新たな名目が手に入ったからだ。カトリックの神父や美術館の学芸員と会い、研究のために情報を集める際に、そのうち何人かは、こっそり持ちだした本や書類の隠し場所を提供することを承知してくれた。[21]

カルマノーヴィチにとって、学者として強制労働させられることは非常に腹立たしく、彼の若いときの希望や理想がことごとく踏みにじられた。青年時代、カルマノーヴィチはドイツのベルリンとケーニヒスベルクの大学で学び、批判的な研究手法を身につけた。しかし今、ドイツ軍は野蛮な人種理論を推し進め、大量虐殺を正当化するために科学の理想をねじ曲げていた。以前、カルマノーヴィチがＹＩＶＯの責任者だったとき、現代の研究はユダヤ民族を向上させ、力を強めるにちがいないと信じていた。しかし今、ナチスはユダヤ人絶滅を正当化するために、彼自身の研究を利用していたのだ。

13章　ゲットーから森へ

一九四三年七月半ば、ドイツ軍はゲットーのパルチザン連合組織、ＦＰＯの存在を知った。とらえたポーランド人共産主義者が拷問によって口を割ったのだ。彼らはイツィック・ヴィテンベルクが組織の司令官だということを知り、ユダヤ評議会議長ヤコブ・ゲンスにヴィテンベルクを引き渡すように求めた。ヴィテンベルクが隠れ家に逃げこむと、ゲンスは彼を逮捕できなければ、ドイツ軍はゲットー全員を処刑する気でいる、と住民に警告した。一人の命か、二万人の命かという選択を迫られたのだ。動揺した住人たちが血眼になって探していると、ヴィテンベルクは自らドイツ軍に投降し、七月十七日にゲシュタポに拘束されているときに死んだ。どうやら自殺らしかった。

ゲットーの吟遊詩人、シュメルケ・カチェルギンスキはそうした破滅的なできごとをバラードで追悼した。歌は殉教した英雄の独白と戦いを呼びかける言葉で終わっている。

そのときイツィックが語りかけた
稲妻のような言葉で
「おれはこの命令に従わなくてはならない、それはあきらかだ

きみたちの命が奪われるわけにはいかない
暴君の残虐なナイフによって」
死に向かって彼は勇敢に進んでいった

再び、敵は獣のように
どこかに潜んでいる
おれはモーゼル銃をきつく握りしめる
さあ、モーゼル銃よ
おれを解放してくれ
おまえの命令に従おう！[1]

歌は勇敢だったが、状況は悲惨だった。ドイツ軍はＦＰＯの存在を知った以上、ＦＰＯを攻撃してつぶすか、ヴィルナ・ゲットーを完全に解体して住人を移送するか、どちらかを選ぶだろう。いずれの場合も、ゲットーの終焉《しゅうえん》は近かった。

七月十九日、ヴィテンベルクの死の二日後、アルベルト・シュポルケットはヘルマン・クルクに一年半にわたる奴隷労働の期間を振り返って、ＥＲＲのための仕事について最終報告を書くように命じた。これは紙部隊の仕事と、命の終わりが近づいているしるしだった。[2]

その予感は仕事の割り当てによって裏付けられた。紙部隊の十人がウニヴェルスィテツカ通りに派遺され、ストラシュン図書館の「仕事に片をつける」ことになったのだ。グループにはシュメルケ、スツケヴェル、ロフル・クリンスキーが含まれていて、本の最終的な〝選別〟をして、伝説の図書館のコレクションに悲しい別れを告げた。シュメルケは最後に数冊をゲットーに持ちこんだ。[3]

それからグループはＹＩＶＯに最後の片づけのために戻った。スツケヴェルは名残を惜しみながら建物の中を歩き回り、屋根裏に隠せそうな宝物を探した。彼はＹＩＶＯの革装丁のゲストブックを見つけた。作家、学者、政治家、地域社会の指導者といった、そうそうたる顔ぶれが献辞とともにサインをしている。友人たちといっしょにページをめくりながら、戦前のＹＩＶＯの思い出がどっと甦ってきた。マックス・ヴァインライヒの講義、図書館での調べ物、スタッフや大学院生との会話。

グループは最後のページに自分たちの献辞を書き加え、ゲストブックを屋根裏に隠した。戦後、誰かがそれを見つけてくれるだろう。そのときはもう生きていないだろうから、それは彼らの活動の記念碑になってくれるはずだ。スツケヴェルは自分の詩『奇跡への祈り』の最後の連を書いた。救いへの強い嘆願を表現した作品だった。

死が弾丸に乗って、猛烈な勢いで迫ってくる
色鮮やかな夢の中でも、わたしを引き裂こうとして
あと一秒で――鉛にやられるだろう
たとえ追いつけなくても、制止してくれ
追いつけ！　さもないと後悔するぞ

ロフルのサインはもっと陰鬱だった。「もうじき死ぬ運命の人々からのご挨拶です《モリトゥリ・ヴォス・サルタント》」それは古代の闘士たちが闘技場に入っていく前に、皇帝に向けて言う言葉だった。[4]

　緊張と不安をはらんだゲットーに戻ると、カルマノーヴィチは希望と信念を持つように住人たちに呼びかけた。〝ゲットーの預言者〟と呼ばれているカルマノーヴィチはＹＩＶＯの作業場からこっそり持ちだしたハシド派の本をとりだすと、ゲットー作家協会の会合でその中の一節を朗読した。「人は悲しみに浸ってはいけない。なぜなら悲しみは存在を無にするからだ」この一節はハシド派のラビが祝祭の食事の席で述べたものだ、とカルマノーヴィチは解説した。「悲しみは存在を無にする。まさにそれがドイツ軍の狙いなんだ。連中はわたしたちを殺したがっているだけではない。殺す前に、わたしたちの存在を抹消したがっているんだ。ドイツ軍に報復するためには、どんなにつらかろうと、悲しみに浸らないことを自分に思い出させよう！」[5]

　一九四三年八月一日、ゲットーは封鎖された。その日から、どんな作業隊も外の作業場に行くことが許されなくなった。紙部隊のメンバーは職務を正式に解かれた。[6]

　八月六日と十九日、ドイツ軍とエストニア警察がゲットー警察にも手伝わせ、エストニアの強制労働収容所への移送のために何千人もの住人を逮捕した。とらえられた人々が実際に強制労働収容所に送られるのか、処刑されるのかは、その時点では不明だった。ゲンスの保証にもかかわらず、不安が急速に高まった。

終わりが近づいているのを察し、クルクはいよいよゲットーの記録書類を金属製容器に入れて埋めるときがきたと判断した。記録書類は万華鏡のようなゲットーの生活の記録と、何千通もの手紙、メモ、報告書、ゲットー当局の各部門とのさまざまな書面のやりとりだった。三冊の日記もすべて隠した。希望を託して、一冊はゲットーの外のクファシェルナ通り十九番地の屋根裏に隠した。そして〝完璧な通行証〟を使って秘書をそこに連れていくと、その隠し場所を教えた。彼女はおそらく生き延びるだろう。二冊目は金属製容器に入れてジュムトスカ通りのゲルション・アブラモヴィチの倉庫に隠した。そして三冊目は、ERRのためにヴィルナの教会について取材していたときに親しくなったポーランド人神父に託した。[7] あたかもクルクの人生における活動、すなわち本を保管し、印刷されたものや原稿をこっそりゲットーに持ちこみ、ヴィルナのユダヤ人の苦闘について記録してきたことすべてが、終わりを迎えたように感じられた。

やがて、紙部隊の全員が移送されて死ぬか戦って死ぬのだろうと覚悟を決めたとき、YIVOに思いがけないことが起きた。八月の終わりの一週間に、シュポルケットが最終的な片づけのために紙部隊を招集したのだ。労働者たちはベルリンやフランクフルトに運ばれる最後の本や新聞を山積みにした。そして八月二十三日、カルマノーヴィチの日記の最後にはこう記された。「われわれの仕事は終わりを迎えようとしている。何千冊もの本がゴミとして廃棄され、ユダヤ人の本は姿を消すだろう。救うことができたものの一部は、神のご加護があれば生き延びるはずだ。自由な人間として戻ってきたときに、わたしはそれを目にするだろう」[8]

YIVOでの最後の昼休みのあいだに、紙部隊の数名はロフルの部屋に集まり、遺書を書いた。シュメルケはみんなが紙にペンを走らせ、世の中に別れを告げているのを眺めた。三十五歳の彼はその場ではいちばん年長だった。

つい数カ月前に紙部隊に入った、金髪で二十歳のロケーレ・トレネルはシュメルケに何を書いたらいいのかとたずねた。「ええと、きみはどこかに親戚がいるかい?」トレネルは数名をあげた。「ニューヨークに姉と叔母、イスラエルに四人のいとこ、南アフリカにさらにいとこが二人、キューバに伯父が一人います。ゲットーには妹と夫がいるわ……それから、両親と二人の兄弟はポナリなの」トレネルが書きはじめると、陽気でのんきで冗談好きで、徹底した楽観主義者のシュメルケが、これまで一度もしなかったことをした。涙を流しはじめたのだ。[9] 明るい若者の歌を作ってきたシュメルケだが、ヴィルナ・ゲットーの若者たちは〝新しい自由な春〟を見るまで生きられないだろう、と悟ったのだった。

九月一日の朝、ドイツ軍とエストニア警察がゲットーを包囲し、兵士と警官を送りこみ、通りにいる人間を誰彼なしに逮捕した。ドイツ軍は三千人の男性と二千人の女性をエストニアの強制労働収容所送りにすることを求めていた。残っている全住人の三分の一だ。

アッバ・コヴナーが指揮をとるようになったFPOは、ゲットーの粛清の始まりだと考え、総動員を命じた。組織は作戦本部をストラシュン通り六番地からゲットー図書館の建物に移動した。組織の最大の武器庫は図書館内にあったし、もうひとつは隣接した運動場の下にあったからだ。書棚沿いに配置された闘士たちは最後の抵抗の準備をした。リトアニアのエルサレムが崩壊するなら、本の真ん中で陥落することになるだろう。

FPOの他のグループはストラシュン通り沿いに配備された。FPOはゲットーの住人たちに一斉蜂起に参加してほしいと呼びかけたが、それに応える者はほとんどいなかった。住人たちはすぐに殺されるとは思っていなかったのだ。エストニアの移送者から元気で働いているという報告や手紙を受けとっていたから、残っているゲットーの住人たちはドイツ軍との自滅的な戦いよりも、生き延びるチャンスに賭けて、強制労働収容所に移送される方がいいと考えていた[10]。

その日遅くなって、ドイツ軍は軍隊を送りこんできて、ストラシュン通りでエストニア行きにする人々をつかまえた。ストラシュン通り十二番地でFPOの闘士グループが発砲し、グループの司令官イャシエル・シェーンバウムは短時間の戦いのあいだに殺された。やがて夜が近づいてくると、ドイツ軍はストラシュン通り六番地の図書館の方には進軍せず、ゲットーを退却し、日没後の戦いを避けることにした。

シュメルケはFPOの闘士たちに交じって図書館内に配置され、最後の戦いを待ちかまえていた。持ち場で見張りにつきながら、仲間たちにフランツ・ヴェルフェルの『モーセ山の四十日』を読んでやっていた。それはアルメニア人大虐殺の物語で、オスマン帝国の軍隊に抵抗したアルメニア人の視点から描かれていた[11]。あたかも、彼ら自身の身の上の暗い予言を読んでいるかのようだった。

続く数日間に、ドイツ軍はゲットー警察の協力で三千人の住人を逮捕してエストニア行きにした。だが、ストラシュン通りには戻ってこなかった。今のところFPOと総力戦をするつもりはなかったのだ。しかし、ゲットーの闘士たちは追いつめられていた。隣の通りにはドイツ軍がいて、住人たちは一斉蜂起の呼びかけに応じない。ドイツ軍と武力衝突になったら、仲間のユダヤ人たちは自分たちを敵とみなすのではないかとまで、地下組織は恐れていた。

ワルシャワとはちがい、ヴィルナでは一斉蜂起は起きそうにない。無念にもそう悟ったFPOは後退して、再結成するしか選択肢はなかった。九月四日、コヴナーと司令部のメンバーたちは森に闘士たちを送りこみ、そこでソビエトが率いているパルチザンに合流することを決定した。

シュメルケ、スツケヴェル、彼の妻のフレイドケは二番目のFPO闘士グループといっしょに九月十二日にゲットーを離れた。彼らは敵と一戦交えたがっていたが、出発の準備をしているあいだに一抹の不安がこみあげてきた。いくつもの場所に隠した本や文化的財産――テオドール・ヘルツルの日記、ヴィルナのガオンのクロイズの記録文書、シャガールの絵、トルストイ、ゴーリキー、劇作家のショーレム・アレイヘム、詩人のハイム・ナフマン・ビアリクらの手紙や原稿――をまた目にすることができるのだろうか？　あれだけ苦労して隠したことはむだだったのだろうか？

FPO司令官は森をめざす二十人の男性と六人の女性からなるグループに、最後の指令を下した。「いったんこの塀を出たら、もうゲットーの闘士ではない。パルチザンだ。ヴィルナの名誉を汚すことなく、ユダヤ人であれ！」グループは衣服から黄色のダビデの星をむしりとり、真夜中に出発し、一人か二人ずつ、ゲシュタポとゲットー当局だけが使っているヤトコーヴァ通りにある通用門をめざした。どうにか合い鍵をこしらえておいたのだ。出発したグループのほとんどのメンバーが拳銃で武装していたが、中には丸腰の者もいた。スツケヴェルはポケットに六連発のベルギー製リボルバーを忍ばせていた。それは友人のヤンカウスカスから買い、シュメルケと共有している銃だった。[12]

ドイツ軍はヴィルナのゲットーをその十一日後、九月二十三日に解体した。大半の住人はエストニアの強制労働収容所に送られた。数千人はトレブリンカの絶滅収容所行きにされた。年配者や病人は近くのポナリで処刑された。

シュメルケとスツケヴェルの一隊は、ヴィルナの北東二百キロにあるナラチの森をめざした。そこで、ヴォロシーロフ提督の大隊に編入されているソビエト・パルチザンのヒョードル・マルコフ提督の部隊と合流するつもりだった。数カ月前、マルコフは自分の隊にFPOの闘士を入隊させようとして、ゲットーに使者を送ってきた。しかし、当時のFPOはゲットーと住人を捨てる決断ができず、その申し出を断った。しかし、ゲットーの前線が絶望的になった今、FPOの闘士たちは森に逃げ、マルコフを見つけることにしたのだ。

ナラチまでの二週間におよぶ旅のあいだ、姿を目撃されてドイツ軍に通報される可能性のある町や村は避け、もっぱら深い森とぬかるんだ沼地を選んで進んだ。夜だけ歩き、昼間は森で休憩した。旅でもっとも危険なのは、線路、橋、川を渡るときだった。ドイツ軍が重点的にパトロールしていたからだ。最初の線路で撃たれ、グループはすでに一人のメンバーを失っていた。

四十キロ歩くと、多くのメンバーの靴やブーツがボロボロになり、残りの道は血まみれで痣だらけの足が注意を引かないように気をつけながら、裸足で歩いた。沼の泥水を飲み、森に生えているものは何でも食べた。幸運に恵まれれば、畑や菜園のはずれで野菜を盗むことができた。

一行がついにヴィルナから百五十キロの地点でヴィリヤ川を渡ったとき、新しい世界に足を踏み入れた。〝パルチザン地帯〟だ。ここではドイツ軍の姿はめったになく、地元民もユダヤ人に敵意を抱いていなかった。二人の騎馬のパルチザンが昼間に一行に近づいてきて、ユダヤ人が滞在している近くの野営地に連れていってくれた。休息をとり体力を取り戻すと、シュメルケは周囲の野原や森に陶酔した。狭苦しく汚いゲットーで十六カ月過ごしたあとで、森は彼にとって夢の国、〝緑の伝説〟だった。檻から放たれ、ジャングルをうろつく野生の獣のような気分になった。[13]

しかし、シュメルケの気分はすぐに一変した。彼をはじめ新たに到着した仲間のユダヤ人たちへのマルコフ提督やヴォロシーロフ部隊の司令官の対応に、ショックを受けたのだ。パルチザンの上層部はシュメルケたちを余分なお荷物とみなし、出ていくように伝えた。自前の武器を持ち、戦闘に向いているとみなされた数人の若者だけが、戦闘員として受け入れられた。ただし、配置されたのは後方の支援部隊だった。敵と勇敢に戦うという彼らの夢は、たちまち破れた。

部隊の共産党組織の指導者、クリモフ少将はシュメルケに文句を言った。「武器がないのに、どうしてここに来たんだ？」シュメルケは怒りを抑えられず、怒鳴り返した。「クリモフ同志！　ドイツ軍といっしょにソ連相手に戦った多数のウクライナ人も、最近部隊を抜けだして、森にやってきた。連中も武器は持っていないが、戦闘部隊に入れてもらえたじゃないか！」クリモフはうるさいと一喝して背を向けた。[14] その指摘に対しては、答えることができなかったのだ。ナチスの元協力者たちは喜んで部隊に迎え入れられたが、元ゲットーの闘士たちはちがった。

マルコフの副官たちの一人は、銀の腕時計や革製コートを祖国防衛軍の基金に寄付するべきだとほのめかし、その提案を承知したユダヤ人だけを入隊させた。新参者はその要求に驚かされたが、新しい司令官にいい印象を与えたかったので、しぶしぶ貴重品を手放した。翌日、そうした腕時計やコートをマルコフの副官や副官の妻、パルチザンの司令官たちが身につけているのを目にした。それは屈辱的なゆすりだった。

十月に、ヴォロシーロフ隊は何千人ものドイツ軍に森を囲まれている、という諜報部からの情報を受けとった。ドイツ軍はパルチザンを一掃しようと目論んでいた。隊の分遣隊はさまざまな方向に散らばったが、シュメルケとスツケヴェルの支援部隊は司令官もいないうえに、指示もなく取り残された。混乱のさなかに、シュメルケはスツケヴェルに大切な所持品を渡した。リボルバーだ。「どちらか一人の命を救うとすれば、きみだ、アブラシャ。きみの方が偉大な詩人だからね。きみの方がユダヤ民族に貢献できるよ」[15]

一隊は沼沢地に囲まれた森の奥の島をめざした。水辺からかなり離れているので、〝アメリカ〟というあだ名をつけられた島だった。彼らはドイツ軍が〝アメリカ〟を発見しないことを祈った。

シュメルケ、スツケヴェル、それに妻のフレイドケは草の生い茂る沼地にいっしょに隠れた。近づいてくる銃声を聞いて、ドイツ軍が進軍してくるのがわかった。そこで、三人は死に際の約束を取り決めた。もしもドイツ軍に囲まれたら、最後の弾丸を使って自殺しよう。少し議論した結果、スツケヴェルがまずフレイドケを撃ち、二番目にシュメルケ、最後に自分自身を撃つことになった。[16]

ドイツ軍は〝アメリカ〟を発見したものの、幸いなことに徹底的には捜索しなかった。その代わり、隠れているパルチザンに命中するのではないかと期待して島めがけて散発的に撃った。そして、引き揚げるときに島の反対側の乾いた土地に火をつけた。三人はさらに数日間〝アメリカ〟に潜んでいて、樹皮を食べて飢えをしのいだ。

ついにドイツ軍によるナラチの森の襲撃が終わると、痛ましい結果があきらかになった。何百というパルチザンの闘士たちが殺されていた。その中にはFPO司令部のメンバー、ヨセフ・グラズマン、ミフル・コヴナーも含まれていた。ミフルはアッバ・コヴナーの弟で紙部隊の一員でもあり、ソビエトの本の山から地雷作りのマニュアルを発見した人物だった。ヴォロシーロフ部隊は生き延びたが、戦闘能力はいちじるしく損なわれた。

シュメルケとスツケヴェルの支援部隊は、森の奥の基地で再集結した。彼らの仕事のひとつは、土地の人間に銃を突きつけて小麦粉、粗挽きトウモロコシ、豆、塩、豚肉などの食べ物を奪ってくることだった。そうした襲撃は〝経済作戦〟と呼ばれ、部隊に食べ物を供給するために必須の汚れ仕事だった。基地に戻ると、部隊のメンバーは料理をし、パンを焼き、一時的な住まいを作った。部隊には仕立屋、靴職人、革なめし職人もいた。夜はたき火を囲んで過ごし、シュメルケは歌を歌い、スツケヴェルは最新の詩を朗読した[17]。

十二月にマルコフ提督が二人のパルチザン詩人を自分の本部隊の小屋に呼び寄せ、新しい任務を与えた。ヴォロシーロフ部隊の歴史を書くという仕事だ。「われわれの隊が成し遂げたことが歴史から忘れさられたら、パルチザンの活動にとって大いなる損失だ。きみたちはただ見て、聞いて、書けばいい」マルコフは自分の部隊の功績が後世のために記録されるのを望んでいたが、そこへ、この仕事にうってつけの二人の詩人が指揮下に入ったのだ。すぐれた兵士でもなく仕立屋でもないのだから、記録係にすればいい。

シュメルケとスツケヴェルは本部隊に移動し、理想的な住まいと仕事環境を与えられた。自分たちだけの土造りの小屋があり、パルチザンの基地から基地へ移動するときに使える馬と馬車がそろっているうえ、御者までいた。翻訳者もいて、彼らのイディッシュ語の文章をロシア語に翻訳してくれ、芸術家がカメラマンの代わりを務めてくれた[18]。二人は何百人というユダヤ人、ロシア人、リトアニア人、ベラルーシ人の闘士たちと会って、コーヒーやウォッカを飲みながら彼らの話を聞いた。シュメルケがほぼ記録部分を書き、二人で詩を書いて添えた。

シュメルケはユダヤ人闘士の話に、とりわけ興味を引かれた。ユダヤ人は臆病者だというデマに反《はん》駁《ばく》する生き証人だったからだ。二十一歳のボリスは近づいてくるドイツの列車を吹き飛ばし、あわや命を落としかけた。ウクライナ出身のアヴネルはたった一人で赤軍の脱走兵のグループをとらえ、パルチザン側につくように説得した。母と息子のチーム、四十歳のサラと二十歳のグリシャはサラの夫を殺した敵に復讐するために、同じパルチザン部隊に入って隣り合わせで戦った――サラが倒れるまで[19]。

旅は解放感を与えてくれ、物語からは元気をもらえた。ナラチの森の奥深くで土造りの小屋に住みながら、シュメルケはユダヤ人パルチザンの手柄を称える詩を書き、ソビエトのメロディにのせて歌った。

ゲットー刑務所の塀を越え
自由の森へ
つながれていた鎖を投げ捨て
今は銃を手にしている

任務につくと
新しい友人が気遣ってくれる
銃とおれは
いっしょに成長していった

おれたちは少数派
でも、誰よりも勇敢だ
丘も谷も吹き飛ばせる
橋も部隊も
ファシストは怯えて震えている
何に撃たれたのかわからずに
おれたちは地下から現れて突進していく
ユダヤ人パルチザン

血で書かれた復讐という言葉には
多くの意味がこめられている
新しい夜明けのために
おれたちはここで戦っている

いや、おれたちは最後のモヒカン族にはならない
太陽が闇を照らす
――それがユダヤ人パルチザンだ[20]

14章　エストニアの死

ゼーリグ・カルマノーヴィチとヘルマン・クルクは森に逃げないことにした。六十二歳のカルマノーヴィチは、二年近くゲットーで過ごして精神的にも肉体的にも消耗し、もはや逃亡生活を送るエネルギーは残っていなかった。そこで、ゲットーのユダヤ評議会議長のヤコブ・ゲンスが生活環境はいいと個人的に保証してくれたので、エストニアへの移送に自発的に加わることにした。司書のクルクはもっと若く五十歳にもなっていなかったし、健康状態もよかったので、森の野外生活にも耐えられただろう。しかし、彼はヴィルナのゲットーに残り、最後のときが来るまでその歴史を年代記として記録することにしようと決心した。彼は道義を大切にする人間だったので、自分だけ助かるために一万二千人の住人たちを見捨てることは裏切り行為だと感じた。どんな運命がもたらされても、粛々とそれに従う覚悟だった。[1]

カルマノーヴィチはヴァイヴァラ、エレダに立ち寄ってから、エストニアの北東の隅にあるナルヴァに〝落ち着いた〟。だがゲンスは嘘をついていた。食べ物の配給は餓死しかねないひどさだった。朝はコーヒーとパン、昼は水っぽいスープ、夕食はなし。カルマノーヴィチは掘っ立て小屋から十キロ先にある収容所の織物工場で、荷物の積み卸しを担当した。

ナルヴァ収容所の疲弊する状況の中でも、カルマノーヴィチは慰め役を務め続けた。男性棟の夜間の文学芸術クラスに参加し、講義をして、みんなで語り合った。清めの祭り、ハヌカーの夜には、三百人の囚人たちが集まり、彼はその祝日について三十分の講演をし、ユダヤ民族の光は輝き続けると励ました。[2]

ナルヴァにいるあいだに、カルマノーヴィチは元宿敵、モイシェ・レアラにばったり会った。筋金入りの共産主義者で、YIVOのアーカイブで仕事をしていた男だ。一九四〇年六月にソビエトがヴィルナに進軍してくると、レアラはYIVOの支配権を握り、カルマノーヴィチを追放し、非共産主義者のスタッフをクビにした。すべての〝非ソビエト文学〟をYIVOの図書館から撤去し、建物の壁をスターリンを崇めるスローガンで覆った。それから三年というもの、カルマノーヴィチは個人的な屈辱と、何よりもYIVOを政治によって潤色したことでレアラを許せずにいた。カルマノーヴィチは若い頃から反共産主義者で、学問を政治に従属させることに反対だった。ヴィルナのゲットーにいても、二人は口もきかなかった。ゲットー図書館内ではカルマノーヴィチは副館長として、レアラはゲットーのアーカイブと美術館の学芸員として、近くの部屋で仕事をしていたが、一切言葉を交わさなかった。仕事に関しても、レアラはクルクに報告していた。[3]

しかし、ナルヴァでは親しい友になった。同じ板ベッドで眠り、長い夜を語り合って過ごした。[4] レアラが赤痢になったときは、カルマノーヴィチが看病し、自分の配給のパンを分け与えた。レアラが死ぬと、カルマノーヴィチは友人の共産主義者を追悼して、ユダヤの祈り、カディッシュを唱えた。

そのわずか数週間後に、カルマノーヴィチ自身の肉体も病に蝕《むしば》まれた。囚人たちは収容所の将校に賄賂をつかませ、凍てついた寒さに戸外に行かなくてすむように、宿舎のトイレ掃除などの楽な仕事に彼をつかせてもらうようにした。この仕事をしていた数週間、カルマノーヴィチは宿舎の仲間たちにこう言ったと伝えられている。「こうした高貴なユダヤ人の排泄物を掃除する特権を与えられて幸せだよ」[5]

カルマノーヴィチは板ベッドの中で静かに息をひきとった、という者もいる。あるいはドイツ軍医療チームが彼を殺すように命じたと報告している者もいる。後者の説明によると、ひきずられていったときの最期の言葉は、かつて紙部隊の仲間たちに通りで言ったせりふだった。ただし、今回はドイツ軍への愚弄だった。「おまえたちなんてどうでもいい。わたしにはイスラエルの地に息子がいるのだ」ナルヴァで死んだ他の人々と同じように、彼の遺体も収容所の地下にある巨大なオーブンで焼かれた。

ある仲間の囚人は、カルマノーヴィチがナルヴァ強制収容所で大切にしていたものがあると話してくれた。ドイツ軍から必死に隠し通した小さな聖書だ。宿舎の中に埋めておいたか、服の下に隠し持っていたのだろう。紙部隊のリーダーの一人がこっそり持ちこんだ本を身につけて亡くなったとは、悲劇的だが納得できる話だ。トーラーの巻物を持ったまま、ローマ人に焼き殺されたという二世紀のラビ、ハニナ・ベン・タルディオンを彷彿とさせる死だった。[6]

ゲットーで書いていた日記に最後に記した言葉が実現するさまを、カルマノーヴィチはとうとう目にすることができなかった。「自由な人間として戻ってきたときに、わたしはそれを（救った本を）目にするだろう」

ヘルマン・クルクは最後までゲットーに残っていた。一九四三年九月十四日、ゲンスはＦＰＯとずっと連絡をとっていたという理由によって、ドイツ軍に処刑された。ゲンスの処刑の数日後に、ドイツ軍はゲットーへのわずかばかりの食べ物の配給を中止した。

九月二十三日、午前五時、親衛隊曹長ブルーノ・キッテルがゲットーの敷地内に兵士を引き連れて入ってくると、ユダヤ評議会のオフィスのバルコニーから命令を下した。すなわち、ヴィルナのゲットーはただいまをもって解体する。住人全員が北リトアニアとエストニアの強制労働収容所に〝退避〟させられる。住民は移送のために午後二時にルドニツカ通りのゲートに集まるように。目的地では配給されないので、バケツ、鍋、その他の台所用品を持ってくること。手で持ち運べるだけの荷物を携帯することが許される。

飢えて衰弱した住人の多くが、これはポナリへ連れていくための策略だと考えた。キッテルは彼らの不安や緊張をやわらげようとした。せっぱつまった人々は、せっぱつまった手段に訴えるかもしれないからだ。たとえば蜂起とか。

キッテルは隠れてもむだだと強調した。解体後、ドイツ軍はゲットー内の水や電気を止め、家々を爆破するからである。隠れている者は喉の渇きで死ぬか、くずれてきた建物に押しつぶされるだろう。隠れ家から出てきた者は、その場で撃ち殺される[7]。

午後二時、数百人のリトアニアとウクライナの警官たちがゲットーに入ってきて、あらゆる通りに立った。何千人もの住人たちはおとなしくゲートまで歩いていった。そこにはキッテル、ヴァイスなどの親衛隊の将校たちが立ち、通り過ぎる人数を勘定していた。ゲート付近の混雑ぶりと興奮状態はすさまじかった。親は子どもを見失い、子どもは親とはぐれた。ゲットーを出ると、疲れ果てて怯えた住人たちは、曲がりくねった長いスボチ通りを歩いていった。ヘルメット、手榴弾、ライフル、マシンガンで完全武装した兵士が通りをずらっと固め、軍用犬が吠えながら逃げようとする人間を見張っている。弱りきってもはや動けず、通りの真ん中に荷物を放りだしている者もたくさんいた。

ドイツ軍は最初の〝選別〟をして、男性と女性、子ども、年配者を分けた。男たちはスボチ通り二十番地の沼地の谷間に建つ留置場に向かわされた。残りの者たちは前進を制止され、大きな教会の中庭に押しこめられた。夫婦や家族が最後の別れをするあいだ、悲鳴や泣き声が通りに響き渡った。

太陽が沈み、夜になった。ドイツ軍は男たちのいる鉄条網に囲まれた谷間の留置場と、兵士に見張られた女と子どもと年配者のいる中庭を投光照明で照らしだした。住人たちは光に目がくらんだ。それからドイツ軍は拡声器からジャズを流しはじめた。たんに自分たちが楽しく夜を過ごすためだ。拘束された女性や子どもや年配者は地面に横になり、食べ物や水の配給もないまま、そこで夜を明かした。密集し不潔な場所で、子どもが泣き叫び、年配者がうめき、飢えと渇きに苦しみながら。そのまま息絶えた者もいた。

ドイツ軍は谷間にいる男たちを二度目の選別のために整列させた。今回は親衛隊の将校が列のあいだを歩き回って、年をとりすぎていたり若すぎたり、虚弱そうだったりする人間を指さし、列からはずさせた。虚弱そうな人々は頑健な人間の後ろに隠れようとしたが、将校は見逃さなかった。最終的に、百人の住人が選びだされ、処刑のためにポナリに車で運ばれていった。同じような選別が女性たちのあいだでもおこなわれた。
紙部隊のメンバーの何人かも、そうした選別で命を落とした。その一人が、ウマ・オルケニツカで、自分の意志でトレブリンカ絶滅収容所に行った。年老いた母親を見捨てるわけにいかなかったからだ。
さらに男性たちはとんでもないものを見せられた。ドイツ軍は谷間の留置場に四つの絞首台を建てると、親衛隊将校が進みでてきて宣言した。「われわれに反抗したり、パルチザンに加わろうとして逃げた人間は処刑するつもりだ。抵抗したらどういう目に遭うかをこれから見せてやろう」
そして、ゲットーから逃げようとしてとらえられた四人のFPOの闘士たちが連れてこられた。アシャ・ビッグという三十歳の女性は絞首台に歩いていき、人々に向かって叫んだ。「ドイツ人殺人者に死を！　ユダヤ民族の血が流れるFPOの復讐者は永遠な――」最後まで言い終える前に、縄がしまり、梯子がはずされた。彼女の体は絞首台で揺れ、すぐにぐったりと垂れさがった。[8]
紙部隊の数人のメンバーは、ゲートに行くよりも隠れ場所にこもることを選んだ。ストラシュン図書館の司書で六十二歳のハイクル・ウンスキは、ストラシュン通り五番地の地下室に仲間といっしょに隠れた。ドイツ軍はゲットーを閉鎖して十一日目の十月四日に彼らの隠れ場所を発見し、全員をミツケエーヴィチ通りのゲシュタポの刑務所に送った。ウンスキたちは六番監房、いわゆる〝死刑監房〟で一晩過ごした。全員が壁に名前を書き、墓石代わりにした。ウンスキを含めて多くは墓碑銘をつけ加えた。「これからポナリに行く。血の復讐を！」ハイクル・ウンスキは十月六日、ポナリでひっそりと処刑された。[9]
ヘルマン・クルクはゲットーを出てスボチ通りを歩いていき、二度の選別にも生き残った。その翌年は北方の沿岸沿いにあるクルーガ強制収容所でほぼ過ごした。クルーガはドイツの東部における主要な工業施設になっていて、軍のために鉄筋コンクリートや材木を生産していた。クルクはそこを「ユダヤ人収容所の首都」と呼んだ。

クルーガとヴィルナ・ゲットーは夜と昼ほどもちがっていた。殴打や鞭打ち、その他の肉体的な虐待は日常茶飯事で、囚人たちは一日の最初と最後に、点呼のために何時間も凍てつく寒さの中で気をつけの姿勢をとり整列させられた。懲罰的な運動も課せられ、そのあいだに気絶したり倒れたりしたら、ひきずられていき撃ち殺された。[10]

クルクはおもに道路の舗装とバラックの建設に従事した。収容所の地下活動、パルチ《P》ザン・グル《G》ープと呼ばれる組織にも加わっていた。この組織は最初は援助委員会として機能し、病人や弱者に食べ物や薬を提供していた。やがて、ひそかに文化的な催しも企画するようになり、クルク自身が日曜ごとに政治的な話をした。さらに隠していた拳銃を集めてもいた。大量虐殺にしろ解放にしろ、最期が近づいてきたときに一斉蜂起でそれらを使う目論見だった。

移送されて丸一年のあいだ、クルクは書き続けていた。日記、仲間の囚人の物語、収容所生活の寸描。倉庫から盗んできてバラックに隠していた小さなノートにすべてを書きつけた。一冊のノートがいっぱいになると別のノートに書き続けた。彼の筆跡はほとんど読みとれなかった。「いきなり歓迎されざる客が来るのではないかと怯えて、膝の上か、仕立屋の作業場か、セメントを混ぜたりコンクリートを流しこんだりするときか、夜に固い椅子で書いていた[11]」肉体的にも精神的にも衰弱していたが、クルクは書くことを決してやめなかった。収容所の医者たちに仕事後、夜は休息をとるようにと勧められたが、クルクは書くことは命よりも大切なのだと譲らなかった。自分のメモはヒトラーよりも長生きし、未来の世代の宝となるだろうと。[12]

クルーガで最大の問題は飢えだった。毎日、何十人もの囚人が飢えで死んでいた。クルクは収容所で体験した新しいタイプの飢えについて、迫真のエッセイを書いた。「三百三十グラムのパンは生きるためにも死ぬためにも足りない……自分の身を救えない大多数はやがて飢えて死んでいく……もっとエネルギーがある人々はじゃがいもの皮を手に入れようとする。よりわけて、できるだけ厚い皮をとる。それを食べた人はしばしば胃けいれんを起こす。しかし胃けいれんが去ると、飢えが戻ってくる。そこで、今度はカブを、カビの生えたパンを、毒のあるベリーを必死になって追いかける。飢えを、どうしても鳴き止まない腹の虫をおとなしくさせるためだけに[13]」

囚人が死ぬと、ドイツ軍は死体を薪の上に積み上げ、ガソリンをまき、火をつけた。焼却を監督する将校はいちばんいい制服を着いてた。ある生存者は、彼は神に生け贄《にえ》を捧げる異教の神父のようだった、と語っている。

クルクは赤軍が近づいてきたのを知っていた。一九四四年七月十四日、ノートにヴィルナが解放されたことを書きつけた。「ヴィルナが解放されたが、ここでわれわれはくびきにつながれてうめき、運命に泣いている。ヴィルナのFPOはきっと今頃ゲットーの路地を勇壮に行進しながら、あちこち探していることだろう。わたしの資料も見つけようとしてくれることを祈る[14]」

クルクと五百人の囚人たちは、一九四四年八月二十二日にいきなりラゲディ収容所に移送された。そこの環境はクルーガよりもさらにひどく、むきだしの地面に建てられた天井の低い木造小屋に住み、一日に一食しか与えられなかった。それも水っぽい小麦粉のスープだけだ。ベッド、毛布、トイレもなかった。一筋の希望の光は戦争の前線がこちらに近づいていることだけだった。戦闘機からの射撃や投下される爆弾の音が聞こえた。エストニア第二の都市、タルトゥは赤軍によってすでに解放されていた。

クルーガからラゲディへの移送はいきなり実行されたので、クルクは隠しておいたノートをいっしょに持っていく時間がなかった。ノートはなくなってしまっただろう、と彼は考えていた。

ラゲディはクルクや他の囚人にとって最後の場所となった。一九四四年九月十八日に全員が殺されたのだ。ユダヤの新年の祭り、ロシュ・ハシャナの日に。

ドイツ軍は狡猾で悪辣な策略によって、その殺戮を実行した。親衛隊の上層部の将校が収容所にやってきて、囚人たちのきわめて悲惨な住環境について所長を叱責し、囚人たちにも聞こえるところで、もっといい施設に移すようにと命じた。トラックが横付けにされ、パン、マーガリン、ジャム、砂糖が運びこまれた。これはすべて、もっといい場所に移送されて生活が改善されると、囚人たちに信じさせるための欺瞞《ぎまん》だった。

トラックは五十人の囚人たちを乗せて、三十分おきに出発し、用意されていた処刑場に向かった。もはや手遅れになるまで、囚人たちにこれから起きることを知らせないために、そういう方法がとられたのだ。

処刑はクルーガでおこなわれた方法の応用だった。ドイツ軍は十人から十二人をいっしょに縛り、長い板の上を歩いていくように命じ、後頭部を撃ち抜いた。そのあとで二枚目の板が死体の山の上に置かれ、新たな囚人グループがその上を歩いていき、撃ち殺される。トラックに乗せてきた五十人全員が処刑されると、ドイツ軍は板と死体にガソリンをまき、火をつけた。ラゲディ収容所の処刑は午前十一時から夜になるまで続いた。

翌日、九月十九日に赤軍が到着し、何百という焦げた死体と、二人の生存者を発見した。

クルクの処刑の前日、密使が彼に小さな包みを届けてきた。クルーガにあったノートだった。クルクは喜びのあまり小躍りした。彼は六人の証人の前でそのノートを埋めることにした。せめて一人は生き延びて、それを掘り起こしてくれるだろうと期待したのだ。その一人は、その役目を果たすことができた。[15]

後世の人々宛に添付した手紙に、クルクはクルーガで作った散文詩を書いた。それはこんなふうに始まる詩だった。

クルーガ収容所の仲間たちは、よくわたしにたずねる
どうしてこんなつらいときに書くのか？
どうして、それに誰のために？
わたしにはもはや未来はなく、待ちかまえている運命もわかっている
でも、心の奥底に、奇跡への期待が潜んでいるのだ
片手に握った震えるペンに酔いしれながら
未来の世代のためにあらゆることを記録する

誰かがこれを発見する日が来るだろう[16]
わたしが記録した恐怖のページを

15章 モスクワからの奇跡

アヴロム・スツケヴェルの個人的な奇跡が、つまり、YIVOのゲストブックの墓碑銘として記した文章が、一九四四年三月に実現した。パルチザンの司令官、ヒョードル・マルコフは、ソビエトの軍用機が詩人のスツケヴェルと妻を迎えに行くという電報をモスクワから受けとった。マルコフは夫妻をパルチザンの滑走路に連れていくために、武装警備兵と馬が引くそりを手配した。だが夫妻を運ぶまでに二度の試みが必要だった。最初の飛行機はドイツの迫撃砲によって落とされてしまったのだ。二度目の飛行機は無事に夫妻を乗せ、翌日アヴロムとフレイドケ・スツケヴェルはモスクワにいて、リトアニア・パルチザン支局の本部にすわっていた。[1]

飛行機を手配したのはリトアニア・ソビエト社会主義共和国の大統領ユスタス・パレツキスだった。彼は大統領になる前に、一九四〇年のリトアニア人とイディッシュ語作家の会合でスツケヴェルと親しくなっていた。

ドイツ侵攻の時期、一九四一年六月にパレツキスがモスクワに避難していると、パルチザンの司令官から一通の手紙を受けとった。そこには詩人のスツケヴェルが生きていて、ナラチの森で執筆を続けていると書かれていた。それでスツケヴェルは飛行機に乗ることになったのだった。[2]

スツケヴェルの生活の変貌ぶりは、非現実的なほどだった。二年間、彼と妻はゲットーにとらわれた獣のように、この半年は戸外の土造りの家で眠っていた。しかし飛行機で短い旅をすると、そこには豪華なモスクワのホテルが待っていて、清潔な服に着替えた二人は現代的な都市を自由に歩いていた。ほぼ三年ぶりに、人間的な文明に触れたのだった。

スツケヴェルがモスクワに到着したことは、文学界にとって衝撃だった。三十一歳にして、彼はこの時代のもっとも偉大なイディッシュ語詩人の一人としてすでに認められていた。ヴィルナ・ゲットーに監禁されているあいだも、彼はいくつかの詩をモスクワに行くパルチザンに託した。作家の会合で朗読されたスツケヴェルの詩に、人々は息をのみ、賛嘆の声をあげたのだった。奇跡のフライトから数日後、ソビエト作家組合のイディッシュ語支部は、モスクワ作家ハウスで彼のために歓迎会を開いた。レーニン勲章の栄誉を授けられた詩人のペレツ・マルキシュがその企画の立案者で、スツケヴェルをこんなふうに紹介した。「人はダンテについてよくこんなふうに指摘します。『この男は地獄にいる!』しかし、ダンテの地獄は、この詩人が抜けだしてきたばかりの業火に比べれば楽園のようなものです[3]」

スツケヴェルの登場は、作家にとって一大事なだけではなかった。彼はソビエトの首都までたどり着き、ドイツ軍のユダヤ人の迫害について語ることができる最初のゲットーの住人だった。クレムリンの向かいにある労働組合のピラーホールで、四月二日に反ナチス大会が開かれたが、彼はそこで講演をしてほしいと頼まれた。そのイベントはユダヤ人反ファシスト委員会という組織の後援で、三千人以上の人々が集まり、ソビエトにいる有名なユダヤ人たちの話に聞き入った。戦争の英雄、作家、モスクワのラビ、それにスツケヴェルだ。彼はゲットーから生き延びた唯一の講演者だった。

彼は短く歯切れのいい言葉で、大量虐殺、ゲットーの精神的抵抗と武装抵抗、FPOの森への逃避について語った。最後にこうしめくくった。「リトアニアとベラルーシの森では、何百人ものユダヤ人パルチザンが戦っていることを全世界に知らせましょう。彼らは誇り高く勇気があり、仲間の血が流されたことへの報復をしようとしています。そうした森や洞窟にいるユダヤ人パルチザンのために、生き残ったヴィルナのユダヤ人のために、わたしはあなた方に、世界じゅうの同胞のユダヤ人たちに、戦って復讐をしようと呼びかけたい」

スツケヴェルがドイツ人と戦うためにユダヤ人の連帯を訴えたのは、一九四四年のモスクワでは珍しいことではなかった。スターリンはそうした感情を戦争に利用しようと、民族主義や宗教を禁止する方針をゆるめていた。ユダヤ人反ファシスト委員会は、ソビエトと海外のユダヤ人を結びつけてナチスと戦わせるためにソビエトが発案したもので、モスクワ国立イディッシュ劇場の責任者、有名なイディッシュ語俳優ソロモン・ミホエルスを議長としていた。

スツケヴェルの講演は異例だった。なぜなら、彼はスターリンの名前を口にしなかった唯一の講演者だったからだ。モスクワのラビですら、その偉大な指導者にへつらい、「ヨシフ・スターリンの制定した土地で、民族間の友愛が深く根付いた」と称え、「勇敢な赤軍が最高指導者スターリン元帥の指揮下で、敵を打ち負かしている」としめくくった。スツケヴェルはそうした賛辞を控えた。のちに説明しているように、ゲットーの炎が支配者への恐怖を焼き尽くしてしまったのだ。すでに何度も殺されたも同然だったので、何を恐れることもなく自由にしゃべることができたのだった。[4]

モスクワでスツケヴェルの名声はぐんぐん高まった。四月十五日、《ニューヨーク・タイムズ》はスツケヴェルについての記事を載せた。「ヴィルナ・ゲットーから逃れてきた詩人のパルチザンが、ナチスは八万人のユダヤ人のうち七万七千人を殺したと語る」四月二十七日には《プラウダ》が彼について半ページの紹介記事を掲載した。

「一人の人間の勝利」と題された記事は、スツケヴェルを廃墟から文化的財産を救いだした男として、読者に紹介した。「彼はマキシム・ゴーリキーやロマン・ロランの手紙を持ちだし、ドイツ軍から救ったのだ。ピョートル大帝の召使いの日記、レーピンやレヴィタンの絵、トルストイの手紙、その他多くのロシアの文化的遺産を救いだした」

記事では、スツケヴェルが語ったように、ヴィルナ・ゲットーでのユダヤ人の苦難や英雄的行為が語られていた。戦時中に《プラウダ》はホロコーストの詳細をめったに掲載しなかった。しかし、インタビューを担当した有名作家のイリヤ・エレンブルクはスツケヴェルの二面性を強調して、記事をしめくくった。「彼の腕には機関銃、頭には詩の一節、そして心にはゴーリキーの手紙があった。ここには色あせた文字がつづられたページがある。よく知られた筆跡だ。ゴーリキーは人生について、ロシアの未来について、人間の持つ力について書いた……ヴィルナ・ゲットーの一人の反逆者が、詩人であり兵士である男が、彼の手紙を救ったのだ。人間性と文化の旗印として」[5]

エレンブルクはスツケヴェルをたんなる闘士ではなく、ただの詩人でもなく、最初で最高の文化の救済者として描いた。

ソビエトじゅうのユダヤ人が、その記事を誇らしく読んだ。何十人もがスツケヴェルに賞賛の手紙を送ってきた。赤軍兵士、中央アジアの避難民、知識人。新聞記事が出たあと、スツケヴェルは名士になり、ロシア人知識階級のパーティーや集まりに呼ばれた。ロシアでもっとも偉大な詩人、ボリス・パステルナークとも個人的に会い、互いの作品を披露しあった。

スツケヴェルが認められ、有名になっているあいだ、シュメルケ・カチェルギンスキはヴォロシーロフ隊の唯一の記録係として、相変わらず森で奮闘していたが、ユダヤ人闘士と話せば話すほど、ソビエト・パルチザンの活動は反ユダヤ主義に毒されている、という苦い思いを強くした。彼は日記にこう書いた。「非ユダヤ人のパルチザンが違反行為を犯したら、数日間の拘束という罰を受けるだろう。だがユダヤ人パルチザンが同じ違反をしたら撃ち殺されるだろう。ユダヤ人闘士は、戦闘に参加していても、仲間に背中を撃ち抜かれないように注意しなくてはならない。(ゲットーを逃げだしたユダヤ人たちは、しばしばドイツのスパイという容疑をかけられて撃ち殺された)」[6]

ソビエト政府も共産党もパルチザン活動の参謀たちも、ユダヤ人やその他の少数派の民族たちが森でどういう扱いを受けているのか知らないのだろうか、とシュメルケは自問した。いや、知らないわけがない。彼らはそれを大目に見ているか、支持しているか、命じているのだ。シュメルケはソビエトのやり方に初めて不快な疑問を感じた。

一九四四年六月二日、シュメルケはヴォロシーロフ隊からリトアニアのヴィルナ隊に移動した。そこでは闘士の半数がユダヤ人だった。残りはリトアニア人、ポーランド人、ベラルーシ人、ロシア人の混成だった。その後の六週間は、シュメルケのパルチザンとしての人生でもっとも幸せな日々だった。彼は列車や鉄道や倉庫を吹き飛ばし、電話線を使えなくする破壊工作隊に入った。一年半前にポーランド人の聾啞者のふりをして訪れたことのある、ベラルーシの町や村を回った。今では武装して戦っている誇り高いユダヤ人パルチザンとしてだった。[7]

六月七日、ベラルーシのポロック近くの村にいて、アメリカ軍とイギリス軍がノルマンディに上陸したことを知った。彼の部隊は喜びに沸いた。勝利はすぐそこだ。[8] 数週間後、彼の隊はヴィルナから北東に六十七キロほどにあるシュヴェンチョニリを解放した。そこからヴィルナに向かい、ヴィルナの解放に参加する許可を司令官に願いでた。「これ以上我慢できません。どうしても行かなくてはならないんです」司令官は許可し、車一台と同行するパルチザン数名を与えてくれた。

出発前夜、シュメルケはなかなか寝つかれず、日記にこう記した。「ヴィルナ、おれのいとしい町、今はどういう姿なのだろう？　シュヴェンチョニリを破壊したように、野獣はおまえを破壊しただろうか？　その可能性を考えただけで、めまいがして気分が悪くなる。誰と会えるだろう？　ひそかにドイツ軍から盗んで埋めておいた、すばらしい文化的遺産は見つけられるだろうか？[9]」

第3部

戦後

16章 地下から

一九四四年七月十日、シュメルケ・カチェルギンスキは混成のパルチザン隊といっしょにヴィルナの市内に入った。ソビエト軍はすでにドイツ軍相手に市街戦を繰り広げていた。シュメルケの一隊は南から入り、狭い小道や路地を抜け、大きな銃声や砲撃の音がする市の中心部に向かった。タルゴーヴァ通りの近くで線路に近づくと、機関銃の掃射を浴びせられた。仲間のポーランド人闘士二人が殺されたので、一隊は前進をあきらめた。ドイツ軍が市から撤退するまで、さらに二日かかった。七月十二日、シュメルケが市の中心部に近づくと、通りには何十人ものドイツ兵の死体がころがっていた。

「彼らの残虐さを思い出し、こんなにあっさり死んだことが残念だった」

市内の大通りのいくつか、ミツケェーヴィチ、ヴィエルカ、ニェミェツカ通りは瓦礫になって燃えていた。なじみのある通りを歩きながら、シュメルケは困惑し、呆然となった。日記にはこう書いた。「どこに行ったらいいのかわからなかったが、足はどこかに向かっている。どこに行くべきか知っているのだ。丘を登っていき……ふと気づくと懐かしいヴィヴルスキ通りの下にいた。ああ、ＹＩＶＯの建物だ！　瓦礫になっていても、それとわかった。市内でこれほど徹底的に破壊された建物はないように感じられた」シュメルケはＹＩＶＯの建物がなくなったことを知り、胸が痛み、体が真っ二つに裂けそうな気がした。彼と仲間たちが屋根裏に隠したすべてのものが、いまや灰になったのだ。[1]
つらい気持ちを噛みしめながら、シュメルケは次にゲットーの中にある元ジュムトスカ通り、現在のシャヴル通りをめざした。FPOが武器を備蓄し、紙部隊が本を隠していた場所だ。そこに着いてみると、爆撃を逃れようと最近まで誰かが住んでいたことがわかった。懐中電灯で倉庫の闇を照らし、素手で砂をどかしはじめた。ふいに目の前に紙の束が見え、シュメルケは喜びと安堵を噛みしめた。ここにあった本や書類は無事だったのだ。しかし、その喜びは長くは続かなかった。倉庫を出て、通りに出ると日差しに目がくらんだ。「太陽はまぶしいが、世界はこれまで以上に暗かった」[2]通りにはユダヤ人が一人もいなかった。
翌日の七月十三日、ヴィルナは赤軍によって正式に解放された。アッバ・コヴナー、ヴィッカ・ケンプナ、ルツカ・コルチャックに率いられたユダヤ人パルチザンの〝復讐隊〟は市内に入り、誰もいないゲットーに集まった。そこで、シュメルケをはじめとする〝ヴィルナ隊〟のユダヤ人闘士たちに出会った。彼らの喜びには胸が引き裂かれるような痛みも混じっていた。ヴィルナは解放されたが、ちがう町になっていた。もはやリトアニアのエルサレムではなかった。
シュメルケはパルチザンだったので、ソビエト司令部が市内のミツケェーヴィチ通り、現在はリトアニア語でゲディミノ通りと改名された大通り沿いにある三室の家具つきアパートを提供してくれた。そのアパートは元ドイツ軍将校の家で、急いで逃げだしたので服も食べ物も残ったままだった。十カ月ぶりにシュメルケはベッドで眠った。[3]
ヴィルナが解放されヴィリニュスになった日、スツケヴェルはモスクワ郊外のヴォスクレセンスクにある作家たちのひなびた保養所にいた。《プラウダ》にでかでかと載った記事に対して、彼はシュメルケと同じ反応を見せた。「ヴィルナが解放された以上、わたしはこの保養所でのんびりしているわけにはいかない。故郷の町に帰って、どれほど崩壊してしまったのかを自分の目で確かめてこなくてはならない」彼はモスクワを発ち、彼をナラチの森から連れだしてくれたリトアニア・ソビエト社会主義共和国の大統領ユスタス・パレツキスのところに行くと、できるだけ早くヴィルナに戻るために手を貸してくれるように頼んだ。自分自身も故郷に戻ろうとしていたパレツキスは言った。「わかった、アブラシャ。いっしょに車か飛行機で行こう」

　七月十八日にスツケヴェルとパレツキスはソビエト支配のヴィリニュスに軍用車で到着した。幹線道路を走ってくる途中、道はドイツ兵の腐敗しかけた死体だらけだった。「だが、その悪臭はどんな香水よりも、わたしには心地よく感じられた」とスツケヴェルは日記に書いた。それから悲しげにつけ加えた。「隠した文化的財産がなければ、故郷の町に帰る気力があったかどうかわからない。愛している人々にはもう会えないとわかっている。殺人者によってみんな殺されてしまったのだ。ヴィリヤ川を渡ったとたん、苦痛で目が見えなくなった。しかし、ヴィルナの地にわたしが隠したヘブライ文字は数千キロ先からも輝いていた[4]」

　ヴィルナに到着したスツケヴェルは、シュメルケ、アッバ・コヴナーなどＦＰＯの仲間たちに囲まれて驚いた。いまや彼らは黄色のダビデの星ではなく、軍服を着ていた。彼はゲディミノ通り十五番地のシュメルケのアパートに引っ越した。それから二年間、二人は〈若きヴィルナ〉、紙部隊、パルチザン隊を経て、再びいっしょに仕事をすることになった。

翌朝パルチザン隊はヴィヴルスキ通りに向かい、スツケヴェルは初めて市内の荒廃ぶりを目にした。そしてイディッシュ文化の中心地だったヴィルナがもはや存在しないことを悟った。一行は残っているユダヤ文化の宝を発見して取り戻そうと意気込んでいたので、シュメルケは苦しげに報告した。大量の本や書類は製紙工場で溶かされてしまい、少数はドイツに運ばれ、ほんの一部だけが紙部隊によって救われたのだと[5]。しかし、そのささやかな分だけでも取り返すことが、後世の人々のために、殺された仲間のために果たすべき義務だった。

紙部隊の仲間たちの悲しい運命は、シュメルケとスツケヴェルの心を重くした。

結局、紙部隊の生き残ったメンバー六人はヴィルナが解放されたあとに戻ってきた。シュメルケ、スツケヴェル、ルツカ・コルチャック、ノイミ・マルケレス、アキーヴァ・ガーシャター、レオン・バーンシュタイン。さらに二人はドイツの強制収容所にいた。ヘルマン・クルクとロフル・クリンスキーだ。クルクは一九四四年九月にラゲディで亡くなり、ロフルは生き延びたが、とうとうヴィルナには戻ってこなかった。ヴィルナの生存者に元ＦＰＯ司令官アッバ・コヴナーが加わり、本や書類を取り戻すことが崇高な義務であり、優先するべき仕事だと全員の意見が一致した[6]。

判明している十カ所の隠し場所を点検すると、さまざまな結果になった。ストラシュン通り一番地と八番地の隠し場所は無事で、元ジュムトスカ通りのシャヴル通り六番地も同様だった。しかし、スツケヴェルとシュメルケがゲットーで住んでいたニエミエツカ通り二十九番地は崩れた建物の瓦礫がふさいでいて近づけなかった。ストラシュン通り六番地のゲットー図書館の内部の隠し場所は、ドイツ軍の退却直前に発見され、すべて中身がひきずりだされ、中庭で燃やされてしまった[7]。

シュメルケとスツケヴェルはリトアニア共産党中央委員会のメンバー、ヘンリク・ジーマンに連絡をとり、宝物を取り戻す作業に公式な支援を頼んだ。ジーマンはリトアニア・ソビエト社会主義共和国のパルチザンの副司令官で、森のパルチザン活動で知り合ったのだ。戦前はコヴナでユダヤ人学校の教師をしていたが、パルチザンの司令官になりリトアニア人の暗号名ユルギスを名乗り、周囲にはリトアニア人共産主義者だと説明していた。彼がユダヤ人であることを知っている人間は限られていた。国際主義者の姿勢を貫くために、ジーマンはシュメルケとスツケヴェルの要望にことさら無関心に応じた。新しく復活したソビエト支配のリトアニアには、他に重要な仕事があると。[8]

スツケヴェルがどうやってユワザス・バナイティスと連絡をとったかははっきりしないが、この教育人民委員会の美術部門責任者はそのプロジェクトを支援することを了承してくれた。七月二十五日、バナイティスは「ドイツ占領下の市内に散在し隠されていたユダヤ文化と芸術の貴重な品物二十四点を集め、ゲディミノ通り十五番地のアパートに運ぶこと」を正式に許可する手書きの証明書を発行してくれた。[9]

スツケヴェル、シュメルケ、コヴナーは翌日の七月二十六日に集まり、文化と美術のユダヤ美術館を設立した。自分たちは美術館の〝主導権を握る〟グループだと名乗り、関係各所に正式な支援を求める書面を送った。ソ連では文化的な機関は省や人民委員会に所属していて、独立した民間美術館などは存在しないことを知っていたからだ。バナイティスはシュメルケに〝現在創設中のユダヤ美術館〟のスタッフである、という一時的な証明書を発行した。[10]

シュメルケ、スツケヴェル、コヴナーは、美術館は紙部隊とＦＰＯの延長だとみなしていた。戦前のユダヤの文化的遺物を集め、保存することが目的だったが、ゲットーの記録書類や、ドイツ軍によっておこなわれた犯罪についての材料を集めることにことさら熱を入れた。三人は大量殺戮の犯人について多くの情報を提供してくれそうなゲシュタポの記録を発見しよう、と決意していた。さらに、犯罪を目撃した生存者にも、聞き取りをするつもりだった。最終的に美術館が正式な地位を獲得したら、〈ドイツファシストの侵入者とその共犯者の残虐行為を調査するためのヴィリニュス異常事態委員会〉に加わることを決めた。〈異常事態委員会〉は証言や書類を集めているソビエトの国家組織で、いくつもの事例を訴訟に持ちこんでいた。ようするに、シュメルケたちのグループは、殺人者たちが正義の裁きによって罰せられるために、別のタイプの材料（ゲットーのアーカイブ、ゲシュタポのアーカイブ、生存者の証言）を利用するつもりだったのである。[11] 彼らはユダヤ美術館を、ドイツ人の殺人者や地元の内通者たちを相手に、銃や地雷ではなく裁判と証拠によって戦い続けるための体制だとみなしていた。

美術館スタッフはただちに仕事にとりかかった。スツケヴェルが館長だった。シュメルケが秘書兼管理部門長、コヴナーがコレクションと回収作戦の責任者になった。しかし、部門は確定せず、その後数週間、その役割や名称が何度も変更された。

作業の中心になったのは、地下室、通路、小部屋からなる地下迷路のようなシャヴル通りの倉庫だった。シュメルケはその作戦について、日記にこんなふうに記録した。「毎日、宝物の入った袋やかごが倉庫から運びだされている。有名なユダヤ人の手紙、原稿、本。中庭に面した家に住んでいるポーランド人たちは、しじゅう警官や役人に通報した。おれたちが金を発掘していると思ったらしい。

枕や掛け布団の羽毛の間に押しこめられた汚らしい紙の束がどうして必要なのか、彼らには理解できなかったのだ。彼らの誰も、おれたちがI・L・ペレツ、ショーレム・アレイヘム、ビアリク、アヴロム・マプーの手紙を見つけたことを知らない。テオドール・ヘルツルの手書きの日記もだ。ソロモン・エッティンガー博士やメンデレ・モイヘル・スフォリームの原稿も。さらにアーカイブにはマックス・ヴァインライヒ、ザルマン・レイゼン、ゼーリグ・カルマノーヴィチの文書もあった」

シャヴル通り六番地の作業は何週間も続いた。文化的財産は木箱や容器に入れられているものもあったが、残りは何にも入れずにそのまま地面に埋められていた。作業の最中に、倉庫を造った建築エンジニア、ゲルション・アブラモヴィチが姿を見せ、手伝ってくれた。

回収チームのメンバーの中にはシャベルを持っている者もいたが、残りのメンバーは素手だった。パルチザンたちは機関銃を肩にぶらさげたまま作業を手伝った。彼らが掘りおこしたものはユダヤ人、ロシア人、世界じゅうの文化から集めたものだった。ヴィルナのガオンのクロイズの記録簿。最初のイディッシュ劇場の公演ポスター。イディッシュ劇場の父と言われるアヴロム・ゴルトファーデンが制作したものだ。ゴーリキーの手紙、トルストイの胸像、十七世紀のロシア語の年代記。ボンベイで描かれたあるイギリス人政治家の肖像画（もともとスモレンスク美術館にあったものだ）。[12]

スツケヴェルと仲間たちは倉庫の中の美術品や彫刻を掘りだしているときに、十九世紀のロシア系ユダヤ人の巨匠、マルク・アンタコルスキーのダビデ王の彫像を発見した。一本の腕が土から突きだしていたので、スツケヴェルは彫像の一部だろうと思ってつかんだ。だが、それは石膏ではなく人間の肉体だと気づき、背筋が凍りついた。ゲットーの閉鎖後も、ユダヤ人グループはゲットーに隠れていて、その一人が地下で亡くなったのだ。ショックがおさまると、スツケヴェルと友人たちは発掘を再開した。ダビデ王の彫像が死体のそばに埋まっていたことに、彼は象徴を見いだした。「ヒトラーの犠牲者が地下に埋まっていたが、今、勇敢なダビデ王、剣を手にした王が地面に立っている。彼は復讐をとげるために解放されたのだ[13]」

新しい美術館はゲディミノ通り十五番地のシュメルケとスツケヴェルのアパートに設立された。二人の詩人はロシア語とイディッシュ語で通りの入り口に看板をかけることにした。

シャヴル通りの倉庫に加え、他の場所でも隠した物が発見された。シュメルケは八月五日の日記にこう記録した。「市内じゅうに散逸していたトーラーの巻物を運びこんでいる。ポーランド人マリラ・ヴォルスカが友人のモイシェ・レアラから預かっていてくれた大量の稀覯本を運び入れた」

かたやコヴナーは自分が指導者だったFPOのパルチザン組織の書類を探していて、ストラシュン通り六番地のゴミの山の中に、組織で作った最後のビラの束を見つけた。「ユダヤ人よ、武装レジスタンスの準備をしろ！」一九四三年九月一日の日付だった。「それを読み、たちまち目が真っ赤になった。自分が書いたからでも、自分の命令、自分の声だったからでもなく、自分の命が灰の中から甦ったからでもない。当時の身がすくむような痛みに襲われたからだ。あれは誰にも決して理解できないような痛みだった[14]」

シュメルケとスツケヴェルのアパートはたちまち物であふれかえった。二人を訪ねた新聞記者はその光景をこんなふうに描写している。「黒く煤《すす》けた歳月で湿っぽくなった革装丁の本の箱で、部屋は占領されていた。壁際にはトーラーの巻物が山と積まれている。床には原稿が重ねられ、デスクの上には傷だらけで一本の腕がとれている石膏像が立っている。シュメルケとスツケヴェルが寝る場所すらろくにない。夜になると部屋には不気味な雰囲気が漂う。墓地で墓石に囲まれ、開いた棺桶の中で寝ているかのような気がした」[15]

17章　類を見ない美術館

ヴィルナが解放されてから数週間というもの、シュメルケとスツケヴェルのアパートの美術館は生存者、帰還者、ユダヤ人赤軍兵士たちのコミュニティセンター代わりになった。夜になると人々が集まってきて、自分の身の上を語り、希望をわかちあい、アドバイスや情報を交換した。町には他にユダヤ人の家がなかったのだ。ヴィルナ生まれの人間にとって、町は空っぽのように感じられた。シュメルケはかつて週末にザヴァルナ通りを歩いていると、たくさんの友人たちに声をかけられたことを思い返した。今は大通りを歩いていても、顔見知りと一人も会わない。シュメルケは亡くなった友人たちのリストを作成しはじめた。その略歴と死亡した日と状況を添えて。[1]

宛先不明のユダヤ人に送られてきた手紙は、すべて美術館宛てに転送してもらう郵便サービスも始めた。大半の宛先の人間は亡くなっていた。美術館の秘書、ノイミ・マルケレスは生存者が親戚や友人を見つけられるように、掲示板にずらっと手紙を留めた。美術館は無料の食事も配った。発起人グループ（シュメルケ、スツケヴェル、アッバ・コヴナー）はこうした機能を当局に認められたら、市のユダヤ人委員会に引き渡す計画だった。一方で、市内のユダヤ人委員会はすでにシュメルケとスツケヴェルのアパートに設立された、という噂も広まっていた。[2]

八月二日、発起人グループは六十名ほどのユダヤ人パルチザンを招集し、創設したばかりの美術館の回収係に任命した。それはナチス占領後に初めて公式に開かれたユダヤ人の集まりだった。スツケヴェルは思いをこめてスピーチをした。「これは最後に残ったユダヤ人、生存者の集まりである。全世界の目はわれわれの町に向けられている。ヴィルナ・ゲットーは世界じゅうに知れ渡ったのだ。イリヤ・エレンブルクはFPOの司令官だったイツィック・ヴィテンベルクについて書いているし、ロシア人詩人たちは彼の名誉のために詩を作っている。ヴィルナの魅力を証明するために、そして、われわれの人生が正当なものだと証明するために、われわれはこの廃墟で創造的であらねばならない。われわれのグループは最初の仕事にとりかかった。力を合わせて残っている文化的財産を持ち寄り、集めることだ。誰かに助力を求める前に、全員で自分の持ち物や周囲を見回し、殺された命の残骸がないか探してみよう」

FPOの武装レジスタンスと、紙部隊の精神的レジスタンスは同じものだった。コヴナーはパルチザンたちにこう語った。「シャヴル通り六番地の倉庫には、YIVOの貴重な品が三十箱隠されていた。同時に、そこはFPOが機関銃を隠していた場所でもあった。このことがわれわれの仕事の重要性を象徴している。残っているものを何であれ、救わねばならないのだ。われわれの戦いを記録し、政治的な力に変えていかねばならない。文化的財産が破壊されたことは、わが民族の悲劇以上に大きな悲劇だろう」[3]

美術館のスタッフは七月半ばの六人から八月半ばには十二人、九月初めには二十九人に増えていた。[4]

スツケヴェルの呼びかけに応え、生存者たちは戦前の家や学校、仕事場の廃墟を歩き回り、古い写真、学校のノート、《ゲットー・ニュース》新聞、パンの配給カードなどを見つけた。それらは〝殺された命の残骸〟としてユダヤ美術館に寄付された。[5]

ある日、ポーランド人女性が、「ユダヤ人同胞へのお願い」と書かれた手紙をアパートに届けにきた。あまりに衝撃的な内容だった。手紙は二人の女性によって書かれ、ポナリに行く車中から投げ落とされたものだった。日付は一九四四年六月二十六日、ヴィルナの解放のわずか二週間前だった。そこにはゲットーの解体のあと、どうやって三十人の子どもを含む百十二人の人々がドイツ軍から隠れていたかが記されていた。あるポーランド人女性だけが隠れ家を知っていて、食べ物を届けてくれた。お返しに、彼女はユダヤ人たちから毛皮、シルク、何万ライヒスマルクものお金を受けとった。だが、しだいに女性の要求はエスカレートし、ついにユダヤ人たちが応えられなくなると（五キロの金をほしがったのだ）、彼女はドイツ軍に通報した。

手紙には、ドイツ軍とリトアニア警察に何日も拷問されたことが描写されていた。さらに、八つの女の子たちが母親たちの面前でレイプされ、成人男性たちがピンや針で性器を損傷されたことも。最後に復讐を求める文章がつづられていた。

わたしたち百十二人にされたことの報復として、せめて一人を殺してくれるなら、ユダヤ民族にとって大きな利益になるでしょう。目に涙を浮かべつつ、お願いします、どうか復讐を！　復讐を！　イディッシュ語の手紙が見つかったら焼き捨てられるでしょうから、ポーランド語で書いています。善良で正直な人がポーランド語の手紙を読んだら、それをユダヤ警察に渡してくれるでしょう。ユダヤ警察が、これだけたくさんの人の血を流させた冷血な女に裁きを与えてくれるように祈っています。わたしたちの三十人の子どもたちは殺されました。あの女の三人の子どもたち、二人の息子と一人の娘も、あの女とともに殺されますように。

手紙にはゆすり屋で内通者だった女の名前と住所が書かれていた。未亡人のマリシャ、ヴィエルカ・ポフランカ通り三十四番地、中庭の左側の家。手紙はこう結ばれていた。「わたしたちはあなたたちと世界に別れを告げます。復讐を！」[6]

その手紙がユダヤ美術館に届けられるとすぐに、アッバ・コヴナーとパルチザンの仲間たちが調査を始めた。彼らはゆすり屋で内通者のマリシャを発見した。彼女はソビエト保安警察高官の愛人として暮らしていた。高官の愛人という地位のせいで、彼女を逮捕させ裁判にかけることは不可能だった。そこでユダヤ人パルチザンは自分たちの手で正義を果たすことにした。彼らはヴィルナの通りでその女を待ち伏せして殺した。[7]

シュメルケとスツケヴェルとコヴナーにとって、ユダヤ人の文化的財産を取り戻すことはあきらかに必要なことで、ユダヤ人としての生活を再開するための前提条件だった。自尊心のある民族は活字になった本や記録された書類という遺産を捨てることはない、という純粋な気持ちに駆り立てられていた。しかし、美術館の他の活動家はドイツ軍の犯罪についての記録にことさら関心があり、それを政治でも、裁判でも、教育的目的でも利用したがっていた。ブント党員のグリーゴリ・イエシャンスキーは全体ミーティングで反論した。「集めることが目的で集めているんじゃない。これらは現在の政治的意義について、歴史的視点で討議する材料なんだ」他のボランティアたちも賛成した。「美術館の第一の目的はドイツ軍の暴虐を暴き、ユダヤ民族のために正義を求めることであるべきだ」[8]

文化的遺産を回収することと、ホロコーストの記録を暴くこと。この目的の相違が、実際の作業に影響を及ぼすことはあまりなかった。どちらの品物も同じ隠し場所に埋められていて、回収過程で選別することはできなかったからだ。しかし、戦前の本や書類が非常に重要だとしても、最近のできごとの方がこれまでのヴィルナにおける四百五十年にわたるユダヤ人の生活よりも重要だ、という事実を美術館の活動家は改めて強く認識した。

ホロコーストの記録書類の不足を補うために、美術館はすぐに生存者たちの証言をとりはじめた。スツケヴェルとシュメルケのアパートは活動の中心になり、ボランティアのスタッフたちがテーブルを囲んですわり、ヴィルナ、コヴナ、シャヴルのゲットーの元住人たちにインタビューをした。[9] 戦前はヴィルナ・ヘブライ語教師神学校の校長だったシュムエル・アマラント博士が二十のセクションに分かれた質問表を作成してくれ、それが生存者のインタビューの土台になった。[10]

ナチス占領下での日常生活を記した一人称のエッセイも集めた。

回収した作品が増えるにつれ、美術館はふさわしい施設か建物を見つける必要に迫られた。コレクションはシュメルケとスツケヴェルのアパートに入る分量を超えてしまったのだ。まず、無傷で残ったコーラル・シナゴーグに美術館を設置することを検討した。コーラル・シナゴーグはヴィルナのユダヤ人ブルジョワ階級が会衆だった。現在はピリモ通りと改名された元ザヴァルナ通りにあり、ナチスが制定したゲットーの外側で駅からも遠くなかったので、かつてドイツ軍はそこを倉庫として利用していた。しかし、ヴィルナの生き延びた信仰心の篤いユダヤ人たちが、その建物を再びシナゴーグとして使いたがっているのを知り、シュメルケとスツケヴェルはそのアイディアを却下した。

次にノヴィゴロツ通りにあるヴィルナ最大のタルムード学院、ラマイレス・イェシヴァの建物を候補として考えた。そこもまたゲットーの外の大通りにあったので、ドイツ軍の穀物倉庫として使われていた。しかし、イェシヴァの建物はすでに国立穀物通商のオフィスとして利用されており、明け渡すことは拒否された。[11]

八月十一日、創設者たちはヴィルナ当局からの提案で、燃え落ちたゲットー内にあるストラシュン通り六番地の空きビルに美術館を移すことに同意した。むずかしい決断だった。

元ゲットーの住人にとって、ストラシュン通り六番地はさまざまな連想や記憶をかきたて、精神的につらい場所だったのだ。ここは最初のユダヤ評議会が置かれた建物で、五百万ライヒスマルクの寄付金の要求のうち三百五十万ライヒスマルクしか集められなかったので、そのときのメンバーの大半はドイツ軍によって殺された。ゲットー図書館のあった場所でもある。図書館の建物の前には、運動場があって、体操や競技スポーツに使われていた。[12]さらにその隣はゲットーの浴場で、住人たちはシラミをとり消毒をするために、二週間ごとに浴場に行くようにドイツ軍に命じられていた。浴場の下には深い地下室があり、ＦＰＯの隠れ家として使われていて、武器を蓄え、パルチザンを訓練し、秘密の会合が開かれた。しかも、浴場の管理者はＦＰＯの司令官、イツィック・ヴィテンベルクだった。

運動場とは反対側に位置し、リツキ通りの方に広がっている一階建ての建物はゲットーの刑務所で、夜間外出禁止令を破った、食べ物をこっそり持ちこんだ、盗みを働いた、嘘の噂を広めたなど、さまざまな罪で逮捕された人々を収容していた。ドイツ軍は囚人の多くをポナリへと送りこんで処刑した。逮捕された者たちは自分を待っている運命をよく知っていたので、刑務所の塀は別れの落書きだらけだった。「明日、われわれはポナリに連れていかれる」「無実の血が流されたことに復讐を」「真実は広まるだろう」「ユダヤ民族とともに死す！」[13]

ヴィルナ・ゲットーのすべての歴史が、このストラシュン通り六番地には凝縮されていた。きわめて文化的な生活も、ありふれた生活への渇望も、不名誉を与えられたことも、英雄的な武装レジスタンスも、ポナリに移送されて処刑されたことも。

美術館の活動家の中には、「ゲットーには戻れない」と主張してその場所に反対する者もいた。彼らは新しいユダヤ人の生活を死の臭いが漂っている通りには築けないと訴えた。そうした通りを嫌がり、仕事や買い物のときに避けて通る者すらいた。しかし、シュメルケはストラシュン通り六番地に賛成した。その場所はまさに歴史そのものだし、将来の記憶のために保存するべきだ。さもなければ、ありふれたソビエトのオフィスになってしまうだろう。ラマイレス・イェシヴァのように。

シュメルケの意見が通り、ストラシュン通り六番地は美術館の運営本部になった。建物はひどく破壊されていたし、瓦礫になっている部分もあった。残っている建物部分も小石やゴミだらけだった。使える状態の部屋は刑務所の監房だけで、小さな窓は格子で覆われていた。美術館のスタッフたちは刑務所の監房で仕事をした。ヴィルナのユダヤ人の財産の残骸を分類しているとき、塀の落書きがユダヤ人社会に起きたぞっとする悲劇的な結末を思い出させた。

皮肉を言う人間は、その施設を〝ゲットー刑務所美術館〟と呼んだ[14]。

修理と改築には何年もかかるだろうが、広さの問題はとりあえず解決した。だが、美術館の第一の問題は、あいまいな法的地位だった。美術局は支援を断ってきた。だが、美術部門の責任者、バナイティスは、その美術館をリトアニア国立美術館のユダヤ人部門にしたらどうかと提案した。スツケヴェル、シュメルケ、コヴナーはとんでもないと激しく反対した。彼らは独立した別個の施設を求めていた。スツケヴェルは支援してくれる政治団体を探しはじめ、リトアニア科学アカデミーにユダヤ部門として加えてくれるように頼んだ。しかし、二週間半後、アカデミーは後援をしないという結論を出した。スタッフのうち誰一人として学者でもなく学歴もないから、という理由からだった[15]。美術館は支援を得られず、法的に苦境に立たされた。

八月の末には、三人の創設者はいらだち、腹を立てていた。

絶望の淵に沈みかけたとき、バナイティスが建設的な解決策を提示してきた。美術館は〝ユダヤ文化の記録の回収・整理委員会〟と呼ぶことにする。委員会としてなら、正式な予算案も、もっと上の人間の承諾も必要ないので、すぐに機能することができる。こうして十一人のメンバーの委員会が一九四四年八月二十六日に結成され、教育人民委員会のユワザス・ジュグジュダが指揮をとり、スツケヴェルが委員長に就任した[16]。

それはいい知らせだった。悪い知らせは委員会には予算がつかなかったことだ。ジュグジュダはどこから調達するのかわからないが、不定期に変動する額を給与として払ってくれた。移動費、必需品、美術館の建物の修理費用の予算はなかった（委員会になったあとも、全員がいまだに美術館と呼んでいた）。ほとんどの委員会メンバーは、ボランティア同然で働いていた。

委員会は建物を整えはじめた。シュメルケは八月二十八日の日記に、次々と支援品が届くことを記録した。「地元の工場の工場長はテーブルと椅子を寄付してくれた。他の人々は紙、インク、スタンドをくれた」シュメルケ自身はペンとペイパークリップを見つけてきた。誰かがファイルホルダー、封筒、消しゴム、釘を寄付してくれると、シュメルケは大喜びして、こう書いた。「おれたちは日々、金持ちになっている」

もっとも必要だったのは、市内中の文化的財産をストラシュン通り六番地に運んでくるための車だった。トラック事業で働いている人が、ときどきボスに内緒で美術館にトラックを〝貸して〟くれた。しかし、それよりも木製の手押し車に頼ることの方が多かった。[17]

九月初めに、ヴィリニュス清掃局の中庭で、膨大な資料の山が発見された。ドイツ軍が何トンものユダヤ人の資料を製紙工場に運ぶつもりで、ゴミとして捨てたのだ。しかし、数トンは清掃局にまだ置かれたままだった。その発見をしたイザック・コヴァルスキはいくつかの包みを美術館に運んできた。シュメルケがそれを開いてみると、いちばん上に置かれていたのは十九世紀初めのヘブライ啓蒙主義の作家、ヨセフ・パールの原稿だった。その下には新聞、教材、小さな彫像が入っていた。美術館のスタッフが清掃局からその宝の山を運んできて整理するのに、結局、半年以上かかった。[18]

ヴィルナで文化的資料を回収しているという知らせは、モスクワにまで広がり、ソビエトのユダヤ人知識人はそのことに熱狂し、賞賛してくれた。有名なイディッシュ語作家ダヴィド・ベルゲルソンはスツケヴェルに手紙を寄越した。「最近《ユニティ》（ソ連のイディッシュ語の新聞）に、あなたがヴィルナでやっているすばらしい仕事についての記事が掲載されました」ユダヤ人反ファシスト委員会の書記長シャフナ・エプシュタインもスツケヴェルに似たような手紙を送ってきた。「あなたの活動ぶりを大きな関心を抱いて追っています。あなたの業績は本当に歴史に残ることです。どうかあなたの手が強くありますように[19]（イザヤ書三十五章より）」

18章 ソビエト支配下での奮闘

あらゆる場所からユダヤ人避難民がヴィルナに流れこんでくると、一種のユダヤ人コミュニティが形成された。八月半ばにはヴィルナのラビの中で唯一生き延びたイスロエル・グストマンのもとで宗教的集会が開かれた。

九月十八日から十九日にかけて、大シナゴーグの半ば壊れかけた建物の中でロシュ・ハシャナ（新年祭）が開かれた。屋根は半分しか残っておらず、礼拝者たちの頭は小雨に濡れた。祈禱用のショールを持っていたのは四人だけだった。[1] ヨム・キプル（贖罪の日）の礼拝はコーラル・シナゴーグに移動した。そちらの建物は無事で、その後、ユダヤ人の宗教的な集まりはここで開かれるようになった。

委員会は通りをうろついていたユダヤ人孤児の面倒を見るようになった。九月にはユダヤ人学校、幼稚園、孤児院を作ることを認められ、すべての施設は〝ユダヤ人子ども連合〟と命名されたひとつの建物にまとめられた。学校ではソビエトのカリキュラムによるイディッシュ語教育がおこなわれ、美術館は教科書や児童文学書を寄付した。[2]

同年の秋のうちには、ヴィルナの二千人のユダヤ人は最低限の生活基盤を手に入れた。シナゴーグ、非宗教的な学校、美術館だ。しかし、シュメルケとスツケヴェルが思い描いていたような、自治体のユダヤ人委員会はなかった。当局はその提案を一蹴してしまった。

三つの施設は地元の関係当局からさまざまな制限、嫌がらせ、露骨な敵意を向けられた。ドイツ支配下のときからの留任者が、まだたくさん当局にいたのだ。シナゴーグはアメリカから送られてくる衣類の船荷を受けとることを禁止された。しかも、安息日（サバス）の食事を出したり、宗教の授業をすることも禁じられた。ソ連では崇拝の場所はあくまで祈るためだけにあり、慈善活動や社交の集まりや宗教的教育の場ではなかったのだ。

さらに回収・整理委員会には予算がなかったので、美術館としての仕事は遅々として進まなかった。[3]シュメルケとスツケヴェルは、当局にイディッシュ語の週刊新聞の発行を願いでた。最初はリトアニア共産党の第一書記のアンタナス・スニエチュクスから、党で唯一のユダヤ人であるヘンリク・ジーマンを通して、新聞のことを考えるのは時期尚早だが、文学年鑑なら支援しようという返事があった。しかし、しばらくして文学年鑑も〝時期が悪い〟と却下された。一方、リトアニア語とロシア語では新聞や定期刊行物が出され、さらに民族的少数派のポーランド語でも新聞が刊行されていた。それなのに、どうしてユダヤ人は新聞を持てないのか？　その疑問はどうしても消えなかった。[4]

筋金入りの活動家で、根っからの楽観主義者のシュメルケは抜け道を見つけた。毎週ユダヤ人学校で両親たちに講義をすることにしたのだ。さらにリトアニア作家組合に働きかけて、イディッシュ語作家部門を設立してもらい、その会長になった。そのイディッシュ語作家部門の後援で、市立劇場ルトニアではイディッシュ語のコンサートも企画した。[5]しかし、こうした工夫にもかかわらず、ソビエトにより解放されたヴィリニュスでのユダヤ人の生活は、官僚主義的なしめつけのせいで苦労の連続だった。
市内のユダヤ人たちは、友人同士で夜の私的な時間に集まった。それは誰にも禁止できなかった。シュメルケにも仲間がいた。メンバーは隠れ家や森や、奇跡的にエストニアの強制収容所で生き延びた元ゲットーの住人たちと、少数の除隊した赤軍兵士や中央アジアから戻ってきた避難民だった。シュメルケと同じように、全員が三十代後半だった。次々にカップルができて婚約したり結婚したりして、ディナーパーティーでお祝いをした。シュメルケはいつも音頭をとり、祝いの席で歌を歌った。しかし、全員が胸の奥に灼けるような痛みを感じていた。みんな若くして配偶者に先立たれていたし、多くは子どもまで失っていた。

こうした友人たちといっしょのとき、シュメルケは相変わらず陽気で元気いっぱいにふるまっていたが、心の奥底では孤独だった。スツケヴェルが九月初めにモスクワへ向けて出発すると、シュメルケの仲間には戦前からの友人が一人もいなくなった。現在の仲間は〈若きヴィルナ〉のようではなかったし、女性たちも亡き妻のバルバラや、今は強制収容所にいるらしいロフル・クリンスキーとはタイプがちがっていた。

暇な時間に、シュメルケはヴィルナ・ゲットーの住人たちの歌を集めたり、書き留めたりして、四十九の歌を原稿にまとめた。ゲットー劇場で集めた曲もあれば、亡くなった詩人が書いた曲もあった。シュメルケは短い紹介文の中で、犠牲者はその言葉によって記憶にとどめられるべきだと訴えた。彼らが決意や恐怖や希望や絶望を表現した歌によって。[6] それらの歌は彼のレパートリーになっていたが、自作の〈青春賛歌〉や行進曲の〈ユダヤ人パルチザン〉といった威勢がいい楽観的な歌ですら、今ではほろ苦い味がした。[7]

九月十日にスツケヴェルがモスクワに出発することになり、ユダヤ文化の記録の回収・整理委員会は新たな局面を迎えた。スツケヴェルは妊娠中の妻に付き添いながら、文学的プロジェクトも続けたいと考えていて、自分がいない間はコヴナーに議長を、シュメルケに副議長を引き継いでくれるように頼んだ。[8] 全員がスツケヴェルは一、二カ月したら戻ってくるものと思っていたが、結局年末近くまでモスクワに滞在することになった。[9]

出発前にスツケヴェルは回収・整理委員会の仕事について宣伝パンフレットの草稿を書き、そこには掘り出された貴重な資料がいくつか記されていた。ただし、委員会最大の収穫については触れられていなかった。一八八〇年代のテオドール・ヘルツルによる手書きの日記だ。ソビエトでは、シオニズム運動の創始者の記録書類を持っていることは、宣伝することでも自慢することでもなかった。というのもレーニンがシオニズムを非難したので、シオニズム活動は一九二〇年代からソ連では禁止されていたからだ。[10]

結局のところ、ヘルツルの日記の存在を隠したところで意味はなかった。検閲局によって共産党中央委員会にテキストが提出され、パンフレットの出版は認められなかったのだ。

スツケヴェルが去ったとたん、シュメルケとコヴナーは反目しあうようになった。シュメルケはコヴナーが委員会のトップになったことがいまいましかった。命がけで宝物をドイツ軍から奪還しようとし、最初にこっそりとゲットーに持ちこんだのはこの自分だったのに、コヴナーが上に立つことになったからだ。しかも、コヴナーが他の活動のために美術館をほとんど留守にしていることも気に入らない。コヴナーはハショメル・ハツァイル活動を再開して、ナチス協力者への報復活動を組織し、パレスチナへの違法な移住を計画していたのだ。

イデオロギーの問題のせいで、二人のあいだの緊張はさらに高まった。シュメルケは一九四四年の秋には共産主義者だったので、ソビエトの制度を信奉していた。コヴナーは社会主義のシオニストで、ソ連下のヴィリニュスだろうとヨーロッパのどこだろうと、ユダヤ人の生活を再建するという計画をあきらめていた。シュメルケはコヴナーの権威を漂わせた冷静な態度も不愉快だったが、女性にもてることにも嫉妬していた。[11]

ただし、回収・整理作業は以前と同じように続き、十月にシュメルケは記念すべき大発見をした。ヘルマン・クルクのゲットー日記をシャヴル通りの倉庫で発見したのだ（スツケヴェルは数十ページを八月に発見してモスクワに持っていったが、シュメルケはさらに数百ページを見つけた）。司書のクルクは偉大な記録三冊を市内の異なる場所に隠していたが、シャヴル通りの倉庫の日記だけが戦火の中で生き延びたのだった。

ページの順番はめちゃくちゃになっていた。クルクは日記を金属製容器に入れておいたのだが、ゲットーが閉鎖されてから倉庫で暮らしていた人々は、貴重品がないかと容器を開けたらしい。ばらばらになったページが倉庫じゅうに散らばり、踏みつけられて破れ、他の書類と交じり合っていた。ページを集め、日記を再構成するのに何週間もかかった。[12]

さらに奇跡的だったのは、エストニアのラゲディにあるクルーガ強制収容所からクルクのノートが発見されたことだ。四百人の囚人たちとともに処刑される前日、クルクは六人の証人の前で浅い溝に日記を埋めた。その六人のうち、ニサン・アノリクが生き延びた。解放のあと、アノリクはラゲディに戻ってノートを掘りだすと、それをユダヤ美術館に持ってきた。

未来の世代のために自分の書いた物を遺す、というクルクの夢は実現したのだった[13]。

その日記は最終的にニューヨークのＹＩＶＯに届けられ、本来のイディッシュ語で出版された。大量の注と索引と、クルクの生き延びた弟ピンカスによる長い紹介文もつけられた。クルクの日記が英語に翻訳されると、「世界でもっとも偉大な戦時中の回想記」とか「ヴィルナ・ゲットーについての単独のリンゲルブルム・アーカイブ（第二次世界大戦期のポーランドにおけるホロコーストの実態をリアルタイムで記録した文書編纂プロジェクト）で、刺激的な文学的傑作である」などと賞賛された。ホロコースト歴史学者でエルサレムにあるヘブライ大学のイェフダ・バウエルは「悲劇的な時代におけるもっとも貴重な記録のひとつだ」と評した。殺された紙部隊の隊長の言葉が後世に伝えられるように、シュメルケもスツケヴェルも尽力したのだった[14]。

シュメルケがクルクの日記の発見の喜びに浸っている頃、重大な危機が勃発した。十月の末、モスクワの組織、人事政策委員会がユダヤ文化の記録の回収・整理委員会の国家予算の申請を却下し、さらに委員会の解散を命じた。その結果、ただちにスタッフの特権、食料配給や兵役の免除は剝奪され、身分証明書も無効になった。

コヴナーとシュメルケは互いの敵意はひとまずおき、美術館を救うために手を組んだ。コヴナーはすぐに教育人民委員長のユワザス・ジュグジュダのところに行き、率直に告げた。モスクワの決定はリトアニア当局がユダヤ美術館の支援に失敗した結果だ。この決定がソ連の外に流れたら、リトアニア政府は反ユダヤ主義だと思われる、と。

コヴナーはスツケヴェルに手紙を書いて、緊急の指示を仰いだ。そしてユダヤ人反ファシスト委員会に仲介を依頼してほしい、イリヤ・エレンブルクが助けてくれるはずだと言った。さらにモスクワにいるらしいリトアニアの指導者にも会ってほしいと頼んだ。「このユダヤ人の文化的団体を維持し、ドイツ軍と同じ破壊行為に手を貸さないように頼んでもらいたい[15]!」

同時に、コヴナーはさらに強気に出て、当局への手紙で、リトアニアの科学アカデミーのユダヤ文化部門として認めてもらえるように改めて求めた。そして二十人のスタッフの登録を要求した[16]。

コヴナーはジュグジュダと三回会ったが、会うたびに委員長の態度は硬化した。彼は美術館の再生をきっぱりとはねつけ、こう指示した。所有している記録書類はリトアニアのアーカイブへ、本は国立図書館に、美術品は国立美術館に、そして研究資料は科学アカデミーにおさめるように。コヴナーはジュグジュダの態度を辛辣に非難した。「彼はわれわれを葬るつもりなのだ[17]」

コヴナーとシュメルケはイディッシュ語の新聞刊行禁止と同じく、リトアニア当局が回収・整理委員会を解散させたのだろうと推測した。だが、実はリトアニア上層部は、モスクワからの厳しい圧力を受けていたのだ。圧力をかけていたのはスターリンがヴィリニュスに送りこんだ使者、ミハイル・アンドレーエヴィッチ・スースロフ、ソ連の共産党中央委員会のリトアニア議長だった。

スースロフは冷血で残虐で、ユダヤ人の文化的機関がリトアニアどころか、ヨーロッパのソビエト連邦のどこであれ存在することを望んでいなかった。ユダヤ人は中国国境に近い小さなユダヤ人自治区、ビロビジャンに追放するか移住するべきだと考えていた。ビロビジャンはソビエト連邦の二百二十万人のユダヤ人のうち一万人が住んでいて、イディッシュ語が公用語だった。他の場所におけるユダヤ人の文化的活動は〝民族主義〟とみなすべきだ、とスースロフは主張した。

というわけで、ソ連支配下のヴィリニュスの上層部はモスクワから厳しい突き上げを食らって、ユダヤ美術館を支援することを止めたのだ。

だがコヴナーはこう警告した。美術館の閉館は「世界じゅうに不快な感情をもたらし、誤解されるだろう[18]」すなわち、リトアニアはソビエト支配下においても、反ユダヤ主義にすっかり汚染されているという見解が強まるだろう、とほのめかしたのだ。これはリトアニア共産党第一書記のアンターナス・スニエチュクスや、大統領のパレッキスが避けたいイメージのはずだった。

しかし、その騒ぎが一段落して、スースロフがもっと切迫した問題に目を向けるようになると、リトアニア当局はモスクワからの陰の実力者に気づかれずに、美術館をこっそり存続させる狡猾な方法を思いついた。十一月九日、リトアニア・ソビエト社会主義共和国の人民委員会は三十四の美術館の開館を発令した。そのリストの十八番目にひっそり記されていたのは、ヴィリニュスのユダヤ美術館だった[19]。現実には三十三の他の美術館は書類の上だけで開館し、スタッフも施設もなく、活動もしていなかった。その声明はユダヤ美術館に法的な立場を与えるためだけの策略だったのだ[20]。

シュメルケとコヴナーは喜びあった。シュメルケは館長に任命されたので、モスクワのスツケヴェルに、きみが帰ってくるまで館長の席を温めておく、と伝えた[21]。

グラフィック・アーティストという職名にしたコヴナーを含め、八名のスタッフがいたが、シュメルケはありふれた美術館運営をするつもりはなかった。ユダヤ美術館は図書館であり、アーカイブであり、おそらく将来的にはリサーチ機関になるはずだった。なによりも、それは失われたリトアニアのエルサレムを追悼する記念碑だった。
なおもシュメルケは、当局がユダヤ文化のための機関を設立することを認めてくれるまで、美術館は一時的な隠れ蓑《みの》だと思っていた。「絶対に、いつかおれたちも他の民族と平等になるにちがいない」と彼はスツケヴェルに手紙を書いた。だが、シュメルケのその夢も実現しなかった。[22]
七月から十一月までのあいだ、頑固なヴィルナ精神と、ソビエトの官僚的でやる気のない議事進行のあいだで心理戦が繰り広げられた。だが、一九四四年十一月、ついにヴィルナ精神が勝利した。ユダヤ美術館が正式に認められたのだ。

19章　ニューヨークの涙

ヴィルナのＹＩＶＯの幹部のうち、マックス・ヴァインライヒただ一人が戦争の被害に遭わなかったのは、幸運でもあり重荷でもあった。ヴァインライヒは一九三九年九月一日、デンマークでの国際言語学者会議に向かう途中だったが、それから数週間コペンハーゲンに足止めされた。親友でありＹＩＶＯの同僚だったザルマン・レイゼンが九月十八日にソビエトに逮捕されたとき、ヴァインライヒはもう故郷に帰らないことを決意した。レイゼンからは二度と連絡がなかった。ソビエトで拘留中に亡くなったのだ。

ヴァインライヒはニューヨークに三月十八日に到着し、ＹＩＶＯのアメリカ支局の局長となり、再建にとりかかった。そのあいだも、ヨーロッパの惨状は頭から離れなかった。一九四一年一月のＹＩＶＯの年次大会では、〝ポーランドのユダヤ人はゲットーでどんな生活をしているか？〟というテーマで、ブント党員でもある教育者でＹＩＶＯ理事会メンバーのショロイメ・メンデルソンが講演をした。彼は一九四〇年にヴィルナ経由でポーランドから逃げてきたのだった。[1]

一九四三年二月十四日、ＹＩＶＯはマンハッタンから西百二十三番通り五百三十五番地に現代的な三階建ての新しい建物をオープンさせた。コロンビア大学の近くで、すぐ裏はユダヤ人神学校アメリカ校だった。これによって、ＹＩＶＯはアメリカのアカデミックな世界に加わることになった。
落成式の目玉は戦前のＹＩＶＯのコレクションで、ドイツ軍に奪われる前にヨーロッパから運んできたものだった。カタログには「この展示は〝破壊を記憶する〟以上の意味がある。ＹＩＶＯが所有するすべての物がいずれ返還されることを期待して、今後も展示を続けていく必要がある」とおごそかな決意が記されていた。[2]
多くの家族と同じように、ＹＩＶＯも戦争によってアメリカとヨーロッパに分断されてしまった。いずれまたひとつになりたいという期待はあったが、可能性は薄かった。ヴァインライヒの一九四三年の年次大会の基調演説は〝絶滅の年のＹＩＶＯ〟だった。戦争前、ヴァインライヒはＹＩＶＯと政治とのあいだに距離を置くべきだという考えだったので、抗議決議を出すべきだと主張する人々を冷笑していた。だが今はルーズヴェルト大統領にヨーロッパのユダヤ人についての窮状を訴え、百七のアメリカの大学や研究所の教授二百八十三人から署名を集めた。「何百万人ものヨーロッパのユダヤ人を助けるために、まだ実行されていない手段をとっていただくように求めます。彼らは文明の敵から死刑宣告を受けているのです」[3]
ユダヤ人歴史学者で、ＹＩＶＯのアカデミック理事会のメンバーであるシモン・ドゥブノフが、リガの強制収容所で殺されたという知らせが届いた。誰もがゼーリグ・カルマノーヴィチのことを心配していた。[4]
ヴァインライヒは、傑出した歴史学者で地域社会の指導者エマニュエル・リンゲルブルムから暗号化された手紙を受けとり、心が沈んだ。その手紙はワルシャワのアーリア人側にある隠れ家で書かれ、ポーランド人地下組織によって届けられたものだった。日付は一九四四年三月一日で、ワルシャワ・ゲットーは破壊し尽くされてもはや存在せず、最後にこう記されていた。「一九四一年と四二年にヴィルナのゼーリグ・カルマノーヴィチと連絡をとった。彼はドイツ軍の監督下でＹＩＶＯの資料を整理していて、その大部分を隠していたようだ。現在、ヴィルナにはもうユダヤ人がいない。ＹＩＶＯという文化と現代的学問の偉大な殿堂は、完全に破壊されたのだ」それがリンゲルブルムからの最後の手紙になった。五日後、彼の隠れ家はゲシュタポによって見つけられたのだ。[5]

七月十三日にヴィルナが赤軍によって解放されるなり、ヴァインライヒは行動に移った。国務省に手紙を書き、外交ルートによって、ソ連支配下でヴィリニュスとなったヴィルナで、ＹＩＶＯの建物の状態と図書館とアーカイブがどうなっているかを突き止めようとした。しかし、特別戦争問題局は丁重に断ってきた。「おたずねの地域はまだ戦闘地帯なので、当局はご希望に沿える立場にはありません」さらに、ヴィリニュスを支配しているのはソ連なので、ＹＩＶＯからワシントンのソビエト大使館と連絡をとったらどうかと勧めてきたが、それはいい考えとは思えなかった。そんなことをしたら、あの施設のコレクションが重要だと勘づかれ、ただちに〝ソビエトの財産〟として没収されてしまうだろう。

〈戦争地帯の芸術的歴史的遺跡保護のためのアメリカ委員会〉、通称ロバーツ委員会は、ヴァインライヒの話をもう少し親身になって聞いてくれた。特別顧問のジョン・ウォーカーは辛抱するように励ました。「むずかしい法律的、外交的問題がからんでいるんです」しかし、ヴァインライヒはおとなしく我慢しているつもりはなかった。ＹＩＶＯは彼の子どもで、生き残っている親は彼だけなのだ。[6]

ヴィルナのYIVOとそのコレクションについての具体的な情報が得られないとき、思いがけずアヴロム・スツケヴェルから包みが届いて希望をかきたてられた。

スツケヴェルはシャヴル通りの倉庫から、資料の束をモスクワに持っていった。回収作戦にとても入れこんでいたので、救出した宝物をどうしても手元に置いておきたかったからだ。シュメルケとコヴナーはそれを送り返すように、せめて複写を送るように求めたが、とうとう彼はそうしなかった。[7]

たまたま、スツケヴェルはそれらの資料をニューヨークのヴァインライヒに送る機会を見つけた。十二月にスツケヴェルはモスクワで《ニューヨーク・ポスト》の記者エラ・ウィンターにインタビューを受けた。インタビューで、彼はYIVOについて、ERRについて、紙部隊の英雄的な行動について、さらに最近のヴィルナの回収作業について語った。彼女が関心を示すのを見て、スツケヴェルはこれからニューヨークに帰るウィンターに、マックス・ヴァインライヒに資料の入った封筒を届けてほしいと頼んだ。ウィンターは承知した。

スツケヴェルは封筒にシモン・ドゥブノフのアーカイブからの資料、《ゲットー・ニュース》、ヴィルナ・ゲットー当局の公式なニューズレターなどを入れた。ヴァインライヒの住所も電話番号も知らなかったので、スツケヴェルはウィンターにイディッシュ語の新聞《ザ・デイ》の編集オフィスに行き、誰かにヴァインライヒの電話番号を聞き、彼に連絡をとるようにと伝えた。[8]

ウィンターがスツケヴェルの指示に従って連絡をとると、ヴァインライヒはすぐに駆けつけてきた。ヴァインライヒは封筒と短い手紙を受けとった。「壊滅状態から挨拶を送ります。あなたの奥さんのお母さんはゲットーがなくなるまで二年近く生きていましたが、八月に自分のベッドで亡くなりました。ゲットーの住人にとっては最大の祝福でした。わたしはアーカイブと蔵書の一部を救いだしましたが、すべてを隠すことはできませんでした。文字にするのはつらい。今にも胸が張り裂けそうです」[9]

その手紙によって、かつて教師と生徒だった二人のあいだの絆は再び結び直された。かつてヴァインライヒはイディッシュスカウト活動〝カブトムシ〟を主宰していて、スツケヴェルはそのメンバーだったのだ。ヴァインライヒにオールド・イディッシュ語を教わったので、スツケヴェルはシェイクスピア風イディッシュ語が書けた。今、ホロコーストを経て、生徒は師の大切な蔵書や資料をゲットーに隠し、義母にも目を配っていたと報告してくれた。ただし、スツケヴェルはヴァインライヒの義母ステファニア・シャバドの本当の運命は隠していた。おそらく思いやりからだろう。実際はゲットーのベッドで亡くなったのではなく、彼女はルブリン強制収容所に送られていた。[10]

ヴァインライヒは新聞やテレビで、YIVOのコレクションの一部がヴィルナで救出されたことをすでに知っていた。しかし今、一九四五年一月に、アーカイブの資料を実際に手にすることができたのだ。西百二十三番通りのYIVOの建物に戻ると、幹部メンバー三人を呼び寄せた。図書館長のメンドル・エルキン、歴史学者のヤクプ・シャツキ、YIVOの教育機関の会長で教育者のレイブッシュ・レアラー。全員が東ヨーロッパからの移民だった。ヴァインライヒは包みを開け、四人はスツケヴェルの言葉を借りると、「血まみれの魂が投影されている」ページに触れた。全員がうなだれて涙にむせんだ。

ヴァインライヒはスツケヴェルに返信しなかった。モスクワにいる彼に手紙を書けば、ヴィルナ出身の有名詩人がアメリカ人と連絡をとっていることで、ソビエト保安当局に警戒されるだけだとわかっていたからだ。スツケヴェルは深刻な立場に陥るかもしれない。そこでヴァインライヒはその状況でもっともむずかしいことをした。ただ沈黙して待ったのだ。

しだいにヴィルナ・ゲットーの生存者たちからYIVOに絶望的な知らせが入ってきた。YIVOのスタッフ全員が殺された。ドイツ軍が進軍してきたとき、YIVOで働いていてヴィルナにいた人は、誰一人生きていなかった。ヴァインライヒだけが生き残ったのだ。それは身の毛もよだつ現実だった。

ヴァインライヒは戦後第一号の《YIVOブリーター》をYIVOの殺された学者、スタッフ、コレクター、大学院生、理事会メンバーに捧げた。十六ページの追悼ページは〝イズコー〟と呼ばれるヘブライ語の死者への祈禱が冠され、深い哀悼の意をこめて三十七人全員の経歴が記された。

さらに追い打ちをかけるように、ヴィルナのYIVOの建物、現代イディッシュ文化の神殿が瓦礫になっているという知らせが届いた。戦争を生き延びた情熱的なヴィルナの住人のレイゼル・ランが、瓦礫から集めた灰を入れた小袋をニューヨークに送ってきた。その灰はYIVOの入り口近くのガラスケースに陳列された。[11]

ヴァインライヒはヴィルナのYIVOがもう存在しないと知り、どこかに残っているコレクションを早急に取り戻したいといっそう強く願うようになった。

深い痛みと強い決意に加え、ヴァインライヒはドイツに対する燃えるような怒りを覚えた。ドイツは一九一九年から二三年まで暮らした国で、彼はその文化を賞賛していた。一時はドイツ科学をお手本にして、その手法をユダヤ人コミュニティにＹＩＶＯを通じてとりいれようとすら考えた。しかし、ドイツ科学は彼を裏切った。基本的な人間の価値を踏みにじり、科学を犯罪兵器に変えてしまったのだ。何百人もの学者がナチスに役立てるために研究をしていて、ドイツの学会はユダヤ人をおとしめ、非人間化することに積極的に参加している。そのことに、ヴァインライヒは大きな疑問を感じないわけにはいかなかった。どうしてそんなことが起きたのか？　科学は社会のためになると信じすぎてしまったのか？

こうした疑問に答えるために、ヴァインライヒは彼にできる唯一のことをした。その問題を研究することにしたのだ。イディッシュ語の歴史の研究を一時棚上げにして、一年間というもの、ドイツの反ユダヤ主義の研究文献を読むことに没頭した。その結果は本一冊分の長さの告発文書になった。『ヒトラーの教授たち：ドイツのユダヤ民族に対する犯罪に学者たちが果たした役割』ヴァインライヒは反ユダヤの研究において世界でもっとも傑出した研究者になり、フランクフルトのユダヤ人問題調査機関について知り得ることはすべて知り尽くした。彼はその機関のニューズレターや研究論文にも目を通した。スタッフの生い立ちについても調べた。読めば読むほど、彼はＹＩＶＯの略奪されたコレクションはそこにあるにちがいないと確信した。

研究は人間性を高めるものだとヴァインライヒは考えていたので、そういう研究をやめることはなかった。しかし、ドイツとは完全に縁を切った。ドイツ人学者とも交流しようとしなかった。少なくとも、戦時中の行動について完全な報いを受けるまでは。ドイツの大学での講演も断った。言語学者として、ヴァインライヒはドイツのマールブルク大学で博士号を取得し、ドイツ語を母国語としていたが、めったにない例外を除いて、それから死ぬまでドイツ語を書くこともしゃべることもしようとしなかったのである。[12]

20章　去る決断

ヴィルナのユダヤ美術館は法的な地位を獲得したとたん、崩壊しはじめた。スタッフたちが国を次々に出ていったのだ。
最初に去ったのは、ルツカ・コルチャックだった。アッバ・コヴナーの親しい党仲間で、紙部隊のメンバーでもあった。一九四四年十月、コヴナーは彼女に、パレスチナへの不法移住のために、ソビエトとポーランドまたはルーマニアとの国境に抜け穴を見つけるという特別任務を任せた。ルツカはすべての国境地帯がきびしく管理されていることを知り、いったん国境を越えたら、戻ってくることは危険すぎると判断した。彼女はそのまま先に進み続け、十二月にイスラエルのハイファ港に着いた。ルツカはナチスに占領されたヨーロッパからイスラエルの地にたどり着いた、最初の生存者の一人だった。彼女はヴィルナの友人や同胞たちに興奮した手紙を送ってきた。[1]
ルツカの道案内とアドバイスを利用して、他の美術館スタッフやハショメル・ハツァイルのボランティアたちが、次々に国境をめざしてヴィルナを出発した。
十一月には、ヴィルナのユダヤ人のあいだで移住が爆発的な人気になった。きっかけになったのは、エジィスショックの町で生き延びていたユダヤ人家族が殺された事件だった。この事件のあとで、故郷に親類や財産を探しに帰ってきたユダヤ人たちが次々に殺された。犠牲者の死体が埋葬のためにヴィルナに運ばれてきたとき、ポケットにこう書かれた紙片が入っているのまで見つかった。「おまえも同じ運命に遭うだろう」

保安委員会は無関心だった。保安委員会の委員長は、ユダヤ人の代表団の保護してほしいという要求を軽蔑したようにはねつけた。「何をしてほしいと言うんですか？　各家の前に警官を立たせろとでも？」恐怖と不安がユダヤ人住人のあいだに広まっていった。[2]

同じ頃に公式な通達が通りに貼られた。一九三九年より前にポーランド共和国の市民だった者は、ポーランドに〝帰還〟する登録ができるという知らせだった。ソビエトとポーランド間の協定はおもに海外にいるポーランド人のためだったが、ユダヤ人にも適用された。これによって、ヴィルナ生まれのユダヤ人は戦前にポーランド市民だったので、合法的に〝ポーランドに帰れる〟ので、ワルシャワやウッチをめざすことができた。ソビエトが移住の自由を認めないことを知っていたので、何百人もの生き残ったヴィルナのユダヤ人たちはその貴重な機会に飛びついた。美術館スタッフやボランティアの大半も同様で、アマラント博士を含むスタッフ四人が去った。こうして美術館は負のスパイラルに陥った。

さらに、コヴナーが真夜中にいきなり出発したことが、その状況にとどめを刺した。十月に美術館が閉館の危機に見舞われてから、コヴナーはイスラエルの地に運ぶために美術館から資料を移動させていたのだ。彼はＦＰＯの書類の大きな束、ヘルマン・クルクの小さな日記、〈ゲットー・ニュース〉を運んだ。それからもっとも貴重な品、ヘルツルの日記も運ぼうとしたが、それはシュメルケがオフィスに鍵をかけてしまっていたので、持ちだせなかった。
コヴナーはシュメルケに気づかれないようにすべてを運んでいた。二人は馬が合わなかったが、美術館の資料は移動させない、ということで八月に合意していた。しかし、危機が勃発して、コヴナーは気が変わった。彼は熱心なシオニストだったので、ユダヤ文化の未来はイスラエルの地にしかないと信じていた。彼の観点からすると、国外に散らばった文化的な財産を集めることは、建国のために重要な仕事だった。かたやシュメルケは、ソビエト支配下のヴィリニュスに国をつくることが大切な仕事だと考えていた。

十二月末のある晩、コヴナーはヴィリニュス警察で働いているユダヤ人の元パルチザンから、信頼できる情報を入手した。彼は明日逮捕されることになっているというのだ。美術館内部の何者かが、おそらくシュメルケだろうが、コヴナーが美術館の財産を盗んでいると通報したらしい。コヴナーはただちにリトアニア・ソビエト社会主義共和国を去ることにし、第一ポーランド軍に入隊したポーランド人に変装し、軍用列車に乗ると、ビャウィストックをめざした。[3]

シュメルケはモスクワにいるスツケヴェルへの手紙でアッバ・コヴナーに対する怒りをぶちまけた。「去る前に、アッバとアマラントはこっそりいくつかの物を盗んだ。そうすることで、アッバはおれやきみとの約束を破ったんだよ」[4] 館長として、シュメルケは腹を立てると同時に、自分の身の上を案じはじめた。責任を問われるにちがいない。案の定、二、三週間後に内務人民委員会《NKVD》の捜査官が美術館を訪ねてきて、スタッフの一人、アマラント博士がリトアニア・ソビエト社会主義共和国の国境で拘束され、荷物に美術館の資料を入れていたことについて、シュメルケを詰問した。捜査官はそういう事例が続けば、警戒を怠ったかどで罰金を払ってもらう、と警告した。[5]シュメルケがコヴナーを警察に通報したのだとしても、おそらく彼自身と美術館を守るためにしたのだろう。

コヴナーは国境を越えると、ポーランドからモスクワのスツケヴェルに手紙を出した。「アブラシャ、わたしの代わりにシュメルケに手紙を書いて、仕事上でわたしたちのあいだに生じた些細な誤解を深刻にとらないでくれ、三人で力を合わせてやり遂げた偉大なことを思い出してくれ、と伝えてほしい」[6]

コヴナーが逃げたあと、予想外の出奔が起きた。紙部隊の一員でもあり、美術館の創設にも関わった秘書のノイミ・マルケレスだ。ゲットーにいたとき、彼女は熱心な共産主義者だったが、さんざん考えた末、パレスチナをめざすことにした。その決断を下したのはイデオロギー的な理由からではなく、新しい人生を築く必要があったのと、友人全員がパレスチナをめざしていたからだ。両親は亡くなっていたので、友人たちといっしょにいたかった。美術館の男性全員がブルネットの巻き毛に濃い茶色の瞳をしたノイミに夢中だったので、つらい思いで彼女が去るのを見送った。[7]

シュメルケはとどまって美術館を維持していくことに集中した。彼は美術館のスタッフとしてシュロイメ・ベイリスという〈若きヴィルナ〉の初期メンバーの一人を雇った。一九三〇年代に、ベイリスは評価の高いイディッシュ・ジャーナリストで、一九四〇年から四一年のソビエト支配下では唯一の地元のイディッシュ語新聞《ヴィルナの真実》の編集長をしていた。ドイツ軍が攻撃してくるとすぐに、彼は赤軍に志願した。

ベイリスはシュメルケよりも管理職の経験が豊富で、共産党のメンバーとしてもずっと古株だった。

だから、美術館で自分のボスになった衝動的で感情的な詩人を見下していた[8]。しかもベイリスはヴィルナ・ゲットーの元住人たちを評価していなかった。彼の目には、ワルシャワのような大がかりなゲットー蜂起も起こせなかった連中としか映らなかった。シュメルケのような詩人が歌を作って、何も成し遂げずにいるあいだ、ベイリスは敵と戦っていたのだ。シュメルケとベイリスはお互いに好きになれなかったが、残った本を救うという強い信念は共有していたので、好悪よりも理念を優先させた。それに戦前の〈若きヴィルナ〉の記憶と、個人的なつらい経験も共有していた。どちらの妻もポナリの巨大な墓に眠っていたのだ[9]。

しかし、ベイリスは少なくなったスタッフの穴を埋めることはできず、ストラシュン通り六番地の中庭の資料の山はどんどん増えるばかりだった。本や書類の包みやじゃがいも袋はネズミに食われたり、水が染みこんだりしていた。美術館の棟の一部の屋根には大きな穴が空いていて、夜に建物の中から星が見えるほどだったし、窓の大半にはまだガラスが入っていなかった[10]。しかし、リトアニア・ソビエト政府は文化的財産が腐るままにして知らん顔だった。資料の山が高くなるにつれ、シュメルケのいらだちも募った。当局はイディッシュ語の新聞、劇場を禁じ、学校で教えることさえも制限するようになっていた。

ついに追いつめられたシュメルケは、一九四五年三月にモスクワに行くことにした。モスクワの上層部が妨害行為を止めるようにヴィリニュスに指示してくれれば、うまくいくだろう。シュメルケはソビエトの首都に三週間滞在した。状況がちがっていたら、共産主義の砦《とりで》でわくわくしながら過ごしていただろう。だが、彼は怒りと不満を抱えていた。スツケヴェルと何時間も話し合って行動計画を立てた。さらに著名なジャーナリスト、イリヤ・エレンブルクの尽力で、共産党中央委員会で役人に話を聞いてもらうことができた。少数民族の文化問題委員会の委員長、アルフォ・アルフェチソヴナ・ペトロシアンだ。

ペトロシアンは同情をこめてスツケヴェルの話に耳を傾け、しだいに彼女まで腹を立てた。「そんな話は受け入れがたいわ！　スースロフに手紙を書くわね。すべて正されると思う……ただし、リトアニアのユダヤ人が、全体の利益のために犠牲になるしかないというなら別だけど」[11]

シュメルケはその最後の言葉に怖気をふるった。もしかしたらリトアニアのユダヤ人は、全体の利益のために犠牲を払わねばならないのかもしれない。それでも、中央委員会がスースロフに美術館を支援するように指示してくれることを期待しながら、列車から降りた。

美術館に着くと、スタッフたちはうちひしがれていた。清掃局の中庭に積まれた紙の山がただちに片づけられることになったのだ。美術館に運ぶにもスペースがなかったし、運ぶための輸送手段もなかった。シュメルケがいないあいだに、清掃局は中庭を片づけ、資料の山三十トンほどはロシアのイワノフスク州の製紙工場に送るためにすでに駅に運ばれていた。

シュメルケが駅に駆けつけると、干し草の山ぐらいの大きさに梱包された資料がまさに運ばれようとしていた。彼はあちこちの部署を駆けずり回って、輸送を中止させようとした。駅長にも運ばないようにと懇願したが、駅長は〝そのスクラップ〟は自分のものではなく、清掃局のものだと繰り返すばかりだった。時間が迫っていたので、シュメルケはリトアニア政府の知り合いの高官ヘンリク・ジーマンにかけあったが、結局、資料はロシアに向けて運ばれていった。

シュメルケはモスクワに三通の手紙を書いた。ユダヤ人反ファシスト委員会に、エレンブルクに、そしてスツケヴェルに。そして、輸送を中止するために力を貸してほしいと訴えた。

だが、シュメルケはリトアニア検閲局に呼ばれ、直接モスクワに連絡をとったことで叱責された。検閲局の局長にも、輸送を中止してくれと訴えたが、もう手遅れだ、書類は残っていないという返答だった。

シュメルケは言葉もなくすわりこんで、頭を抱えた。「すべては破壊された。火葬場に送られたかのように[12]」

ソビエトの国家組織が何トンものユダヤ人の文化的財産を破壊したことは、シュメルケにとっては立ち直れないほどの打撃だった。そのとき彼は悟った。ソビエトはドイツの仕事を引き継いでいるのだ。ミハイル・スースロフもナチスのヨハネス・ポールもどっこいどっこいなのだ。

ユダヤ人地域社会では、同じような気の滅入るできごとが起きていた。シュメルケが始めたルトニア劇場でのイディッシュ語コンサートは当局によって禁じられたし、ユダヤ人学校でも四年生からはロシア人かリトアニア人の学校に行くように命じられた[13]。

シュメルケのソビエトへの信頼と、この地でユダヤ文化を築こうとしていた期待は踏みにじられた。ルツカ、アマラント、コヴナーといったシオニストが去って半年近くして、共産主義者のシュメルケは、真剣にここを去ることを考え始めた[14]。

最後の決め手になったのは、美術館にNKVDの捜査官が現れ、戦争犯罪者の取り調べに必要な資料を求めると同時に、美術館の本は検閲局が調べてからでないと一般貸出はできない、とシュメルケに伝えたことだった。リトアニア人検閲官はイディッシュ語やヘブライ語の本を検閲できるのかとたずねると、できないという答えだった。しかも、捜査官の一人はドイツ占領時代のドイツ、リトアニア、ポーランドの新聞を貸してくれと言い、しぶしぶ渡したものの、それらは二度と戻ってこなかった。

シュメルケはわずか数年後に書いた回想録で、そのときに得た啓示について記している。「美術館の活動家たちは、ぞっとしながら認識した。またもや自分たちの財産を救い、ここから出さなくてはならないと。さもなければ、それらはこの世から消えてしまう。どうころんでも、ユダヤ人社会で再び目にすることができなくなるだろう」[15]

つい半年前、シュメルケはコヴナーが美術館の資料を盗んだことで文句を言っていた。しかし、失望の連続によって、シュメルケはコヴナーとまさに同じことをしようと考えていた。

シュメルケにとって、美術館から資料を持ちだして海外に運んでいくことは大きな葛藤を生んだ。三つのつらい決断をしなくてはならなかったからだ。十代のときから政治的な希望と刺激を与えてくれたソビエトを見限ること。心から愛している故郷の町ヴィルナを見捨てること。自らの意志で粘り強く設立に取り組んできたユダヤ美術館を放棄すること。

スツケヴェルもシュメルケと同じ結論に達した。財産は運びださねばならないと。ただし、シュメルケほどの苦悩は覚えなかった。彼は共産主義者ではなかったし、イディッシュ世界を愛する者として、財産の合法的な保管場所は現在ニューヨークにあるイディッシュ科学研究所、ＹＩＶＯだと考えたからだ。

シュメルケとスツケヴェルはこれからするべきことを悟った。しかし、ソビエトのヴィリニュスから資料を持ちだすことは、かつてＥＲＲの作業場から持ちだしたときに劣らず、命が危険にさらされるだろう。作戦は慎重の上にも慎重に実行しなくてはならなかった。二人にはそれを計画し、実行するための時間が必要だった。

21章 本をひそかに持ちだす技術、再び

シュメルケ・カチェルギンスキは〝手放す〟という精神的につらい段階を通過した。彼の夢は実現しないだろう。改めて考える必要がある。ユダヤ美術館はユダヤ人の本や記録書類にとって墓場同然だ。そこからできるだけのものを救いださなくてはならない。

ごく少数の友人だけに伝えて、シュメルケはポーランドに発つことにした。一九四五年四月末、シュメルケはスツケヴェルに暗号化した手紙を書いた。「これから五、六週間のちにローラ伯母さんのところに行くつもりだ」ローラ伯母はウッチの暗号名で、ユダヤ人の送還者はおもにポーランドのここに送られた。[1] しかし、シュメルケの計画はまったく実現不可能だった。まず、出発の準備をする前に、文学に専念したいからと言ってユダヤ美術館の館長の辞職願を出した。国の美術館館長である限り、移住は認められなかったからだ。しかし、教育人民委員長のユワザス・ジュグジュダは適切な後任者を見つけるまで辞任は認められないと言った。シュメルケはイディッシュ語作家二人に声をかけたが、いずれも断られた。[2] だが六月にとうとうぴったりの男を見つけた。イェンクル・グトコヴィチだ。

グトコヴィチはヴィルナのタルムード・トーラー小学校時代からの友人で、共産党地下組織に所属

していた。戦争のあいだじゅうずっとソビエト軍の兵士として戦い、除隊するとすぐにヴィルナに戻ってきたのだった。シュメルケは通りで彼とばったり出会い、抱き合うと、美術館長の後任を頼んだ。グトコヴィチはすぐに美術館で働きはじめ、正式な館長交代は八月一日におこなわれた。[3]

それ以降もシュメルケは美術館スタッフとして残留した。スツケヴェルも正式なスタッフのままで、ヴィルナを定期的に訪れるときに美術館で仕事をしていた。しかし、グトコヴィチとシュロイメ・ベイリスに気づかれないように、紙部隊の元メンバー二人はひそかに資料を持ちだし、館内のどこか、二人のゲディミノ通りのアパートに隠すようになった。

シュメルケがまずやったのは、美術館のボランティアたちといっしょに市内じゅうから集めた何百というトーラーの巻物を持ちだすことだった。ＥＲＲに管理されていたＹＩＶＯの建物にむきだしの巻物が置かれているわびしい光景を目にして、カルマノーヴィチが嘆いたことが甦った。ヨハネス・ポールが何百という巻物を革工場に送ったことも思い出された。不当に扱われたりゴミとして廃棄されたりするかもしれないので、ソビエトの美術館に置いておくわけにはいかなかった。だが、あまりにもかさばるので、国外に持ちだすこともできなかった。そこで、シュメルケは少しずつひそかにシナゴーグに移すことにした。

トーラーの巻物はユダヤ人の宗教生活では必需品だったが、ラビのイサク・アウスバンドはそれらを調べてみて、ほとんどが損傷していて、実際に使うことはできないと気づいた。大半がただの端切れか部分的なものだった。そこでアウスバンドはユダヤの宗教的伝統にのっとって、巻物の公開葬儀をおこなうことにした。実際には、リトアニアのエルサレム、ユダヤ人の本の町の消滅を追悼する葬儀だった。

儀式は五月十三日におこなわれた。その日はヘブライのシヴァン月の最初の日であり、連合国が勝利し、ナチスドイツが敗北した数日後だった。ホロコーストの生存者たちによってヴィリニュスでおこなわれた、もっとも盛大な記念式典になった。

コーラル・シナゴーグの演台に黒い棺が安置され、ぼろぼろのトーラーが入れられると、棺は乾いた血がこびりついた祈禱用のショールで覆われた。殉教したヴィルナ・ゲットーのユダヤ人のために祈りが唱えられ、ラビのアウスバンドは追悼の言葉を述べた。ヘブライのシヴァン月の最初の日を称えて、トーラーが朗読され、会衆全体で誰かが危機を脱したときに唱える〝ハゴーメル〟の祈りを捧げた。

トーラーの朗読のあとに、列席者全員に羊皮紙の端切れが渡され、全員が棺の中に投げこんだ。それから棺は地域の宗教的指導者たちによってかつぎあげられ、シナゴーグを出て通りを進んでいった。数百人の人々がゲットーまでやってきて、ゲットーの門で足を止めた。かつて、ここで何かを持ちこもうとして多くの人々が命を落としたのだ。行列は破壊された大シナゴーグの前で止まった。そこで待っていたのはトーラーの箱を積んだトラックで、黒い棺はその一台に乗せられた。

トラックと行列が市内で二番目に古いユダヤ人墓地、ザレハ墓地にしずしずと近づいていったとき、一人の男が祈禱用ショールに大きな物をくるんで走り寄ってきた。それはドイツ軍に殺された彼の娘の亡骸《なきがら》だった。自分が隠れていた地下に遺体を保管していたが、ようやくトーラーといっしょに娘を埋葬しようと決心がついたのだ。全員が哀悼の祈り、カディッシュを唱えた。

あるジャーナリストはこんなふうに葬儀を報道した。「列席者全員がすすり泣き、涙を流していた。その泣き声は墓地の方まで伝わっていった。その声は、その日そこにいた人々の胸に永遠に刻まれることだろう」[4]

ようやく、ヴィルナの生き残ったユダヤ人たちは冒瀆されたトーラーに別れを告げることができた。シュメルケのおかげできちんとした葬儀が実現したのだ。しかし、トーラーを移動させた自分の違法な役割に注目を集めたくなかったので、シュメルケはその行事に足を運ばなかった。

シュメルケはポーランドに行くことをごく限られた友人にしか言わず、表向きは忠実な共産主義者でソビエト愛国者のふりをしていた。六月にはユダヤ人学校の子どもたちのために、年度末の劇を演出した。それはソビエト賛歌で始まり、スターリン同志への感謝で終わるものだった。八月にモスクワの出版社とゲットーの歌を出版してもらう契約をした。十月半ばになると、モスクワのイディッシュ語詩人イツィク・フェフェルが手紙を寄越した。「ここを出て、きみを訪ねたい」[5]

アパートに本や原稿がたまってくると、シュメルケはポーランドに〝送還される〟人々に小さな包みを渡し、荷物に入れて国境を越えてほしいと頼むようになった。みんな喜んで協力してくれた。リトアニアのエルサレムに別れを告げるときに、そのささやかな一部を携えていくかのように感じたのだ。シュメルケは自分が行くまで、ポーランドでその包みを保管しておいてほしいと頼んだ。[6]

一九四五年七月、シュメルケは出国する友人たちに包みを預け、ロフル・クリンスキーに届けてほしいと頼んだ。彼女は紙部隊のときの同僚であり恋人だったが、強制収容所で生き延び、ウッチに住んでいた。その包みにはテオドール・ヘルツルの日記やその他の貴重な品々が入っていた。同封した手紙で、シュメルケはロフルに厳しく命令した。包みのことは絶対に口外してはならない。中身は「シュウェイクが要求した」という暗号文の手紙を持ってくる人以外に渡してはならない。

一九四五年十一月末に、シュメルケはグトコヴィチにもろくに別れを告げずに、突然ヴィリニュスを出発した。ハイム・グラーデの説明によると、シュロイメ・ベイリスがすぐに国を出ないと逮捕されると、シュメルケに忠告したらしかった。グトコヴィチが文化省に呼ばれ、美術館の原稿と稀覯本について詳しい説明を求められている、とベイリスは伝えた。それから「中央委員会のジーマンはきみがソビエトの敵だと誤解しているようだね」と思わせぶりに匂わせた。シュメルケは彼の言わんとすることを察した。すぐさまヴィリニュスを出発し、足どりを消すために国内の別の場所に向かった。数日後、ポーランドとの国境を越えた。[7]

いきなり出発したので、シュメルケは隠しておいた財産を持っていくことができなかった。それを回収し、国外に持ちだすのはスツケヴェルの仕事になった。

スツケヴェルは一九四六年に二度ヴィリニュスを訪ねた。[8] そのたびに、ふたつの仕事をした。ユダヤ美術館のために資料を発見することと、美術館から資料を持ちだすことだ。どこに何があるかについて、シュメルケはポーランドから彼に手紙を届けさせた。「ユダヤ美術館の中庭の階段の下、宗教書が積み上げてあるところに、クルクの日記を隠してある。必ず見つけてくれ」[9]

スツケヴェルは一九四六年五月にポーランドに向かった。どうやって大量の本をヴィリニュスからポーランドへ持ちだしたのかははっきりしない。マックス・ヴァインライヒへの手紙では、その作戦には「数え切れないほどの困難と命の危険があった」とだけ記されている。シュメルケは同様に用心深かったので詳細を明かさなかったし、おそらくまだソビエト支配下のヴィリニュスにいる人々のことを守っていたのだろう。ヴィリニュスでの経験について書いた回想記では、シュメルケは「この章のユダヤ人の勇敢さと自己犠牲について、詳細に語るときがいつか来るだろう」[10]と言葉少なに語っている。しかし、そのときはとうとう来なかったので、推測するしかない。

ユダヤ人がヨーロッパからパレスチナにひそかに渡るのを手伝っていたシオニストの地下組織、ベリハが、本や書類をポーランド国境を越えさせるのにも手を貸した可能性がある。資料はかさばるので、スーツケースひとつふたつではとうてい運びだせなかっただろう。[11]ベリハはヨーロッパじゅうに地下鉄道を走らせて、ユダヤ人を国から国に運び、パレスチナ行きの未登録の船に乗せていた。その活動の運営はヴィリニュスを本部にしていて、ハショメル・ハツァイルのメンバー二人、シュメール・ヤッフェとヤーコフ・ヤナイが担当していた。二人は一九四六年の前半だけで、四百五十人のソビエト市民を違法にソ連から連れだすことに成功した。ベラルーシのバラーナヴィチでは、ソビエト側の送還任務担当の元ベラルーシ・パルチザン士官が協力していた。スツケヴェルの本や書類が入ったスーツケースは、バラーナヴィチの検問所を通過した可能性が高いと思われる。[12]

22章　ロフルの選択

紙部隊の解体後、ロフル・クリンスキーは悪夢のような日々を送った。一九四三年九月のゲットー解体の時期に、ハイスクール教師だったロフルはリガの近くにあるカイザーヴァルト強制収容所に移送された。そこでは頭を剃《そ》られ、体に消毒剤を噴きつけられ、強制収容所の制服を支給された。凍てつくような寒さの中で、材木を積んだり、穴を掘ったりした。怠ける人間は収容所の外で処刑されたが、ロフルは熱心に働いたので生き延びた。

さらにカイザーヴァルトからダンツィヒ近くのシュトゥットホーフ強制収容所に移され、そこに一年以上閉じこめられていた。ロフルはチフスで死ぬこともなく、ガス室で殺されることもなく、シュトゥットホーフの幸運な囚人の一人になった。ここは当初は強制労働収容所だったが、一九四四年にアウシュビッツが満杯になったあとは絶滅収容所の役目も果たすようになった。ハンガリーのユダヤ人がどんどん送りこまれてきて、すぐさまガス室送りになった。毎晩、ロフルは収容所から煙が立ち上るのを目にし、いつ自分の番が来るだろうと考えていた。赤軍が近くまで進軍してくると、ナチスはシュトゥットホーフ強制収容所を解散し、厳しい冬の寒さの中、残っている囚人たちにバルト海まで死の行進をさせた。落伍者や衰弱している者はいきなり撃ち殺された。しかし、ロフルは生き延び、一九四五年三月十三日にソビエトによって解放された。

体力が戻ると、ドイツからポーランドへ、それからウッチへ向かった。ウッチは生き延びたポーランド系ユダヤ人が集まっている場所だった。[1]

いったんそこに着くと、ロフルはソビエト支配下のヴィリニュスにいるナニー、ヴィクチャ・ルヂエーヴィチに連絡をとり、三年半前にヴィクチャに預けた幼い娘のサラが無事に生きていることを知った。母親としてうれしかったものの、子どもを捨てたことでうしろめたい気持ちもあった。その胸の内をシュメルケとスツケヴェルに手紙で知らせた。「わたしが生き延びたという事実にはたいした正義は存在しません」と書いた。彼女は消耗し、落ち込み、混乱していた。収容所での生活は果てしない地獄だったと書いている。「何百回も死を経験し、その結果、ただ生きていたんです、さらに恐ろしいことが起きるのを待ちながら」

解放後、何も喜びを見つけられない、とロフルは書いた。「新しい生活のリズムを見つけられずにいます。もっとちがったものだと予想していました。奇跡には道徳観があると」それはスツケヴェルのゲットーの詩『奇跡への祈り』の一節だった。「美しさに飢えています。この二年間、美しさにまったく触れることがなかったので」彼女は愛情と郷愁をこめて、スツケヴェルがERR支配下のYIVOの建物で詩の朗読をしてくれたことを思い返した。実際、新しい生活で彼女が見つけられる喜びは詩を読むことだけだった。[2]

ロフルは将来が見えなかった。目標もなく、鬱々とし、解放されてから何カ月も、アメリカにいる家族に手紙を書く気にすらなれなかった。重要なことに思えなかったのだ。スツケヴェルがロフルのアメリカの家族に彼女が無事でいることを知らせた。[3]

しかし、たったひとつ行動に移したことがあった。今ではみんなにイレナと呼ばれている娘のサラといっしょにポーランドに〝送還〟されるようにしてほしいと、ヴィクチャに頼んだのだ。娘との絆を結び直したかった。一歳十カ月で置いてきた娘はそろそろ六歳で、彼女のことすら覚えていなかった。ロフルはスツケヴェルに打ち明けた。「たぶん娘との関係を修復すれば、わたしの助けになると思います。わたしが娘を助けるんじゃない、その逆です」スツケヴェルはモスクワから返事を出した。

ロフル、わたしにもきみの心が痛みにゆがんでいるのが感じられるよ。少し前までは、わたしも何も感じることができないと思っていた。でも、人生はそんなに深刻に受けとめるべきじゃないと信じている……ありのままの現実を受け入れなくてはならないんだ。悲しみを喜びに変える化学式を発明しなくちゃならない。さもないと、生きることができなくなる……あきらめてはだめだ。わたしを森から連れだし、モスクワへ運ぶために飛んできた飛行機は、空中で木っ端みじんになって焼け落ちた、わたしの目の前でね。だから二番目の飛行機が来るのをずっと待ち続けた。

それに、きみが人間への信頼を失っても、人間を超えた世界は今なおとても美しい！　地球上の誰にも、その永遠の美をわたしから奪うことはできないんだ。[4]

シュメルケもロフルにつらい考えにとらわれすぎないように、と励ました。彼は一九四五年七月にソ連支配下のヴィリニュスから手紙を出した。

どうにかして過去から這いだして、できるだけそれを忘れてほしいと心から願っている。せめて、Y—VOの小さな部屋にいたときのきみに戻ってほしい。きみはたずねなくても何もかもわかってくれたし、心の温かい人間で、親友だった。いっしょに経験したあいうことは、別々に経験したことよりもずっとすばらしい。じきに、きみが考えているよりも、すべてが上向きになるはずだよ。

さらにシュメルケは抜け目なく、自分との結婚を考えたらどうだろうと提案した。自分にポーランドに移住するように正式な手紙を出してほしい、その手紙では自分をきみの夫ということにしてほしい、と頼んだ。そうすればはるかに簡単にヴィリニュスを出られるから。〝夫〟という言葉が法的な作り事か現実かは、彼女に決めてもらうことにした。シュメルケはヴィリニュスにガールフレンドがいることを隠さなかったが、彼女のことは愛していないし、別れるつもりだと書いた。彼はロフルといっしょになりたかった。「二人でいっしょにいれば、きみの気分もずっとよくなるよ」

ここから手紙はぐっとロマンチックな雰囲気になる。

きみに会いたい、きみと話したい、二人で黙っていたい、いっしょにいたい。自分が饒舌なことが恥ずかしい。きみに長い手紙を書くこともね。きみがおれを見ていると感じるから。そうすると、おれは目を伏せずにはいられない。おれを待っていてほしい。当分、どこかに引っ越さないでいてくれることを祈ってるよ。もし移ったら、行方がわからなくなってしまう。だとしても、きみの頭の中の考えを想像して追っていくつもりだ。[5]

ロフルは夫としてシュメルケを呼び寄せる手紙は出さなかった。何の約束もしなかったし、思わせぶりなことも言わなかった。スツケヴェルへの手紙では、再婚は考えられないと書いた。「みんなが愛について語ると、滑稽《こっけい》に感じられます。わたしは本当に何も感じられないんです」

シュメルケはウッチに到着すると、ロフルが娘とナニーと義理の妹と親しい友人といっしょにアパートに住んでいるのを見つけた。彼女は自分の人生と娘との関係を立て直すという困難な仕事に取り組んでいる最中だった。その娘はナニーを〝ママ〟、ロフルを〝女の人〟と呼んでいた。

シュメルケとロフルとのあいだのロマンスはたちまち再燃した。ロフルはシュメルケとの再会によって、初めてもう一度純粋な喜びを感じることができた。娘との再会はうれしさよりも罪悪感と焦燥感がないまぜになっていたからだ。ロフルもシュメルケも、活発な性的エネルギーが人生に戻ってきて、それぞれロマンチックな関係の相手が他にもウッチにいた。ある生存者はシュメルケのことを「蜂が花から花に飛び回るように、次々に女性と遊び回っていた」と述べている。しかし、シュメルケとロフルのあいだの愛情と理解はきわめて深かった。ウッチの生存者のあいだでは、「吟遊詩人は教師と結婚するだろう」という見通しが広まっていた。

しかし、ロフルにとって恋愛は新たな障害をもたらした。再び目覚めた欲望を満足させることと、娘が自分を必要としている気持ちに応えることのバランスをとるのがむずかしかったのだ。賞賛者の一人にこんな手紙を送っている。「今、わたしはソファにすわっていて、シュメルケと熱烈なキスをしているわ。小さなサラはそれを眺めていて、わたしはといえば、あなたのことを考えているの」親しい友人たちは、母親がおおっぴらに異性に対して情熱的な態度をとっていたら娘を失うだろう、と警告した。

ロフルとヴィクチャのあいだもピリピリしていた。ナニーはサラのことを誰よりもわかっているという自負があり、母親役を手放す気になれずにいた。[6]

何より、ロフルは鬱状態に苦しんでいた。彼女はモスクワのスツケヴェルに手紙を書いた。

わたしは生きているふりをしています。映画に、お芝居に、カフェに行く。だけど、自分のことを外側から眺めると、シュトゥットホーフ強制収容所で登録された95246番の囚人が見えるんです。登録にはそれぞれが何本金歯があるかが記録されているから、どの死体から歯を抜けばいいかがひと目でわかるのよ。わたしは音楽を聴いていて、〝デート相手〟が何か言っているけれど、その言葉すら耳に入らない。なぜなら別のものを見ているから。ただ叫びたい……朝になると、だるくて、起きて一日を始めることもつらい。だけど、外見は繕っているから、たぶん誰も信じないでしょう。わたしがただ生きているふりをしているだけだなんて。[7]

ロフルはひとつだけ正しかった。娘としだいに絆ができていくと、その関係は彼女を救ってくれた。

数カ月いっしょに暮らしたあとで、彼女はスッケヴェルに手紙を書いた。「娘とわたしはすでにいい友人同士です。わたしはまた母親になれたんです」[8] ただし、問題がひとつあった。六歳のサラはシュメルケを好きになれなかったのだ。頻繁に訪ねてくる彼を「チビで寄り目の人」と呼んでいた。母親には「あの人、お母さんには歌を歌うのに、あたしには歌ってくれないよ。それに、一年したら、あたしの方があの人よりも背が高くなっちゃう」と文句を言った。

サラはときどき母親を訪ねてくる別の男性、アヴロム・メレジンと遊ぶ方がずっと好きだった。ヴィルナ大学で地理講師をしていたメレジンはマイダネクの強制収容所で妻と幼い息子を失い、ロフルと同じく、シュトゥットホーフ強制収容所で生き延びた。彼が幼いサラをかわいがっていたのは、サラが殺された息子の穴を埋めてくれたせいもあったのだろう。お返しにサラは彼を崇拝した。サラは母親に単刀直入に提案した。「ねえ、どうしてママたちは結婚しないの? 彼にパパになってほしいな!」

時がたつにつれ、シュメルケではサラが渇望している父親には決してなれない、とロフルは気づいた。彼はあまりにも軽佻浮薄だったし、自分に陶酔し、忙しすぎた。アメリカの家族に早く来るように言われ、ロフルはシュメルケとは結婚せずに、娘だけを連れて合流することにした。

ヴィクチャはポーランドに残ることになった。

ロフルと娘は一九四六年四月にポーランドからスウェーデンに向かい、そこでニューヨークの兄のハイムが手配してくれたアメリカのビザがおりるのを待った。彼女の出発前に、シュメルケは別れの詩を贈った。

きみはおれに春を届けてくれた
どこもかしこも秋のときに
夜の闇で
おれの叫び声を愛撫しなだめてくれた

森にいる狼の遠吠えのようなおれの叫び声を
きみは吐息であやして寝かしつけてくれる
すると、おれの孤独は闇とともに消えてしまう
きみがおれの心を喜びで彩ってくれるから

今、孤独がおれを蝕んでいる
おれは狼のように遠吠えをして、きみの体を求める
おれの夢は飛んでいき、きみの戸口でささやく
……おれは孤独だ[9]

ロフルが出発してまもなく、シュメルケはすでにポーランドに帰還していたヴィルナ時代のガールフレンド、マリアと結婚した。

ロフル・クリンスキーはニューヨークで兄のアパートに落ち着いた。数カ月後、娘にとても親切にしてくれたアヴロム・メレジンもニューヨークにやってきた。家もなく親戚もいなかったので、彼はロフルといっしょにロフルの姉のアパートで暮らしはじめた。彼に会えて、幼いサラは大喜びだった。ロフルの態度はもっと控えめで、心のうちではさまざまな葛藤があったが、数週間迷った末、メレジンとの結婚を決意した。ロフルは人生最大の愛よりも、絆を築き直した娘にとっていい父親になる男性を選んだ。サラのために自分を犠牲にしたのだ。

こうして紙部隊の恋は終わった。[10]

23章 ドイツの発見

ヨーロッパの戦争が終結に近づくと、マックス・ヴァインライヒはYIVOのコレクションの残りを取り戻そうとして動きはじめた。まず国務省に連絡をとると、フランクフルトのボッケンハイマー・ラント通り六十八番地のユダヤ人問題調査機関で保管されているようだとわかったが、その建物は爆撃されていた。[1]

さらに商務省も連絡をくれ、YIVOは今ではアメリカの機関なので、これはドイツが略奪したアメリカの財産を取り戻すことだと言われた。

こうして、ユダヤ人問題調査機関の建物をアメリカで調査することになった。連合国の爆弾によって建物は瓦礫と化していたが、何万冊も本が入った木箱が保管されている地下室が見つかった。本はヘブライ語だったので、ヘブライ学者であるアブラハム・アーロニ伍長が派遣された。その結果、そこには有名な三つのユダヤ人図書館の蔵書があることが判明した。ヴィルナのYIVO、パリのエコール・ラビニク、アムステルダムのラビナー・セミナーだ。[2]

ユダヤ人問題調査機関の地下室の発見は、ただの始まりだった。その後、フランクフルトから北に五十キロほどの町フンゲンでも、さらに多くのユダヤ人の本が保管されているという連絡が入った。

フランクフルトが連合軍に爆撃されたので、一九四四年の初めに本をフンゲンに移すことにしたのだ。世界で最大のユダヤ民族のコレクションを守るために、ドイツ軍は大変な人員と費用を費やしたのだった。

フンゲンでは略奪した本や資料はいくつもの場所に分散されていた。洞窟、城、学校、納屋、地下室やオフィス。本は全部で百万冊と推定された。

アメリカ軍はボッケンハイマー・ラント通りとフンゲンにあった大量の本や記録書類を、フランクフルトのロートシルト図書館に運んだ。その図書館にはロスチャイルド家の文学、美術、音楽に特化した膨大な蔵書が保管されていたが、ロートシルト図書館では小さすぎた。というのも、占領されたドイツのアメリカ人地区にある他の場所からも、さらに本が発見されたからだ。[3]

ヴィルナの本や記録書類は他のコレクションと交ざっていた。アメリカ当局は本を分類し、きちんと整理し、しかるべき所有者に返す必要があった。

アメリカ軍はその作業のために二十人のドイツ人司書を雇ったが、誰一人としてヘブライ語もイディッシュ語もわからず、監督する者もいないまま作業をしていた。当然、仕事はまったくはかどらなかった。

さらに別の問題も生じた。戦争で略奪されたものは元もと保有していた国に返すのが原則だが、ヴィルナは現在ソ連の領地だ。となると、ヴィルナのＹＩＶＯから略奪された本をニューヨークに運んでもいいのか、という問題が出てきた。その問題は国務省で検討することになった。[4] アメリカがＹＩＶＯのコレクションをソビエトに〝返還する〟かもしれないと知って、ヴァインライヒは頭に血が上った。こんな結果のためにゼーリグ・カルマノーヴィチとヘルマン・クルクは命を落としたのか？彼は自分の研究を棚上げして、それから一年、ＹＩＶＯのコレクションを取り戻すことを最優先事項にした。

一方、アメリカ・ユダヤ人共同配給委員会《JDC》が活字に飢えている生存者たちに本を配ってもらいたい、と求めてきた。何万人というユダヤ人がドイツの一時滞在収容所にいて、読書したり学校に行ったりするふつうの生活を取り戻したがっていた。ＪＤＣは収容所内で大規模な教育プログラムを実践していたので、多大な時間と費用をかけて海の向こうに本を送るよりも、フランクフルトの本の集積所から二万五千冊の本を借りられないかと、頼んできたのだった。もっとも貴重な本はＹＩＶＯのものだと承知していたので、ＪＤＣはおもに学校で使う教科書を選んで借りたがっていた。

ヴァインライヒの心は揺れた。フランクフルトに行って自分の目でコレクションを確かめたい、という希望すら、旧陸軍省に却下されてかなえられていなかった。そこへ別の組織がＹＩＶＯの蔵書の残りから本を選びたいと言ってきたのだ。しかも、無傷で返すという保証もなく。

とはいえ、救いだしたこれらの本は生きているユダヤ人のためのものではないのか？　生き延びたイディッシュ語の読者に背を向け、ナチスの犠牲になった生存者の希望よりも、組織の関心を優先させるのか？

ヴァインライヒは一九四五年十二月四日にＪＤＣに返事を書いて、教科書を選びだす許可を与えた。もちろん、ヴァインライヒはいくつかの条件をつけた。アメリカ、西および中央ヨーロッパで出版された教科書をまず優先的に選ぶこと。ソビエトで出版された本は選ばないこと。書誌的に貴重だからだ。ＪＤＣは借りた本の完全なリストを作り、ＹＩＶＯに送ること。本を受けとった個人、組織は本を非常に注意して扱うことも付記した。結局のところ、ヴァインライヒは東ヨーロッパで生き延びたユダヤ民族への愛と信頼から、そういう行動をとったのだった。[5]

一九四六年二月、狭いロートシルト図書館から川向かいにあるオッフェンバッハの倉庫にコレクションを移すことを、アメリカ当局は決定した。その施設はＩ・Ｇ・ファルベン、巨大化学産業トラストの没収された本社だった。皮肉なことに、ファルベンはアウシュビッツや他の絶滅収容所で百万人以上を殺害した毒ガス、チクロンＢを製造していた。会社の広々とした五階建てのビルは、いまやオッフェンバッハ・アーカイブ倉庫となり、〝世界最大のユダヤ人コレクション〟と呼ばれた。倉庫には百五十万冊の略奪されたユダヤ人の本と、ドイツ軍がヨーロッパじゅうの大きな図書館から盗んできたやはり同じぐらいの数の他の本があった。

オッフェンバッハの倉庫の責任者についたのは、シカゴ出身のシーモア・ポムレンツという入隊前は公文書館で仕事をしていた若い中尉だった。ポムレンツは強い意志を持ち、歯に衣着せずに思ったことを言う頭の切れる男だった。六名のドイツ人スタッフといっしょに作業が停滞しているオッフェンバッハの建物に乗りこんでくると、百七十六人の作業員を使って、広大な建物を効率的な仕事場に変えた。戒律を厳守するユダヤ人でヘブライ語とイディッシュ語の知識のあるポムレンツは、強面《こわもて》の軍人の外見とは裏腹に、本の運命をとても気にかけていた。ポムレンツは本を分類せず、元の所有者や国に返却できるように、蔵書票と蔵書印などに基づき国ごとに分けるという重要な決断を下した。こうして分類カードを作らずに、オッフェンバッハの建物には本の山ができていった。

一般の図書館やフランス、オランダ、ドイツのユダヤ民族コレクションの場合、どこの所蔵本かはすぐにわかった。蔵書印や蔵書票はラテン語のアルファベットで書かれていたからだ。しかし、東ヨーロッパのユダヤ人の本はヘブライ語とイディッシュ語で、ソ連の一般図書館はロシア語とウクライナ語で書かれていた。スタッフの誰もそうした言語の文字を読めなかったし、アメリカ軍は特殊な言語に通じている兵士を送りこんできたわけではなかった。

そこでポムレンツは天才的なシステムを考案した。蔵書印などを人間ベルトコンベヤーで調べていく方式だ。ユダヤ言語とキリル文字の本の内側の蔵書印の写真をすべて撮り、六十三人のドイツ人を作業者として雇い、ドイツ人一人につき担当の蔵書印を十から二十ほど割り振る。それぞれが本を調べ、それが自分の担当の蔵書印なら、別にとりのけ、対応する番号がふられた箱に入れる。蔵書印が担当のものでなければ、次の担当者に回す、ということを誰かの蔵書印と一致するまで順番に繰り返していく。

このシステムを使うことで、作業者は一人としてヘブライ語のアルファベットを読めなかったにもかかわらず、ポムレンツは百五十万冊以上のヘブライ語とイディッシュ語の本の所有者を割り出した。[6]

ＹＩＶＯの本も仕分けられ、〝ＪＩＶＯ〟と書かれた木箱に詰められた。実はポムレンツの兄のハイムはＹＩＶＯの理事会のメンバーだった。ヴァインライヒはＹＩＶＯの本を取り戻してくれた軍人が施設の関係者だったことを知って喜び、ポムレンツにイディッシュ語で礼状を書いた。

ヴァインライヒの最大の不安は、ＹＩＶＯの本が誤解にしろ故意にしろロシアに送られ、二度と取り戻せないのではないかということだった。したがって、最初の報告書の送り先にＹＩＶＯ図書館が

〝ヴィリニュス、ソ連〟と記されているのを発見して、ヴァインライヒは激怒した。[7]

ヴァインライヒはありとあらゆる政治的コネを使って、YIVOの本の所有権を主張した。さらにヴァインライヒはYIVOの蔵書印が押されている本ばかりか、印がないものの中にもYIVOの本があると訴えた。偉大なユダヤ人歴史学者シモン・ドゥブノフが生存中に蔵書の一部を、さらに遺言で残りの蔵書をYIVOに寄贈したからだ。しかし、彼の蔵書印は〝シモン・ドゥブノフ、リガ〟だけだったので、オッフェンバッハのスタッフはそれを〝リガ、ラトビア〟に分類したはずだった。そこでヴァインライヒは〝YIVOに関連した図書館〟として十二カ所のリストを作り、それらはYIVOの財産だと主張した。そのうち最大のものがストラシュン図書館とアンスキ博物館のものだった。一九三九年十月にアメリカに無事に運べることを期待して、YIVOの蔵書といっしょにしたのだった。

もっとも、ドイツ占領前夜にストラシュン図書館とアンスキ博物館の蔵書をYIVOに運んだというのは、いささか眉唾物だ。それを証明する書類は存在しないし、どちらの施設の理事たちも戦時中に亡くなっていた。YIVOはヴィルナで唯一生き延びたユダヤ人の組織だったので、こうしたコレクションを手に入れても道徳的に正しいと、彼は考えたのかもしれない。ポムレンツはヴァインライヒの説明を受け入れて、〝関連するコレクション〟をYIVOの箱に入れ、ストラシュン図書館の蔵書はYIVOの箱の隣に並べた。[8]

だが、ポムレンツの協力にもかかわらず、旧陸軍省の高官は個人に返却することを渋り、さらにはアメリカではなく戦争前にヴィルナを所有していたポーランドに返すべきかもしれない、それについてはポーランド政府と交渉するようにと言いだした。[9]

こうしてＹＩＶＯの本の行方は国際的で複雑な政治的問題になり、上層部で討議されることになった。

こうなったのはＹＩＶＯがヨーロッパから避難して、一九四〇年に本部をニューヨークに移したが、図書や資料はヴィルナに置いたままで、そこがドイツ軍に略奪されたという経緯があるからだった。本は元の国に返すという原則をあてはめると、ソ連かポーランドになる。だが、そうなると、スタッフ全員がドイツ軍に殺されたＹＩＶＯは、今度は財産まで略奪されることになるのだ。しかも、その第二の略奪に責任があるのは、アメリカ政府にほかならなかった。

24章 最後に義務を果たす

逮捕を逃れるために突然ヴィリニュスを離れたとき、シュメルケ・カチェルギンスキは大量の貴重な宝物を置いていった。あとはアヴロム・スツケヴェルに任せ、できるだけ国外に持ちだしてもらうことになった。スツケヴェルが移民できる期限は一九四六年六月末だ。その日でソ連とポーランド間の送還協定が切れてしまう。スツケヴェルは元ポーランド市民だったので、その日までは国を出ることが許されていた。送還のための個人的な書類はきちんとそろえていたが、思いがけない招待を受け計画を変更した。ソビエト当局から、ナチスの主要な戦争犯罪者を裁くニュルンベルク裁判の証人になってくれないかと頼まれたのだ。検察側はユダヤ人の苦難について語ってもらいたがっていた。スツケヴェルはすべてを放りだして、自分の義務を果たすためにニュルンベルクに飛んだ。

一九四六年二月二十七日にスツケヴェルは証言をした。一斉検挙、大量虐殺、処刑のために多くのユダヤ人がポナリに移送されたこと、ポナリから戻ってきた荷車いっぱいの靴の中に母親の靴があったことを語った。さらに、ゲットー病院で生まれたばかりのわが子が殺されたことも。彼の証言は三十八分間続いたが、他の証人とはちがい、彼は証言席にすわろうとしなかった。直立不動で立ったまま証言をおこなった。あまりにも厳粛で聖なる証言は、すわってできるものではないと言わんばかりに。[1]

スツケヴェルの証言準備のためのメモによると、ERRが文化的財産を略奪、破壊したことについても長々と語る予定で、特定の行為も暴くつもりだった。ヨハネス・ポールがヴィルナのロム出版で出されたタルムードのライノタイプの鉛板を工場に売り、溶かしてしまったこと。アルベルト・シュポルケットが五百本のトーラーの巻物を革工場に売って生革にしてしまったこと。ポールがマルク・アンタコルスキーの彫像やイーリャ・レーピンの絵を「おぞましい」と叫んで侮辱したこと。[2]しかし、ソビエトのレフ・スミルノフは別の方向の質問をして、スツケヴェルがその話題に触れる前に証人尋問を終えてしまった。

スツケヴェルは証言のしめくくりに、最近手に入れた書類について口にした。尋問が終わり、証人は退席してもいいと言われたとき、法廷が興味を示すにちがいない書類を解放後に発見した、とジェフリー・ローレンス裁判長に伝えた。スミルノフは突然の証人の提案について聞いていなかったが、ローレンスは興味を示し、スツケヴェルにそれを朗読するように求めた。ドイツ語で書かれた一文だけの短い文章だった。「ヴィルナ地区長官殿、貴殿の命令により、現在、われわれの施設はポナリから送られてきたユダヤ人の古い衣類を消毒中で、その後ヴィルナ当局に引き渡す予定です」

法廷はその場面を想像して身震いした。ドイツ軍は自分たちが殺した人々の衣類を消毒し、再配給していたのだ。ローレンス裁判長は、いつどこでその書類を見つけたのか、とスツケヴェルにたずねた。スツケヴェルはヴィルナにあるドイツ軍のヴィルナ地区長官の元オフィスで発見した、と答えた。[3]裁判長はもう一度朗読してほしい、と言い、証拠物件ソ連４４４号として受理された。それはナチスの迫害の犠牲者が、初めてニュルンベルクで提出した証拠の書類だった。
　スツケヴェルは達成感を味わった。大量虐殺を正義の場に引きずりだすために探した資料が役に立ったのだ。資料を法廷で利用することはユダヤ美術館の元々の目標だった。スツケヴェルの劇的な資料提出は《プラウダ》紙でも裁判所の報道として掲載された。[4]
　またスツケヴェルはドイツ訪問を利用して、救いだした資料を送ることにした。今回はヴァインライヒの個人的な知り合いで、アメリカ代表団の通訳をしているベンジャミン・ウォルドに、ショーレム・アレイヘムの三通の手紙、ヴィルナ・ゲットーの学校行事の知らせなどを預けた。彼は短い手紙を添えた。「この手紙はゲットーから運んできました。火と沼の中をくぐり抜け、地下にもぐり、宙を飛んで。学校行事の知らせはポナリで見つかったものです。どうかわたしが個人的に受けとりに行けるまで、ご自宅で預かってください……ＹＩＶＯのスタッフのみなさんにどうぞよろしく」[5]
　モスクワに帰ると、スツケヴェルはニュルンベルクへの旅についてユダヤ人反ファシスト委員会の後援で講演した。会場や玄関ホールや通りにまでたくさんの人があふれ、スツケヴェルが中に入るのに苦労するほどだった。
　議長のソロモン・ミホエルスはスツケヴェルの証言は殺されたユダヤ人にとって最高の報復行為だった、と言って彼を紹介した。スツケヴェルはメモもなく二時間しゃべり続け、最後に自分でも驚いたが、こんな言葉でしめくくった。「ミホエルス同志はわたしの証言が最高の報復行為だと言ったが、そんな復讐をしてどんな喜びが得られるだろう？　母はポナリで焼かれ、リトアニアのエルサレムからはユダヤ人がいなくなったというのに。したがって、わが民族を殺した連中に対する最大の報復は、わたしたちが自分たちだけの自由なエルサレムを手に入れるときだと信じている。イスラエルの地にユダヤ人の暮らしが再建されることは、殉教者たちの夢だったのだ」

一瞬、会場は水を打ったように静まり返った。スツケヴェルはソ連で最大のタブーを犯してしまったのだ。エルサレムとイスラエルの地への傾倒を公的に宣言するというタブーだ。二十年間、ソ連ではシオニズムが違法だったし、その活動に関わっているとイギリス帝国主義との烙印を押され、強制労働収容所への片道切符を渡された。ミホエルスは困惑し警戒し、あわてて立ち上がって話をさえぎり、講演は終わりだと宣言した。だが、その言葉より早く、聴衆の嵐のようなスタンディングオベーションが議長の声をかき消した。拍手はいつまでも鳴り止まなかった。

のちにモスクワの高名な医学者ヤコフ・エティンガーはスツケヴェルに近づいてきて感謝した。「三十年間、エルサレムという言葉は心の中に封印してきたんです、海底の真珠のように。あなたはその都市の名前を口にしたことで、魔法のようにその真珠を目覚めさせた。それが今、涙となってあふれだしました」[6]

一九四六年四月、スツケヴェルはヴィルナに最後の訪問をした。本や資料の入ったスーツケースを国境を越えさせるために、ベリハと打ち合わせをしてから、パリから新たに届いた手紙をもとに、隠された本や記録書類を改めて探した。手紙を送ってきたのは元ヴィルナ大学の司書、オナ・シュマイテだった。

シュマイテは民族的にリトアニア人で、数十人のゲットー住人の援助をしていた。住人から返却期限が過ぎた本を返してもらうという口実で、ドイツ軍にゲットー内に入れてもらって、食べ物、筆記用具、外界のニュースなどを持ちこんだ。さらに大学図書館へ読書をしに来ていた戦前から顔見知りの作家や芸術家を励まし、支えになった。ゲットーへの訪問は短時間に限られていて警戒しながらだったので、やがてシュマイテは住人たちと手紙のやりとりをするようになった。住人たちは彼女宛に手紙を書き、シュマイテは訪問のあいだにそれを受けとり、家に帰ってからゆっくり返事を書き、次のゲットーの訪問のときに渡す。

だが、シュマイテがゲットーに持ちこむのと同じぐらい重要だったのが、持ちだすものだった。シュメルケやスツケヴェル、その他の人々は彼女に原稿、稀覯本、書類を預け、彼女はゲットーの門から持ちだした。それらが彼女の言うところの〝返却期限を過ぎた本〟だった。そうした本は自宅や仕事場や他の場所に隠していた。

ヴィルナ・ゲットーが閉鎖される直前の一九四三年九月に、シュマイテは最後にゲットーに入り、十六歳のユダヤ人少女サラ・ヴァクスマンをコートの下に隠して出てきた。三週間ほどサラを家にかくまい、それからヴィルナ大学図書館のクロゼットに隠した。その少女は戦争を生き延び、パレスチナにたどり着いたという。

翌年の四月二十八日、シュマイテは隣人の告発によってゲシュタポに逮捕された。拷問されたが、情報は一切もらさなかった。シュマイテはダッハウの強制収容所に送られ、そこから、ドイツとフランスの国境に近い収容所に移された。アメリカ人によって解放されると、彼女はリトアニア・ソビエト社会主義共和国に戻るよりもフランスにとどまることを選んだ。彼女は昔から共産主義に心の底から嫌悪を抱く社会主義者だったのだ。[7]

一九四六年二月にシュマイテは『ヴィルナ・ゲットーの記録書類に関する説明』を書いて、モスクワのスツケヴェルと、世界中のユダヤ人指導者に送った。そこには、「記録書類が発見され、歴史的記録に興味のあるユダヤ人全員が、政治的見解には関係なく、自由に利用できることを祈っている」と書かれていた。[8]

シュマイテはそれらの書類の隠し場所を列挙していた。ヴィルナ大学のリトアニア研究ゼミの屋根裏には、ジャーナリストのグリゴリー・シュールのヴィルナ・ゲットーの日記もあると書かれていた。他の日記とはちがい、シュールは数百人のユダヤ人とともに市の労働地区に住んでいたので、ゲットー解体後の記録もつけていた。彼はドイツ占領下のヴィルナで、最後まで生き延びていたユダヤ人だった。[9]

その隠し場所まで行き着くのはまるで宝探しのようで、「屋根裏まで階段を上がると、三つのドアがあります。真ん中が大きく左右が小さいドアです。左側のドアを開けて、屋根裏に入ります。傾斜している屋根の右側の屋根瓦の下に、五つの包みがあります。大きな箱がひとつと、包みが四つ。それを見つけるためには、椅子に立ち、懐中電灯で照らさなくてはなりません」などと詳細に発見方法が記されていた。

残念なことに、スツケヴェルはリトアニア研究ゼミの屋根裏の資料を発見できなかったが、シュマイテは彼が指示をまちがえたにちがいないと考えていた。[10] それでも、スツケヴェルはユダヤ評議会議長のヤコブ・ゲンスのスピーチ原稿など、他の重要な記録書類は発見した。

その後何年も、シュマイテは自分が隠した文化的財産のことが気になってならなかった。一九五七年になっても彼女はリトアニア・ソビエト社会主義共和国の友人たちに手紙を書き、リトアニア研究ゼミの屋根裏を調べてくれと頼んでいた。[11]
スツケヴェルは愛する町に別れを告げ、最後の記録書類を集めると、スーツケースをベリハに渡した。別れには悲しみだけでなく、リトアニアのエルサレムのために義務を果たした満足感も混じっていただろう。殺人者に正義の裁きを受けさせるために協力したし、後世の人々のために文化的財産を救いだすこともできた。
スツケヴェルは二度とヴィルナの町を見ることはないだろう。夢と詩の中以外では。

25章 さすらい――ポーランドとプラハ

スツケヴェルは一九四六年五月二十三日にポーランドのウッチに到着すると、ニューヨークのマックス・ヴァインライヒに手紙を送って、モスクワとニュルンベルクから送った封筒が届いているかを問い合わせた。さらに、爆弾宣言もした。いくつかのスーツケースにさらに資料を詰めこんできており、その数は数千点だと。スツケヴェルとシュメルケは相談して、それらをニューヨークのYIVOに送ることに決めていた。

だがその手紙で、スツケヴェルはある依頼をした。彼とシュメルケがニューヨークまで資料を持って行き、そのまま向こうに住めるように手配してほしいと頼んだのだ。アメリカ移住がむずかしいことはわかっているが、ゲットーの文書は自分たちがいないと解読できない。とりわけカルマノーヴィチの日記は説明的な注が必要だと、彼は主張した。[1]

最初からシュメルケとスツケヴェルにとって、ポーランドは一時的な滞在地だった。たしかに、このユダヤ人の生活はリトアニア・ソビエト社会主義共和国よりもずっと自由だった。イディッシュ語の新聞も本も劇場もあったし、あらゆるユダヤ人の政治的活動もおおっぴらにできた。ポーランドのユダヤ人の中央組合という包括的な組織が、ポーランド出身のユダヤ人も外国出身のユダヤ人も含めてコミュニティをまとめていた。しかし、戦争前のように、反ユダヤ主義や迫害が広まっていたので、詩人二人組は新しい生活を強く願っていた。アメリカかイスラエルに落ち着きたいと考えたので、スツケヴェルはヴァインライヒに手紙を送った日に、テルアビブにいる兄のモイシェにも手紙を書き、イギリス支配下にあるパレスチナへ移住する書類を手に入れてもらえないかと頼んだ。[2]

ポーランドに移住したシュメルケは新しい政治的信条として社会主義シオニズムを信奉し、共産主義とは苦々しい思いで手を切っていた。ポーランドのイディッシュ語作家協会で、イディッシュ文化はソビエトでは組織ぐるみで迫害され、粛清され、未来はないと発言して騒ぎになった。協会の共産主義者のメンバーが怒って、理事会からシュメルケを追放するように求めた。ただし、認められなかったが。お騒がせな詩人は、社会主義シオニスト新聞《われらの言葉》の編集長になった。

シュメルケにとって、パレスチナのユダヤ人の国のために戦うことには、生存と尊厳がかかっていたし、森でのユダヤ人パルチザンによる戦いの延長とも言えた。[3] 彼が書いたシオニストの兵隊のための賛歌は、生存者のあいだでヒットソングになった。

しかし、パレスチナに行くことはむずかしかった。法的な移住はイギリスによって厳しく制限されていたし、違法な移住も同じように困難で、ベリハの船はヨーロッパかキプロスの一時滞在キャンプに送り返された。パレスチナとポーランドのあいだに漂う不穏な空気を考えると、スツケヴェルとシュメルケはニューヨークの方が魅力的な選択肢だと考えた。

スツケヴェルはアメリカのビザを手に入れられる可能性は高いと考えていた。ボストンで最近亡くなった伯父が、スツケヴェルの母親に財産を遺したのだ。彼はその息子で、母はヴィルナのゲットーで亡くなったという証明書をヴィリニュスの裁判所で手に入れていた。モスクワのアメリカ大使館で、英語訳の裁判所の書類を公正証書にしてもらうという手も打った。アメリカ人の伯父の遺産を相続する法的な権利によって、たぶんアメリカのビザを手に入れられるだろうと、スツケヴェルは楽観していた。[4]

だが、自分のためだけではなく、シュメルケのためにヴァインライヒの配慮を求めたのだ。

「ユダヤ人の財産を救うために、彼も同じだけの役割を果たしたのです」

ヴァインライヒは電報を寄越し、できるだけのことをすると約束してくれた。[5]

だが、ビザはなかなかおりなかった。ヴァインライヒはシュメルケ、スツケヴェル、ハイム・グラーデという三人の作家のために動いていたが、グラーデがいちばん可能性が高そうだった。彼にはアメリカ市民の異母兄弟がいて、移住の後見人になってくれるからだ。[6] スツケヴェルの伯父の遺産は残念ながらあまり評価されなかった。

そのあいだにスツケヴェルはさまざまな人に頼んで、ニューヨークにヴィルナの記録書類を少しずつ送っていた。ちょうど訪問していたアメリカ人ラビの一行にも依頼した。

ところが、一九四六年七月四日、キェルツェの町で恐ろしい事件が起き、スツケヴェルとシュメルケの生活は一転した。四十七人のユダヤ人が殺され、五十人が襲われて負傷し、その年は二百五十人以上のポーランドのユダヤ人が反ユダヤ主義の暴力行為で命を落とすことになった。キェルツェの事件後、ポーランドのユダヤ人は恐怖のあまり動揺し、ポーランドを離れたいという強い衝動に駆られていた。

事件後、シュメルケは最初にキェルツェを訪れたジャーナリストで、《われらの言葉》とポーランドのユダヤ人中央組合の機関紙《新しい生活》の一面に、ぞっとする記事を掲載した。事件の犠牲者は一人も撃ち殺されていなかった、とシュメルケは報道した。彼らはリンチを受けて殺されたのだ。死体は鉄の棒で殴られるか、鉈《なた》で切りつけられるかしていた。しかし、その町のポーランド人住人が悲しんでいる様子はない。それどころか、犠牲者の葬儀に参列したポーランド人は組合や職場で強制されたから仕方なく足を運んだのであって、顔には小馬鹿にした笑みを浮かべていた。キェルツェで生き延びたユダヤ人たちは、身の危険を感じて州の保安施設に引っ越した。シュメルケはこう結論を出した。「残虐な殺人者たちはさらに血を求めている。ほとんどのポーランド人は、この事件に眉ひとつ動かさずにいる」彼の記事が言わんとすることは明らかだった。ユダヤ人がポーランドにいることは危険だ。[7] シュメルケもスツケヴェルも、そういう結論に達していた。

そうした風潮や攻撃に加え、詩人二人組は、共産主義者がしだいに国を牛耳るようになっていることにも懸念を覚えていた。非共産主義の政党は弱体化していて、これはユダヤ人の将来にとっても、彼らがこっそり持ちこんだ記録文書にとってもいいことではなかった。ソ連から逃げたのに、ポーランドはソビエトの領地になりつつあったのだ。

アメリカのビザもなく、パレスチナ行きのための書類もなかったので、シュメルケ、スツケヴェル、グラーデは次善の策をとった。ヴァインライヒの助力でフランスのビザをとったのだ。これでポーランドを脱出できる。ただし、ヴィリニュスのユダヤ美術館の印が押してある本や書類などの詰まったスーツケースは、ポーランドの税関をとうてい通過できないだろうから、ひそかに国境の向こうに持ちださねばならなかった。

　スツケヴェルは再びベリハに協力を求めた。ベリハのメンバー、プロンスキは、いろいろ検討した結果、スツケヴェルがワルシャワからパリ行きの列車に指定された日に乗り、プラハでの短い停車時間にプロンスキと落ち合い、窓越しにスーツケースをふたつ渡す、という計画を立てた。その作戦には正確さとスピードが必要だった。

　前夜からプラハに潜んでいたプロンスキは、パリ行きの列車が入ってくると、スツケヴェルが窓からのぞいているのを見つけた。スーツケースを手に列車に近づいていき、窓から押しこもうとしたとき、警官がプロンスキの不審な行動に気づいた。まさにスーツケースを放りこんだとき、プロンスキは服をつかまれた。だがプロンスキは警官を突き倒すと、自分自身も窓から飛びこんだ。そしてスツケヴェルとひとことふたこと交わしてから、反対側の窓から飛び降り、乗り換え用の地下道に走りこむと、反対側のホームに立っている乗客のあいだにまぎれこんだ。呆然としながら警官が立ち上がったときは、もう彼を見失っていた。パリ行きの列車は動きだし、犯人は去っていった。作戦は成功だった。

　その晩、プロンスキが地元のベリハの隠れ家に戻ると、仲間たちにプラハで何をしていたのかとたずねられた。彼はにやっとして答えた。「ユダヤ人の歴史に、ぼくなりに貢献したのさ」[8]

26章 パリ

シュメルケとスツケヴェルはパリの自由な空気を満喫していた。パリはポーランドのウッチやワルシャワのように爆撃を受けていなかったので、二人の繊細な目を楽しませてくれる芸術や建築が市内のいたるところにあったし、ユダヤ人の文化的政治的な場もあり、ヴィルナのユダヤ人の活発な協会もあって、二人の本を出版しようと提案してくれた。その協会の支援を受けて、スツケヴェルはヴィルナ・ゲットーの回想録を出版し、シュメルケはゲットーの歌のコレクションを出した。詩人たちの生活環境と服装は、アメリカ・ユダヤ人共同配給委員会とＹＩＶＯからの小包のおかげで改善された。しかし、二人ともパリもまた一時的な滞在地だとみなしていた。ただ、次に向かう先はまだわからなかった。

一九四六年十一月末にパリに到着すると、スツケヴェルはさっそくマックス・ヴァインライヒに手紙を書き、ニューヨークに移住したいとの希望を伝えた。ヴァインライヒは辛抱するように伝え、パリのＹＩＶＯの代表者ゲルション・エプシュタインに紹介した。

ＹＩＶＯと連絡をとりながらも、スツケヴェルはエルサレムのヘブライ大学の図書館に救った資料を送っていた。だが、アメリカにいる親友の詩人アーロン・グランツはそれに反対だった。「文化的な財産は生きているユダヤ人のあいだにあってこそ、生きた価値を持つ。エルサレムの大学に送ったら、現在の状況だと化石になってしまうよ」[1] スツケヴェルはその言葉を胸に刻んだ。

　相変わらずスツケヴェルは、ニューヨークに行くさまざまな人に本や記録書類を託していたが、きちんと届かないことも生じてきたので、ヴァインライヒはエプシュタイン経由で送るようにと指示した。そして一九四六年十二月中旬から一九四七年三月十九日までのあいだに、ニューヨークのＹＩＶＯはエプシュタイン経由でスツケヴェルから三百六十点の本や記録書類を無事に受けとった。[2]

　シュメルケもスツケヴェルも、それぞれゼーリグ・カルマノーヴィチの日記の一部分を持っていたが、シュメルケはそれを二月に、スツケヴェルは七月にＹＩＶＯに送った。スツケヴェルはついにエプシュタインに日記を渡すとき、最初のページに献辞を書いた。「親愛なるマックス・ヴァインライヒ、すべてのゲットーの資料の中でもっとも貴重な品を送ります。カルマノーヴィチの日記です。これを手放すのは大変につらいが、これはＹＩＶＯが、ユダヤ民族が所有するべきものなのです」[3]

　スツケヴェルはヴィルナのガオンのクロイズの記録簿も手放すのを渋っていた。パリに来てすぐに、エプシュタインに約束していながら、すでに半年たってもまだ渡していなかった。記録簿は十八世紀半ばまでさかのぼり、昔のリトアニアのエルサレムにおける最後の大きな記念物だった。一九四四年七月の戦いでガオンのクロイズは激しく損傷したが、記録簿だけが無事だったのだ。スツケヴェルはついに八月にファイルを渡したが、その前に、原稿保存のあらゆる規則を破る行為をした。最初のページに書き込みをしたのだ。「ヴィルナ・ゲットーの閉鎖の前夜、一九四三年八月にストラシュン通り八番地の倉庫に隠され、一九四四年七月に掘り起こされた。スツケヴェル、一九四七年七月パリにて」[4]
ヴァインライヒはエプシュタインに記録簿はきちんと包装し、いくらお金がかかってもかまわないので航空便で送るようにと指示した。「記録簿はヴィルナのシンボルなのだ[5]」

シュメルケもスツケヴェルもゲットーで過ごしていたあいだ、いつかＥＲＲの略奪者が報いを受けるとは考えていなかったが、一九四六年の夏、ナチスのユダヤ民族専門家のヘルベルト・ゴッタルドが見つかった。彼はドイツのリューベックの一時滞在収容所でユダヤ人のふりをして、ユダヤ人委員会で仕事をしていたのだ！　ラトビアのイェルガヴァ出身のドイツ語を話すユダヤ人で、リガの強制収容所の囚人だった、という偽の経歴をでっちあげていた[6]。

ゴッタルドの変装は偶然の一致で見破られた。リューベックの住人がヴィルナのゲットーについてのスツケヴェルの本を読み、ヘルベルト・ゴッタルドの名前を知った。それは一時滞在収容所にいる、どことなくうさんくさい人物の名前と同じだった。読者はウッチにいたスツケヴェルに手紙を書き、その人物の外見の特徴を書き送ると、それはシュメルケが〝子豚〟と名づけた背が低くがっちりした男と合致した[7]。

こうしてゴッタルドはユダヤ人の文化的財産を大量に破壊したことと、二人の有名なユダヤ人学者、ノアフ・プリウツキとアヴロム・Ｅ・ゴルトシュミット殺害の責任を問われた。リューベック一時滞在収容所はイギリスが管轄していたので、イギリスによってポーランドに強制送還された。

スツケヴェルがヴァインライヒにゴッタルドの逮捕に協力してほしいと手紙を書いたこともあって、

ゴッタルドは一九四六年十一月に逮捕され、ハンブルクのイギリスの一時滞在収容所に半年以上勾留され、さらに刑務所に送られた。ゴッタルドは最初のうち人違いだとしらを切っていたが、やがてYIVOで働いていたことは認めた。ただし、自分は翻訳や研究を手伝っていただけで、殺人には関与していないと言い張った。

イギリス側は当時パリにいたスツケヴェルに写真を送り、彼はそれがヴィルナのYIVOにいたあの〝子豚〟であることを証言した。[8]

一方、ヴィルナのYIVOの本や記録書類がニューヨークのYIVOに運ばれたことで問題が起きそうになっていた。ソビエト政府がヴィリニュスに返却するように求める可能性が高まったのだ。ユダヤ人共産主義者はすでにスツケヴェルを貴重な宝を盗んだ泥棒として非難中傷していた。ウッチにいる元紙部隊のアキーヴァ・ガーシャターからは、パリのアパートが押しこみにあうかもしれないから気をつけるようにという警告の手紙が届いた。[9]

さらに、ヴィリニュスのユダヤ美術館スタッフ、シュロイメ・ベイリスからも、スツケヴェルとシュメルケを泥棒だと非難する手紙がパリのヴィルナ協会に送りつけられた。[10]

シュメルケは共産主義者たちと激しい舌戦を繰り広げた。彼らを殺人政府の擁護者と呼び、彼らの方はシュメルケをウォール・ストリートの裏切り者のスパイと罵倒した。[11]とはいえ、ヴィリニュスのユダヤ美術館の館長として、その財産をこっそりソ連から持ちだしたことを公に認めるわけにいかなかったし、それが公になったら、子ども時代からの友人、イェンクル・グトコヴィチが逮捕されかねない。少なくとも、それ以上本や資料を持ちだすことは不可能だった。

というわけで、シュメルケは数年ほど沈黙を守ることにした。その後、一九四九年に出版された回想録で本や資料をこっそり持ちだしたことに言及すると、ユダヤ人共産主義者は怒り狂った。「自分が責任者である美術館で、ソ連から給料をもらいながら、本をこっそり〝救う〟とは、正直さも倫理観も忠誠心もない人間だ。おまけにソビエトとナチスを同一視している。さらに国に残っているユダヤ人の中にシュメルケになりかねない人間がいるのではないかと疑われ、ソ連のユダヤ人にとって深刻な害をもたらすかもしれない[12]」

こうしたことをふまえ、YIVOはシュメルケとスツケヴェルからヴィルナの本や記録書類を受けとったことを公にしなかった。ヴィルナ・ゲットーの多くの記録書類がニューヨークのYIVOに展示されたが、どうやって入手したかについては説明されず、ヴァインライヒはそのことにとても神経質になっていた[13]。YIVOには合法的な所有権がなかったからだ。ゲットーができた時期にはすでにヴィルナのYIVOは存在していなかったから、ゲットーの財産の唯一の正当な所有者はヴィリニュスのユダヤ美術館、すなわちソ連の施設だった。

一九四七年九月、YIVOは三冊のすばらしい日記を入手したことを《YIVOニュース》で発表した。テオドール・ヘルツルの一八八〇年代の日記、ゼーリグ・カルマノーヴィチとヘルマン・クルクのヴィルナ・ゲットーでの日記。その記事には、「それらがどんなふうにYIVOにたどり着いたかについては、また別のドラマチックな物語が存在する。詳細は別の号で」と書かれていたが、同じ号で、ヴィルナ・ゲットーでのスツケヴェルとシュメルケの写真が載り、「ドイツ軍支配下のヴィルナのYIVOで働いていた二人のイディッシュ語詩人と文化的活動家グループが、命の危険を冒し、

YIVOの財産も含めユダヤ人の文化的財産をゲットー内に隠した。戦後、それらは発掘された」というキャプションがついていた。[14]

ふたつの記事を読んだ勘のいい読者は、日記がスツケヴェルとシュメルケによって救いだされたことを察したことだろう。

この問題は非常に微妙だったので、そのコレクションを〝スツケヴェル＝カチェルギンスキ・コレクション〟と名づけることが問題視されたが、最終的にひっそりとその名前に落ち着いた。[15]

スツケヴェルとシュメルケはまだパリにいて、アメリカの移住ビザを待っていたが、はかばかしい進展はなかった。一九四六年六月には、スツケヴェルはイスラエルに移住することを決心していた。シオニスト大会で知り合った指導者の助けを借りて、証明書も発行してもらえた。

一九四七年九月、スツケヴェルは船でフランスを発った。イスラエルのハイファの港に着くと、ヴァインライヒに手紙を送った。「疲れたが、旅はとても楽しかった。こちらでも仕事をして、研究ができるだろうと思う……いずれ、こちらからもYIVOの手伝いをしたいと思う。残っている本や書類も送るつもりだ」そう、スツケヴェルはまだ大量の本や書類を所持していたのだ。その中にはヘルマン・クルクの日記の一部も含まれていた。[16]

シュメルケはパリにいて、選択肢を検討していた。現在は誰からも雇われず、本の前払い金と売り上げ、それに一時滞在収容所での講演ツアーで食べていた。元共産主義者がアメリカのビザを手に入れることはとうてい無理だったのだ。イスラエルには興味があったが、書類を手に入れるのに時間がかかるし、シオニストの指導者たちは最近になって共産主義から転向した人間を好まなかった。

イスラエルユダヤ人共同体ではおもにヘブライ語を使うので、イディッシュ語に対する否定的な態度も気になった。向こうに渡ったスツケヴェルに手紙を書いて助力を頼んだが、励ましの返事は来たものの、具体的な約束は何も書かれていなかった。

一九四七年が終わる頃には、紙部隊の生き残りメンバーはちりぢりになっていた。シュメルケはパリに残り、スツケヴェルはテルアビブにいて、ロフル・クリンスキーはニューヨークで暮らしていた。他の生き残ったメンバーはイスラエル、カナダ、オーストラリアに散らばっていた。

27章 オッフェンバッハからの返却、あるいはカルマノーヴィチの預言

マックス・ヴァインライヒはシュメルケとスツケヴェルが命がけで取り返した資料には格別な思い入れがあったものの、ドイツにはさらに大量の本や記録書類が置いたままになっていた。およそ五十倍の量だ。殺人者で略奪者のドイツにそれらが置かれたままになっているのは、ヴァインライヒにとって耐えがたかった。

本はもともと所有していた国に返却されることになったが、そもそもユダヤ人の本をどこに返すかが問題だった。一九四六年当時、ユダヤの国は存在しなかった。それにポーランド政府はユダヤ人の財産を取り戻すことに関心を示さなかった。だが、ヴィリニュスはリトアニア・ソビエト社会主義共和国の首都だったし、ドイツが侵攻してくるまでは何年もソビエトの町だったので、オッフェンバッハの倉庫から本来所有していた国に返却する際に、ソ連にも何万冊も返却することになった。一九四六年六月にソビエトの返還担当官が倉庫を訪ねてきて、アメリカ側は彼が七百六十箱を回収することを許可した。そこにはヨハネス・ポールやERRによって略奪されたキエフやオデッサのユダヤ図書館のコレクションも含まれていた。

ヴァインライヒとYIVOにとって幸いだったのは、アメリカにはリトアニア、エストニア、ラトビアをソ連に入れないという仮協定があったことだ。したがって、バルト海沿岸の国からの財産をソ連に返す必要はないと判断した。オッフェンバッハの倉庫にはユダヤ人、非ユダヤ人両方のリトアニアの本があったが、まだ誰にも返していなかった。

八月、ソ連がアメリカ当局に、ヴィルナから運んだユダヤ人の財産は自分たちのものだと通告してきた。国家間でその問題について交渉することになったら、アメリカはYIVOの図書を別の物と交換でソビエトに渡すかもしれない、とヴァインライヒは心配になった。そこでヴァインライヒはアメリカ・ユダヤ人協会のジョン・スローソンに、その問題は議会の議題にしないように政府にかけあってほしいと頼んだ。[1]

YIVOにとっては幸運だったが、その後、冷戦に突入し、両国のあいだの交渉も棚上げにされた。だが秋には両国ともに、ドイツに占領されていた場所に対して、それぞれの返還方針を貫こうと決意していた。

一九四七年一月、YIVOはついに独自に動くことにした。オッフェンバッハで活躍したシーモア・ポムレンツがワシントンの国立公文書館にいたので、誰に耳打ちしたらいいのかをこっそり教えてもらった。おかげで、ようやく事態が動きだしたのだ。

こうして三月十一日、ヴィルナのYIVOのコレクションをまずドイツの議員使節団図書館に運び、そこからニューヨークのYIVOへ送るという命令が出された。文化的財産はあくまで個人ではなく国に返す、という返還方針にのっとるための方便だった。議員使節団図書館はポムレンツを使節団の一員に指名し、移動を見逃してほしいというＹＩＶＯの要求を受け入れた。[2]

ＹＩＶＯの本を送るにあたって、〝所有者不明〟の本の中にもかなりの分量のＹＩＶＯの本が交じっていることがわかった。オッフェンバッハに派遣されたアメリカ・ユダヤ人共同配給委員会のルーシー・シルトクレートが発見したのだ。彼女はヴィルナに交換プログラムの学生として滞在していたことがあり、そのときの里親がゼーリグ・カルマノーヴィチ夫妻だった。そんな経緯もあり、ＹＩＶＯに特別な思い入れがあるルーシーは正式に〝所有者不明〟の本を整理し、数千冊のＹＩＶＯの本をそこから発見した。[3]

最終的にＹＩＶＯに送られる本は三百九十七箱だったが、ルーシーの働きにより、四百二十箱に増えた。

四百二十箱はブレーメンまでポムレンツが采配をふって列車で運ばれ、六月二十一日、そこから船で出航し、ニューヨーク港に七月一日に到着した。ポムレンツは兄のハイムが経営するマニシェウィッツ・マッツォー社のジャージー・シティの倉庫に四百二十箱を置かせてもらうことで、保管の問題を解決した。保管費用はＹＩＶＯが支払うことになっていた。[4]

荷物が到着した翌日、ＹＩＶＯの役員五人がジャージー・シティに行き、荷物をあらためた。最初の箱を開けると、ヴィルナのＹＩＶＯからはるばる運ばれてきた本や記録文書が現れ、彼らの手は震えた。

盛大なお祝いはおこなわれなかった。あまりにも多くの血が流され、あまりにも多くの命が失われたからだ。ヴァインライイヒは心の中で静かに喜びを噛みしめた。ユダヤ人の思い出と研究のために偉大な仕事をやり遂げたのだ。そして、大切な友であり同僚だったゼーリグ・カルマノーヴィチの最後の望みをかなえることができた。ＥＲＲの奴隷労働者としてＹＩＶＯの建物で働いていたときのカルマノーヴィチの言葉を思い返した。「ドイツ軍だってすべてを破壊することはできない。だから、彼らが略奪したものは戦争が終われば発見され、取り返すことができるだろう」カルマノーヴィチはまさにゲットーの預言者だった、とヴァインライヒは悟ったのだった。

第4部

粛清から贖罪へ

28章　粛清への道

紙部隊が救った宝物の大半は、とうとうヴィリニュスを離れることはなかった。シュメルケとスツケヴェルもすべてを持ちだすことはできなかった。ゲットーの保存記録はともかく大量だったし、フランクフルトに送られなかったＹＩＶＯの保存記録もそうだった。ユダヤ美術館には三万冊の本の大部分が残っていた。

美術館は詩人二人組が去ったあと、新しい館長イェンクル・グトコヴィチのもとで再開された。建物はドイツ人捕虜によって修理された。スタッフはコレクションを分類し、閲覧室が一般に公開され、〝ファシズムは死んだ〟と題するリトアニアのホロコーストの大がかりな常設展示をするようになった。ユダヤ人反ファシスト委員会の議長、ソロモン・ミホエルスの講演や文化人を招いてのイベントもあった。[1]

こうしたことはグトコヴィチの管理能力のおかげだけではなく、ミハイル・スースロフがいなくなったせいでもあった。一九四六年三月、スターリンの黒幕のスースロフは、モスクワでもっと高い地位につくためにヴィリニュスを去った。ユダヤ文化の敵が去ったとたん、多くの障害がなくなった。

美術館の成功のもうひとつの要因は、ソビエトの愛国心に訴えたことだ。グトコヴィチはソ連最高会議の選挙とヴィリニュスの解放三周年を祝って、展示会を開いた。「赤軍とソビエトの力が自分たちを破滅から救ってくれ、新たな血の通った生活に導いてくれた」と彼は説明した。ショーレム・アレイヘムの没後十三年の展示会には、スターリンの大きな肖像画がかけられていた。「ユダヤ美術館の再建をヴィリニュスでかなえた男」だからだ。[2] グトコヴィチはユダヤ美術館をまさにソビエトの施設に変えてしまった。

一九四七年十一月二十九日に国連でユダヤ人とアラブ人の国家を創るという、パレスチナ分割決議が採択されたことで、ユダヤ民族とソビエト愛国主義の幸せな関係は頂点に達した。ソビエトは〝賛成〟に票を入れてくれたのだ。

美術館のスタッフたちはラジオで採択を聴くと、喜びを爆発させた。ヴィリニュスのユダヤ人たちは一九四八年五月十四日のイスラエルの独立宣言をパーティーで乾杯して祝った。ただし、その喜びをおおっぴらにしないように用心もしていた。というのも、モスクワのイディッシュ語新聞《統一》がユダヤ国の創設について意見を求めると、誰も活字になる意見を言いたがらなかったのだ。度を越した興奮はユダヤ人の〝民族主義〟とみなされ、それはソビエトでは忌み嫌われる言葉だった。[3]

ユダヤ美術館とシナゴーグだけが、ユダヤ人が集まってこの歴史的なすばらしい知らせについて語り合える場所だった。ソ連はイスラエルのために戦う軍隊を招集してくれないだろうか、とまで言いだす者もいた。ウクライナのポルタヴァから来ていたユダヤ人学生のグループは、これからすぐにイスラエルに向かう、歩いてでも、と決意を語った。[4] 一九四八年の前半はソビエト領ヴィリニュスのユダヤ人にとって、精神がいちばん高揚していた時期だった。

しかし、すべてが変わった。スターリンはユダヤ人が新しい国に一斉に帰属化していることに腹を立てた。モスクワのシナゴーグの前で、最初のイスラエル大使ゴルダ・メイアを群衆が歓迎したことも気に入らなかった。彼はパレスチナからイギリスを追い払いたかっただけなのだ。しかし、ソビエトのユダヤ人は外国に対する愛を宣言するばかりか、その国はしだいにアメリカと親しくなっているようにスターリンの目には映った。一九四八年秋に、スターリンは厳しい反ユダヤ政策をうちだした。

十一月二十日にはユダヤ人反ファシスト委員会の解体が命じられた。イディッシュ語新聞《統一》も休刊になり、イディッシュ語出版社〈真実〉も五日後に閉鎖された。十一月二十日の宣言は不気味だった。「しばらくは誰も逮捕されることはない」[5]

〝しばらく〟はひと月だけだった。一九四八年十二月末に、ソビエトのイディッシュ語作家の大規模な逮捕が始まった。イツィク・フェフェル。モスクワの国営イディッシュ語劇場の主演男優ベンジャミン・ズスキン。その年の初めには監督のソロモン・ミホエルスが不審な死を遂げていた。作家のペレツ・マルキシュ、ダヴィド・ベルグルソン。一九四九年の二月には、イディッシュ語文学協会は消滅し、ほとんどの作家が刑務所に入れられ、重要な人物たちは一九五二年八月十二日に処刑された。[6]

そうした逮捕は活字にはならず報道もされなかったが、急にマルキシュやベルグルソンの本が出版されなくなり、作家が次々に消えたことで、パリのシュメルケもテルアビブのスツケヴェルもモスクワの友人たちを心配していた。

まもなく、ユダヤ文化に対する攻撃はモスクワからヴィリニュスに移った。一九四九年四月二十七日、リトアニア・ソビエト政府の閣僚会議はヴィリニュスのユダヤ美術館をヴィリニュス地域研究美術館に〝再編成〟することを要求した。〝清算〟という言葉は使っていなかったが、ユダヤ美術館は六月十日の閉館が決定した。
その他の詳細も決定された。コレクションはすべてリトアニアの美術館のあいだで分配する。地元の歴史に関する資料は現在の場所に保管され、もうじき開館する地域研究美術館が引き継ぐ。もっと広域の歴史的意義のある資料は国立歴史革命美術館に移動する。美術品、本はそれぞれの担当機関に送る。その他の家具などの備品は、すべてヴィリニュス図書館学校に譲渡する。[7]
グトコヴィチをはじめスタッフにとって、美術館の閉館は意外ではなかった。ユダヤ人反ファシスト委員会が解体され、ソ連じゅうの有名ユダヤ人文化人が逮捕されたときから覚悟していたことだった。それでもグトコヴィチはNKVDのバンが到着したときは涙した。[8]
清算された美術館のコレクションの大半を引き継ぐのはリトアニア本審議会で、三万三千五百六十冊の本を引き受けた。[9]
すべてはトラックに積まれて聖ジョージ教会に運ばれ、理想的な環境の場所に保管された。ただし、ユダヤ人の資料は別だ。それらは地下室に投げこまれた。[10]
再びユダヤ文化に対する〝作戦〟が今回はドイツ人ではなく、ソビエト人によっておこなわれたのだ。
意外にも、美術館スタッフは誰も逮捕されなかった。グトコヴィチは地元の床屋を調査するという屈辱的な仕事につかされたが、刑務所には入れられなかった。その他のスタッフは作家や編集者などもう少しましな仕事を見つけた。[11]
ユダヤ人学校や孤児院もまもなく美術館と同じ運命をたどった。[12]シナゴーグは機能していたが、礼拝者は激減した。人々はそこに足を運ぶことを恐れたのだ。

シュメルケはそういう成り行きをとっくに予想していた。ユダヤ人の文化的財産の扱いに関して、ヒトラーのドイツよりもスターリンのソ連がましだなどと、想像できるはずがない。手遅れになる前にある程度の資料を国外に持ちだしたことで、彼とスツケヴェルは多少の慰めを覚えていた。

ユダヤ美術館が閉館し、ユダヤ人の本や資料が没収された今、リトアニアのエルサレムに残るのは建物だけだった。古い墓地と大シナゴーグだ。だが、どちらもその後数年のうちに撤去された。

一九五〇年初めに墓地はブルドーザーでならされ、スポーツスタジアムになった。破壊が始まる前に、ユダヤ人のコミュニティはヴィルナのガオンやその他の歴史的人物の遺骸を市外の新しいユダヤ人墓地に移そうとした。市当局は撤去した墓石を歩道や通りの階段に利用することにした。ユダヤ人が十六世紀に最初に移住した元ニェミェツカ通りの歩道を歩いたり、労働組合本部への階段を上がったりすれば、そこに刻まれたヘブライ文字が読みとれた[13]。

大シナゴーグは廃墟になったまま戦後何年も放置されていた。だが、一九五三年九月二十二日、市の建築委員会はシナゴーグを含む旧市街の再建計画を採択した。シナゴーグは壊されて、住宅が建設されることになった。その計画はモスクワからの命令ではなく、地元の決定だった。スターリンの死後半年近くたち、クレムリンがスターリンの最後の大々的な反ユダヤ政策を否決して四カ月たっていた。しかし、大シナゴーグはヴィリニュスのユダヤ人の過去を思い起こさせる不都合な存在だったのだ。委員十名のうち一人だけが計画に反対し、「存在しているシナゴーグは記念碑として残すべきだ」と提案した。

解体は翌年におこなわれた。外壁はとても厚かったので、ダイナマイトで何度も爆破しなければならなかった。あたかもシナゴーグの建物自体がレジスタンス運動をしているかのようだった[14]。だが、ついにリトアニアのエルサレムの最後の砦は倒れ、跡形もなくなった。

大シナゴーグは何世紀にもわたって破壊をまぬがれてきた。一六六五年のロシア侵攻による市内の破壊にも耐え抜いた。一八一二年のナポレオン戦争の爆弾も、第一次世界大戦の爆撃にも生き延びた。何世代にもわたって、大シナゴーグは神によってあらゆる悪から守られていると、ヴィルナの信者たちは信じていた。メシアが来る日まで建っているだろうと。そのときこそ、タルムードの言葉によれば、イスラエルの地が再建されるのだ。ヴィルナ・ゲットーの生存者たちは、ヴィルナのユダヤ人を絶滅させたナチスですら大シナゴーグを破壊しなかったことに、いまさらながら気づいた。大シナゴーグをダイナマイトで爆破し、その伝説を木っ端みじんにしたのはリトアニア・ソビエト政府だったのである。

29章 その後の人生

リトアニアのエルサレムを略奪し破壊したERRの隊員たちは、とうとう裁判にかけられることも罰せられることもなかった。

ヨハネス・ポール博士は一九四五年五月三十一日に東ドイツでアメリカ軍に逮捕された。ERRで働いていたことは認めたが、ニュルンベルク裁判の判決が出たあと、釈放された。

ニュルンベルク裁判でERRは犯罪組織だと断じられたにもかかわらず、ポールはとても幸運だった。アルフレート・ローゼンベルクについてポール自身が書いた三冊の回想記は、ERRの〝収集活動〟について報告しており、裁判では証拠として使われた。ローゼンベルクは処刑されたが、当初からユダヤ民族とヘブライ民族の文化的財産を略奪していたポールは釈放され、もう裁判にかけられることはなかった。連合国は隊員レベルまで処刑するつもりはなかったのだ。

その後、ポールは目立たぬようにしながら研究職や図書館の仕事をしたあと、故郷のケルンに戻り、カトリック教会の教区で活動し、市外にある教会の敷地でしばらく暮らした。

ポールはドイツの機関誌に投稿していたが、以前ほど激しい反ユダヤ主義的な記事は載せなかった。しかし、常に新しい国〝イスラエル〟については引用句つきで書き、合法的な政治的存在ではないことを匂わせていた。一九五三年にはウィースバーデンに移り、出版社で働いたが、二度とベルリンやフランクフルトには戻らず、元ERRの仲間にも連絡をとらなかった。そうやって名声や社交生活を避けることで逮捕をまぬがれたのだ。ポールは一九六〇年に死去した。[1]

シュメルケが〝子豚〟とあだ名をつけたヘルベルト・ゴッタルドはさらに運がよかった。スツケヴェルの証言によってイギリス政府に逮捕されたが、一年二カ月勾留されたあとで一九四八年一月に釈放されたのだ。冷戦も、ゴッタルドの釈放に一役買った。当時、イギリスは共産主義のポーランドにほとんど犯罪者を送還していなかった。シュメルケもスツケヴェルもヴァインライヒも、ゴッタルドの釈放について知らされなかった。[2]

ゴッタルドは偽の経歴をでっちあげてキャリアを積み上げていった。ERRのことは一切口にせず、戦時中はベルリンの大学施設で過ごしていたと吹聴した。これは厳密に言えば真実だった。ERRで略奪していた二年間、彼は公式には大学を休職していたからだ。一九五一年にはハンブルクの北のキール大学で東洋研究の講師に任命され、ヘブライ語を含めた数種類のセム語を教え、二十年以上教壇に立った。ゴッタルドは一九八三年に亡くなった。[3]

紙部隊のメンバーは、それぞれに勝利または悲劇の運命を歩んでいった。

アヴロム・スツケヴェルは作家として長く華やかなキャリアを築いた。イスラエルの独立戦争で戦ったあと、イスラエル労働党の支援を得て、イディッシュ語の文学誌《金の鎖》を刊行するとたちまちにして、世界でもっとも高く評価されるイディッシュ語の刊行物となった。彼はイスラエルの地と恋に落ちたが、離散ユダヤ人としての言語、イディッシュ語にはずっと忠実だった。「この国はユダヤの神の顔だ……本当にイスラエルの地のセレナーデを歌うのはイディッシュ語の詩人だろうとよく考える。新旧のイディッシュ語は現代的なヘブライ語よりも、ずっと聖書の文体を思わせるからだ」[4]

スツケヴェルは三十冊以上の詩や散文の本を出版し、イスラエルの大統領ザルマン・シャザールや首相のゴルダ・メイアまでを愛読者にした。一九八五年にはイスラエルの最高の賞、イスラエル賞を授与された。マックス・ヴァインライヒとは友情を保っていて、長年手紙のやりとりをしたのち、一九五九年にはカナダのローレンシア山脈の隠れ家で二日間いっしょに過ごした。[5]ただ、ヴィルナ・ゲットーの記録書類を何百点もずっと所有したままで、家に置いてあることはとうとう告白できなかった。一九八四年、ついにヴィルナ・ゲットーの資料をヘブライ大学図書館に寄付した。それは一九四六年に却下した選択肢だった。

ロフル・クリンスキーは夫のアヴロム・メレジンと娘のサラとともにニュージャージー州のネシャニックで暮らし、養鶏場を経営していた。シュトゥットホーフ強制収容所で経験した恐怖にずっと苦しんでいたが、平和でのどかな環境は彼女を癒やしてくれた。ロフルの最大の喜びはサラを育てることだったが、シュメルケに対しては特別な愛情をいまだに抱いていて、頻繁に手紙を書いた。彼が一九四八年にユダヤ文化議会の創立会議のためにアメリカにやってきたときは、すべてを投げだして、彼とともに数日間を過ごした。

数年ほどロフルは農場でB&Bを経営していたので、イディッシュ語作家や知識人たちが集まってきた。静かな夜に、ロフルとアヴロム・メレジンという熱心な二人の聞き手を前に、宿泊客は詩を朗読した。一九六一年には娘が結婚し、六九年には孫娘のアレクサンドラが生まれた。ロフルは心を閉ざした陰気な女性から、少しずつ心の温かい寛大な人間に変わっていき、ソ連からの移民がアメリカの生活に適応できるように支援をするようになった[6]。

ナニーのヴィクチャ・ルヂェーヴィチとはずっと連絡を絶やさず、大量の手紙と写真とお金を送り続けていた。サラは結婚してまもなくポーランドのヴィクチャを訪れ、生まれてから現在までの自分の写真が祭壇のように飾られているのを発見した（ヴィクチャの養女はサラに静かに言った。「あたしはずっとあなたを憎んでいたわ」）。ロフルはヴィクチャを一九七〇年にアメリカに招いたが、二人が直接会ったのはその一度きりだった[7]。

時間がたつにつれ、ロフルは思ってもみなかったものを見いだした。人生における満足だ。彼女は夫、娘、孫娘、さらに戦前にアメリカに移住していた兄弟姉妹に囲まれていた。一九七〇年に夫とニュージャージー州ティーネックに引っ越してからは、社交の輪が広がり、スツケヴェルにこんな手紙を書いた。「わたしたちが珍しいほど幸運な人間だということを忘れてはならないわ。五十年前にこうして生き延びて、すばらしい生活を送っているなんて、誰が想像できて？」[8]

シュメルケ・カチェルギンスキは待ち望んでいたアメリカのビザを共産主義者という過去のせいで、とうとう手に入れられなかった。そこで一九五〇年五月に妻のマリアと三歳の娘リバとともにアルゼンチンに移住し、ユダヤ文化議会南アメリカ支部を仕切った。ブエノスアイレスに到着したときのメディアの会見では、ナチス支配下の町から本をこっそり持ちだしたことで、文化に貢献しようという深い気持ちが植えつけられた、と語った。そして、新たな故国に祝福を与えた。「ブエノスアイレスのユダヤ人コミュニティに祝福を。ユダヤ文化を信仰心の光が照らしますように。われわれ四十人の作家、教育者、文化的活動家がヴィルナ時代のゲットーでやったように」[9]
シュメルケは相変わらず魅力的でユーモアたっぷりで、すぐに友だちを作り、パーティーで歌うのが大好きだった。たちまちラテンアメリカのユダヤ人の間でもっとも人気のある人物になり、三冊の回想録とエッセイを出版した。早すぎる死が訪れる前に。
一九五四年四月、シュメルケはユダヤ全国基金に依頼され、過越の祭のためにアンデス山脈のメンドーサに向かった。地元の人々はもう一泊して、ソビエト支配下での暮らしについて即席で講演してくれと頼んだ。シュメルケは承知して、「たとえ十人ぐらいの人たちのためでも、話す価値はある。わたしを絶望させ、若い頃の夢をずたずたにしたできごとをぜひ聞いてもらいたい」と言った。
講演のあと、行きは列車だったが、帰りはメンドーサからブエノスアイレス行きの飛行機に乗った。シュメルケは早く家に帰りたかったのだ。四月二十三日のその夜間便はアンデスの山の頂上に激突し、炎に包まれた。生存者は一人もいなかった。[10]
四十六歳のシュメルケの死はユダヤ社会を揺るがし、ニューヨークの《イディッシュ・デイリー・フォワード》の一面記事になった。犠牲者たちを見つけるのに一週間がかかり、彼の遺体が焦げた断片しか見つからなかったことは、ドイツ軍が犠牲者の遺体に火を放ったクルーガ強制収容所の記憶を呼び起こした。シュメルケはクルクやカルマノーヴィチと同じように炎に包まれて死んだのだった。
葬儀は五月四日におこなわれた。本をこっそり持ちだし、ゲットーの闘士でパルチザンだった男は、ブエノスアイレスのユダヤ人墓地に建立されたホロコーストの記念碑の隣に埋葬された。
ヴァインライヒは多くの人が感じた動揺と怒りを代弁した。「なんて馬鹿馬鹿しいんだ！　ありとあらゆる試練を生き延びてきて、あんな人里離れた山中で死ぬなんて！」スツケヴェルは家族と地域社会にお悔やみの言葉を送ってきた。「母が亡くなってから、わたしはこれほど泣いたことはない。わたしの魂は灰に埋もれている。シュメルケ、きみの亡骸に口づけをする。きみの亡骸を涙で清めるよ」ロフルは一年ほど深い鬱状態になり、精神科で治療を受けた[11]。

シュメルケの友人であり、〈若きヴィルナ〉の仲間だったハイム・グラーデは、五百人以上が参列しておこなわれたニューヨークの追悼式で、彼に弔辞を贈った。

シュメルケはあまりにも短い人生を歌と友情によって生きた。彼は築き、創造し、闘った。シュメルケの友人たちへの愛情は底知れないほど深く、嫉妬などひとかけらもなかった。絶体絶命の危険に直面したとき、彼は一丁しかない拳銃をアヴロム・スツケヴェルに渡したのだ。

通りに捨てられていた孤児の彼は、そうした境遇にあった多くの子どもたちのように、世間に見捨てられ見向きもされなかったかもしれない、もしも現代ユダヤ文化の〝学校〟がなければ。ユダヤ文化が彼を通りから救い、きれいに洗い、自立した人間に作り上げた。だからこそ、シュメルケはユダヤ文化が危機に瀕すると、救おうとして駆けつけたのだ。

シュメルケは自身が書いた詩のようにゲットーでも若く、森でも若く、命を落とす危険に直面し、深い絶望を味わったときも、若くあり続けた。そして、その彼が、青春の化身だった彼が、同朋の元を去ったとき、みなの青春の最後の輝きは消えた。彼の友人であるわたしたちは、いまや全員が老いてしまった[12]。

30章 荒野での四十年

ユダヤ人の本や記録文書は、ヴィリニュスにある十八世紀のバロック様式の聖ジョージ教会になんと四十年間も放置されることになった。一九四九年から一九八九年まで、読む者もなかったが、宝物は幸運なことに傷まずに生き延び、スターリンの反ユダヤ政策が強まったときにも、製紙工場や焼却炉に運ばれることはなかった。

本も記録文書も生き延びたのは、ある一人の非ユダヤ人のおかげだった。アンターナス・ウルピスというリトアニア・ソビエト社会主義共和国の図書室の室長だ。図書室は聖ジョージ教会に隣接する元カルメル会修道院に置かれていて、教会はその倉庫として利用されていた。

ウルピスは言語や著者の出身国に関係なく、活字を愛している正真正銘の本好きだった。図書室はリトアニア語で印刷されたすべてのものを保存するように命じられていた。戦争で何十万冊という本が破壊されたことを承知していたので、ウルピスは国じゅうを巡って、持ち主のいない印刷物を集めてきた。製紙工場やゴミ捨て場にも足を運び、本がないかとゴミの山をひっかき回した。[1] 紙部隊さながらの情熱を持つ人だったのだ。

長身でがっちりして青い目をしたこのリトアニア人は、ユダヤ人に対して珍しいほどの親近感を抱いていた。戦前は生まれ故郷のシャウレイの町の文化教育協会でユダヤ人といっしょに仕事をしていたし、ソビエト・パルチザンのライフル分隊でも、隊の二十九パーセントを占めるユダヤ人たちと共に戦った。さらに図書室の責任者になると、管理職にユダヤ人を指名したが、それはソビエトの施設ではあまり例のないことだった。部下の書誌学者たちのうち三人はヘブライ語とイディッシュ語が堪能だった。[2]

そして一九四九年六月にユダヤ美術館が閉館されると、ウルピスは図書を引き継いだ。危険なことだとは承知していたが、それらの本を保存しようと決意した。反ユダヤ政策のせいで、ソビエト支配下の図書館にはイディッシュ語の本を貸し出さないようにという通達が出され、個人的にイディッシュ語の本を所有している人々も、自分に不利な証拠として利用されるのではないかと不安になり、蔵書を焼き捨てたほどだった。

ヴィリニュス大学図書館はヘブライ語とイディッシュ語の一万冊の本を清掃局に送ることにした。しかし、ウルピスが待ったをかけ、図書館管理局にかけあって図書室に送るように説得した。彼はそれらの本を教会に入れた。そこは彼が集めてきたものを含め、本でいっぱいになった。本の山が高さ十五メートルの天井に届きそうになっている場所もあるほどだった。

ヴィリニュス大学図書館に続き、国立歴史革命美術館と共産党歴史協会もユダヤ人の資料をゴミとして捨てることにした。図書室は活字の本だけしか扱っていなかったので、記録文書については意見を言う権利がなかったが、どうにか美術館と協会の責任者を説き伏せて、資料をもらうことにした。十六世紀以降、リトアニアで出版されたすべての本について回顧的な目録を作る計画があるが、ユダヤ人の記録文書にはリトアニアの目録に役立つ参考資料が含まれている、という説明をこじつけた。

しかし、一九四二年と四三年のシュメルケやスツケヴェルと同じように、一九五二年と五三年のウルピスにも、資料を隠す場所が必要だった。彼にはユダヤ人のものはもちろん、リトアニア人のものでも記録文書を保管する権限はなかった。結局、聖ジョージ教会の本の山に書類を押しこめることにした。誰もそんなところは見ないだろうし、とりだすこともできないだろうと考えたのだ。

一九五三年三月のスターリンの死を待ち、イディッシュ語作家が釈放され、ヴィリニュスの通りにも素人イディッシュ語劇場ができはじめると、そろそろユダヤ人の蔵書を整理しても大丈夫だろうとウルピスは判断した。[3]

一九五六年から六五年のあいだに、二万冊以上の本がユダヤ人スタッフとウルピスが雇ったユダヤ人年金生活者のボランティアによって分類された。

一九六〇年頃、ウルピスの部下で書誌学者たちの責任者だったソロモン・クールリアンチックは、本の山の底に埋もれていたユダヤ人の記録文書が入った箱を発見した。ウルピスは書類のことは彼に話していなかったのだが、それはスターリン支配の最後の時代にこっそり隠しておいたYIVOの記録文書だった。

クールリアンチックは仕事が終わったあと、週に何度か整理しに来ると申し出てくれた。こうして一九六〇年代初めには、図書室でユダヤ民族部門がひそかに作られた。

しかし、リトアニアの共産党中央委員会が一九六三年までにリトアニアで出版された本の目録出版を許可したとき、ヘブライ語とイディッシュ語は除外された。リトアニア・ソビエト社会主義共和国でもっとも権力のある当局の決定だったので、ウルピスはユダヤ人の本や記録文書の分類を中断するしかなかった。

その微妙な問題は一九六七年に再び浮上した。二人のアメリカ人教授がヴィリニュスにやってきて、図書室にあるユダヤ民族のコレクションを見たいと文化庁に申請したのだ。二人はカライ派とその大虐殺についての資料を見たがっていて、それが図書室にあると情報筋から耳にしたのだった。教授たちには知られずに、彼らがモスクワに入ったときからKGBが跡をつけていて、二人の関心事を知った。KGBはリトアニアの文化庁大臣に連絡して、アメリカ人たちに何も見せないように指示した。そこで大臣はクールリアンチックに（ウルピスは休暇でいなかったので）教授たちと文化庁で会って、図書室は修復のため閉鎖されていると説明するように命じた。というわけでアメリカ人教授たちは目的を果たせないまま帰国した。[4]

一九六七年の第三次中東戦争後に、ユダヤ人もイスラエルへ向かう権利がある、というユダヤ人の民族運動が起きた。運動の活動家は抗議をし、地下文学を出版し、ヘブライ語を違法に勉強したので、ソビエト政府は反シオニスト主義を強めた。ユダヤ文化は再び抑圧された。ウルピスはユダヤ人の本や記録書類に関する活動をすべて棚上げした。それらは図書室に積まれたり、聖ジョージ教会に置かれたりしたまま、誰からも見向きもされず忘れられていった。

ウルピスは一九八一年に亡くなった。シュメルケともスツケヴェルとも一度も会わなかったが、このリトアニア人は紙部隊の最後のメンバーと言えるだろう。

31章 小麦の種子

一九八八年十一月、ＹＩＶＯの八十歳の司書、ディナ・アブラモヴィチが興奮しながら所長の部屋に飛びこんできた。小柄で眼鏡をかけたディナは緊張し、真剣そのものだった。彼女はヴィルナ・ゲットーの生き残りだった。ゲットー図書館でヘルマン・クルクの下で働き、ＦＰＯのゲットーの闘士といっしょに森に逃げた。ディナは現在五番街にあるニューヨークのＹＩＶＯと、ヴィヴルスキ通りにあったヴィルナのＹＩＶＯを結ぶ最後の生き証人だった。マックス・ヴァインライヒは一九四六年に彼女を雇い、一九六九年に亡くなった。博学で勤勉で高齢のディナに、ＹＩＶＯのスタッフや訪問者は敬意をこめて接していた。だがなにより、彼女が賞賛されている理由は、彼女自身が象徴するものにあった。つまり失われた世界とつながっていることだ。ＹＩＶＯの新しい所長、サミュエル・ノリッチはディナよりも四十歳年下だったので、彼女が部屋に入ってくるたびに立ち上がって手をとった。

ディナが興奮していたのはソビエトのイディッシュ語雑誌で、ヴィリニュスのユダヤ美術館の運命について書かれた記事を読んだからだった。その記事によると、リトアニア・ソビエト社会主義共和国の図書室に、現在ヘブライ語とイディッシュ語の本二万七百五冊が保管されているということだった。その情報が公になったのは初めてだった。記事を読み、ディナは頭がくらくらした。紙部隊によって救出され、ユダヤ美術館に置かれていた宝物が、ヴィリニュスで無事に保管されているというのだ。アヴロム・スツケヴェルの友人であり、彼の詩の愛読者のディナはスツケヴェルの詩『小麦の種子』を口ずさんだ。その詩のとおり、種子が四十年の時を経て発芽したのだ。[1]

記事の著者はヴィリニュス大学の大学院生エマニュエル・ジンガリスだった。所長のノリッチは数カ月前のワルシャワでの会議で彼と会っていた。そのときジンガリスは、ヴィリニュスでユダヤ人の本をいくらか発見したと話していた。青年は「いずれ、あなたもぼくたちの町を訪ねる機会があるでしょう」と謎めいたことを口にしていたが、二万七百五冊は〝いくらか〟どころではなかった。

ノリッチがジンガリスに連絡をとると、一九八九年三月にリトアニアで開かれるユダヤ文化協会の創立会議に招待してくれた。四十年にわたる公的な活動を禁じられたあとで、ミハイル・ゴルバチョフの情報公開政策によって、ユダヤ人は市民レベルの協会や組織を結成することが許可されるようになったのだ。ジンガリスは大学の研究を中断し、ユダヤ文化協会の初代会長になり、同時に新たに創設されたユダヤ美術館の館長にも就任した。一九四九年に閉鎖された施設を再興したのだった。[2]

開会式で、ジンガリスは「戦争以来ニューヨークに拠点が置かれている」ＹＩＶＯの所長が列席していることを知らせた。あたかも戦前のヴィルナの精神が戻ってきたと言わんばかりに。ＹＩＶＯは再びヴィルナに出現し、四十年の悪夢は終わったのだ。

開会式の合間にノリッチと主任記録文書係は図書室を訪れ、ウルピスから図書室長を引き継いだアルギマンタス・ルコシウナスに会った。挨拶を交わすと、スタッフがひもで縛られた茶色の紙袋五つをカートにのせて運んできた。スタッフは袋を開き、ヘブライ文字が書かれた記録文書を見せた。ノリッチたちは言葉を失った。その多くにＹＩＶＯの印が押されていたのだ。

ノリッチは興奮すると同時に深く感動していた。ジンガリスの記事では本のことは書かれていたが、記録文書については触れていなかったのだ。包みが開けられたとき、ノリッチはタイムトラベルをしているような気がした。一瞬にして、記録文書といっしょに一九三三年のヴィヴルスキ通りのＹＩＶＯの建物にいた。それから一九四三年にはドイツ軍に見張られながら、それらを整理していた。さらに、解放のあとで掘りだされるところに立ち会った。そして最後に、ユダヤ美術館から保安局によって運び出される場面を見た。故マックス・ヴァインライヒのこと、ディナ・アブラモヴィチがニューヨークに戻ってきたこと、テルアビブのアヴロム・スツケヴェルのことを。

図書室を出てから、ノリッチはヴィヴルスキ通り十八番地まで行き、紙部隊に敬意を表した。ノリッチがニューヨークに戻ると、その発見の知らせはあっという間に広まり、《ニューヨーク・タイムズ》は「分断されていた文学コレクションがついにひとつになろうとしている。それは最近まで不可能だと思われていた」と報道した。[3]

ノリッチが二度目にヴィリニュスを訪ねると、ルコシウナスは聖ジョージ教会も含めて図書室をくまなく案内してくれ、ＹＩＶＯの所長は悲劇の全貌をその目で見た。カバーもなく放置されたトーラーの巻物、腐食しかけている酸性紙の山、ばらばらのイディッシュ語の新聞。その光景はナチスとソビエトの支配下でのユダヤ人の生活をありありと物語っていた。ルコシウナスはユダヤ民族部門を創設し、イディッシュ語とヘブライ語の資料を分類するつもりだという、うれしい知らせを伝えてくれた。

　だが、誰が分類するのだろう？　その仕事にはユダヤ人の歴史と文学に通じた教養のある人間が必要だったが、この国では四十年間、ユダヤ人の研究は禁止されていたのだ。ルコシウナスはショーレム・アレイヘム・イディッシュ・ハイスクールを卒業し、森林局を引退した六十五歳のユダヤ人女性イェスフィル・ブラムソンに頼むことにした。

　ブラムソンは分類を手伝ってくれる人たちを雇ったが、全員が引退者だった。ユダヤ人の言語と歴史と文学を知っている人間は、もはや高齢者しかいなかったのだ。

　ノリッチはＹＩＶＯの資料をニューヨークに返却するように交渉しはじめた。しかし、リトアニア・ソビエト当局はあいまいな態度で言質《げんち》を与えなかった。モスクワばかりかヴィリニュスの上層部にとって、海外の個人的な組織に文化財産を送ることなどありえなかった。おまけに、それほどほしがるからには、大変な市場価値があるにちがいない。ある指導者はＹＩＶＯが〝ロスチャイルド家〟の人間に新しい図書室を建てる資金を出すように説得してくれるなら、取引をしてもいいと言った。

　しかし、ジンガリスがユダヤ人の本も書類もヴィリニュスに置いておかなくてはならない、これはリトアニアの文化的遺産だからだ、と言いだしたので、ノリッチの希望は打ち砕かれた。ジンガリスは資料を自分が館長であるユダヤ美術館に移動させたかったのだ。さらに、リトアニアの独立運動サユディスで活躍したいという政治的野望もあった。彼はソ連邦人民代議員大会にも、リトアニア最高会議にも選ばれていた。そういう人物が文化的遺産だと主張するので、上層部も同じことを繰り返すばかりだった。

ノリッチはせっぱつまって、ある会議のときに訴えた。

戦争のときに子どもで、リトアニア人にかくまってもらい救われたユダヤ人の友人たちがいます。しかし戦争が終わったとき、救ってくれた人は子どもたちを生きている親か親戚に、その人たちも亡くなっていればユダヤ人社会に返しました。この本や書類はわれわれの子どもなのです。図書室が保存し続けてくれたことには深く感謝しているし、さまざまな方法で感謝を示したいと思っています。しかし、ＹＩＶＯの印が押してある本も書類も、われわれの血を分けた子なのです。どうか、われわれに返していただきたい。[4]

ついにリトアニアは一九九〇年三月に、ソ連からの独立を宣言した。しかし政治的混乱が起き、ノリッチは新しいリトアニア共和国最高会議議長、ヴィタウタス・ランズベルギスに直訴するしかないと考えた。ランズベルギスの両親は戦時中にユダヤ人の女の子をナチスからかくまって助けた過去があったので、同情的な対応を期待していた。

しかし、ソビエトの軍事介入もあり、その後の交渉には数年かかった。そのあいだにＹＩＶＯの所長は二度替わり、図書室が聖ジョージ教会を片づけると、さらにユダヤ人の資料が発見された。

一九九四年十二月、ＹＩＶＯの研究所長アラン・ナドラーが、いったん資料をニューヨークに運び、整理し、分類し、コピーしてからまたヴィリニュスに送り返すという取り決めをした。ついに資料が日の目を見たことは大きな勝利だった。しかし、紙部隊が命を懸けたものなのに、ＹＩＶＯにはコピーしかないというのは感情的に受け入れられなかったので、ナドラーはいつか改めて交渉をしたいとひそかに誓った。

一九九五年二月二十二日、三十五個の箱がニューヨークに到着した。ＹＩＶＯのスタッフがわくわくしながら開けると、ラビ、メナヘム・メンデル・シュネウルゾーンの結婚式の招待状が現れた。ナドラーはドゥボヴァの一九一九年の大虐殺の写真を見て、涙をこらえきれなかった。祖父の家族八人がその虐殺で命を落としたのだ。ディナ・アブラモヴィチはマックス・ヴァインライヒが一九四〇年にコペンハーゲンからＹＩＶＯに出した手紙を手にとった。まるでタイムマシンに乗っているかのようだった。[5]

ロフル・クリンスキーもやってきて、五十年以上前に救った記録文書をあらためた。「カルマノーヴィチはこう言っていたわ。『心配いらない、戦争が終わったらすべて取り戻せるよ』って」[6]

二度目に二十八箱の荷物が到着した一九九六年一月に、ＹＩＶＯは正式に祝賀会を開き、ユダヤ人の文化的財産を救ったことで八十歳のアヴロム・スツケヴェルに賞を授与した。スツケヴェルは体が弱っていてアメリカに来られなかったので、代理でロフル・クリンスキーが賞を受けとった。

イディッシュ語俳優のダヴィド・ログフは戦前のヴィルナで生まれたので、十代だったシュメルケとスツケヴェルを知っていた。彼は『小麦の種子』を含むスツケヴェルの詩を朗読した。その夜の喜びには涙も混じっていた。

スツケヴェルは出席しなかったが、数年前のＹＩＶＯの十六周年で彼が述べた言葉はまだ人々の胸に残っていた。それは紙部隊での仕事について、彼が語った最後の言葉だった。

ノリッチからＹＩＶＯの十六周年に招待されたとき、何かのまちがいかと思った。ＹＩＶＯはわたしの中にあるからだ。ならば、わたしはどこに行ったらいいのか？

しかし、しばらくして気持ちを改めて招待状を再読すると、次の言葉が頭から離れなくなった。「アメリカのユダヤ人に渡すことのできるもっとも重要なものは、東ヨーロッパの遺産という宝物です。わたしたちの存在は、文化的継続性を守ろうとするたゆまぬ努力の上に成り立っているのです。その継続性を守るために、あなた以上に尽力してくれた人はもう生きていないのです」

〝もう生きていない〟。白状しよう、その言葉はわたしにとって地震のように感じられた。そこで、ＹＩＶＯの所長に二通目の手紙を送った。〝うかがいます〟。

邪悪な連中がヴィヴルスキ通り十八番地をユダヤ文化のポナリに変えてしまい、ヴィルナ・ゲットーの数十人のユダヤ人たちに自分の魂の墓を掘れ、と命じた。しかし、とてつもない災厄の真っ只中で、ダビデの星によって、そうした数十人のユダヤ人の一人に加えられたことは、わたしにとって幸運だった。

ＹＩＶＯという寺院が大きく揺らいだのを目の当たりにしたあのときばかりは、わたしはあの建物が好きになれなかったよ、マックス・ヴァインライヒ。

ＹＩＶＯの建物で本や書類と格闘しながら、そこから運ばれてきたヴァインライヒの個人的なさまざまな文書を読んだ。彼が許してくれるように願っている。しかし、それらを読んだことで、さらにもっとたくさんの資料を救おうという気力がわいたのだ。そして、救うことはすなわち、こっそりゲットーに持ちこんで隠すことだった。持ちだしたYIVOの財産はユダヤ人のあいだに置いておいた方がずっと安全だし、それが本来の場所だという気がした。救った財産はシャヴル通り六番地の倉庫でメシアを待っていたんだ。

YIVOの宝物を救うことは、先祖からしっかりと受け継がれた義務感から、赤ん坊を救っているも同然の善行《ミツバー》をほどこさねばならないという思いから、おこなわれた。

ヴァインライヒの沈みかけた寺院では、〝ヴィルナ・ゲットー〟という言葉と日付をサインした詩をたくさん作った。イディッシュ語の神はわたしを見捨てなかったんだ。神はわたしを守り、鼓舞してくれた。

今のわたしは何にたとえられるだろう?

ヴィルナ生まれの人間はあの町が赤軍によって蹂躙されたことを記憶している。人々はかつてこういう光景を見た。ペンキ屋がシナゴーグで梯子に上り、梯子段からぶらさげた石灰のバケツに刷毛《はけ》を突っ込み、天井を塗っている。いきなり、赤軍がやってきて、ペンキ屋に向かって叫ぶ。

「刷毛につかまれよ、これから梯子をはずすから」

わたしはシナゴーグのペンキ屋にたとえられるかもしれない。それに実際そうなったのだ。わたしの下の梯子はまちがいなくはずされた。だが、わたしは足をかける段すらなく刷毛にしがみついている[7]。だのに、見るがいい。わたしは落ちない。バケツは天と地のあいだにぶらさがっているのだ。

スツケヴェルが授与されるはずだった賞を受けとるときに、ロフル・クリンスキーは何かひとこと挨拶してくれと頼まれたが、胸がいっぱいになり、涙にむせび、用意してきた言葉を読み上げられなかった。彼女の頭にあったのはシュメルケのことだけだった。多くの本と書類をゲットーの検問所から持ちこんだ熟練の本密輸人。いついかなるときも楽観主義者で、パーティーや集会の日々を愛したシュメルケ。娘のために彼への愛を犠牲にした。シュメルケが生きていて、この日を目にしたら、陽気な歌を歌ったことだろう。おそらくゲットーの若者クラブのために書いた賛歌を。「望むなら、誰だって若くいられる……」

式典が終わったとき、若いジャーナリストがロフルに質問した。どうして命を懸けて、本や原稿を救ったのですか？　問髪をいれずに、彼女は答えた。「当時のわたしはまともにものを考えられなかったにちがいありません。ただ、未来のために何かできるはずだ、という一念だけだったんです」[8]

訳者あとがき

バルト海に面した国、リトアニアはリトアニア王国となって以来、ポーランド、ロシア、ソビエトに次々に侵略され支配されるという数奇な運命をたどってきた。ようやくリトアニア共和国として独立したのは、一九九〇年になってからだった。第二次世界大戦のときはナチス・ドイツに攻撃され、戦後はドイツを撃退したソ連の支配下に入り、リトアニア・ソビエト社会主義共和国となった。本書『ナチスから図書館を守った人たち』は、ナチス・ドイツに占領されたリトアニアの首都ヴィルナ（現在のヴィリニュス）で、ナチスに迫害されたユダヤ人たちが、ユダヤ民族の文化を守り、次世代に継承していこうとして命懸けで奮闘する姿を描いたノンフィクションである。

もともとヴィルナはリトアニアのエルサレムと呼ばれ、ユダヤ人口が多かった。ヴィルナを占領したナチスは市内にゲットーを作り、ユダヤ人を閉じこめると同時に、全国指導者ローゼンベルク特捜隊（ＥＲＲ）という美術品や文化遺産の略奪をおこなう部隊を送りこみ、ユダヤ民族の文化を略奪しようとする。ヴィルナ市内のいくつもの図書館の本や記録書類は、マックス・ヴァインライヒらが設立したイディッシュ科学研究所、ＹＩＶＯの建物に集められ、ドイツに送るか廃棄されることになった。

本文中に出てくるが、聖書によると神が最初のユダヤ人アブラハムをお創りになったとき、「人生の旅のために彼にふたつの贈り物をした。ひとつは本で、もうひとつは剣だった。アブラハムは左右の手にひとつずつそれを持った。しかし、アブラハムは本を読むことにすっかり魅了され、手から剣が滑り落ちたことにも気づかなかった。その瞬間から、ユダヤ人は本を好む民族になった」と言われている。YIVOで本の選別のために雇われたユダヤ人たち、通称〝紙部隊〟も、何より本を愛する人々だったので、ナチスに本を略奪され、廃棄されることに、胸が引き裂かれるようなつらさを味わう。

しかし、彼らはナチスに言われるがまま、おとなしく奴隷労働に従事したわけではなかった。ナチスの目を盗んで、ユダヤ人の文化を守るために、稀覯本や有名作家の原稿や手紙や日記をこっそりと盗みだして隠そうとするのだ。だが、いまや占領されたヴィルナでは本はナチスの所有物で、本を持ちだすことはすなわち盗みだった。おまけにゲットーに何かを持ち込むことは固く禁じられていた。ゲットーの検問所で身体検査をされ、食べ物が発見されて激しく殴打されたり刑務所にぶちこまれたりする住人は跡を絶たなかった。しかし、命の危険を冒して紙部隊がゲットーに持ちこんだのは、本だったのである。主人公の一人、スツケヴェルが語っているように「YIVOの宝物《ミッバー》を救うことは、先祖からしっかりと受け継がれた義務感から、赤ん坊を救っているも同然の善行をほどこさねばならないという思いから、おこなわれた」のである。

本書の主人公は詩人のシュメルケ・カチェルギンスキとアヴロム・スツケヴェルという二人の青年だ。彼らは〈若きヴィルナ〉という文学グループで知り合ってからずっと固い友情で結ばれてきた。

お調子者のにぎやかなシュメルケと、静かな学者肌のスツケヴェルは、水と油のように個性がちがっていたが、その二人の強い信頼関係も本書の読みどころである。アヴロムの妻もいっしょに三人でパルチザンとして森で過ごしたときは、一丁しかない拳銃をシュメルケはアヴロムに譲った。「どちらか一人の命を救うとすれば、きみだ、アブラシャ。きみの方が偉大な詩人だからね。きみの方がユダヤ民族に貢献できるよ」この言葉はみんなに愛されたシュメルケの人柄を表していて、胸が熱くなった。

またシュメルケは紙部隊の仲間であるロフル・クリンスキーと恋に落ちる。戦時中から戦後にかけて続いた二人の関係も、戦争がなかったらどうなっていただろうと考えさせられ心に強く刻まれた。

さらに印象的な登場人物として、学者でＹＩＶＯの副所長だったゼーリグ・カルマノーヴィチと司書のヘルマン・クルクがあげられるだろう。カルマノーヴィチは本の選別と廃棄の作業が終わりに近づいたとき、「何千冊もの本がゴミとして廃棄され、ユダヤ人の本は姿を消すだろう。救うことができたものの一部は、神のご加護があれば生き延びるはずだ。自由な人間として戻ってきたときに、わたしはそれを目にするだろう」とゲットーの預言者と言われている彼らしく、日記に書きつけた。

またクルクはゲットーで貸出図書館を運営し、絶滅収容所への移送やポナリでの大虐殺が続く殺伐とした日々でも、人々に読書によって慰めを与えようとした。「クルクは熟練したまとめ役であり管理者で、意欲も集中力も備えていた」カルマノーヴィチとクルクは力を合わせ、ゲットーの住人たちの気持ちを鼓舞し、威厳を取り戻させ、士気を高める図書館の使命に没頭したのである。カルマノーヴィチの言葉を引用しておこう。

人は悲しみに浸ってはいけない。なぜなら悲しみは存在を無にするからだ……まさにそれがドイツ軍の狙いなんだ。連中はわたしたちを殺したがっているだけではない。殺す前に、わたしたちの存在を抹消したがっているんだ。ドイツ軍に報復するためには、どんなにつらかろうと、悲しみに浸らないことを自分に思い出させよう！

強制収容所に送られたクルクは悲惨な日々を記録することに没頭する。そのノートに彼が添付した散文詩に、どんな境遇でも毅然として信念を持って生きた彼の姿が目に浮かび、涙がこぼれた。

クルーガ収容所の仲間たちは、よくわたしにたずねる
どうしてこんなつらいときに書くのか？
どうして、それに誰のために？
わたしにはもはや未来はなく、待ちかまえている運命もわかっている
でも、心の奥底に、奇跡への期待が潜んでいるのだ
片手に握った震えるペンに酔いしれながら
未来の世代のためにあらゆることを記録する
誰かがこれを発見する日が来るだろう
わたしが記録した恐怖のページを

著者のデイヴィッド・E・フィッシュマンは綿密な調査に基づき、登場人物一人一人をこんなふうに存在感たっぷりに生き生きと描きだすことに成功している。戦争の苛酷な運命に翻弄されたそれぞれの人生の末路が、静かに胸に沁みた。

現在、著者のフィッシュマンはニューヨークのユダヤ人神学校で歴史を教えている。二十五年前にヴィリニュスの元教会で発見されたユダヤ人の本や書類について相談されたときから、本書に書かれている紙部隊の活動に関心を持つようになったようだ。これまでに学術論文や教科書は執筆しているが、本を出版するのは本書が初めてである。なお、冒頭に書かれたイディッシュ語の詩は妻のエリサさんへのプライベートな愛の言葉だが、フィッシュマンの強い希望で訳さずに原文のまま掲載したことをお断りしておく。

最後になりますが、本文中に登場する七十以上のポーランド語の人名、地名については東京外国語大学博士後期課程の吉崎知子さんに教えていただきました。本当にありがとうございました。

原注

はじめに

1. Shmerke Kaczerginski, *Ikh bin geven a partisan* (Buenos Aires: Fraynd funem mekhaber, 1952), 53–58; Rachela Krinsky-Melezin,"Mit shmerken in vilner geto," in *Shmerke kaczerginski ondenk-bukh* (Buenos Aires: A komitet 1955), 131.

第 1 部　戦前

1 章　シュメルケ――党員の生活

1. カチェルギンスキについて英語でまとめたすばらしい資料が２点ある。Justin Cammy, *Young Vilna: Yiddish Culture of the Last Generation* (Bloomington: Indiana University Press, forthcoming), chap. 2; and Bret Werb, "Shmerke Kaczerginski: The Partisan Troubadour," *Polin* 20 (2007): 392–412.

2. Yom Tov Levinsky, "Nokh der mite fun mayn talmid," in *Shmerke kaczerginski ondenk-bukh*, 96; Yankl Gutkowicz "Shmerke," *Di Goldene keyt* 101 (1980): 105.

3. Mark Dworzecki, "Der kemfer, der zinger, der zamler," in *Shmerke kaczerginski ondenk-bukh*,57.

4. B. Terkel, "Der 'fliendiker vilner,' " in *Shmerke kaczerginski ondenk-bukh*,79–80; the text of Shmerke's first hit song is reproduced in *Shmerke kaczerginski ondenk-bukh*,229–30.

5. Chaim Grade, "Froyen fun geto," *Tog-morgenzhurnal* (New York), June 30, 1961, 7.

6. Gutkowicz, "Shmerke," 108–9.

7. Grade, "Froyen fun geto," June 30, 1961.

8. Elias Schulman, *Yung vilne* (New York: Getseltn, 1946), 18.

9. Daniel Charney, "Ver zenen di yung vilnianer?" *Literarishe bleter* (Warsaw) 14,February 26, 1937, 135; Schulman, Yung vilne, 22.

10. Shmerke Kaczerginski, "Amnestye," *Yung-vilne* (Vilna) 1 (1934), 25–28.

11. Shmerke Kaczerginski, "Mayn khaver sutzkever (tsu zayn 40stn geboyrntog)," in *Shmerke kaczerginski ondenk-bukh*, 311–312.

12. Cammy, *Young vilna*, chap. 2; and Krinsky-Melezin, "Mit shmerken," 131.

13. Shmerke Kaczerginski, "Naye mentshn," *Vilner emes* (Vilnius), December 30, 1940, 3; Shmerke Kaczerginski, "Dos vos iz geven mit bialistok vet zayn mit vilne," *Vilner emes* (Vilnius), December 31, 1940, 3. Chaim Grade, "Froyen fun geto," June 30, 1961; and Shmerke Kaczerginski, *Khurbn vilne* (New York: CYCO, 1947) 256.

14. Dov Levin, *Tekufah Be-Sograyim*, 1939–1941 (Jerusalem: Hebrew University Institute for Contemporary Jewry and Kibutz Ha-Meuhad, 1989), 139–41.

2 章　本の都市

1. Schulman, *Yung vilne*, 17; Lucy Dawidowicz, *From That Time and Place: A Memoir,* 1938–1947 (New York: Norton, 1989), 121–22; Krinsky-Melezin, "Mit shmerken," 135.

2. A. I. Grodzenski, "Farvos vilne ruft zikh yerushalayim de-lita," in *Vilner almanakh*, ed. A. I. Grodzenski, 5–10 (Vilna: Ovnt kurier, 1939; 2nd repr. ed., New York: Moriah Offset, 1992).

3. Yitzhak Broides, *Agadot Yerushalayim De-Lita* (Tel Aviv: Igud yeotsei vilna ve-ha-sevivah be-yisrael, 1950), 17–22; Shloime Bastomski, "Legendes vegn vilne" in Grodzenski, *Vilner almanakh*, 148–50.

4. Zalmen Szyk, *Toyznt yor vilne* (Vilna: Gezelshaft far landkentenish, 1939), 178–85.

5. Israel Cohen, *Vilna* (Philadelphia: Jewish

Publication Society of America, 1st ed.: 1943, 2nd ed.: 1992).

6. Chaikl Lunski, "Vilner kloyzn un der shulhoyf," in *Vilner zamlbukh*, ed. Zemach Shabad, vol. 2 (Vilna: N. Rozental, 1918), 100; Szyk, *Toyznt yor vilne*, 217.

7. Shmerke Kaczerginski, "Shtoyb vos frisht: 45 yor in lebn fun a bibliotek," *Undzer tog* (Vilna), June 4, 1937, 5.

8. Fridah Shor, *Mi-likutei shoshanim 'ad brigadat ha-nyar: sipuro she beit eked ha-sefarim al shem shtrashun ve-vilna* (Ariel, West Bank: Ha-merkaz ha-universitai ariel be-shomron, 2012), Hirsz Abramowicz, "Khaykl lunski un di strashun bibliotek," in *Farshvundene geshtaltn*, 93–99 (Buenos Aires: Tsentral farband fun poylishe yidn in argentine, 1958).

9. Daniel Charney, *A litvak in poyln* (New York: Congress for Jewish Culture, 1945), 28–29; Dawidowicz, *From That Time*, 121–22; Jonas Turkow, *Farloshene shtern* (Buenos Aires: Tsentral-farband fun poylishe yidn in argentine, 1953), 192–93.

10. *Literarishe bleter* (Warsaw) 13, no. 40 (November 27, 1936).

11. Cecile Kuznitz, *YIVO and the Making of Modern Jewish Culture: Scholarship for the Yiddish Nation* (Cambridge: Cambridge University Press, 2014); *YIVO bleter* 46 (1980); David E. Fishman, *The Rise of Modern Yiddish Culture* (Pittsburgh: University of Pittsburgh Press, 2005), 93–96, 126–37.

12. Chaikl Lunski, "Der 'seyfer ha-zohov' in der shtrashun-bibliotek," in Grodzenski, *Vilner almanakh*, 43.

第２部　ドイツ占領下で

３章　最初の攻撃

1. Kalman Weiser, *Jewish People, Yiddish Nation: Noah Prylucki and the Folkists in Poland* (Toronto: University of Toronto Press, 2011), esp. 244–59; Mendl Bal-beryszski, *Shtarker fun ayzn* (Tel Aviv: Ha-menorah, 1967), 77, 91–93, 104–6, 110; D[ovid] U[mru], "Tsu der derefenung fun der yidishistisher katedre baym vilner universitet," *Vilner emes* (Vilnius), November 2, 1940, 1; Kaczerginski, *Khurbn vilne*, 226.

2. Elhanan Magid, in Tsvika Dror, ed., *Kevutsat ha-ma'avak ha-sheniyah* (Kibutz Lohamei Ha-getaot, Israel: Ghetto Fighters' House, 1987), 142; Balberyszski, *Shtarker fun ayzn*, 110, 112; anonymous letter to M. W. Beckelman, the JDC representative in Vilna, March 20, 1940, file 611.1, Sutzkever-Kaczerginski Collection, RG 223, archives of the YIVO Institute for Jewish Research, New York (hereafter cited as YIVO archives).

3. Balberyszski, *Shtarker fun ayzn*, 112.

4. 同 112, 118–19.

5. Alan E. Steinweis, *Studying the Jew: Scholarly Anti-Semitism in Nazi Germany* (Cambridge, MA: Harvard University Press, 2006).

6. Maria Kuhn-Ludewig, *Johannes Pohl (1904–1960): Judaist und Bibliothekar im Dienste Rosenbergs. Eine biographische Dokumentation* (Hanover, Germany: Laurentius, 2000). pp. 48–56. Patricia von Papen-Bodek, "Anti-Jewish Research of the Institut zur Erforschung der Judenfrage in Frankfurt am Main between 1939 and 1945," in Lessons and Legacies VI: *New Currents in Holocaust Research*, ed. Jeffry M. Diefendorf, 155–89 (Evanston, IL: Northwestern University Press, 2004).

7. Kuhn-Ludewig, *Johannes Pohl*, 160–61 では1941年7月にヴィルナに来たのがポールだったのかゴッタルドだったのかを慎重に検討している。スツケヴェルはどちらの名前にも言及している。カチェルギンスキとバルベリスキはポールについて口にしている。

8. Balberyszski, *Shtarker fun ayzn*, 143–47.

バルベリスキはプリウツキの親しい友人であり同僚で、その時期に彼と妻を訪ねている。Shmerke Kaczerginski, *Partizaner geyen*, 2nd ed. (Buenos Aires: Tsentral farband fun poylishe yidn in argentine, 1947), 65–66; Shmerke Kaczerginski, *Ikh bin geven a partisan* (Buenos Aires: Fraynd funem mekhaber, 1952), 40–41; Abraham Sutzkever, *Vilner geto* (Paris: Fareyn fun di vilner in frankraykh, 1946), 108.

9. Shmerke Kaczerginski, "Der haknkrayts iber *yerushalayim de-lite*," *Di Tsukunft* (New York) (September 1946): 639.

10. Balberyszski, *Shtarker fun ayzn*, 180–81.

11. Sutzkever, *Vilner geto*, 108 (Sutzkever reports that the German responsible for their arrest was not Pohl but his lieutenant, Gotthard); Herman Kruk, *Togbukh fun vilner geto*, ed. Mordecai W. Bernstein (New York: YIVO, 1961), 73.

12. Shmerke Kaczerginski manuscript, "Vos di daytshn hobn aroysgefirt un farnikhtet," file 678.2, Sutzkever-Kaczerginski Collection, RG 223, YIVO archives; Kruk, *Togbukh fun vilner geto*, 180.

13. Raphael Mahler, "Emanuel Ringelblum's briv fun varshever geto," *Di Goldene keyt* (Tel Aviv) 46 (1963): 25.

14. ERR collection, op. 1, d. 136, pp. 386, 396, F. 3676, Einsatzsztab Reichsleiter Rosenberg, Central State Archive of Organs of Higher Power (TsDAVO), Kyiv (hereafter cited as TsDAVO).

4章　地獄の知識人たち

1. Rokhl Mendelsohn, letter to Pinkhas Schwartz 1959, p. 7, file 770, Sutzkever-Kaczerginski Collection, RG 223, YIVO Institute for Jewish Research, New York; Rachel Margolis, Yeruham, Israel, May 6, 2011. 著者によるインタビュー

2. Kruk, *Togbukh fun vilner geto*, xxxii–xxxiv.

3. Samuel Kassow, "Vilna and Warsaw, Two Ghetto Diaries: Herman Kruk and Emanuel Ringelblum," in *Holocaust Chronicles: Individualizing the Holocaust through Diaries and Other Contemporaneous Personal Accounts*, ed. Robert Moses Shapiro, 171–215 (Hoboken, NJ: Ktav, 1999); and Kruk, *Togbukh fun vilner geto*, 294 (June 28, 1942).

4. Kruk, *Togbukh fun vilner geto*, 54–55; Herman Kruk, *The Last Days of the Jerusalem of Lithuania*, trans. Barbara Harshav, ed. Benjamin Harshav (New Haven, CT: Yale University Press and YIVO, 2002), 92.

5. Kruk, *Togbukh fun vilner geto*, 54–55; Kruk, *Last Days*, 92–93.

6. Kruk, *Togbukh fun vilner geto*, 60–63; Kruk, *Last Days*, 97–100.

7. Kruk, *Togbukh fun vilner geto*, 67–69, 77, 80.

8. Kruk, *Togbukh fun vilner geto*, xxxv–xxxvi, 72.

9. Kruk's retrospective report, "A yor arbet in vilner get-bibliotek," October 1942, file 370, pp. 21–22, Sutzkever-Kaczerginski Collection, RG 223, YIVO archives.

10. Kruk, *Togbukh fun vilner geto*, xxxxix, 81–82, 123–24; Balberyszski, *Shtarker fun ayzn*, 443.

11. Grade, "Froyen fun geto," June 30, 1961; Chaim Grade, "Fun unter der erd," *Forverts*, April 1, 1979; Kaczerginski, *Khurbn vilne*, 5.

12. Kaczerginski, *Ikh bin geven*, 19–21; Grade, "Froyen fun geto," June 30, 1961; Grade, "Fun unter der erd," April 1, 1979.

13. Kaczerginski, *Ikh bin geven*, 23–24.

14. カチェルギンスキはヴィルナ・ゲットーの外にいた期間について異なることを述べている。*Khurbn vilne* では、1941 年 9 月から 1942 年 4 月になっている。(pp. 141, 197, 215) *Ikh bin geven a partisan* では、1942 年冬から 1943 年春と述べている。前者の期間はクルクの *Togbukh fun vilner geto* の p310 によって裏付けられている。

15. Sutzkever, *Vilner geto*, 26–27, 55–58.
16. Kruk, *Togbukh fun vilner geto*, 92.

5章　本と人のための天国

1. The monthly library report for October 1941 published in Balberyszski, *Shtarker fun ayzn*, 435–36.
2. Balberyszski, *Shtarker fun ayzn*, 438–39.
3. Inventories of objects in the ghetto library, file 476, Sutzkever-Kaczerginski Collection, RG 223, YIVO archives; Dina Abramowicz, "Vilner geto bibliotek," in *Lite*, ed. Mendel Sudarsky, Uriah Katsenelboge, and Y. Kisin, 1671–78, vol. 1 (New York: Kultur gezelshaft fun litvishe yidn, 1951), 1675; and Ona Ŝimaite, "Mayne bagegenishn mit herman kruk," *Undzer shtime* (Paris), August 1–2, 1947, 2.
4. Kruk, *Togbukh fun vilner geto*, 138–40, 162.
5. Abraham Sutzkever, "Tsum kind," in *Lider fun yam ha-moves* (Tel Aviv: Bergen Belzen, 1968), 44–45; English translation in David G. Roskies, ed. and comp., *The Literature of Destruction* (Philadelphia: Jewish Publication Society of America, 1989), 494–95.
6. Sutzkever, Vilner geto, 72; Kruk, *Togbukh fun vilner geto*, 157.
7. Herman Kruk, "Geto-bibliotek un geto-leyener, 15.ix.1941–15.ix.1942," file 370, Sutzkever-Kaczerginski Collection, RG 223, YIVO archives; file 295, p. 18, records of Vilnius Ghetto, RG 26.015M, archive of the United States Holocaust Memorial Museum, Washington, D.C. (hereafter cited as USHMM).
8. Abramowicz, "Vilner geto bibliotek."
9. Kruk, "Geto-bibliotek un geto-leyener," 22.
10. Kruk, "Geto-bibliotek un geto-leyener," 22–23; Shloime Beilis, "Kultur unter der hak," in *Portretn un problemen*, 313–416 (Warsaw: Yidish bukh, 1964), 330–31.
11. Zelig Kalmanovitch, "*Togbukh fun vilner geto* (fragment)," ed. Shalom Luria, with Yiddish translation by Avraham Nowersztern, *YIVO bleter* (New Series) 3 (1997): 82.
12. Kruk, "Geto-bibliotek un geto-leyener," 23–25.
13. Kruk, "Geto-bibliotek un geto-leyener," 14, 17, 18, 27–28.
14. op. 1, d. 256, records of Vilnius Ghetto, F. R-1421, Lithuanian Central State Archive, Vilnius (hereafter cited as F. R-1421 records).
15. op. 1, d. 246, F. R-1421 records.
16. "Di sotsyal-psikhologishe rol fun bukh in geto," op. 1, d. 230, F. R-1421 records.
17. Mark Dworzecki, *Yerushalayim de-lite in kamf un umkum* (Paris: Yidish-natsionaler rbeter farband in amerike un yidisher folksfarband in frankraykh, 1948), 241; Kruk, "Geto-bibliotek un geto-leyener," 6; letter to all building superintendents in ghetto no. 1 (evidently from late September or October 1941), file 450, Sutzkever-Kaczerginski Collection, RG 223, YIVO archives.
18. Kruk, *Togbukh fun vilner geto*, 99; Kruk, *Last Days,* 140 (with modifications).
19. Balberyszski, *Shtarker fun ayzn*, 439; file 15, F. R-1421 records. The order was dated November 27, 1941.
20. Kruk, *Togbukh fun vilner geto*, 97, 116, 129 (January 4, and January 7, 1942).
21. Bebe Epshtein, "A bazukh in der groyser shul. Derinerung fun geto," file 223, Sutzkever-Kaczerginski Collection, RG 223, YIVO archives. その後ひそかに訪問して、ダニエル・フェインステイン博士はハイム・オゼール・グロゼンスキーの個人蔵書を大シナゴーグの女性信徒席の片隅で発見した。Kruk, *Togbukh fun vilner geto*, 150 (January 27, 1942), 152 (January 29, 1942), 161

(February 9, 1942).

22. Kruk, *Togbukh fun vilner geto*, 126–28 (January 7, 1942).

23. Acquisition cards of the Vilna ghetto museum, file 283, pp. 4–5, file 366, nos. 1 and 67, F. R-1421 records.

24. The library reports for September and October 1941, in Balberyszski, *Shtarker fun ayzn*, 435–38; and later reports in the Sutzkever-Kaczerginski Collection, RG 223, files 367 and 368, YIVO archives.

25. 口絵を参照

6章　共犯者、それとも救済者？

1. Kruk, *Togbukh fun vilner geto*, 163 (February 11, 1942); Kruk, *Last Days*, 198.

2. Kruk, *Togbukh fun vilner geto*, 178–79 (February 19, 1942), Kruk, *Last Days*, 212 (with modifications).

3. Kruk, *Togbukh fun vilner geto*, 180; Kruk, *Last Days*, 213.

4. Kruk, *Togbukh fun vilner geto*, 183.

5. Kruk, *Togbukh fun vilner geto*, 178–81.

6. Ŝimaite, "Mayne bagegenishn," 3.

7. Kruk, *Togbukh fun vilner geto*, 182–83, 188.

8. Herman Kruk manuscript, "Ikh gey iber kvorim," D. 2.32, Moreshet Archive, Givat Haviva, Israel. Kruk, *Togbukh fun vilner geto*, 190–91, and Kruk's report of activities for July and August 1942, d. 501, F. R-1421 records.

9. Kruk, *Togbukh fun vilner geto*, 190; Kruk, *Last Days*, 222.

10. Work at 3 Uniwersytecka Street continued sporadically until August 1943. Zelig Kalmanovitch, *Yoman be-geto vilna* u-ketavim min ha-' izavon she-nimtsa' ba-harisot (Tel Aviv: Moreshet-Sifriat Poalim, 1977), 101, 103.

11. Kruk, *Togbukh fun vilner geto*, 200, 272; Sutzkever, "Tsu der geshikhte," 2–3; Kaczerginski, "Vos di daytshn," 1–2; Rachela Pupko-Krinsky, "Mayn arbet in YIVO unter di daytshn," *YIVO bleter* 30 (1947): 214–23. カチェルギンスキはその２万4000冊の本はドイツ空軍によって破壊されたと推測した。この推定はヨハネス・ポールがベルリンのＥＲＲに1942年４月28日に報告した内容と一致している。ERR collection, op. 1, d. 128, pp. 182–83, TsDAVO.

12. Kruk, *Togbukh fun vilner geto*, 200.

7章　ナチス、吟遊詩人、教師

1. Kruk, *Togbukh fun vilner geto*, 240 (April 23, 1942); Kruk, *Last Days*, 268 (with modifications).

2. Kuhn-Ludewig, J*ohannes Pohl*, 189. ヒンペルは1959年に書かれた報告で、ポールに能力のあるユダヤ人奴隷労働者にそのまま本や書類を整理させるように指示したと述べた。

3. Kaczerginski, *Partizaner geyen*, 66; Kalmanovitch, "*Togbukh fun vilner geto*," 87 (June 4, 1942); and I. Kowalski, *A Secret Press in Nazi Europe: The Story of a Jewish United Partisan Organization* (New York: Central Guide Publishers, 1969), 99.

4. Kruk, *Togbukh fun vilner geto*, 21 (March 20, 1942).

5. Sutzkever, "Tsu der geshikhte," 9–10; and Pohl, letter to Berlin, April 2, 1942, ERR collection, op. 1, d. 128, pp. 163–64, TsDAVO.

6. ERR collection, op. 1 d. 128, pp. 193; 330–33, TsDAVO.

7. Sutzkever, "Tsu der geshikhte," 9; Kaczerginski, "Vos di daytshn," 3. カチェルギンスキはポールの計算は25万ドルだったと述べている。 Pohl's April 28, 1942, report to Berlin, ERR collection, op. 1, d. 128, p. 187, TsDAVO.

8. ポールはベルリン（ＥＲＲの本部）とフランクフルト（ユダヤ問題調査機関）と戦場で過ごしていた。1942年５月に、彼はコヴナにいた（シナゴーグ図書館の４万5778冊の蔵書）。

6月にはキエフ（9万冊）さらに11月初めにはハリコフにいて、ヘブライとユダヤの本4万冊が発見された。ヴィルナにはウクライナへの往復の途中に立ち寄った。ERR collection, op. 1, d. 50a, d. 119, pp. 220–21, TsDAVO.

9. Kaczerginski, *Ikh bin geven*, 17.

10. 同 100–101.

11. The English translation is based on Roskies, *Literature of Destruction*, 479–82

12. Kaczerginski, *Khurbn vilne*, 179, 182–83, 197, 205, 239, 240, 244; Association of Jews from Vilna and Vicinity in Israel, accessed January 26, 2017, http://www.vilna.co.il/89223/ ברנשטיין ; YIVO Institute, "Yizker," *YIVO-bleter* 26, no. 1 (June–September 1945): 5; K. S. Kazdan, ed., *Lerer yizker-bukh: di umgekumene lerer fun tsisho shuln in poyln* (New York: Komitet, 1954), 242; Kruk, *Togbukh fun vilner geto*, 211; Sutzkever, "Tsu der geshikhte," 2–3.

13. Yehuda Tubin, ed., *Ruzhka: Lehimata, Haguta, Demuta* (Tel Aviv: Moreshet, 1988); Kaczerginski, *Khurbn vilne*, 307; "Biographies: Avram Zeleznikow (1924–)," Monash University, accessed January 5, 2017, http://future.arts.monash.edu/yiddish-melbourne/biographies-avram-zeleznikow.

14. This portrait is based on Rachela Krinsky's handwritten answers to questions submitted by her granddaughter Alexandra Wall written in 1997, "Answers to the Questionnaire," and the memoirs of Rachela's postwar husband Abraham Melezin, especially chapter 37, "Rachela," in boxes 1 and 6 of the Abraham Melezin Collection, RG 1872, YIVO archives.

8章　本のポナリ

1. Dworzecki, *Yerushalayim de-lite*, 167; Reizl (Ruzhka) Korczak, *Lehavot ba-efer*, 3rd ed. (Merhavia, Israel: Sifriyat Po'alim, 1965), 76; Kruk, *Togbukh fun vilner geto*, 238 (April 20, 1942).

2. Kruk, *Togbukh fun vilner geto*, 242–43 (April 25, 1942).

3. シュポルケットについてはこちらを参考。Sporket's ERR personnel file, op. 1, d. 223, p. 233, TsDAVO; Kruk, *Togbukh fun vilner geto*, 267 (May 15, 1942); Kalmanovitch, "*Togbukh fun vilner geto*," 81 (May 17 and May 19, 1942); Kalmanovitch, *Yoman be-geto vilna*, 93 (December 1, 1942); Sutzkever, "Tsu der geshikhte," 3–4; and Kaczerginski, *Ikh bin geven*, 41. On Gotthard, the ERR collection, op. 1, d. 128, p. 138, d. 145, p. 167, TsDAVO.

4. Pupko-Krinsky, "Mayn arbet," 216; Kalmanovitch, "Togbukh fun vilner geto," 92 (June 12, 1942).

5. Sutzkever, "Tsu der geshikhte," 3, 8, 9; Sutzkever, letter to Ilya Ehrenburg, July 1944, in "Ehrenburg," Abraham Sutzkever Collection, Arc 4°1565, National Library of Israel, Archives Department, Jerusalem (hereafter cited as Sutzkever Collection); Sutzkever, *Vilner geto*, 110.

6. "Aufgabenstellung des Einsatzstabes Reichsleiter Rosenberg," cited in Kuhn-Ludewig, *Johannes Pohl*, 184.

7. Memo by Dr. Wunder on "Generisches Schrifttum," Riga, May 27, 1942, op. 1, d. 233, pp. 276–78, TsDAVO.

8. Kruk, *Togbukh fun vilner geto*, 282 (June 5, 1942); Kaczerginski, "Vos di daytshn," 4, 6; Kalmanovitch, *Yoman be-geto vilna*, 76 (August 10, 1942), 78 (August 21, 1942).

9. Kaczerginski, *Partizaner geyen*, 68.

10. Kalmanovitch, "*Togbukh fun vilner geto*," 88.

11. Kruk, *Togbukh fun vilner geto*, 282 (June 5, 1942), 300 (June 9, 1942).

12. ERR collection, op. 1, d. 128, pp. 330–31, TsDAVO.

13. Kaczerginski, "Vos di daytshn," 4;

"Nirenberger protses," file 124, "Tezn tsu mayn eydes zogn," pp. 5–7, Sutzkever Collection. トーラーの巻物を革工場へ送って処分したことは、シュポルケットとベルリンにいる上官とで交わされた書簡で判明している。 ERR collection, op. 1, d. 119, p. 189 (September 26, 1942), p. 191 (September 16, 1942), TsDAVO.

14. Kalmanovitch, "*Togbukh fun vilner geto*," 93.

15. Kalmanovitch, *Yoman be-geto vilna*, 89 (November 15, 1942).

16. Sutzkever, "Tsu der geshikhte," 4–5. The work reports of the Polish Department of the Rosenberg Detail for July 5–10 and 12–17, 1943, signed by Nadezhda (Dina) Jaffe, document the transfer of the Zawadzki Publishing House, d. 507, F. R-1421 records.

17. Memo dated May 21, 1942, op. 1, d. 119, p. 215, TsDAVO.

18. Kaczerginski, "Vos di daytshn," 5; A. Malatkov, "Geratevete kultur-oytsres," *Eynikayt* (Moscow), August 17, 1944.

19. Kalmanovitch, "*Togbukh fun vilner geto*," 88 (June 7, 1942); Kalmanovitch, *Yoman be-geto vilna*, 109 (July 5, 1943).

20. Kruk, *Togbukh fun vilner geto*, 282 (June 5, 1942); Kalmanovitch, "*Togbukh fun vilner geto*," 90 (June 8, 1942), 91 (June 10, 1942), 92 (June 12, and June 15, 1942), 95 (June 18, 1942), 103 (July 19, 1942).

21. Kalmanovitch, *Yoman be-geto vilna*, 82 (October 11, 1942), 85 (October 25, 1942), 91 (November 16, 1942); Kruk, *Togbukh fun vilner geto*, 457 (February 13, 1943); file 179, p. 1, collection of documents on Vilna (Vilnius) Ghetto, Arc 4°1703, National Library of Israel, Archives Department, Jerusalem (hereafter cited as documents on Vilna Ghetto); Kaczerginski, "Vos di daytshn," 3.

9章　紙部隊

1. Kalmanovitch, "*Togbukh fun vilner geto*," 100; Kalmanovitch, *Yoman be-geto vilna*, 87 (November 1, 1942); file 497, p. 1, file 499, pp. 4, 6, records of Vilnius Ghetto, USHMM.

2. Kaczerginski, *Ikh bin geven*, 41-42.

3. Pupko-Krinsky, "Mayn arbet," 215; Kruk, *Togbukh fun vilner geto*, 401-2 (November 10, 1942); Kruk, *Last Days*, 408.

4. Pupko-Krinsky, "Mayn arbet," 215.

5. Kaczerginski diary, file 615, pp. 34-35, Sutzkever-Kaczerginski Collection, RG 223, YIVO archives.

6. 同 35.

7. Pupko-Krinsky, "Mayn arbet," 217.

8. 同 216-19; Abraham Sutzkever, "A vort tsum zekhtsiktn yoiyl fun YIVO," in *Baym leyenen penimer* (Jerusalem: Magnes, 1993), 206-7; Kaczerginski, *Ikh bin geven*, 53.

9. Kaczerginski, *Ikh bin geven*, 43-44; Pupko-Krinsky, "Mayn arbet," 221.

10. Krinsky-Melezin, "Mit Shmerken," 129.

11. Pupko-Krinsky, "Mayn arbet," 216.

12. Alexandra Wall, notes of interview with her grandfather, Abraham Melezin, November 2007, 著者所有

13. Szmerke Kaczerginski, "Dos elnte kind," in *Lider fun di getos un lagern, ed. Szmerke Kaczerginski* (New York: Tsiko bikher farlag, 1948), 90-91.

14. Pupko-Krinsky, "Mayn arbet," 221; Ona Ŝimaite, letter to Abraham Sutzkever, August 23, 1947, "Shimaite, Anna," file 1, Sutzkever Collection.

15. Dworzecki, *Yerushalayim de-lite*, 263.

16. Korczak, *Lehavot ba-efer*,115-16; Tubin, Ruzhka, 194.

10章　本をこっそり持ちだす技術

1. Michael Menkin (Minkovitch), 著者

によるインタビュー。Fort Lee, New Jersey, February 13, 2014. 著者によるインタビュー

2. Kruk, *Togbukh fun vilner geto*, 300-301; Kruk, *Last Days,* 322 (with modifications). クルクは彼らが救った書類のリストの一部を渡した。"Documents from the Ukrainian People's Republic, of the People's Republic's Ministry of Jewish Affairs [from 1918-19]; materials from the archives of Nojekh Prylucki, Simon Dubnow, Ber Borokhov; a portfolio of materials about Isaac Meir Dick, consisting of a bibliography of his publications and material for his biography; a portfolio of proverbs from various countries and places. And there was an enormous amount of letters: letters from Sholem Aleichem and several of his manuscripts; manuscripts by David Einhorn, David Pinsky, and S. L. Citron; materials from Dr. Alfred Landau's [Yiddish] linguistic treasures; photographs from YIVO's Yiddish theater museum; letters by Moyshe Kulbak, Sh[muel] Niger, D[aniel] Charney, Chaim Zhitlowsky, Joseph Opatoshu, A. Leyeles, Zalmen Reisen, Leon Kobrin, Moyshe Nadir, Marc Chagall, H. Leivick, Dr. Nathan Birnbaum, Yaakov Fichman." On September 24, 1942, Kruk added, "Recently the Rosenberg Task Force employees work with a new energy. Scores of books and documents are brought into the ghetto every day. The brigade of porters [i.e., smugglers] has grown by several times." Kruk, *Togbukh fun vilner geto*, 351.

3. Pupko-Krinsky, "Mayn arbet," 217. 元管理人の非難の例 Kalmanovitch, *Yoman be-geto vilna*, 110 (July 9, 1943), 112 (July 13, 1943).

4. Korczak, *Lehavot ba-efer*, 82-83.

5. Pupko-Krinsky, "Mayn arbet," 217-19; Kaczerginski, *Ikh bin geven*, 53-57.

6. Krinsky-Melezin, "Mit Shmerken," 130-31.

7. Answers to questions by her granddaughter Alexandra Wall, box 1, Abraham Melezin Collection, RG 1872, YIVO archives.

8. Sutzkever, *Vilner geto,* 111-12.

9. Kalmanovitch, Y*oman be-geto vilna*, 94 (December 9, 1942), 110 (July 9, 1943), 112 (July 13, 1943).

10. Pupko-Krinsky, "Mayn arbet," 217-18.

11. Kalmanovitch, *Yoman be-geto vilna*, 74 (August 2, 1942). Kaczerginski, *Khurbn vilne*, 209で、カルマノーヴィチは戦後、本も書類も取り戻すことができるから、ドイツに運ぶことに協力した方がいいと信じ、ドイツ軍から本を隠すことに反対したと、カチェルギンスキは述べている。ただし、これはカルマノーヴィチの考えを単純化したものだ。ゲットー日記に書かれているように、カルマノーヴィチは本をゲットーに持ち込むことも、ドイツに輸送することも支持していた。第三の選択肢――紙工場での処分を最小限にするためだ。

12. Kaczerginski, *Partizaner geyen*, 69; Kaczerginski, *Ikh bin geven*, 41-42; Avraham Zheleznikov, Melbourne, Australia, July 8, 2012; Korczak, *Lehavot ba-efer*, 110. 著者によるインタビュー

13. File 330, p. 9, and file 366, pp. 68, 73, 115, records of Vilnius Ghetto, RG-26.015M, USHMM.

14. Sutzkever note, "Gefunen dem togbukh fun dokter hertsl," file 770 and part 2, file 184, Sutzkever-Kaczerginski Collection, RG 223, YIVO archives.

15. Kazys Boruta, *Skambėkit vėtroje, beržai* (Vilnius: Vaga, 1975), 341–42.

16. Sutzkever, *Vilner geto,* 112.

17. Pupko-Krinsky, "Mayn arbet," 219–20.

18. Abraham Sutzkever, "Kerndlekh veyts," in *Yidishe gas*, 32–33 (New York: Matones, 1947); English translation: Abraham Sutzkever, "Grains of Wheat," in A. *Sutzkever: Selected Poetry and Prose*, trans. and ed. Barbara Harshav and Benjamin Harshav, 156–58 (Berkeley: University of California Press, 1991).

19. Kruk, *Togbukh fun vilner geto*, 575–76 (June 18, 1943); Kruk, *Last Days,* 567–68 (with modifications). Abraham Sutzkever, letter to Max Weinreich, Paris, January 12, 1947, foreign correspondence, 1947, YIVO

Administration, RG 100, YIVO archives. カルマノーヴィチはこのできごとについてこう書いた。「吉報を最初に耳にする特権を与えてくれた神に感謝する……この知らせはＹＩＶＯに関わりのあるたくさんの人々に知らせた。全員が大喜びしていた。胸にわきあがった思いはとうてい言葉にならない」Kalmanovitch, *Yoman be-geto vilna*, 107.

11章　本と剣

1. Korczak, *Lehavot ba-efer*, 54.

2. 同 95.

3. 同 95–96.

4. 同 90–92.

5. Korczak, *Lehavot ba-efer*; Dworzecki, *Yerushalayim de-lite*, 395; Michael Menkin (Minkovitch), Fort Lee, New Jersey, August 19, 2013. 著者によるインタビュー

6. Sutzkever, *Vilner geto*, 122–25, 229.

7. Aba Kovner, "Flekn af der moyer," *Yidishe kultur* (New York) (May 1947): 26; Rokhl Mendelsund-Kowarski, letter to Pinkhas Schwartz, undated, file 770, pp. 1–2, 5, Sutzkever-Kaczerginski Collection, RG 223, YIVO archives.

8. Shmerke Kaczerginski, "Mayn ershter pulemiot," *Epokhe* (New York), nos. 31–32 (August–October 1947): 52–56.

9. Korczak, *Lehavot ba-efer*, 96–97; Leon Bernstein, *Ha-derekh ha-ahronah* (Tel Aviv: Va'ad Tsiburi, 1990), 184.

10. Korczak, *Lehavot ba-efer*, 96. ＹＩＶＯの建物で３カ月働いたイサク・コヴァルスキも、ＦＰＯのために弾薬と武器製造マニュアルをゲットーに持ちこんだ。Kowalski, *Secret Press*, 96–101.

11. Kowalski, *Secret Press*, 100.

12. Abraham Sutzkever, "Di blayene platn fun roms drukeray," in *Lider fun yam ha-moves*, 94; in English, Abraham Sutzkever, "The Lead Plates of the Rom Printers," in A. *Sutzkever*, 168–70.

13. Kaczerginski, "Mayn ershter pulemiot," 57–58.

14. この出来事については、わずかにちがう３つの説がある。 Sutzkever, Vilner geto, 220; Kaczerginski, *Ikh bin geven*, 45–52 (and in Kaczerginski, "Mayn ershter pulemiot," 57–59); and Pupko-Krinsky, "Mayn arbet," 220–21. わたしはいちばん説得力があったので、クリンスキーとカチェルギンスキの説を採用した。

15. Kaczerginski, *Ikh bin geven*, 11.

12章　奴隷労働者の学芸員と学者たち

1. この詳細についてはイオフ著 "Wilna und Wilnauer Klausen," 10, 14–15 に書かれている。

2. Sutzkever, "Tsu der geshikhte," 13–15; Kaczerginski, *Partizaner geyen*, 69–71. Bernstein, *Ha-derekh ha-ahronah*, 169.

3. Kruk, *Togbukh fun vilner geto*, 327 (July 30, 1942); Kruk, *Last Days*, 340 (with modifications); Kalmanovitch, *Yoman be-geto vilna*, 73–75 (July 31, 1942), 75–76 (August 13).

4. W.K., "Die Einstige des Judentums, eine wertvolle Sonderschau des 'Einsatzstabes Rosenberg' in Wilna," *Wilnaer Zeitung*, no. 194, August 20, 1942.

5. Kalmanovitch, *Yoman be-geto vilna*, 75.

6. Sutzkever, "Tsu der geshikhte," 15; Sutzkever, *Vilner geto*, 178; Kaczerginski, *Partizaner geyen*, 69.

7. Kalmanovitch, "Togbukh fun vilner geto," 94.

8. Gerhard Wunder in Berlin, letter to ERR in Riga, for forwarding to Vilna, October 28, 1942, ERR collection, op. 1, d. 118, pp. 146–47, TsDAVO.

9. The YIVO archives, Karaites, RG 40; and in op. 1, files 18, 22, Einsatzstab Reichsleiter Rosenberg, F. R-633, Lithuanian Central State Archive, Vilnius.

10. ERR collection, op. 1, d. 233, p. 122; d. 118, pp. 118, 146–47, TsDAVO; Kalmanovitch, *Yoman be-geto vilna*, 82 (October 11, 1942); Kalmanovitch, *Yoman be-geto vilna*, 90 (November 15, 1942) からの引用 . Mikhail Kizilov, *Sons of Scripture: The Karaites in Poland and Lithuania in the Twentieth Century* (Berlin: De Gruyter, 2015),

216–83 ほか.

11. Kalmanovitch *Yoman be-geto vilna*, 105 (April 30, 1943); and Akiva Gershater, "Af yener zayt geto," in Bleter vegn vilne: zamlbukh, 41–45 (Lodz, Poland: Farband fun vilner yidn in poyln, 1947), 44–45. ERR collection, op. 1, d. 170, pp. 204–5, d. 118, pp. 146–47, TsDAVO; slave labor salary, ERR collection, op. 1, d. 147, p. 383, TsDAVO. Kalmanovitch, *Yoman be-geto vilna*, 87.

12. Sutzkever, "Tsu der geshikhte," 11; Gershater, "Af yener zayt geto," 44–45; Dworzecki, *Yerushalayim de-lite*, 332.

13. Dworzecki, *Yerushalayim de-lite*, 332. ERR collection, op. 1, d. 128, pp. 309, 329, TsDAVO.

14. ERR collection, op. 1, d. 233, pp. 220–21, d. 118, pp. 341–42, TsDAVO; Kalmanovitch, Yoman be-geto vilna, 76 (August 9, 1942), 78 (August 21, 1942).

15. Files 9, 15–17, 26, Einsatzstab Reichsleiter Rosenberg, F. R-633, and files 233, 494, 504, 505, records of Vilnius Ghetto, F. R-1421, both in the Lithuanian Central State Archive, Vilnius. 著者の記事を参照："Slave Labor Jewish Scholarship in the Vilna Ghetto," in There Is a Jewish Way of Saying Things: Studies in *Jewish Literature in Honor of David G. Roskies* (Bloomington: Indiana University Press, forthcoming).

16. "Die Juden im historischen Littauen," file 16, p. 10, Einsatzstab Reichsleiter Rosenberg, F. R-633, Lithuanian Central State Archive, Vilnius.

17. 同 p. 12.

18. "Friedhofe und Grabsteine der Juden in Wilna," file 9, Einsatzstab Reichsleiter Rosenberg, F. R-633, Lithuanian Central State Archive, Vilnius.

19. ERR collection, d. 118, p. 315, TsDAVO.

20. Kalmanovitch, *Yoman be-geto vilna*, 93 (December 7, 1942), and 103 (April 25,1943); ERR collection, d. 118, p. 379, TsDAVO.

21. Kruk, *Togbukh fun vilner geto*, 469 (March 8, 1943); Kruk's final report for the ERR, covering the period February 18, 1942–July 10, 1943, op. 1, d. 5, pp. 37–39, Einsatzstab Reichsleiter Rosenberg, F. R-633, Lithuanian Central State Archive, Vilnius.

13章　ゲットーから森へ

1. Kaczerginski, *Lider fun di getos*, 341–41.

2. この書類の引用はデヴィッド・E・フィッシュマンの *Embers Plucked from the Fire: The Rescue of Jewish Cultural Treasures in Vilna*, 2nd expanded ed. (New York: YIVO, 2009), 19–20.

3. Kaczerginski, *Ikh bin geven*, 53–55.

4. Pupko-Krinsky, "Mayn arbet," 221–22; Abraham Sutzkever, "A tfile tsum nes," in *Lider fun yam ha-moves*, 38. 著者による英訳

5. Mark Dworzecki, "Der novi fun geto (Zelig Hirsh Kalmanovitsh)," *Yidisher kemfer* (New York), September 24, 1948, 4–5.

6. Bernstein, *Ha-derekh ha-ahronah*, 245; Kalmanovitch, *Yoman be-geto vilna*, 119 (August 2–3, 1943).

7. Kruk, *Togbukh fun vilner geto*, xxxviii–xxxix; Dworzecki, *Yerushalayim de-lite*, 269; Kaczerginski, *Khurbn vilne*, 211.

8. Kalmanovitch, *Yoman be-geto vilna*, 126.

9. Kaczerginski, *Ikh bin geven*, 87–87.

10. Kaczerginski, *Ikh bin geven*, 90, 95; Korczak, *Lehavot ba-efer*, 180–90.

11. Kaczerginski, *Ikh bin geven*, 99.

12. Kaczerginski, *Ikh bin geven*, 113, 119–21.

13. Kaczerginski, *Ikh bin geven*, 127–51.

14. Kaczerginski, *Ikh bin geven*, 152–59.

15. Moshe Grossman, "Shemaryahu Kaczerginski," *Davar* (Tel Aviv), May 14, 1954, 4; Chaim Grade, "Eykh noflu giboyrim," in *Shmerke kaczerginski ondenk-bukh*, 44–45.

16. Kaczerginski, *Ikh bin geven*, 172; Sutzkever, "Tsu der efenung fun der oysshtelung lekoved mayn vern a ben-shivim," in *Baym leyenen penimer*, 213–14.

17. Kaczerginski, *Ikh bin geven*, 194–96; Moshe Kalcheim, ed., *Mitn shtoltsn gang, 1939–1945:*

kapitlen geshikhte fun partizaner kamf in di narotsher velder (Tel Aviv: Farband fun partizan, untergrunt-kemfers un geto-ufshtendlers in yisroel, 1992), 149, 283.

18. Kaczerginski, *Ikh bin geven*, 212–17.

19. Kaczerginski, *Partizaner geyen*.

20. Shmerke Kaczerginski, "Yid, du partizaner," in *Shmerke kaczerginski ondenk-bukh*, 253.

14章 エストニアの死

1. Kaczerginski, *Ikh bin geven*, 118–19; Kaczerginski, "Der haknkrayts," 641; Letters by Liola Klitschko, 1946, and Rachel Mendelsund-Kovarski to Pinkhas Schwartz, 1959, in file 770, Sutzkever-Kaczerginski Collection, RG 223, YIVO archives.

2. Kaczerginski, *Khurbn vilne*, 109; Mark Dworzecki, *Vayse nekht un shvartse teg: yidn-lagern in estonye* (Tel Aviv: I. L. Peretz, 1970), 305.

3. Dov Levin, "*Tsvishn hamer un serp*: tsu der geshikhte fun yidishn visnshaftlekhn institute in vilne unter der sovetisher memshole," *YIVO bleter* 46 (1980): 78–97.

4. Abraham Sutzkever, "Vi Z. Kalmanovitch iz umgekumen," *Yidishe kultur* (New York), no. 10 (October 1945): 52.

5. Yudl Mark, "Zelig Kalmanovitch," *Di Goldene keyt* (Tel Aviv), 93 (1977): 143. Dworzecki, *Vayse nekht*. Kalmanovitch, *Yoman be-geto vilna*, 55–57.

6. Kaczerginski, *Khurbn vilne*, 109–10; Kalmanovitch, *Yoman be-geto vilna*, 58.

7. Maria Rolnikaite, "Ya dolzhna raskazat," in *I vse eto pravda*, 123–35 (St. Petersburg: Zoltoi Vek, 2002); Grigorii Shur, *Evrei v Vil'no: Khronika, 1941–1944 gg.* (St. Petersburg: Obrazovanie-Kul'tura, 2000), 181–87; Dworzecki, *Yerushalayim de-lite*, 481–84.

8. Kaczerginski, *Khurbn vilne*, 291.

9. Kaczerginski, *Khurbn vilne*, 75.

10. Kruk, *Last Days*, 674–55; Dworzecki, *Vayse nekht*, 133–34, 141.

11. Dworzecki, *Vayse nekht*, 224, 308, 324.

12. Borukh Merin, *Fun rakev biz klooga* (New York: CYCO, 1969), 136, 142.

13. Kruk, *Last Days*, 685–86.

14. Kruk, *Last Days*, 693–94.

15. See Dworzecki, *Vayse nekht*, 138, 161–63, 189, 287, 302, 305, 377–79; Kruk, *Last Days*, 704.

16. Kruk, *Last Days*, v.

15章 モスクワからの奇跡

1. "Undzer batsiung tsum ratnfarnand: aroyszogunugen fun yidishe shrayber," *Dos naye lebn* (Lodz, Poland), November 6, 1946, 3; Sutzkever, *Baym leyenen penimer*, 66.

2. Sutzkever, *Baym leyenen penimer*, 131; Boris Grin, "Mit sutzkevern in otriad 'nekome,' " *Oystralishe yidishe nayes* (Melbourne), October 13, 1961, 7.

3. Sutzkever, *Baym leyenen penimer*, 67.

4. Abraham Sutzkever, "Rede fun sutzkever," *Eynikayt* (Moscow), April 6, 1944; *Dos yidishe folk in kamf kegn fashizm* (Moscow: Ogiz, 1945); Sutzkever, *Baym leyenen penimer*, 139–40.

5. Ilya Ehrenburg, "Torzhestvo cheloveka," *Pravda* (Moscow), April 27, 1944, 4.

6. Kaczerginski, *Ikh bin geven*, 282.

7. 同 291–303.

8. 同 312.

9. 同 346, 372, 380–83, quote from 383.

第3部 戦後

16章 地下から

1. "Vos di daytshn," で、カチェルギンスキはドイツ軍がヴィルナから撤退する前にその建物を爆破したと言っている。

2. Kaczerginski, *Ikh bin geven*, 386–87.

3. Shmerke Kaczerginski, *Tsvishn hamer un serp: tsu der geshikhte fun der likvidatsye fun der yidisher kultur in sovetn-rusland*, 2nd expanded ed. (Buenos Aires: Der Emes, 1950), 15–41.

4. Abraham Sutzkever, "Ilya Ehrenbnurg," in

Baym leyenen penimer, 142–43; notes by Sutzkever (undated), file 219, documents on Vilna Ghetto.

5. Kaczerginski, "Vos di daytshn," 7.

6. Kaczerginski, *Khurbn vilne*, 307.

7. Sutzkever, *Vilner geto*, 229.

8. Kaczerginski, *Tsvishn hamer un serp*, 41 (diary entry dated July 20, 1944).

9. Kaczerginski files, no. 11, Sutzkever Collection.

10. File 47, Shmerke Kaczerginski Collection, RG P-18, Yad Vashem Archives, Jerusalem, Israel.

11. "Ershte zitsung," in "Protokoln fun zitsungen fun der initsiativ grupe," file 757, p. 1 (unpaginated), Sutzkever-Kaczerginski Collection, RG 223, YIVO archives.

12. Kaczerginsky, *Tsvishn hamer un serp*, 43 (entry dated August 5, 1944); Abraham Sutzkever, "Vos mir hobn geratevet in vilne," *Eynikayt* (Moscow), October 12, 1944.

13. Sutzkever, "Vos mir hobn."

14. Kovner, "Flekn af der moyer," *Yidishe kultur* (New York) (April 1947): 18

15. Malatkov, "Geratevete kultur-oytsres."

17章　類を見ない美術館

1. Grade, "Fun unter der erd," April 1, 1979; Kaczerginski, "Vilner yidisher gezelshaftlekher yizker-leksikon," in *Khurbn vilne*, 173–314.

2. "Zitsung fun presidium fun yidishn muzey," August 1, 1944, in "Protokoln fun zitsungen fun der initsiativ grupe," file 757, pp. 3–7 (unpaginated), Sutzkever-Kaczerginski Collection, RG 223, YIVO archives; Kaczerginski, *Tsvishn hamer un serp*; Sutzkever, "Vos mir hobn."

3. "Protokol fun baratung fun partizaner aktivistn bam muzey fun yidisher kultur un kunst," in "Protokoln fun zitsungen fun der initsiativ grupe," file 757, pp. 9–11 (unpaginated), Sutzkever-Kaczerginski Collection, RG 223, YIVO archives.

4. Untitled document, Kaczerginski, file 11, Sutzkever Collection; *Embers Plucked*, 20. 著者による英訳

5. Leyzer Engelshtern, *Mit di vegn fun der sheyris ha-pleyte* (Tel Aviv: Igud yeotsei vilna ve-ha-sevivah be-yisrael, 1976), 71–72, 83.

6. 元の手紙が発見されている。file 743, Sutzkever-Kaczerginski Collection, RG 223, YIVO archives. (A photograph of the original is found in D. 1.4.94, Moreshet Archive, Givat Haviva, Israel.) ユダヤ美術館はロシア語に翻訳して、それを 1946 年２月に、〈ドイツファシストの侵入者とその共犯者の残虐行為を調査するためのヴィリニュス異常事態委員会〉に提出した。 file 726, Sutzkever-Kaczerginski Collection, RG 223, YIVO archives. カチェルギンスキはイディッシュ語の翻訳を出版した（ところどころ削除して)。*Khurbn vilne*, 55–57.

7. Aba Kovner note dated July 5, 1962, to "A Plea to Our Jewish Brothers and Sisters," D. 1.4.94, Moreshet Archive, Givat Haviva, Israel.

8. Minutes of meeting on August 8 and September 3, 1944, in "Protokoln fun zitsungen fun der initsiativ grupe," file 757, Sutzkever-Kaczerginski Collection, RG 223, YIVO archives.

9. Kaczerginski, *Khurbn vilne*, 61. *Khurbn vilne* の大部分がヴィルナの解放後すぐに何カ月もかけて美術館によって集められた証言である。Sutzkever, "Vos mir hobn."

10. Korczak, *Lehavot ba-efer*, 311-14.

11. "Ershte zitsung," in "Protokoln fun zitsungen fun der initsiativ grupe," file 757, p. 1 (unpaginated), Sutzkever-Kaczerginski Collection, RG 223, YIVO archives.; Kaczerginski, *Tsvishn hamer un serp*, 44.

12. 口絵を参照

13. Kaczerginski, *Tsvishn hamer un serp*, 44-45; M. Gutkowicz, "Der yidisher muzey in vilne," *Eynikayt* (Moscow), March 28, 1946; Beilis, "Kultur unter der hak," *Portretn un problemen*, 315-18; Hirsh Osherovitsh, unpublished memoirs, no. 370, box 3608, pp. 159-61, Hirsh

Osherovitsh Collection, RG 370, Genazim Institute, Tel Aviv. 美術館の説明は刑務所の独房と落書きのことばかりである。

14. Leyzer Ran, *Ash fun yerushalayim de-lite* (New York: Vilner farlag, 1959), 166. On the state of the buildings, see Osherovitsh, unpublished memoirs, no. 370, box 3608, pp. 159-61, Hirsh Osherovitsh Collection, RG 370, Genazim Institute, Tel Aviv.

15. Kaczerginski, *Tsvishn hamer un serp*, 46; "Protkol fun der zitsung fun di mitarbeter fun der yidisher opteylung bay der visnshaft akademie in lite," August 9 and August 21, 1944, in "Protokoln fun zitsungen fun der initsiativ grupe," file 757, pp. 12-19 (unpaginated), Sutzkever-Kaczerginski Collection, RG 223, YIVO archives.

16. Kaczerginski, *Tsvishn hamer un serp*, 46; op. 6, d. 1, p. 27, Ministry of People's Education of the Lithuanian Soviet Socialist Republic, F. R-762, Lithuanian Central State Archive, Vilnius; certificate from the People's Commissariat for Education to Sutzkever, August 26, 1944, Kaczerginski, file 11; Sutzkever Collection.

17. Testimony of Alexander Rindziunsky, A 1175, pp. 9-11, Moreshet Archive, Givat Haviva, Israel; Kaczerginski, *Tsvishn hamer un serp*, 47-48.

18. Kaczerginski, *Tsvishn hamer un serp*, 49-50.

19. Dovid Bergelson, letter to Abraham Sutzkever, undated, "Dovid Bergelson," Sutzkever Collection; Shakhna Epshtein, letter to Abraham Sutzkever, September 7, 1944, Shakhna Epshtein, Sutzkever Collection.

18章　ソビエト支配下での奮闘

1. Kaczerginski, *Tsvishn hamer un serp*, 51, 53; Leah Tsari, *Mi-tofet el tofet: Sipura shel tzivia vildshtein* (Tel Aviv: Tarbut ve-hinukh, 1971), 67; Rindziunsky, *Hurban vilna*, 60.

2. Kaczerginski, *Tsvishn hamer un serp*, 49, 58-60. Tsari, *Mi-tofet el tofet*, 65-77. Dov Levin, "Ha-perek ha-aharon shel bate ha-sefer ha-yehudiim ha-mamlakhtiim be-vrit ha-moatsot," in *Yahadut Mizrah Eiropa bein shoah le-tekumah*, ed. Benjamin Pinkus, 88-110 (Beersheba, Israel: Ben Gurion University Press, 1987).

3. Engelshtern, Mit di vegn, 97-100; Tsari, *Mi-tofet el tofet*, 73-76.

4. Kaczerginski, *Tsvishn hamer un serp*, 51-52.

5. 同。Osherovitsh, unpublished memoirs, no. 370, box 3608, p. 152, Hirsh Osherovitsh Collection, RG 370, Genazim Institute, Tel Aviv.

6. 集めた歌の下書き原稿は保管されている。op. 1, file 50, Jewish Museum, Vilnius, F. 1390, Lithuanian Central State Archive, Vilnius. カチェルギンスキは1945年にモスクワのDer Emes出版社と『ヴィルナ・ゲットーの歌』というタイトルで出版する契約を結んだが、とうとうモスクワ版は出版されなかった。(Kaczerginski, *Tsvishn hamer un serp*, 68). 2年後の1947年にパリに落ち着いたときにその本を出した。*Kaczerginski's Dos gezang fun vilner geto* に続いてより完全な形になった *Lider fun di getos un lagern* が1948年にニューヨークで出版された。

7. その描写はハイム・グラーデの短編小説 "Froyen fun geto." に基づいている。

8. Freydke Sutzkever, letter to Abraham Sutzkever, August 25, 1944, file 1286.2, "Freydke Sutzkever," Sutzkever Collection.

9. Shmerke Kaczerginski, letter to Rachela Krinsky, July 4, 1945, box 11, p. 2, letters by Yiddish writers, RG 107, YIVO archives.

10. Kaczerginski, *Tsvishn hamer un serp*, 45; "Gefunen dem togbukh fun dokter hertsl," file 770, Sutzkever-Kaczerginski Collection, RG 223, YIVO archives.

11. Shmerke's and Kovner's letters to Sutzkever in September through November 1944, "Shmerke Kaczerginski" and "Aba Kovner" files, Sutzkever Collection.

12. スツケヴェルは日記のほんのわずかしか見つけなかったが、カチェルギンスキは大量に発見

していた。Shmerke Kaczerginski, letter to Abraham Sutzkever, undated [March-April 1945], Kaczerginski letters, file 9, Sutzkever Collection; cf. Pinkhas Schwartz, "Bio-grafye fun herman kruk," in Kruk, *Togbukh fun vilner geto*, xiii-xlv. Sutzkever's letter to Pinkhas Schwartz, June 1, 1960, file 770, Sutzkever-Kaczerginski Collection, RG 223, YIVO archives.

13. Y. Mayers, "2,000 yidishe froyen bafrayt fun prison-lager in poyln; 4,000 yidn itst do in Vilne," *Forverts* (New York), February 27, 1945, 1.

14. Jan T. Gross, "Witness for the Prosecution," *Los Angeles Times Book Review*, September 22, 2002, 1; and Kruk, *Last Days*, http://yalebooks.com/book/9780300044942/last-days-jerusalem-lithuania.

15. Aba Kovner, letter to Abraham Sutzkever, October 27, 1944, file 312, documents on Vilna Ghetto.

16. The original Lithuanian text of Kovner's memorandum is in D. 1.433, in the Moreshet Archive, Givat Haviva, Israel; and in Hebrew translation in Korczak, *Lehavot ba-efer*, 387-89. コヴナーはまちがった情報を与えられたか、勘違いしたかだ。戦後、キエフのユダヤ人のアカデミー関係の部署はちっぽけなユダヤ人文化室で、科学アカデミーではなかった。

17. Aba Kovner, letter to Abraham Sutzkever, November 8, 1944, file 312, documents on Vilna Ghetto.

18. Korczak, *Lehavot ba-efer*, 387-89.

19. Order renewing the activity of museums in the Lithuanian SSR, op. 1, file 7, p. 5, Committee on Cultural Educational Institutions of the Council of Ministers of the Lithuanian Soviet Socialist Republic, F. 476, Lithuanian Archives of Literature and Art, Vilnius.

20. Ekaterina Makhotina, *Erinnerung an den Krieg — Krieg der Erinnerungen: Litauen und der Zweite Weltkrieg* (GÖttingen: Vanderhoeck and Ruprecht, 2016).

21. Shmerke Kaczerginski, letter to Abraham Sutzkever, November 17, 1944, undated, Kaczerginski letters, file 9, Sutzkever Collection.

22. Shmerke Kaczerginski, letter to Abraham Sutzkever, November 20, 1944, file 3, Kaczerginski letters, Sutzkever Collection.

19章　ニューヨークの涙

1. Shloime Mendelsohn, "Vi azoy lebn di poylishe yidn in di getos," *YIVO bleter* 19, no. 1 (January 1942): 1-28.

2. YIVO Institute, *Fun di arkhiv-un muzey-obyektn vos der yivo hot geratevet fun eyrope* (New York: Author, 1943), 2.

3. "Petitsye fun amerikaner gelernte tsu president ruzvelt vegn shkhites af yidn in eyrope," *Yediyes fun YIVO*, no. 1 (September 1943): 4, 5.

4. "Azkore nokh sh. dubnov in yivo," *YIVO bleter* 22, no. 1 (September-October 1943): 119.

5. Emanuel Ringelblum, *Kapitlen geshikhte fun amolikn yidishn lebn in poyln, ed. Jacob Shatzky* (Buenos Aires: Tsentral fareyn fun poylishe yidn in argentine, 1953), 548-49.

6. Albert Clattenburg Jr., assistant chief, Special War Problems Division, US Department of State, letter to Max Weinreich, August 28, 1944, and Max Weinreich, letter to Albert Clattenburg Jr., September 29, 1944, box 1, "Restitution of YIVO Property, 1945-1949," YIVO archives; John Walker, letter to Max Weinreich, September 14, 1944, and Max Weinreich, letter to John Walker, September 29, 1944, pp. 12, 19, "Roberts Commission" correspondence, RG 239, National rchives, College Park, MD.

7. Aba Kovner, letter to Abraham Sutzkever, September 25, 1944, file 312, collection of documents on Vilna (Vilnius) Ghetto, Arc 4°1703, National Library of Israel, Archives

Department, Jerusalem. スツケヴェルはその資料の一部を使って、ソ連のホロコーストについての偉大な抄録 *The Black Book* にリトアニアについて記事を書いたかもしれない。

8. Sutzkever, "A vort tsum," 208-9.

9. Abraham Sutzkever, letter to Max Weinreich, December 12, 1944, file 546, held in "Restitution of YIVO Property, 1945-1949," box 2, Max Weinreich Collection, RG 584, YIVO archives.

10. The biography of Stefania Shabad in Kazdan, *Lerer yizker-bukh*, 417-19.

11. Ran, *Ash fun yerushalayim*, 205-7.

12. Gabriel Weinreich's memoirs on his father: "Zikhroynes vegn d"r maks vaynraykh," in *YIVO bleter* (New Series) 3 (1997): 343-46; Max Weinreich, *Hitler's Professors: The Part of Scholarship in Germany's Crimes against the Jewish People* (New York: YIVO, 1946). ヴァインライヒのドイツ語に対する戦後の厳しい態度は、ヨーク大学のカルマン・ヴァイザー教授の発表予定の論文のテーマになっている。

20章　去る決断

1. Korczak, *Lehavot ba-efer*, 306-7; Shmerke Kaczerginski, letter to Abraham Sutzkever, Kaczerginski undated letters, file 9, pp. 2-3, Sutzkever Collection.

2. Kovner, "Reshita shel ha-beriha," 27; Perets Alufi, ed., *Eyshishok: Koroteha ve-hurbana* (Jerusalem: Va'ad nitsole eyshishok be-yisrael, 1950), 84-86, 119-22; Tsari, *Mi-tofet el tofet*, 83.

3. Aba Kovner, interview by Yehuda Bauer, March 5, 1962, A 350, p. 9, Moreshet Archive, Givat Haviva, Israel; Aba Kovner, Vitka Kempner Kovner, and Ruzhka Korczak, interview by Yehuda Bauer, May 10, 1964, A 350, p. 13, Moreshet Archive, Givat Haviva, Israel.

4. Shmerke Kaczerginski, letter to Abraham Sutzkever, January 12, 1945, file 9, p. 2, Kaczerginski undated letters, Sutzkever Collection.

5. Kaczerginski, *Tsvishn hamer un serp*, 111-12.

6. Aba Kovner, letter to Abraham Sutzkever, February 1, 1945, file 312, documents on Vilna Ghetto.

7. Noemi Markele-Frumer, *Bein ha-kirot ve-anahnu tse'irim* (Lohamei ha-geta'ot, Israel: Beit lohamei ha-geta'ot, 2005).

8. Shloime Beilis, *Leksikon fun der nayer yidisher literatur*, vol. 1, ed. Shmuel Niger and Jacob Shatzky (New York: Congress for Jewish Culture, 1956), 289-90; Shloime Beilis, letter to Abraham Sutzkever, February 24, 1987, Beilis, file 5, Sutzkever Collection; Hirsh Osherovitsh, "Tsu zibetsik — nokh blond, bay di ful shaferishe koykhes un . . . elnt" (unpublished manuscript on Shloime Beilis), Hirsh Osherovitsh, file 1, Sutzkever Collection.

9. Kaczerginski, *Khurbn vilne*, 256, 277; Grade, Froyen fun geto, passim.

10. Maria Rolnikaite, "Eto bylo potom," in *I vse eto pravda*, 312.

11. Kaczerginski, *Tsvishn hamer un serp*, 94-96.

12. Kaczerginski, *Tsvishn hamer un serp*, 103-4.

13. 同 57, 60-61, 108. Mayers, "2,000 yidishe," 1; "Number of Jews in Vilna Grows to 4,000," *Jewish Telegraphic Agency Bulletin*, April 12, 1945.

14. Kaczerginski, *Tsvishn hamer un serp*, 105-8.

15. 同 110-11.

21章　本をひそかに持ちだす技術、再び

1. Shmerke Kaczerginski, letter to Abraham Sutzkever, undated (from context, late April 1945), Kaczerginski undated letters, file 9, Sutzkever Collection. Similarly, Aba Kovner, letter to Abraham Sutzkever, September 25, 1944: "Abrasha, you must help Vitke leave for Lola. She was supposed to travel, but there are difficulties."Aba Kovner, file 2, Sutzkever Collection.

2. Osherovitsh, unpublished memoirs, box 3608, p. 161, Hirsh Osherovitsh Collection, RG 370, Genazim Institute, Tel Aviv.

3. Yankl Gutkowicz, "Shmerke," 110, Shmerke Kaczerginski Collection, RG P-18, Yad Vashem Archives, Jerusalem, Israel. Shloime Beilis, "A vertfuler mentsh: Tsum toyt fun Yankl Gutkowicz," *Folks-shtime* (Warsaw), August 7, 1982, 5-6.

4. Zvi Rajak, "Di groyse folks-levaye far di geshendte toyres fun di vilner shuln un botei-midroshim," *Der Tog* (New York), April 6, 1947, 6. Rabbi Ausband left Vilna in February 1946; the interview with him at "David P. Boder Interviews Isaac Ostland; September 13, 1946; Henonville, France," Voices of the Holocaust, accessed January 10, 2017, http://voices.iit.edu/audio.php?doc=ostlandI.

5. File 45; the book contract, File 47; and the letter from Feffer, file 9, Shmerke Kaczerginski Collection, RG P-18, Yad Vashem Archives, Jerusalem, Israel.

6. Grade, "Froyen fun geto," January 12 and January 19, 1962.

7. Grade, "Froyen fun geto," January 19, 1962. Kaczerginski sent his first letter to Sutzkever from Poland on November 28, 1945, file 312, documents on Vilna Ghetto.

8. その訪問は1946年1月と4月だった。1月の訪問は1946年1月23日にグトコヴィチに発行してもらった身分証明書から推測される。Documents in Russian-Lithuanian, file 38, Sutzkever Collection; and Abraham Sutzkever, "Mayn eydes zogn baym nirebererger tribunal," in *Baym leyenen penimer*, 150. 最後の訪問のあいだに1946年4月19日、スツケヴェルはヴィリニュス演劇劇場で超満員の聴衆の前でニュルンベルク裁判の印象について講演した。"Nirenberger Protses"で、講演のポスターのコピーが発見された。file 10, Sutzkever Collection. スツケヴェルはポーランドから初めてヴァインライヒに出した手紙で4月の訪問について触れている。

9. Shmerke Kaczerginski, letter to Abraham Sutzkever, November 28, 1945, file 312, documents on Vilna Ghetto.

10. Kaczerginski, *Tsvishn hamer un serp*, 113.

11. Gershon Epshtein, YIVO's Paris representative, wrote to YIVO in New York, on November 26, 1946: "Sutzkever left very important materials in Warsaw and Berlin, weighing 20-25 kilograms." Box 46-3, file: "France," YIVO Administration, RG 100, YIVO archives.

12. Ya'akov Yanai, *Mulka* (Tel Aviv: 'Am oved, 1988); Sima Ycikas, "Zionist Activity in Post-War Lithuania," *Jews in Eastern Europe* (Jerusalem) 3, no. 34 (Winter 1997): 28-50.

22章 ロフルの選択

1. Rachela Krinsky-Melezin, "Answers to the Questionnaire, the First and Rough Draft," box 3, pp. 15-20, Abraham Melezin Collection, RG 1872, YIVO archives.

2. Rachela Krinsky, letters to Abraham Sutzkever, June 15 and June 26, 1945, file 1, Rokhl Krinsky, Sutzkever Collection.

3. Rachela Krinsky, letter to Abraham Sutzkever, from Lodz, Poland, January 12, 1946, file 1, Rokhl Krinsky, Sutzkever Collection; Rachela Krinsky, letter to family in America, from Lodz, Poland, October 1945, box 1, Abraham Melezin Collection, RG 1872, YIVO archives.

4. Abraham Sutzkever, letter to Rachela Krinsky, August 8, 1945, file 10, Rokhl Krinsky, Sutzkever Collection.

5. Shmerke Kaczerginski, letter to Rachela Krinsky, July 4, 1945, box 11, letters by Yiddish writers, RG 107, YIVO archives.

6. Abraham Melezin, "My Memoirs," memo 37, "Rachela," box 5, pp. 23-24, 26, Abraham Melezin Collection, RG 1872, YIVO archives.

7. Rachela Krinsky, letter to Abraham Sutzkever, January 12, 1946, file 1728.2, Rokhl Krinsky, Sutzkever Collection. UCopyrPighteNd MateErial 284 | Notes to Chapter 23

8. Rachela Krinsky, letter to Abraham

Sutzkever, undated (probably December 1945), file 1728.1, Rokhl Krinsky, Sutzkever Collection.

9. The poem is dated March 27, 1946. Abraham and Rachela Melezin Collection, RG 1995. A.0819, USHMM.

10. Abraham Melezin, "My Memoirs," memo 37, "Rachela," box 5, esp. pp. 23-28, 41, Abraham Melezin Collection, RG 1872, YIVO archives; Alexandra Wall, notes of 2007 interview with Abraham Melezin; Krinsky-Melezin, "Answers to the Questionnaire," 21-26. Moshe Grossman, "Shmerke!" in Shmerke kaczerginski ondenkbukh, 48.

23章　ドイツの発見

1. Max Weinreich, letter to assistant secretary Archibald MacLeish, April 4, 1945, box 1, "Restitution of YIVO Property, 1945-1949," YIVO archives.

2. Report by J. H. Buchman to Mason Hammond, June 23, 1945, and memorandum from Mason Hammond to the director of Reparations, Deliveries and Restitution Division, US Army Group C, June 23, 1945, M1949, pp. 97-98, general records of US military government in Germany, RG 260, National Archives, College Park, MD.

3. Abraham Aaroni, letter to Shlomo Noble, August 9 1945, box 1, "Restitution of YIVO Property, 1945-1949," YIVO archives; Abraham Aaroni, memo on "Jewish libraries," October 10, 1945, M1949, p. 100, general records of US military government in Germany, RG 260, National Archives, College Park, MD.

4. J. H. Hilldring, director, Civil Affairs Division, Department of War, letter to Rabbi Judah Nadich, advisor to General Eisenhower on Jewish Affairs, February 20, 1946, box 1, "Restitution of YIVO Property, 1945-1949," YIVO archives.

5. Letters in box 1, "Restitution of YIVO Property, 1945-1949," YIVO archives.

6. Offenbach Archival Depot (OAD) report, May 3, 1946, box 2, folder 2, p. 5, Seymour Pomrenze Papers, RG P-933, American Jewish Historical Society, New York.

7. Professor Samuel C. Kohs, letter to Philip Schiff, Washington representative of the Jewish Welfare Board, March 14, 1946, "Restitution of YIVO Property, 1945-1949," YIVO archives; Report of Offenbach Depot, March 1, 1946, box 2, folder 1, Seymour Pomrenze Papers, RG P-933, American Jewish Historical Society, New York.

8. Max Weinreich, letter to Seymour Pomrenze, March 19, 1946, box 1, "Restitution of YIVO Property, 1945-1949," YIVO archives; on the Dubnow collection, see Max Weinreich, letter to Offenbach depot director Joseph Horne, July 1, 1946, box 1, "Restitution of YIVO Property, 1945-1949," YIVO archives; on Strashun and other "YIVO Associated Libraries," memo "YIVO's Associated Libraries," submitted to Seymour Pomrenze, June 5, 1947, box 1, "Restitution of YIVO Property, 1945-1949," YIVO archives, and in "YIVO OAD 18," pp. 26-35, general records of US military government in Germany, RG 260, National Archives, College Park, MD.

9. Robert Murphy, political advisor to US Military Government in Germany, cable to the secretary of state, April 12, 1946, Department of State, RG 59, 800.414/4-1246, National Archives, College Park, MD.

24章　最後に義務を果たす

1. スツケヴェルの証言の速記原稿（フランス語の）を参照。"Nirenberger Protses," file 4, Sutzkever Collection.

2. "Tezn fun mayn eydes-zogn in nirnberg," file 14, "Nirnberger protses," Abraham Sutzkever Collection, Arc 4°1565, National Library of Israel, Archives Department, Jerusalem.

3. French stenographic transcript of testimony, pp. 309-10, "Nirenberger Protses," file 4, Sutzkever Collection.

4. Abraham Sutzkever, letter from Nuremberg to colleagues in Moscow, file 13, "Nirnberger protses," Abraham Sutzkever Collection, Arc 4°1565, National Library of Israel, Archives Department, Jerusalem; Sutzkever, "Mayn eydes zogn," 163-64. Sutzkever's testimony was covered by Pravda on February 28, 1946, p. 4, and was discussed in an article by B. Polevoi, "Ot imeni chelovechestva," *Pravda*, March 4, 1946, 4.

5. Abraham Sutzkever to Max Weinreich, February 17, 1946, file 19, Weinreich letters, Sutzkever Collection.

6. Abraham Sutzkever, "Mit Shloyme Mikhoels," in *Baym leyenen penimer*, 108- 11; Moshe Knapheis, "Di Sutzkever teg in buenos ayres," *Di prese* (Buenos Aires), June 10, 1953, 5.

7. "Mayn korespondents mit mentshn fun vilner geto," *Di Goldene keyt* 8 (1951): 203-11; Philip Friedman, *Their Brothers' Keepers* (New York: Crown, 1957), 21-25; Julija Ŝukys, *Epistophilia: Writing the Life of Ona Simate* (Lincoln: University of Nebraska Press, 2012); Julija Ŝukys, *And I Burned with Shame: The Testimony of Ona Ŝimaite, Righteous among the Nations* (Jerusalem: Yad Vashem, 2007). Ŝimaite was awarded the title of "Righteous among the Nations" by Yad Vashem in 1966.

8. Ona Ŝimaite, "Declaration on Vilna Ghetto Documents," file 334, p. 1, collection of documents on the Vilna (Vilnius) Ghetto, Arc 4°1703, National Library of Israel, Archives Department, Jerusalem.

9. この日記はもともとロシア語で最初に出版された。Shur, *Evrei v Vilno*. その後オランダ語、ドイツ語、イタリア語、リトアニア語などで出版されている。

10. Ona Ŝimaite, letter to Abraham Sutzkever, January 10, 1947, file 1, Ŝimaite letters, Sutzkever Collection.

11.Ŝukys, *Epistophilia*, 24, 26.

25章　さすらい――ポーランドとプラハ

1. Abraham Sutzkever, letter to Max Weinreich, May 23, 1946, file 546, Max Weinreich Collection, RG 584, YIVO archives (copy in file 19, Weinreich letters, Sutzkever Collection).

2. Abraham Sutzkever, letter from Lodz to Moshe Savir (Sutzkever), October 18, 1946, and again from Paris, November 20, 1946, file 1266.3, "Moshe Savir," Sutzkever Collection.

3. Grossman, "Shmerke!" 48-50. シュメルケがパレスチナへの移住を望んでいたことは、彼がアメリカ人イディッシュ語詩人へ宛てた手紙の中で記されている。Shmerke Kaczerginski to H. Leivick, August 4, 1946, box 38, H. Leivick Collection, RG 315, YIVO archives.

4. Abraham Sutzkever, letter to Max Weinreich, May 25, 1946, Max Weinreich Collection, RG 584, YIVO archives. 6. 引用 Max Weinreich's June 5, 1946, follow-up letter, file 1,Weinreich letters, Sutzkever Collection.

5. Max Weinreich, letter to Abraham Sutzkever, Shmerke Kaczerginski, and Chaim Grade, August 15, 1946, file 1, Weinreich letters, Sutzkever Collection.

6. Shmerke Kaczerginski, "Vos ikh hob gezen un gehert in kielts," Undzer vort (Lodz, Poland), no. 5 (July 1946): 1-2; Shmerke Kaczerginski, "Di levaye fun di kieltser kdoyshim, fun undzer spetsyeln sheliekh, Sh. Kaczerginski," Dos naye lebn (Lodz, Poland), July 12, 1946, 1.

7. Richard Walewski, Jurek (Tel Aviv: Moreshet/Sifriyat Hapoalim, 1976), 204-6.

26章　パリ

1. Aaron Glants-Leyeles, letter to Abraham Sutzkever, December 1, 1946, file 1, Leyeles, Sutzkever Collection.

2. Max Weinreich, letter to Abraham Sutzkever, November 21, 1946, file 1, Weinreich, Sutzkever Collection; Max Weinreich, letter to Abraham Sutzkever, May 1, 1947, in Nowersztern, "Briv fun maks vaynraykh," 178.

3. Max Weinreich, letter to Abraham Sutzkever, July 10, 1947, file 2, "Max Weinreich," Abraham Sutzkever Collection, Arc 4°1565, National Library of Israel, Archives Department, Jerusalem; Max Weinreich, letter to Abraham Sutzkever, July 12, 1947, in Nowersztern, "Briv fun maks vaynraykh," 179; Max Weinreich, letter to Abraham Sutzkever, July 17, 1947, in Nowersztern, "Briv fun maks vaynraykh," 180. Inscription is recorded in RG 223, file 8, YIVO archives.

4. Max Weinreich, letter to Abraham Sutzkever, August 5, 1947, in Nowersztern, "Briv fun maks vaynraykh," 181; the *pinkas* is in part 2, file 184, Sutzkever-Kaczerginski Collection, RG 223, YIVO archives.

5. Max Weinreich, letter to Gershon Epshtein, July 25, 1947; box 47-8, "Epshtein," YIVO Administration, RG 100, YIVO archives.

6. Herbert Gotthard, letter to Professor Gotthold Eljakim Weil, Hebrew University, September 7, 1945, "Korrespondenz . . . über die Auslieferung der ehemaligen Mitarbeiters in Arbeitsstab Rosenberg, Dr. Gotthard, an Polen, 1945– 1947, file 77, "Zentralkomitee der befreiten Juden in der Britische Zone," RG B 1/28, Zentralarkhiv zur Erforschung der Geschichte der Juden in Deutschland, Heidelberg.

7. Shmerke Kaczerginski, "Men hot arestirt dos khazerl," *Unzer moment* (Regensburg, Germany), July 14, 1947, 6; Abraham Sutzkever, letter to Rokhl Krinsky, November 19, 1946, file 10, Krinsky letters, Sutzkever Collection.

8. "Gekhapt likvidator fun vilner yivo," *Yediyes fun YIVO*, no. 22 (September 1947): 6 (citing Dos naye lebn, May 18, 1947); Max Weinreich, letter to Abraham Sutzkever, April 18, 1947, file 2, Weinreich letters, Sutzkever Collection; "Gestapo Agent Who Liquidated Vilna YIVO Captured; Was Masquerading as Jewish DP," *Jewish Telegraphic Agency Bulletin*, May 21, 1947. Box 4, folder 6, Territorial Collection, RG 116, YIVO archives.

9. Akiva Gershater, letter to Abraham Sutzkever, December 12, 1946, file 1, Gershater, Sutzkever Collection.

10. Shmerke Kaczerginski, letter to Elias Schulman, February 6, 1948, box 3, file 54, Elias Schulman papers, ARC MS15, Katz Center for Advanced Judaic Studies, University of Pennsylvania, Philadelphia.

11. Shmerke Kaczerginski, letter to H. Leivick, January 21, 1947, box 38, H. Leivick Collection, RG 315, YIVO archives; and Grossman, "Shmerke!" 48–50.

12. Tsalel Blits, "Vegn an altn pashkvil fun a yidishn kravchenko," *Undzer Shtime* (São Paulo, Brazil), December 20, 1951, 3.

13. "A symbol fun vilner yivo in New York," *Yediyes fun YIVO*, no. 19 (February 1947): 5; "Di yidishe katastrofe in bilder un dokumentn, vos men zet af der oysshtelung 'yidn in eyrope 1939–1946,' " *Yediyes fun YIVO*, no. 20 (April 1947): 1–2.

14. "Dray dokumentn fun yidisher geshikhte: togbikher fun teodor hertsl, zelig kalmanovitsh un herman kruk in yivo," *Yediyes fun YIVO*, no. 22 (September 1947): 1; "A sutskever un sh. katsherginski in vilner geto," *Yediyes fun YIVO*, no. 22 (September 1947): 7.

15. "Fun di vilner arkhiv oytsres," *Yediyes fun YIVO*, no. 27 (June 1948): 5; "Vilner kolektsye in arkhiv fun YIVO gevorn katologirt," *Yediyes fun YIVO*, no. 33 (June 1949): 3.

16. Abraham Sutzkever, letter to Max Weinreich, September 21, 1947, file 562, Max Weinreich Collection, RG 584, YIVO archives. On the remaining pages of the Kruk diary, the letters from Pinkhas Schwartz and Z.

Szajkowski to Abraham Sutzkever, October 28, 1955, and January 16, 1956, file 1, YIVO letters, Sutzkever Collection. スツケヴェルは1956年に大量の書類をＹＩＶＯに寄付した。

27章　オッフェンバッハからの返却、あるいはカルマノーヴィチの預言

1. Max Weinreich, letter to John Slawson, August 13, 1946, box 2, "Restitution Box of YIVO Property, 1945–1949," YIVO archives.

2. Luther Evans, Librarian of Congress, letter to assistant secretary of state John H. Hilldring, February 25, 1947, and John H. Hilldring, letter to Luther Evans, March 11, 1947, both in "Restitution of YIVO Property, 1945–1949," YIVO archives.

3. Nancy Sinkoff, "From the Archives: Lucy S. Dawidowicz and the Restitution of Jewish Cultural Property," *American Jewish History 100*, no. 1 (January 2016): 117–47; Lucy Schildkret, letter to Max Weinreich, February 16, 1947, "Restitution of YIVO Property, 1945–1949," YIVO archives.

4. Handwritten chronology of restitution, letter from Harborside Warehouse Company to YIVO, box 2, "Restitution of YIVO Property, 1945–1949," YIVO archives ; Mark Uveeler, letter to Lucy Schildkret, July 2, 1947, box 47-8, file "Germany," YIVO Administration, RG 100, YIVO archives.

第４部　粛清から贖罪へ

28章　粛清への道

1. David E. Fishman, "Evreiskii muzei v vilniuse, 1944–1949," in *Sovietica Judaica*, 193–211 (Jerusalem: Gesharim Press, 2017).

2. Gutkowicz, "Der yidisher," 3; H[irsh] O[sherovitsh], "A sholem aleichem oysshtelung in vilnius," *Eynikayt* (Moscow), June 8, 1946, 3.

3. Alexander Rindziunsky, *Hurban vilna*, 219; Osherovitsh, unpublished memoirs, no. 370, box 3608, p. 206, Hirsh Osherovitsh Collection, RG 370, Genazim Institute, Tel Aviv.

4. Rindziunsky, *Hurban vilna,* 219–20.

5. Kostyrchenko, *Gosudarstvenyii antisemitizm*, 138, 147; Gennady Kostyrchenko, *Tainaia politika Stalina: Vlast' i antisemitizm* (Moscow: Mezhdunarodnie Otnoshenia, 2003), 352.

6. Joshua Rubinstein, "introduction," in *Stalin's Secret Pogrom: The Post-War Inquisition f the Jewish Anti-Fascist Committee* (New Haven, CT: Yale University Press, 2001), 41–44; Kostyrchenko, *Gosudarstvenyii antisemitizm*, 234, 287–88; Kostyrchenko, Tainaia politika Stalina, 478.

7. "O reorganizatsii evreiskogo muzeia v. gorod vilnius v vilniusskii kraevecheskii muzei," op. 2, d. 133, pp. 117–26, Council of Ministers of the Lithuanian Soviet Socialist Republic, F. R-754, Lithuanian Central State Archive, Vilnius; Yu Rozina, "K voprosu ob unichtozhenii pamiatnikov istorii i kultury Vilniusa v poslevoenyi period," in *Evrei v rossii: Istoria i kultura, sbornik trudov, ed. Dmitry Eliashevich*, 246–52 (St. Petersburg: St. Petersburg Jewish University, 1998), 250–51.

8. Rindziunsky, *Hurban vilna*, 213, Alexander Rindziunsky, interview by Dov Levin, A 529, 118–19, Oral History Division, Hebrew University; Akiva Yankivsky, Lod, Israel (via telephone), February 3, 2010. 著者によるインタビュー

9. E. Račkovska, "Respublikinės spaudinių saugyklos suformavimas," in *Iš bibliografijos aruodų*, 13–20 (Vilnius: Knygųrūmai, 1985).

10. "Di likvidatsye fun vilner yidishn muzey," *Nusekh vilne buletin* (New York), no. 2 (August–September 1957): 4; Ran, *Ash fun yerushalayim*, 196.

11. Beilis, "A vertfuler mentsh," 5; Shloime Beilis, letter to Abraham Sutzkever, February 24, 1987, Beilis, file 5, Sutzkever Collection; Rindziunsky, *Hurban vilna*, 225; anonymous obituary in Folks-Shtime (Warsaw), July 29,

1988.

12. Levin, "Ha-perek ha-aharon," 94; Genrikh Agranovskii and Irina Guzenberg, *Vilnius: po sledam litovskogo yerusalima* (Vilnius: Vilna Gaon State Museum, 2011), 228; Y. Bekerman and Z. Livneh, eds., *Ka-zot hayta ha-morah zehava* (Tel Aviv: Igud yeotsei vilna ve-ha- sevivah be-yisrael, 1982), 198, 200.

13. Agranovskii and Guzenberg, *Vilnius*, 559–60.

14. 同 77–78; minutes of meeting of Vilnius municipal architecture commission, op. 11, file 158, pp. 58–59, Institute for Projecting of Urban Construction, F. 1036, Vilnius District Archive, Vilnius.

29章　その後の人生

1. Kuhn-Ludewig, *Johannes Pohl*, 273–85.

2. Herbert Gotthard file, file 14, pp. 82–86, United Nations War Crimes Commission, RG 67.041M, USHMM.

3. Ludmila Hanisch, *Die Nachfolger der Exegeten: Deutschsprachige Erforschung des Vorderen Orients in der ersten Hälfte des 20. Jahrhunderts* (Wiesbaden, Germany: Harasowitz Verlag, 2003), 187; *Christian Albrechts Universität, Kiel: Personal-und Vorlesungsverzeichnis, Sommersemester*, 1959 (Kiel, Germany: Walter G. Muhlau Verlag, 1959), 29, 44, 79.

4. Abraham Sutzkever, letters to Chaim Grade, November 17, 1947, February 12, 1948, file 252, YIVO archives, RG 566.

5. Ruth Wisse, "The Poet from Vilna," Jewish Review of Books (Summer 2010): 10–14.

6. Krinsky-Melezin, "Answers to the Questionnaire," box 1; Abraham Melezin memoirs, "Making a New Life in America," box 1, Abraham Melezin Collection, RG 1872, YIVO archives.

7. Alexandra Wall, communication to author, e-mail, August 3, 2016.

8. Rachela Krinsky-Melezin, letter to Abraham Sutzkever, September 11, 1991, file 1728.8, Sutzkever Collection.

9. "Ershter zhurnalistisher tsuzamentref mitn dikhter-partizan Sh. Kaczerginski," *Idishe tsaytung* (Buenos Aires), June 7, 1950, 5.

10. Preface, in *Shmerke kaczerginski ondenk-bukh*, 13; Jeanne Joffen, "Shmerke kaczerginski's letste teg," in *Shmerke kaczerginski ondenk-bukh*, 92.

11. "A. Sutzkever baveynt dem toyt fun Sh. Kaczerginski," *Idishe tsaytung* (Buenos Aires), May 11, 1954, 3; Max Weinreich, letter to Abraham Sutzkever, May 6, 1954, file 552c, Max Weinreich Collection, RG 584, YIVO archives.

12. Chaim Grade, "Eykh noflu giboyrim," *Shmerke kaczerginski ondenk-bukh*, 43–45.

30章　荒野での四十年

1. Račkovska, "Respublikinės spaudinių," 13–20; Fishman, "Tsu der geshikhte," 293–98.

2. Shulamith and Victor Lirov, Israel, December 23, 1997; Rivka Charney, January 2, 1998. いずれも著者によるインタビュー

3. Chaim Shoshkes, "Mayne ershte bagegenishn mit yidn in vilne," *Tog-morgn zhurnal* (New York), October 21, 1956.

4. Fishman, "Tsu der geshikhte"; Shlomo Kurlianchik, Natanya, Israel, December 16, 1997. 著者によるインタビュー

31章　小麦の種子

1. Emanuel Zingeris, "Bikher un mentshn (vegn dem goyrl fun yidishe un hebreyishe bikher-fondn in lite)," *Sovetish heymland* (Moscow) (July 1988): 70–73; Dina Abramowicz, memo to Samuel Norich, box 1, uncataloged collection, YIVO Vilna Transfer, 1989–, YIVO archives.

2. Samuel Norich, Manhattan, New York, April 18, 2016. 著者によるインタビュー

3. Richard Shephard, "Rejoining the Chapters of Yiddish Life's Story," *New York Times*, August 30, 1989.

4. わたしは1989年6月にリトアニア・ソビエト社会主義共和国の国家印刷物委員会の会議に出席していた。

5. "Yivo Unpacks Treasure-Trove of Documents Lost since World War II," *Jewish Telegraphic Agency Bulletin*, February 28, 1995; Jeffrey Goldberg, "The Shtetl Is Sleeping," *New York Times Magazine*, June 18, 1995; YIVO Institute, "YIVO Institute Recovers Lost Vilna Archives," YIVO News (Fall 1995): 1. "Report on the Work Completed on the YIVO-Vilnius Documents," January 30, 1996, box 2, YIVO Vilna Transfer, 1989–, YIVO archives.

6. Larry Yudelson, "YIVO Unpacks Documents Lost since War," *Jewish Telegraphic Agency Bulletin*, February 28, 1995; Steve Lipman, "Paper Trail," *Jewish Week* (New York), March 3, 1995, 1.

7. Sutzkever, *Baym leyenen penimer*, 205–8 (selections from these pages).

8. Yudelson, "YIVO Unpacks Documents"; Alexandra Wall, "Babushka and the Paper Brigade," *Jewish Standard* (Teaneck, NJ), February 9, 1996, 6.

◆著者　デイヴィッド・E・フィッシュマン　David E. Fishman
ニューヨークのユダヤ人神学校の歴史教師。本書は、最も激しいホロコーストがあったリトアニアの首都ヴィリニュスの教会跡地で見つかったユダヤ人の文化的遺産の調査を著者が依頼されたことをきっかけに、綿密な調査を重ねて執筆した。ナチス、ユダヤ文化研究としても貴重な資料であることから話題を呼び、2017年に全米ユダヤ図書賞ホロコースト部門を受賞。世界6カ国で出版されている。

◆訳者　羽田詩津子　（はた・しずこ）
翻訳家。東京生まれ。お茶の水女子大学英文学科卒業。訳書にアガサ・クリスティ『アクロイド殺し』（早川書房）、ミレイユ・ジュリアーノ『フランス人女性は太らない』（日本経済新聞出版社 ）、ティラー・J・マッツェオ『歴史の証人　ホテル・リッツ』『イレナの子供たち』（東京創元社）ほか多数。

ナチスから図書館《としょかん》を守《まも》った人《ひと》たち
囚《とら》われの司書《ししょ》、詩人《しじん》、学者《がくしゃ》の闘《たたか》い

2019年2月28日　第1刷

著者…………デイヴィッド・E・フィッシュマン
訳者……………………羽田詩津子
ブックデザイン………永井亜矢子（陽々舎）
発行者…………………成瀬雅人
発行所…………………株式会社原書房
〒160-0022 東京都新宿区新宿 1-25-13
電話・代表　03(3354)0685
http://www.harashobo.co.jp/
振替・00150-6-151594
印刷・製本……………図書印刷株式会社

ISBN 978-4-562-05635-4 Printed in Japan